이야기로 풀어가는 우리 시조

이 도서의 국립중앙도서관 출판시 도서목록(CIP)은 e-CIP 홈페이지(http://www.nl.go.kr/cip.php)에서
이용하실 수 있습니다. (CIP제어번호 : CIP2010001377)

이야기로
풀어가는
우리 시조

李成俊

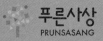
푸른사상
PRUNSASANG

책을 엮으며

　이십 년 동안 학생들을 가르치며 학생들에게 필요한 여러 종류의 책들을 생각했고, 시간을 쪼개서 책을 써왔다. 그러나 내가 쓰려는 책들은 대학 진학을 최우선으로 하는 고등학생들에게 별 도움이 안 되겠다는 생각에 작업을 멈추곤 했었다. 이 책도 마찬가지다. 벌써 10여 년 전에 계획했고, 작업해왔던 책이다.

　이 책을 이제 펴내는 이유는 소중한 우리 유산을 학생들에게 가르치고 싶어서다. 더 이상 미루어두면 우리 유산은 그야말로 처치 곤란의 쓰레기나 고철덩어리밖에 안 되겠다는 생각에서 용기를 냈다. 학생들에게 최소한 향가 서너 수, 고려가요 예닐곱 수, 가사 서너 편, 시조와 현대시 백여 편을 암기할 수 있어야 한다고 강조하면 학생들은 웃는다. 그런 상황에서 학생들에게 시험에 출제되지도 않는 케케묵은 고전을 끄집어낸다는 자체가 죄악일지도 모른다. 그러나 가르칠 것은 가르치고, 배울 것은 배워야 하고, 토론할 것은 토론하고, 비판할 것은 비판하고, 생각할 것은 생각해야 한다는 생각에서 책 출판을 감행하는 것이다.

　시조에 녹아 있는 시대적 배경과 삶의 방식, 삶의 의미, 선조들의 미덕과 미학 등을 신세대에 맞게, 내용을 현대적 감각으로 풀어쓰려고 노력했다. 특히 시를 이야기로 풀어내기 위해 나름대로 애를 썼으나 생각보다 쉽지 않았고, 잘 되지도 않았다. 그러나 시조를 이야기 형태로 읽을 수 있어서 이해에 도움이 되리라 생각한다.

　이 책을 통해 학생들이 우리네의 전통적 사고와 표현 양식, 삶의 자세를 조금이나마 이해하고, 배울 수 있다면 더 이상 바랄 것이 없겠다.

이야기로 풀어가는 우리 시조

이 책이 나오기까지 많은 곡절이 있었다. 출판을 의뢰하자 답도 하지 않은 출판사도 있었고, 그런 책은 출판하지 않는다고 냉대하는 데도 있었다. 그러던 중 푸른사상 한봉숙 사장님을 만나게 됐고, 선뜻 출판의사를 밝혔다.

푸른사상 한봉숙 사장님과 까탈스럽게 굴며 별의별 요구를 다했는데도 웃으며 받아준 김세영 씨께 감사드린다.

책이 많이 팔려 그분들에게 누가 되지 않았으면 좋겠는데, 그분들이 보람이나마 건질 수 있었으면 좋겠는데…….

2009년 겨울 바람이 부는 날
경기도 광주 초월 만취재(晚翠齋)에서
李 成 俊

차례

3. 임금이시어, 임금이시어

4. 회고(懷古)의 정(情)

5. 강호 자연(江湖自然)을 벗삼아

6. 아름다운 자연이여

7. 세월아, 가는 세월아

8. 삶의 멋과 맛

차례

9. 황진이(黃眞伊)의 노래

10. 그리움과 기다림

차례

11. 사랑과 이별의 종점에서

이야기로 풀어가는 우리 시조

| 일러두기 |

1. 작품은 정병욱의 『시조문학사전』(신구문화사, 1982)에서 뽑았다.
2. 작품은 주제에 따라 정리하였다.
3. 작가를 알 수 있는 작품은 시대별로, 시대를 정확히 알 수 없는 것은 작가의 이름순으로 실었다.
4. 작가를 정확히 알 수 없는 작품은 뒤쪽에 첫구를 기준으로 가나다순으로 정리하였고, 작자 미상의 작품은 같은 기준으로 하여 평시조를 앞에 사설시조를 뒤에 실었다.
5. 비슷한 내용의 작품은 작가가 정확하면서도 시대적으로 앞선 작품을 실었다. 물론 문학성 자체만을 따지고 보면 후대에 나타난 작품이 빼어난 것도 있을 수 있다. 그러나 필자는 시대가 앞선 작품을 추려놓았다. 후대 작품이 빼어날 수 있어도 그 작품은 선대의 작품에서 영향을 받았으리라 생각하기 때문이다.
6. 보통 여류작가의 작품을 주제별로 나누기보다 여류작품항을 따로 설정하여 고찰하곤 하나, 작가는 여류작품도 같은 기준에 따라 선정, 배열하였다.
7. 시조를 시(詩) 자체로 이해하기보다 수필이나 하나의 이야기로 이해할 수 있게 필자의 다양한 상상력을 동원하여 재구성하였다. 물론 독자에 따라서는 이견을 보일 수도 있겠지만, 필자는 평상시의 생각들을 진솔하게 담아놓으려고 노력하였음도 밝혀둔다.

1. 빛나는 절의(節義)

절의(節義)는 선비 정신의 기본이라 할 수 있는 덕목이다.
충신불사이군(忠臣不事二君)의 정신 속에는 '배반하지 않는다',
'자신에게 이로운 길만 추구하지 않는다'는 전제조건이 깔려 있기 때문이다.
고려조의 멸망과 조선조의 건국으로 인한 절의의 표출,
세조의 왕위 찬탈과 관련된 절의의 표출은 고고한 선비 정신을 보여준 예라 하겠다.
그러기에 그와 관련된 작품을 읽을 때마다 숭고미를 맛보곤 한다.
눈물겨운 서정과 숭고미를 맛볼 수 있는 작품들을 읽으면서
삶의 의미를 다시 한 번 새겨 보기 바란다.

눈마자 휘어진 대를 뉘라셔 굽다튼고
구블 節(절)이면 눈 속에 프를소냐
아마도 歲寒高節(세한고절)은 너뿐인가 ᄒ노라

—원천석(元天錫)

눈을 맞아 잠시 잠깐 휘어진 대나무를 누가 굽었다고 얘기하는가[비난을 하는가]/ (그런 것 때문에) 굽힐 절개라면 눈 속에서 푸를 리가 있겠는가/ 아마도 한겨울 추위를 이겨내는 높은 절개를 가진 것은 너[대나무]뿐인가 한다

- 굽다튼고 : 굽었다고 하는가.
- 프를소냐 : 푸를소냐. 푸르겠는가. '프르다'가 '푸르다'로 변한 것은 원순모음화현상이다.
- 세한고절(歲寒孤節) : 한겨울 추위를 이겨내는 높으면서도 곧은 절개.

이 작품의 소재는 대나무[竹]다. 부서지고 쪼개질망정 부러지지 않는 대나무의 이미지는 어떤 억압이나 시련에도 굴하지 존재를 표현할 때 안성맞춤이라 할 수 있다. 화자는 이런 대나무의 속성을 선비의 높은 지조와 절개를 표상하는 데 사용했다. 대나무의 속성과 이미지를 통해 자신의 의지를 형상화해 놓은 것이다.

첫 행*에서는 눈을 맞아 잠시 휘어진 대나무를 비난하는 사람들에 대한 반감을 표현하고 있다. 본질은 보지

---

* 시조의 행을 구분할 때 초장, 중장, 종장이란 용어를 흔히 쓴다. 그러나 장(章)이란 단어는 그리 적합하지 않은 용어인 듯하다. 그래서 필자는 그냥 다른 시들과 마찬가지로 행(行)이라는 용어를 쓰려 한다.

않고 현상만을 가지고 모든 것을 판단하지 말고 속을 보라고. 눈 무게를 어쩌지 못해 잠시잠깐 휘어진 대나무를 비난하는 행위는 너무 성급한 판단이라고. 또, 시류에 영합하여 자신의 영달을 좇는 이들에게 자신이 굽어진 것을 합리화하기 위한 말장난을 하지 말라고 경고하고 있다. 자신이 굽었다고 모든 것을 굽은 것으로 판단하지 말라고.

둘째 행에서는 대나무의 변치 않는 속성을 믿어야 한다고 말한다. 그렇게 쉽게 굽을 것이라면 눈[시련, 억압, 겸제] 속에서 푸를 리가 없다고. 눈 속에서도 푸름을 간직하고 있다면 그 속성과 본질을 믿으라고. 자신도 잠시 잠깐 굽은 것처럼 보이지만 대나무처럼 결코 절개를 버리지 않았다고.

그리고 마지막 행에서는 자신의 모습이기도 한 대나무의 높은 절개를 찬양하면서, 자신도 대나무처럼 높은 절개를 지니겠다고 다짐하고 있다. 알량한 핑계와 이유로 합리화하며 자신의 영달을 꿈꾸는 이들이 득시글거리는 곳에서 그나마 자신의 본래 모습을 간직하고 있는 것은 대나무[자신]뿐이라고. 그러기에 자신은 대나무처럼 본연의 모습을 지키며 살아가겠노라고.

고려말에서 조선 초기에 이르는 기간은 정치적인 격변기였다. 격변기에 선비들은 흔들릴 수밖에 없었다. 그런 중에도 자신의 충절을 지키려고 몸부림친 이들이 있으니, 이 시조의 작가 원천석도 거기에 포함된다. 여말 진사로, 조선이 건국되자 치악산에 들어가 평생 동안 농사를 지으며 살다 죽었다는 작가. 이 작품은 이런 작가의 사상을 대나무란 대치물을 통해 압축적으로 표현한 것이라 할 수 있다. 따라서 3행의 '너'는 '나'로 읽고 해석해도 큰 무리가 없을 듯하다.

● 원천석(元天錫) : 1330(충숙왕 17)~?. 고려 말기에서 조선 초기까지의 문인. 자는 자정(子正), 호는 운곡(耘谷).

어려서부터 재명이 있었으며, 문장이 여유있고 학문이 해박하여 진사가 되었으나, 고려 말의 정치가 문란함 국운 쇠퇴를 개탄하면서 치악산에 들어가 살았다. 태종의 어릴 적 스승이었으므로, 그가 즉위하자 기용하려고 간곡히 불렀으나 응하지 않았으며, 태종이 그의 집을 찾아갔으나 미리 소문을 듣고는 산속으로 피해버렸다. 『운곡시사(耘谷詩史)』와 함께 한 권의 문집이 전해온다.

이몸이 주거주거 一百番(일백번) 고쳐 주거

白骨(백골)이 塵土(진토)] 되어 넉시라도 잇고 업고

님 向(향)흔 一片丹心(일편단심)이야 가쉴 줄이 이시랴

— 정몽주(鄭夢周)

이 내 몸이 죽고 또 죽어, 백 번을 태어났다가 다시 죽어/ 흙에 묻힌 뼈〔육신〕가 한줌 흙이 되고 먼지가 되어 없어져 넋〔혼백, 영혼〕이 남아 있건 없건 간에/ 님〔임금, 고려왕조〕을 향한 한 조각의 붉은 마음〔충성심〕이야 바뀔 리가 있겠는가

- 진토(塵土) : 티끌과 흙. 뼈가 삭아서 흙이 되었다가 먼지가 되는 것을 말한다.
- 일편단심(一片丹心) : 원래 의미는 '한 조각의 붉은 마음'이다. 보통 '변하지 않는 충성된 마음'을 의미한다. 여기서 '한 조각의 붉은 마음'은 심장을 표현한 것이다.
- 가쉴 : 변할. 바뀔. '가시다'는 '변하거나 없어지다'의 뜻을 가지고 있다.

이방원(훗날 태종)이 작가의 마음을 떠보기 위해 지은 <하여가(何如歌)>에 대한 답가로 널리 알려져 있는 이 작품은, 한 군주에 대한 충성심의 극치를 보여주는 작품으로 평가할 수 있다. 선죽교에서 이방원 무리를 거부하며 선혈을 흘리며 죽어간 작가의 시이기에 그 의미가 더욱 강렬하다.

첫 행에서는 죽음에 대해 추호도 두려움이 없음을 표현하고 있다.

사람은 죽음을 두려워한다. 죽음을 가장 두려워하고, 피하고 싶어 한다. 그런데 화자는 가정적인 상황을 동원하여 죽음이 두렵지 않다고 말하고 있다. 백 번을 다시 죽는다고 해도 두렵지 않다고. 죽음마저도 두려워하지 않는 화자의 굳은 의지는 범인으로서 접근할 수 없는 높은 정신적인 경지라 하겠다.

둘째 행에서는 가정적인 상황과 점충적인 방법을 활용하여 자신의 굳은 의지를 드러내고 있다. 가시적(可視的)인 육신이 흙과 먼지로 변해 없어지더라도, 비가시적(非可視的)인 영혼마저 사라져 완전 소멸된다 해도 자신은 개의치 않겠다는 것이다. 상대방의 의도를 알고 있으니 그들 편에 서기만 하면 부귀

영화를 누릴 수 있고, 말 한 마디 잘못했다간 도륙(屠戮)당할 것을 뻔히 아는 상황에서도 자신의 마음은 영원히 변하지 않는다고 당당하게 말하고 있는 것이다.

마지막 행에서는 설의적인 방법으로 첫 행과 둘째 행에서의 굳은 결의를 충성심(一片丹心(일편단심))과 연결하고 있다. 결국 한 임금에 대한 충성심과 자신이 섬기던 나라 고려에 대한 굳은 절개는 자신의 육신과 영혼 전부를 없애는 것 즉, 자신의 완전소멸보다도 중요하다고 역설(力說)하고 있는 것이다. 완전무결한 충성심의 표본을 보는 듯하다.

• 정몽주(鄭夢周) : 1337(충숙왕 복위 6)～1392(공양왕 4). 고려 말의 학자이자 충신. 여말삼은(麗末三隱)의 한 사람. 자는 달가(達可), 호는 포은(圃隱).

1357년(공민왕 6) 감시(監試)에 합격하고, 1360년 문과에 장원하여 관직에 나선 후, 지방관의 비행을 근절시키고, 의창을 세어 빈민을 구제하였으며, 불교의 폐단을 없애기 위해 유학을 보급시켰다. 유학에 밝아 대사성 이색이 '동방 이학(理學)의 시조'라 하였다. 그러나 안타깝게도 구체적인 저술을 남기지는 않았다. 명과의 국교관계가 몹시 악화되었던 여말에, 사명을 다하여 긴장상태의 대명국교를 회복하는 데 큰 공을 세우기도 했다.

시문에도 능해 많은 한시(漢詩)를 남겼고, 문집으로 『포은집(圃隱集)』을 남겼다. 여기 소개한 <단심가(丹心歌)>는 충절을 대변하는 작품으로 회자(膾炙)되고 있다.

房(방) 안에 혓는 燭(촉)불 눌과 離別(이별)ᄒ엿관ᄃᆡ
것츠로 눈물 디고 속 타는 줄 모르는고
뎌 燭(촉)불 날과 갓트여 속 타는 줄 모로도다

―이 개(李 塏)

> 방 안에 켜 있는[놓은] 촛불 누구와 이별을 하였기에/ 겉으로 눈물 흘리면서 속
> 이 타는 것을 모르는가/ 저 촛불도 나와 같아서 (겉으로 눈물만 흘릴 뿐) 속이 타는
> 줄도 모르는구나

- 혓는 : 켰는. 켜 있는. 기본형 '혀다'는 15세기 표기로는 '혀다'다.
- 눌과 : 누구와. 누구하고.
- 날과 : 나와. 나하고.
- 갓트여 : 같아서.

사육신의 한 사람이었던 이개(李塏)의 작품이다. 언뜻 보면 임과 이별한 여
자가 임을 그리워하며 부르는 노래로 볼 수 있다. 여성 화자를 등장시켜 차
분하고 완곡하게 이야기하고 있기 때문이다. 이 점은 단종과 관련된 다른 시
조들이 강한 어조를 갖는다는 점과는 유다른 점이다.

예부터 촛불은 '신령의 빛, 축귀(逐鬼), 안내역(案內役), 제물, 기원, 선물, 정
화, 광명, 천상에의 매개, 살신성인, 고독, 슬픔, 희망, 축제, 환희' 등의 의미
를 가지고 있었다. 이 작품도 촛농('눈물')을 혼자 조용히 타오르며 외로움과
그리움에 애태우는 존재로 형상화시켰다.

먼저, 화자는 촛농을 이별한 임을 그리워하며 흘리는 여인의 눈물로 보고
있다. 이별을 하고서도 맘껏 울지 못하는 한국 여인네의 눈물. 그 눈물은 혼
자 감당할 수 없을 만큼의 아픔을 가지고 있다. 마음속으로 삭일 수만 있다
면 삭여 보련만 도저히 그러지 못해 혼자 눈물을 흘리고 있는 것이다. 그러
기에 겉으로 흐르는 눈물보다 안에서 바직바직 타들어가는 마음이 훨씬 뜨거

울 수밖에 없다. 화자는 그것을 예리하게 포착하고 있다. 눈물보다 뜨거운 충정(衷情). 그것은 바로 '불꽃'이다. 심지를 태우며 타는 불꽃. 그것의 빛과 온도는 촛농과 상대도 되지 않는다. 그러나 우리는 보통 겉으로 드러나는 눈물에는 관심을 보여도 그 속에 숨겨진 마음을 놓치기 쉽다. 마음은 보이지 않기 때문이다. 그러나 눈물보다 더 강렬한 것은 눈물을 흘릴 수밖에 없는 타는 마음 그 자체다. 그러기에 화자는 둘째 행에서 겉보다 '속 타는 줄 모르'는 촛불(대상)을 걱정하고 있고 안타까워하는 것이다.

마지막 행에서 화자는 '저 촛불 나와 같아서'라고, 촛불과 자신은 하나도 다르지 않다고 독백하고 있다. 그리고 자신은 촛불처럼 눈물을 흘릴 수마저 없어서 더욱 속이 탈 뿐이라고 말하고 있다. 촛불처럼 눈물이라도 실컷 흘릴 수 있다면 좋겠다는 고백. 그 고백이 읽는 이의 마음을 더욱 아프게 한다.

●이 개(李 塏) : 1417(태종 17)~1456(세조 2). 여말 삼은(三隱)의 한 사람인 목은(牧隱) 이색(李穡)의 증손. 조선 단종 때의 문신. 사육신의 한 사람. 자는 청보(淸甫)·백고(伯高), 호는 백옥헌(白玉軒).

어려서부터 글을 잘 지어 할아버지 유풍(遺風), 선인(先人)이 남긴 기풍이나 가르침)이 되었다. 20세 때인 1436(세종 18)년 사마시에 합격하여 진사가 되고, 훈민정음의 제정과 『동국정운(東國正韻)』 편찬에도 참여하였다.

1456년(세조 2) 2월에 집현전부제학에 임명되었으나, 단종 복위 운동에 참가 하였다가 성삼문 등과 함께 모진 고문 끝에 거열형(車裂刑)을 당했다. 이조판서에 추증되었고, 시호는 의열(義烈)에서 후에 충간(忠簡)으로 바뀐다.

首陽山(수양산) 바라보며 夷齊(이제)를 恨(한)ᄒ노라

주려 주글진들 採薇(채미)도 ᄒᄂ것가

비록애 푸새엣 거신들 긔 뉘 싸헤 낫ᄃ니

―성삼문(成三問)

> 수양산을 바라보며, (만고의 충신으로 알려진) 백이와 숙제 두 형제를 한탄한다/ 차라리 굶어죽을지언정 고사리를 뜯어먹는다는 게 말이 되는가/ 비록 산에서 나는 풀이라 할지라도 그 풀은 누구의 땅에서 났는가[다 그 임금이 다스리는 그 땅에서 난 것이 아닌가. 나는 그 풀마저도 먹지 않겠다]

- **수양산**(首陽山) : 백이(伯夷), 숙제(叔齊)가 고사리를 캐먹으며 운둔 생활을 하던 산. 이 시조에서는 수양대군(세조)를 의미한다. '수양(首陽)'이란 단어를 중의적으로 사용한 것이다.
- **이제**(夷齊) : 백이(伯夷)와 숙제(叔齊) 형제를 말한다. 백이·숙제는 은(殷)나라 말 사람으로, 발(發, 周武王)이 주왕(紂王)을 치려 하자, 만류했지만 끝내 은나라 주왕(紂王)을 치는 것을 보고 "주(周)나라 곡식은 먹지 않겠다"고 수양산에 들어가 고사리를 뜯어 먹다가 굶주려 죽었다. 이후 충의와 절개의 표상이 되었다.
- **채미**(採薇) : 고사리를 캠. 산나물을 캐 먹는 행위를 말한다.
- **푸새엣 것** : 산과 들에 저절로 나는 풀. '아주 하찮은 것'을 말한다.
- **긔** : 그것은. 긔=그(그것)+이(주격조사)
- **싸헤** : 땅에. 싸ㅎ(地)+ 에(처소부사격조사).

사육신의 한 사람인 성삼문은 만고(萬古)의 충신(忠臣)으로 일컬어지는 백이(伯夷)와 숙제(叔齊)를 비판한다. 백이와 숙제는 결국 주(周)나라와 무왕(武王)을 완벽하게 거부하지 못했다는 것이다.

첫 행에서 화자는 수양산을 바라보며 백이·숙제 두 형제를 한탄한다고 포문을 열고 있다. 모든 사람들이 만고의 충신으로 받드는 두 형제를 거부하는 행위는 기존 사고를 거부하고 새로운 사고를 제시하기 위한 전제에 해당한다. 즉, 주나라 무왕을 거부하기 위해 수양산에 들어가 고사리를 캐먹다가 죽은 백이와 숙제의 행위 때문에 부덕한 임금을 섬기지만 않으면 된다는 잘 못된 인식이 생겼다는 것이다. 그렇기 때문에 후세에 간신배들이 백이와 숙 제를 내세우며 자신을 합리화했다는 것이다. 한 마디로 백이와 숙제의 행동 은 주나라와 무왕에 대한 완전한 거부가 아니었다는 것이다. '주려 주글진들' '채미(採薇)'는 왜 했느냐. 결국 굶어죽겠다고 말만 해 놓고 그 임금이 다스리 는 땅에서 나는 산나물을 캐 먹은 것이 아니냐는 것이다(2행). 결국 자신은 굶어죽는 한이 있더라도 수양산(수양대군) 아래서 고사리마저도 캐먹지 않겠 다(목숨을 연명하지 않겠다)고 말하고 있다(3행).

목숨마저 버리고 철저하게 자신을 세우려는 결의와 비장한 절의(節義)가 엿 보는 작품으로, 시조에 드러나는 비장미(悲壯美)가 돋보이는 작품이다.

아래 작품은 이 작품과 관련이 있으니 그 내용을 비교하면서 읽어본다면 인식의 차이가 얼마나 중요한 것인지, 이 작품이 얼마나 많은 작품에 영향을 주었는지를 알 수 있다.

주려 주그려 ᄒ고 首陽山(수양산)에 드럿거니
헌마 고사리를 머그려 키야시랴
物性(물성)이 구븐줄 믜워 펴보려고 키미라

―주의식(朱義植)

• **성삼문**(成三問) : 1418(태종 18)~1456(세조 2). 조선 초기의 문신. 사육신(死六臣) 의 한 사람. 자는 근보(謹甫). 호는 매죽헌(梅竹軒).

21세인 1436(세종 20)에 식년문과에 정과로 급제하고, 1447년에 문과 중시에 장 원으로 급제. 집현전학사로 세종의 종애를 받으면서 훈민정음 창제에 공로가 컸다.

단종 복위 운동을 주도했으며, 사전 발각되자 세조를 '진사(進賜, 종친에 대한 호 칭)'라 호칭하며 떳떳이 모든 사실을 시인하였으며, 신숙주를 크게 꾸짖기도 했다. 이조판서에 추증되었으며, 시호는 충문(忠文)이다.

이몸이 주거가셔 무어시 될소 흐니

蓬萊山(봉래산) 第一峰(제일봉)에 落落長松(낙락장송) 되야이셔

白雪(백설)이 滿乾坤(만건곤)홀제 獨也靑靑(독야청청) 흐리라

－성삼문(成三問)

> 이 몸이 죽은 후에 무엇이 될 것인가 하면/ (신선들이 산다고 하는) 봉래산 가장 높은 봉우리에 죽죽 늘어진 큰 소나무가 되었다가/ 흰 눈이 온 산을 덮어 만물이 다 죽은 후에도 나 혼자 푸르디 푸른 빛을 보여 주리라.

- 봉래산(蓬萊山) : 중국 전설에서 신선이 산다는 삼신산—봉래산(蓬萊山)·방장산(方丈山)·영주산(瀛州山)—중의 하나로 동해 가운데 있다는 전설 속의 산. 한편 봉래산(蓬萊山)은 금강산(金剛山)의 여름 명칭이기도 하다. 금강산은 계절마다 각기 이름이 다른데 봄—금강산(金剛山), 여름—봉래산(蓬萊山), 가을—풍악산(楓嶽山), 겨울—개골산(皆骨山)이다.
- 제일봉(第一峰) : 가장 높은 봉우리.
- 낙락장송(落落長松) : 가지가 축축 길게 늘어지고 키가 큰 소나무.
- 만건곤(滿乾坤)홀제 : 하늘과 땅에 가득 할 때.
- 독야청청(獨也靑靑) : 혼자서 푸름.

앞의 작품이 굶어 죽을지언정 수양산(수양대군) 아래서는 연명하지 않겠다는, 남은 생을 살아가는 방법에 대한 굳은 결의라면, 이 작품은 자신이 죽고 난 후에도 변하지 않을 자신의 모습을 그리고 있다.

이 작품의 핵심 모티프는 낙락장송(落落長松)이다. 소나무가 군자의 기개와 의지를 상징하는 것은 아무래도 겨울에도 푸름을 간직하는 상록수란 점과, 가지를 축축 늘어트리고 의연히 서 있는 모습 때문일 것이다. 소나무의 모습은 어떤 꼬임이나 외압에도 굴하지 않고 늘 바른 길을 걸으려는 군자와 닮았다. 이 작품도 '낙락장송(落落長松)'에 빗대어 자신의 의지를 표현하고 있다. 죽고 난 후 신선들이 산다는 봉래산에 소나무로 우뚝 서서 자신의 절개와 변치

않는 충성심을 보이겠다는 것이다.

다음으로 이 작품을 이해하기 위해서는 백설의 의미를 생각해 봐야 한다. 백설(白雪)이란 고난, 시련을 표상한다. 그러나 눈이란 겨울 한때 존재하는 것일 뿐 영원한 것은 아니다. 봄이 오면 자연스레 사그라지는 것이다. 그러기에 화자는 겨울 눈 덮인 속에서도 자신을 지키겠다는 것이다. 아무리 수양대군이 임금이 되어 권세를 누린다 해도, 그를 따르는 무리들이 득세를 하여 세상을 뒤흔들어도 그것은 겨울에 잠깐 쌓이는 눈일 뿐 진정한 역사의 모습은 아니라는 것이다. 겨울이 깊으면 깊을수록 봄은 멀지 않은 것. 그러기에 화자는 잠시 잠깐의 영화보다는 만고에 남을 충성심을 보이겠다는 것이다.

이 작품의 특징은 자신이 죽고 난 후의 상황을 가정적으로 이야기하여 자신의 의지를 표현한 것이다. 현재적 상황을 이야기하기보다 죽고 난 후의 이야기를 한다는 것은 자신은 죽음을 기정사실화한다는 것이다.

'나의 목숨을 빼앗을 수는 있어도 나의 의지만은 꺾지 못할 것이다'란 죽음을 초월한 굳은 의지는 듣는 이에게 섬뜩함마저 준다. 목숨마저도 초개(草芥)처럼 버리고 의로움을 찾으려는 작가의 역사의식이 돋보이는 작품이고,

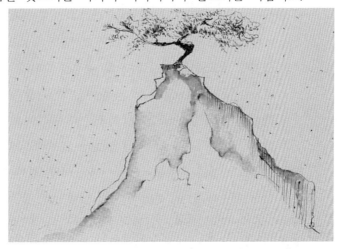

이런 의식이야말로 현대를 살아가는 우리에게도 시사하는 바가 크다. 바른 역사관을 지닌 지식인의 참모습이 낙락장송(落落長松)으로 우뚝 서 있음을 보는 듯하다.

• **성삼문**(成三問) : p.25 참조.

가마귀 눈비 마자 희는 듯 검노미라
夜光明月(야광명월)이 밤인들 어두오랴
님 向(향)혼 一片丹心(일편단심)이야 고칠 줄이 이시랴

—박팽년(朴彭年)

> 까마귀가 눈비를 맞으면 잠시 희어지는 듯 보이지만 (그 속성은 변함이 없어) 검은 것은 마찬가지다/ 밤에 비로소 밝은 빛을 내는 달(또는 야광주와 명월주)이 밤이라고 어둡겠는가/ 님을 향한 충성심이야 변할 리 있겠는가

- **희는 듯** : 희어진 것 같지만, 희어졌나 싶지만. 속성은 변함이 없음을 말한다.
- **검노미라** : 검는구나. '-미라'는 감탄형 종결어미.
- **야광명월**(夜光明月) : 밤에 빛나는 밝은 달. 또는 밤에도 빛을 내는 보주(寶珠)인 야광주(夜光珠)와 명월주(明月珠).

　이 시조는 단종 복위를 꾀하다 붙잡힌 작가에게 김질(金礩)이 옥으로 찾아와 마음을 떠보자 그 대답으로 읊은 시조라고 전해지고 있다. 처형당하는 순간까지 세조를 '나으리'로 부를 뿐, 단 한 번도 임금으로 인정하지 않았던 그에게 있어서 세조 집권기는 '밤'으로 규정될 수밖에 없다. 그래서 자신은 밤에도 영롱한 빛을 내는 달 또는 명월주나 야광주로 남아 있겠다는 것이다.

　첫 행의 '가마귀'는 세조 또는 세조를 추종하는 무리를 지칭한다. 잠깐 자신의 본심이나 본모습을 숨긴 채 행동하는 무리를 총칭한다. 까마귀란 놈은 원래 사람의 시체를 파먹는 습성을 가진 새다. 검은 빛으로 온몸을 감춘 채 좋지 못한 행동을 한다. 뿐만 아니라 울음마저 청승맞아 듣는 이의 기분을 상하게 한다. 그런 까마귀가 눈이나 비를 맞아 흰 것처럼 위장한다고 그 속성이 변하는 것은 아니다. 그러기에 백로나 학처럼 행동하는 세조나 세조의 무리는 잠시 잠깐 흰 것처럼 보일 때도 있지만 본성은 변함이 없다는 것이 화자의 일관된 생각이다(1행).

그러나 아무리 모든 진리와 자유와 평화가 무너지고 짓밟히는 암흑의 시대인 '밤'이라 할지라도 그 밤을 지키고 밝히는 존재는 있기 마련이다. 그것이 바로 '야광명월(夜光明月)'이다. '야광명월'이 달이 되었건 야광주와 명월주가 되었든 간에 '야광명월'이 밤에 밝은 빛을 내는 존재인 것만은 사실이다. 또한 이 '야광명월'은 낮보다 밤에 비로소 진가를 발휘한다. 태양이 찬란히 빛나는 낮 동안이야 어둠을 밝히는 야광명월이 그리 필요치 않다. 그러나 어둠이 온 세상을 뒤덮을 때는 오직 밝은 빛으로 세상을 밝히는 존재들이 그 진가를 발휘한다. '야광명월'은 화자, 또는 화자와 같은 의지를 가진 존재 또는 비판적 지성인을 지칭한다. 따라서 둘째 행에는 어두운 밤을 밝히는 '야광명월'처럼 자신도 밤을 밝히는 존재가 되겠다는 다짐이 들어있는 것이다.

그런 작가의 의지는 셋째 행에서 정리된다. 오로지 한 임금을 위해 일편단심의 충절을 지키겠다는 것이다. 셋째 행의 설의적인 표현은 이런 강한 의지를 나타낸 것임은 두말할 나위가 없다. '밤'에 대한 규정, '야광명월'의 의무 등, 투철한 역사의식이 돋보이는 작품이다.

- **박팽년**(朴彭年) : 1417(태종 17)~1456(세조 2). 조선 초기 때의 문신으로 사육신의 한 사람으로 자는 인수(仁叟), 호는 취금헌(醉琴軒).

18세 때인 1434년(세종 16) 알성문과(謁聖文科)에 을과로 급제, 삼각산 진관사(津寬寺)에서 사가독서(賜暇讀書)를 하였다. 세종 때 당대의 유망한 젊은 학자들과 집현전의 관원이 되어 훈민정음 창제에 참여하였고, 그 가운데서도 그는 경술(經術)과 문장·필법이 뛰어나 집대성(集大成)이라는 칭호를 받았다. 1455년 수양대군이 단종의 왕위를 빼앗자 그는 울분을 참지 못하여 경회루(慶會樓) 연못에 뛰어들어 자살하려 하였으나 함께 후일을 도모하자는 성삼문(成三問)의 만류로 참아 단종 복위 운동을 펴기 시작하였다. 평생 동안 세조에게 올리는 일체의 문서에는 '신(臣)'이라는 글자를 쓰지 않았으며 단종 복위 거사에 참여했다가 잡혀 심한 고문으로 옥사했고, 이 일로 삼대가 참화를 입었다. 삼대가 화를 입은 멸문(滅門)으로 그에 대한 자세한 행장이나 문집(文集) 등이 오늘날 전하지 않고 있다. 다만 『추강집』의 <사육신전>이나 다른 책에 간헐적인 기록이 남아 있을 뿐이다. 시호는 충정(忠正)이다.

간밤의 부던 부람에 눈서리 치던말가

落落長松(낙락장송)이 다 기우러 가노미라

흐믈며 못다 핀 곳이야 닐러 므슴ᄒ리오

— 유응부(兪應孚)

간밤에 (세상을) 휩쓸던 바람에 눈서리까지 몰아쳤단 말인가/ (그 세조의 포악함에) 곧고 푸르렀던 소나무까지 다 기울고 쓸어졌구나/ 하물며 (아직) 다 피지도 못한 꽃[자신과 같은 미약한 존재]이야 말하여 무엇하겠는가

- 치던말가 : (몰아)쳤단 말인가.
- 낙락장송(落落長松) : 가지가 길게 늘어지고 키가 곧고 높은 소나무. 여기서는 지조를 지키는 충신들을 가리킨다.
- 가노미라 : 가는구나. 가다[去]+노미라(감탄형 어미)
- 곳 : 꽃. 'ㄱ'이 'ㄲ'으로 변한 것은 된소리현상이다.
- 무슴ᄒ리오 : 무엇하리오. 무엇하겠는가. 즉, '너무나 뻔하다'는 뜻.

세조가 왕위를 찬탈하는 순간이야말로 오뉴월에 눈서리 치는 것과 다를 바가 없었을 것이다(첫 행). 조카 단종의 왕위를 찬탈하기 위해 힘 있는 조정 중신들을 다 죽이고도, 단종을 따르는 무리들을 숙청하지 않고서는 자신의 자리를 보존할 수 없다는 판단으로 또 한 번의 피비린내 나는 살육을 단행했기 때문이다. 별의별 방법으로 회유하고 환심을 사보려고 했지만, 지조 높은 선비들이나 신하들이 말을 들을 리 없을 건 뻔한 사실이었다.

화자는 첫 행에서 밤 사이에 불던 바람은 단순한 바람이 아니라 눈서리를 동반한 살인의 바람이었음을 절감한다. 세조의 포악함을 칼날 같은 '눈서리'로 비유하여 단종을 따르는 충신들에게 내려진 숙청의 바람이 얼마나 매서웠는가를 고발하고 있다. 그 바람은 끝까지 단종에게 충성을 다하려는 지조와 지위가 높은 신하('낙락장송(落落長松)')를 빗겨갈 리가 없었다. 하여 충신들은

세조에게 잡혀 모진 고문을 당하고 죽어갈 수밖에(2행). 이렇듯 '낙락장송'마저 허망하게 쓰러지는 상황에서 자신처럼 힘없는 무신(武臣)인 '못다 핀 곳'이야 더 이상 얘기할 필요가 뭐 있겠냐는 것(3행)이 이 작품의 핵이다.

어찌보면 작가의 나약함을 드러내는 것처럼 보인다. 무신으로서 결연히 무기를 들고 세조에게 대항할 의지를 불태워야 마땅한 일이지도 모른다. 그러나 그렇지는 않다. 김종서 장군과 같은 명장들마저 허무하게 죽어가는 상황이고 보면 작가처럼 아직 고위관직에 오르지 못한 무신, 그것도 이름뿐인 동지중추원사(同知中樞院事, 문무의 당상관으로, 소임이 없는 자를 대우하기 위하여 중추원에 두었던 종2품의 관직. 세조 원년에 임명됨)인 그에게 무슨 힘이 있었겠는가. 그러기에 세상이 한탄스러울 밖에. 그러나 작가는 한숨만 쉬고 있지 않고 세조 2년, 나머지 사육신과 함께 단종 복위를 도모하다가 김질(金礩)의 배반으로 세조에게 잡혀 모진 고문 끝에 죽어간다. 이 시는 죽어서라도 단종에게 충성을 다하겠다는 의지의 표현이다.

세조에게 잡혀 국문(鞫問)을 받는 자리에서도 세조를 '나으리'라 부르며, 달군 쇠꼬챙이로 배꼽을 지지는 고문을 견디며 병졸들에게 "이 꼬챙이가 식었으니 다시 달구어 오너라."고 꾸짖었다는 일화를 통해 작가의 기개(氣槪)와 배포를 알 수 있다.

●**유응부**(兪應孚) : ?~1456(세조 2). 조선 초기의 문신이자 사육신의 한 사람. 자는 신지(信之), 호는 벽량(碧梁).

키가 남보다 크고 얼굴 모양은 엄숙하였으며, 씩씩하고 용감하여 활을 잘 쏘니 세종과 문종이 모두 그를 사랑하고 소중히 여겼다. 일찍이 무과에 올라 동지중추원사, 경원도호부사·경원절제사, 의주목사, 평안좌도 도절제사 등을 역임하였다.

1456년(세조 2) 단종 복위 거사에 실패하여 모진 고문을 당하면서도 끝내 굴복하지 않고 죽었다. 그는 집이 가난했으나 효성이 지극하여 어머니를 봉양함은 부족함이 없었으며, 사생활은 지극히 청렴하여 벼슬이 재상급의 2품 관직에 있으면서도 멍석을 깔고 살았고 고기 없는 밥을 먹었으며, 때로는 양식이 떨어지기도 하였다고 한다. 후에 병조판서에 추증되었고, 시호는 충목(忠穆)이다.

千萬里(천만리) 머나먼 길에 고은님 여희읍고
내 무음 둘듸 업서 냇フ에 안즈이다
져 믈도 내 안 곳도다 우러 밤길 녜놋다

—왕방연(王邦衍)

> 천만리나 되는 머나먼 길에 고운 임[임금, 단종]을 여의고[고운 임과 이별하고]/
> 내 마음 둘 곳이 없어 냇가에 앉아 있습니다/ (소리 내어 흐르는) 저 냇물도 내 마
> 음 같구나. 울면서 밤길을 흘러가는구나

- 여희읍고 : 여의고. 잃어버리고. 여기서는 '이별하고'의 뜻.
- 녜놋다 : 가는구나. 녜다[녀]+놋다(감탄형어미). '가다'의 뜻을 가진 용언으로 '니다'
  가 있음을 기억해 두어야 할 것이다.

이 작품은 의금부도사였던 작가가 유배의 길을 떠나는 단종을 강원도 영
월로 압송하고 돌아오던 길에 지은 시조라고도 하고, 단종에게 사약을 전하
고 오면서 지은 노래라고도 한다.

이 노래는 지은이의 상황과 심경을 바로 이해할 때 비로소 작품을 이해할
수 있다. 우리의 거의 모든 시가(詩歌)나 시조가 그렇지만 배경설화나 역사적
상황 또는 작가의 상황 등, 작품 외적 요소를 무시하기 어렵다. 이 작품도 마
찬가지다. 이 작품이 지어진 배경을 모르고서는 작품을 바로 평가하기 어렵
다. 우리 시가를 바로 이해하기 위해 먼저 배경을 알아두는 것도 중요하다.

단종을 압송하고 돌아오는 길이든, 사약을 전하고 돌아오는 길이든 간에
화자는 죄책감에서 벗어날 수 없는 상황이다. 비록 조카의 왕위를 찬탈한 세
조의 명이지만 왕명인 이상 거역할 수 없다. 그러나 아무리 왕명이라고는 하
지만 지난날 신하 위치에서 단종을 모시던 화자가 아닌가. 그뿐만 아니라 단
종은 아직 어린 아이에 불과하다. 그런 임금을 압송(또는 처형)하고 돌아오는
괴로움과 죄책감에서 벗어날 수 없었을 것이다. 떨어지지 않는 발길을 옮기

던 중 강가에서 숙영을 하게 되었고, 심란한 마음을 달래려고 냇가에 앉아 있자니 괴로움과 죄책감은 더욱 커지기만 하였으리라. 하여 냇물이 어느 한 지점을 향해 흘러가는 상황과 어린 왕에게 향하는 자신의 마음이 일치한다는 생각을 하기에 이르렀을 것이다.

첫 행에서 '千萬里(천만리) 머나먼 길'이란 표현은, 실제적인 거리가 아니다. 임(어린 단종)과 자신과의 심리적 거리를 나타낸 말로, 슬픔의 깊이를 극대화한 표현이다. 이제 영원히 임을 다시 볼 수 없는 거리에 있기에, 그 거리는 멀기만 했으리라. 그래서 화자는 임(단종)과 자신의 거리를 '천만리'로 표현했을 것이고.

그런 슬픔과 아픔으로 해서 새 임금에게로 되돌아 갈 수 없어 냇가에 펄썩 주저앉은 모습은 둘째 행에서 그려지고 있다. '내 ᄆᆞᅀᆞᆷ 둘듸 업서'란 표현에서 양심과 현실과의 갈등을 표현하고 있다. 양심을 따르자니 현실을 무시할 수 없고, 현실을 따르자니 양심이 가만히 두질 않고. 해서 냇가에 앉아 흐르는 물을 보고 있노라니, 냇물도 화자의 마음인 양 울며불며 밤길을 흘러가는 것만 같은 것이다(3행). 따라서 냇물은 유배지에 있는 단종을 향해 흘러가는 자신의 마음이자 눈물이기도 하다. 또한 그 눈물은 자신의 눈물일 뿐만 아니라, 왕위에서 쫓겨난 어린 단종이 흘리는 눈물이기도 하다.

현실적 상황과 양심과의 갈등을 흐르는 물이란 구체적인 대상을 매개로 선명하게 드러내 보인 작가의 역량이 돋보이는 작품이다.

• **왕방연**(王邦衍) : 생몰년 미상의 조선 초기 때의 문신.

유배 가는 노산군(魯山君, 단종)을 강원도 영월에 호송한(또는 사약을 내릴 때) 그 책임을 맡은 의금부도사(義禁府都事)였다 한다. 그때의 심정을 읊은 시조 한 수가 『청구영언(靑丘永言)』에 전한다.

『장릉지(莊陵誌)』에는 이름이 알려지지 않은 금부도사가 밤에 굽이치는 여울의 언덕 위에 앉아 슬퍼하면서 노래를 지었는데, 그 뒤 여자아이들이 부르는 그 노래를 김지남이 한문으로 단가를 지었다고 한다.

간밤의 우년 여흘 슬피 우러 지내여다

이제야 싱각ᄒ니 님이 우러 보내도다

져 믈이 거스리 흐르고져 나도 우러 녜리라

─원 호(元 昊)

> 지난 밤에 울던 여울, 슬피 울며 지냈구나〔밤새 울면서 흘러왔구나〕/ 이제야 생각
> 하니 (그 여울은) 임〔어린 단종〕이 울며 흘려보낸 것이로구나/ 저 물이 거슬러〔거꾸
> 로〕 흐르려 하듯 나도 울면서 (여울을) 따라 가리라

- 지내여다 : 지내는구나. 지냈구나. 여기서는 '흐르는구나'의 뜻이다.
  지내여다=지내다[過]+어다/거다(감탄형어미).
- 거스리 : 거슬러. 거꾸로. 거스리=거슬다[逆]+이(부사형어미) > 거스리(연철).
- 흐르고져 : 이 단어는 두 가지 뜻으로 해석할 수 있으면서도 중요한 단어다. '-고
  져'의 해석에 따라 내용이 달라질 수 있기 때문이다. 먼저 '-고져'를 의도나 욕
  망을 나타내는 어미로 본다면, '흐르려고 하는구나' 또는 '흐르려고 하듯'으로 해
  석할 수 있다. 그와는 달리 '-고져'를 가정형으로 본다면, '흐를 수 있다면' 또는
  '흘렀으면', '흐르면'으로 해석할 수 있다. 이에 대해서는 연구자마다 해석이 다르
  다. 필자는 '-고져'를 '(하)고자'의 뜻을 가지고 있는 의도나 욕망을 나타내는 어
  미로 본다.
- 녜리라 : 가겠다. 가리라. 녜리라=녜다[去]+니라(의지).

이 작품의 핵심 모티프는 냇물이다. 여기서도 냇물은 '눈물'의 의미를 갖고
있다. 자신의 눈물이 아닌 '님이 우러 보내는' 눈물인 것이다. 유배지에서 한
스런 삶을 영위하는 단종의 눈물이 여울이 되어 흐르고 있다고 본 것이다. 또
한 어린 단종이 유배당하도록 아무런 힘이나 도움이 되지 못한 자신의 눈물이
기도 하다. 이런 점에서 보면 앞의 왕방연의 시조와도 상통하는 점이 많다.
그러나 이 작품은 앞의 작품과 다른 특징을 가지고 있다.
앞에 소개된 왕방연의 작품은 슬픔을 어쩌지 못할 상황으로 인식하고 있

다면, 이 작품은 슬픔을 극복할 방법을 모색하고 있다는 점이다. 즉, 냇물이 흐르다 여울목에서 돌이나 바위를 만나 솟구치는 모습을 냇물이 역류하려는 의지로 파악하고 있다. 냇물이 역류하려는 의지를 가지고 있듯이, 자신도 시간을 역류시키고 싶다는 것이다.

냇물의 역류. 이는 시간의 역행(逆行)과 마찬가지로 자연의 법칙에서 벗어난 불가항력적인 것이다. 그러나 인간은 그것을 이루려 한다. 그것을 이룰 수 없다면 의지로 극복하려 한다. 이 작품의 작가도 마찬가지다. 자연의 섭리를 거스르면서까지 위-단종 임금이 있는 곳, 시간적인 관점에서 보면 단종이 왕위에 있던 과거-로 올라가고 싶어 하는 화자의 의지. 그것은 매일 눈물만 흘리는 임을 위하는 유일한 길이고, 시간을 되돌려 결코 세조에게 왕위를 뺏기지 않게 자신이 돕겠다는 의지의 표현이다. 의지를 통해 새로운 방향을 모색하고 있는 점이 이 작품이 갖고 있는 매력이라면 매력이다.

첫째 행은 밤낮으로 흘러내리는 자연적인 냇물을 의인화하고 있다. 인간처럼 슬픔을 지닌 채 흘러간다는 것이다. 둘째 행에서는 그 냇물이 결국 상류(上流)에서 임이 흘린 눈물임을 자각하는 부분이다. 그리고 마지막 행에서는 자신이 소망과 의지를 표출하고 있다. 저 물이 거슬러 흐르려고 하는 것처럼 자신도 울면서 임에게로 향하고 싶다는 간절한 소망과 의지를 표현한 것이다.

- **원 호**(元 昊) : 생몰년 미상. 조선 전기 생육신의 한 사람. 자는 자허(子虛), 호는 관란(觀瀾)·무항(霧巷).

1423년(세종 5) 문과에 급제, 문종 때 집현전직제학에 이르렀다. 수양대군이 정권을 잡자, 병을 핑계로 고향 원주(原州)에 은거하였다. 단종이 영월에 유배되자, 영월 서쪽에 집을 지어 이름을 '관란재(觀瀾齋)'라 하고 강가에 나가서 시가를 읊기도 하고 혹은 집에서 글을 짓기도 하면서 아침 저녁으로 멀리서 영월 쪽을 바라보고 눈물을 흘리며 임금을 사모하였다. 단종이 죽자 삼년상을 입었고, 삼년상을 마친 뒤 고향인 원주에 두문불출하였다.

단종의 3년상을 마치고 돌아와서도 누울 때는 반드시 동쪽으로 머리를 두었는데 그 이유는 단종의 장릉(莊陵)이 자기 집의 동쪽에 있었기 때문이었다. 그는 한평생 단종을 그리다가 죽었다. 시호는 정간(貞簡)이다.

碧海竭流(벽해 갈류) 後(후)에 모릭 모혀 섬이 되여

無情(무정) 芳草(방초)는 힝마다 푸르로되

엇더틋 우리의 왕손은 歸不歸(귀불귀)를 흐느니

—구　용(具　容)

> 깊고 넓은 바닷물이 다 말라 버린 다음, 모래가 모여 섬이 되고/ (다시 그 모래톱에) 아무 의미도 모르는 풀들이 해마다 다시 푸르곤 하는데[세상이 바뀌어 모든 것이 다 되살아나는데]/ 아, 어찌하여 우리 왕손[능창대군(綾昌大君)]은 한 번 가고는 다시 돌아오지 못하는가

- 벽해갈류(碧海竭流) : '벽해(碧海)'는 푸르고 깊고 넓은 바다를 말하고, '갈류(竭流)'는 흘러 없어짐을 말하니, '벽해갈류(碧海竭流)'는 넓고 넓은 바다가 마름을 뜻한다.
- 방초(芳草) : 꽃 같이 아름다운 풀.
- 엇더틋 : '어찌하여'의 뜻을 가지고 있으나, 시조 마지막 행 첫구에 나타날 때는 의미 없는 감탄사로 보는 게 좋다. 이밖에 '어즈버, 아히야, 오호라, 어더타' 등이 있다.
- 왕손 : 왕손(王孫). 즉, 임금의 후손(後孫)을 가리키는 말로 여기서는 광해군(光海君)에게 살해된 능창대군(綾昌大君)을 말한다. 귀뚜라미를 지칭할 때 쓰이기도 한다.
- 귀불귀(歸不歸) : 한 번 가서는 다시 돌아오지 아니함. '귀(歸)'는 원래 '(돌아)오다'의 뜻을 가지고 있으나, '귀불귀'처럼 대칭의 뜻으로 사용될 때는 '가다'의 뜻을 가진다.

이 작품은 어려서부터 재지(才智)가 뛰어나고 비범한 능력을 지니고 있었으나 광해군의 시기를 받아 죽은 능창대군을 그리며 부른 노래로 전해진다. 광해군의 어지럽고 험악한 세상은 지나가고, 인조반정으로 이제 밝고 조용한 새 세상이 되었는데도, 저 세상으로 간 능창대군의 모습을 다시 만날 수가 없다는 안타까움을 표현한 것이다.

먼저, 이 작품을 바로 이해하기 위해서는 시간의 개념과 그 시간을 표현하는 기법에 대한 이해가 필요하다. 첫 행의 표현을 실제적인 시간으로 보면

안 된다. 다만 심리적인 시간을 표현한 것으로 이해해야 할 것이다. 사실상 광해군이 재위에 있었던 기간은 15년 남짓이다. 그런데도 그 시간을 영원의 시간(1행)으로 표현한 것은 그 만큼 오랜 시간이 지난 것 같은 느낌이 든다는 것이다. 여기서 우리는 시간의 상대성을 생각해 볼 수 있다. 시간을 절대적인 것으로 생각하지만 사실은 그렇지 않다. 시간이란 인간에 의해 구분지어진 하나의 단위에 불과하다. 그렇기 때문에 절대적인 것이 아니다. 화자가 광해군의 재위 기간을 거의 영원처럼 느끼고 있는 것은 그 기간이 그만큼 힘들고 괴로웠다는 뜻이다. 또한 오랜 시간이 흐른 것처럼 느껴질 만큼 많은 일이 있었음을 표현한 것으로도 볼 수 있다.

또한 첫 행의 의미를 세상의 모든 것이 다 바뀐 상태, 즉 새 세상을 뜻하는 말로 이해할 수도 있다. 광해군 폭정이 다 사라진 새로운 세상의 모습을 표현한 것으로도 볼 수 있기 때문이다.

둘째 행은 우리가 흔히 접할 수 있는 표현이다. 세상, 사람과는 아무런 관계도 없이 무심하게 변화하는 자연. 그 자연의 모습에서 느끼는 인간적인 괴리감을 표현한 것이다. 인간과는 아무런 관계도 없이 무심하기만 한 자연에서 우리는 괴리감을 느끼기 때문이다.

마지막 행에서는 자신의 감정을 솔직하게 표현하여 주제를 표출하고 있다.

시조의 주제가 대체로 마지막 행에서 드러나지만, 이 작품은 다른 작품들보다 직접적으로 주제를 드러내고 있다. 직접적인 주제 노출은 강점으로 작용하기보다 약점으로 작용한다. 문학 작품의 주제란 직접적인 노출보다는 은근하고 다의적(多義的)인 형태로 드러내는 게 미덕일 수 있기 때문이다.

●구　용(具　容) : 생몰연대 미상. 조선 중기의 문신, 학자. 자는 대수(大受), 호는 죽창(竹窓).

32세인 1590년 생원시에 합격, 김화현감을 역임하는 3년간 선정을 베풀어 치적을 올렸고, 시재(詩才)가 높았다. 임진왜란 중 직접 겪은 현실을 고발한 비판·풍자적인 시가 많다. 저서로는 『죽창유고(竹窓遺稿)』 2책이 있다.

2. 우국(憂國)과 충성(忠誠)

나라를 걱정하고, 나라와 군주에 대한 충성심은
어쩌면 우리나라 역사를 지탱해온 근간 사상이 아닐까 한다.
그러던 것이 조선조에 와서는 유교의 영향으로 더욱 견고해지는데,
목숨을 바쳐 나라와 군주에게 충성을 다하려는 마음과, 나라를 걱정하는 마음.
이 두 사상은 현대를 살아가는 우리에게도 필요한 덕목이 아닐까한다.
특히나 요즘처럼 자신의 영달과 이익만을 중시하는 사회 분위기에서는 더욱 더.

綠耳霜蹄(녹이상제) 슬지게 먹여 시닉ㄷ믈에 싯겨투고
龍泉雪鍔(용천설악)을 들게 갈아 두러메고
丈夫(장부)의 爲國忠節(위국충절)을 세워볼까 ㅎ노라

— 최　영(崔　瑩)

하루에 천리를 달리는 녹이상제와 같은 날랜 말을 살지게 잘 먹여 맑은 시냇물에
씻어 올라타고/ 용천검같이 잘 드는 큰 칼을 더 잘 들게 갈아 어깨에 둘러메어/ 사
나이답게 나라를 위해 충절[충성과 절개]을 세워보려 하노라

- 녹이상제(綠耳霜蹄) : '녹이(綠耳, 騄耳)'는 하루에 천리를 달리는 날랜 말을, '상제(霜蹄)'는 날랜 말의 굽, 또는 날랜 말을 가리킨다. 따라서 '녹이상제(綠耳霜蹄)'는 아주 빠르고 좋은 말을 말한다.
- 용천설악(龍泉雪鍔) : '용천(龍泉)'은 옛날 중국에 있었다는 전설적인 보검(寶劍)이다. '설악(雪鍔)'에서 '악(鍔)'은 칼날이니 '설악(雪鍔)'은 눈처럼 번쩍이는 칼날이 되겠다. 따라서 '용천설악(龍泉雪鍔)'은 예리하면서도 썩 잘 드는 칼을 가리킨다.

고려말 해구(海寇)와 왜구(倭寇)를 무찔러 나라의 안정을 도모한 명장 최영 장군의 시조다. 작품 전체에 명장다운 기개와 충성심이 돋보이는 작품이다.
　작가는 먼저 병장기(兵仗器) 마련에 대한 의욕을 보인다.
　전설 속에서나 등장하는 녹이상제(綠耳霜蹄)를 구해다 살지게 먹임은 물론, 잘 관리하여 두었다가 타고 나서겠다는 것이다(1행). 또한 용천설악(龍泉雪鍔)과 같은 훌륭한 칼(무기)을 갈고 또 갈아 임전태세를 완벽히 갖추겠다는 것이다 (2행). 어쩌면 녹이상제(綠耳霜蹄)나 용천설악(龍泉雪鍔)은 실재하는 것이 아니기 때문에 현실감이 떨어진다 할 수 있다. 그러나 어떤 의지를 나타낼 때는 그 사물이 실존(實存)이나 실재(實在) 여부를 떠나 가장 빼어나고 좋은 것을 취해 어떤 일을 이루겠다는 표현을 종종하곤 한다. 이는 현실적인 것에 대한 과소 평가가 아니라 이루지 못함직한 것을 이루고야 말겠다고 말함으로써 자신의

의지를 더욱 굳게 다지려 하는 것이다. 사람이란 성취할 수 있는 것에 목표나 목적을 두고 어떤 일을 해나기도 하지만, 성취할 수 없을 것 같은 것에 보다 큰 목표나 목적을 두고 자신의 생을 바치곤 한다. 어찌보면 어리석은 일이라 볼 수도 있다. 그러나 인생의 목적이란 반드시 구체적이고 가시적인 것은 아니다. 오히려 추상적이고 비가시적인 것을 위해 살아가기도 한다. 이 시조도 같은 선상에서 이해해야 할 것이다. 눈앞의 목표를 설정하기보다 보다 높은 목적을 위해 자신의 삶을 바치겠다는 장군의 의지를 볼 수 있다면 족한 것이다. 그런 점은 마지막 행을 읽어보면 알 수 있다.

누구도 감히 상상할 수 없는 좋은 무기와 기개를 바탕으로 자신의 평생 소원인 나라 위하는 정신을 세워 충성심을 발휘하겠다는 것이다. 무장(武將)의 유비무환(有備無患) 정신과 임전무퇴(臨戰無退) 정신, 또한 기개를 잘 드러내 주는 작품이라 할 수 있다.

이런 장군의 발언은, 왜구의 침입이 잦자 거선(巨船) 130여 척을 만들어 왜구의 침입에 대비하였다는 역사적 사실과도 부합되는데, 평생을 오직 나라만을 생각한 장군의 정신이 잘 드러나 있다.

● **최　영**(崔　瑩) : 1316(충숙왕 3)∼1388(우왕 14). 고려 말기의 재상. 무신.
풍채가 괴걸하고 힘이 뛰어났다. 처음에 양광도도순무사 휘하에서 왜구를 자주 토벌하여 그 공으로 우달치가 되었다. 1361년 홍건적 10만이 다시 침입하여 개성을 함락시키자, 안우·이방실 등과 함께 이를 격퇴하여 개성을 수복하였으며, 1376년 (우왕 2) 왜구가 삼남지방을 휩쓸고 진격하자, 홍산에서 크게 무찔러 이름을 날렸다.
요동정벌을 결심하고 팔도도통사(八道都統使)가 되어 요동을 정벌하려 하였으나, 이성계가 조민수를 달래어 위화도 회군을 단행함으로써 요동정벌은 실패로 끝나고 말았다. 위화도회군을 단행한 이성계에게 잡혀 고향인 고봉현으로 귀양갔다가, 다시 합포·충주로 옮겨다니다 참수(斬首)되었다. 시호는 이성계가 조선왕조를 세운 후 6 년 만에 내린 무민(武愍). 개풍군 덕물산에 있는 적분(赤墳, 무덤에 풀이 나지 않는 무덤)은 바로 장군의 무덤으로, 그 산 위에 장군당이 있어 무조(巫祖)로 무당들의 숭상의 대상이 되고 있다.

朔風(삭풍)은 나모 긋틱 불고 明月(명월)은 눈 속에 춘듸
萬里邊城(만리변성)에 一長劍(일장검) 짚고 셔셔
긴 푸름 큰 흔 소릭에 거칠 거시 업세라.

> 북풍은 앙상한 나뭇가지에 몰아치고, 중천에 뜬 밝은 달은 눈 덮힌 산야에 비쳐 차갑기 그지없는데/ 서울로부터 멀리 떨어진 이 변방 성루(城樓)에 긴 칼을 짚고 서서/ 휘파람 불며 큰 소리로 고함을 치니 (오랑캐의 무리이건 사람의 무리이건) 거칠 것[무서울 것]이 없구나

- 삭풍(朔風) : '삭(朔)'은 북녘을 뜻하므로 '삭풍(朔風)'은 북쪽에서 불어오는 찬바람이다.
- 만리변성(萬里邊城) : 서울에서부터 만리나 떨어져 있는 변방의 성(城). 즉, 김종서가 지키던 함경도의 육진(六鎭)을 가리킨다.
- 푸람 : 휘파람.

세종 때 육진(六鎭)을 개척하여 국경을 획정한 김종서 장군의 작품으로, 변방을 지키는 장군의 호방하고 늠름한 기상이 엿보인다.

첫 행에는 변방 주변의 매서운 날씨와 싸늘한 기운이 잘 묘사되어 있다. 눈보라와 함께 몰아치는 북방의 바람. 그 바람은 온 세상을 다 뒤엎을 듯이, 북방의 모진 추위를 잘도 견디는 나뭇가지마저 뒤흔들며 고문하듯 한다. 그런 상황에서 온 세상을 훤히 비추는 '명월(明月)'은 차가운 날씨를 더욱 차갑게 느끼게 한다. 안 그래도 세상이 온통 눈에 덮여 있어 춥기만 한데, 그 찬 눈을 하얗게 비춤으로써 시각적인 효과를 더해 더욱 춥게 만든다. 이는 눈에 보이지 않은 것에 대해서는 두려움이나 감각(추위, 더위, 매움, 짬, 심)이 덜한 데 비해, 눈으로 봄으로써 두려움이나 감각이 더욱 애민해지기 때문이다. 달이 차가운 눈을 비춤으로써 더욱 차가움을 느끼게 하는 것이다. 아는 게 병이 아니라 보이는 게 병이라고나 할까?

둘째 행에는 변방을 지키는 장군의 위풍당당한 모습이 드러난다. 긴 칼을 짚고 서서 자신이 토벌한 여진 쪽을 바라다보는 장군의 모습은, 언제라도 쳐들어 올테면 쳐들어 와보라는 자신감을 드러내는 것이라 할 수 있다.

이런 자신감은 셋째 행에서 더욱 구체화되어 나타난다. 휘파람 소리와 큰 고함 소리(기합 소리)로 상대방을 제압하니 거칠 것이 없다는 것은 장군의 기개를 나타내기 때문이다. 장군의 이런 행동으로 여진은 물론, 모든 짐승과 산천초목까지 벌벌 떠는 모습이 눈에 선하다.

여기서 하나 눈 여겨 둘 것은 바로 고함 소리다. 고함 소리는 상대에 대한 기선 제압(機先制壓)인 동시에 자신감, 꼭 해내고야 말겠다는 결의의 표현이다. 그렇기 때문에 발차기나 격파, 전투 직전, 단체 경기를 하기 전에 악을 쓰듯 기합·고함을 치는 행위나, 군인들이 군가를 부르는 것도 이 때문이다.

● **김종서**(金宗瑞) : 1390(공양왕 2)~1453(단종 1). 조선 초기의 정치가. 자는 국경(國卿), 호는 절재(節齋).

16세에 문과에 급제하여 관직을 두루 거쳤고, 육진(六鎭)을 개척하여 두만강을 국경선으로 확정하는 데 큰 공로를 세웠다. 또한 좌찬성 겸 지춘추관사(知春秋館事)로서 『고려사(高麗史)』를 찬진하였다.

흔히 무장으로 알기 쉬우나, 강직·엄정하고 밝은 문인·학자였으며, 유능한 관료이기도 하였다. 사헌부·사간원의 이력, 고제(古制)와 의례에 조예 등을 보면 알 수 있다. 또한, 집현전 출신이 아니면서도 당시 최고 수준의 학자·관료였던 집현전학사들을 지휘하여 『고려사(高麗史)』 편찬의 책임을 맡을 수 있었다는 것은 그의 학자적 능력을 보여주는 면이라 할 수 있다.

계유정난 때 수양대군에게 피살되었다. 시호는 충익(忠翼)이다.

長白山(장백산)에 旗(기)를 곳고 豆滿江(두만강)에 물을 싯겨
서근 져 션븨야 우리 아니 스나희냐
엇덧타 獜閣畵像(인각화상)을 누고 몬져 흐리오

－김종서(金宗瑞)

> (우리 군인들은) 백두산에 군기를 꽂고, 두만강에서 말을 씻기곤 하니 (그 어찌 호방하지 않으리)/ (그런데 한양에서 상대방을 시기하고 모함하는) 썩은[속좁은] 선비들아 우리 모두 사나이가 아니냐/ 아, (기린각에 공신들의 초상이 걸리듯) 국가 공신록에 누가 먼저 오를 것인가[너희처럼 썩어빠진 선비들은 결코 걸 수 없다]

- 장백산(長白山) : 백두산. 보통 중국에서 백두산을 일컫는 말로 중국에서는 오늘날에도 장백산이라 한다.
- 곳고 : 꽂고. '곶다'를 소리나는대로 '곳다'로 표기한 것이다.
- 인각화상(獜閣畵像) : '인각(獜閣)'에서 '린(獜)'은 사슴을 나타내는 '린(麟)'자와 같은 글자다. 따라서 '인각(獜閣)'은 기린각(麒麟閣)을 말한다. 기린각은 중국 후한의 무제(武帝)가 기린을 잡았을 때에 세운 누각인데, 그 누각에는 선제(宣帝) 때 공신 열 한 명의 초상이 걸렸다고 한다. 따라서 인각화상(獜閣畵像)이란 공신록 또는 공신록에 오름을 말한다.

작가가 여진을 치고 육진을 열고 난 후, 북진하여 우리 땅[고구려]을 회복하고자 하였으나 비겁한 반대파들 때문에 만주 회복의 대망을 이루지 못하자 울분에 겨워 지은 시조로 알려져 있다.

먼저 화자는 무장(武將)들의 호방하고 진취적인 기상을 얘기하고 있다. 민족의 영산(靈山)인 '장백산(백두산)'에 기를 꽂아 놓고, 멀리 만주와 중국땅을 내다보며 우리 민족의 숙원인 북진을 되새기며 하루도 훈련을 게을리 하지 않는다는 것이다. 그리고 '두만강'에서 자신의 몸과도 같은 말을 씻기며 하루라도 빨리 북녘을 달려 나가겠다는 다짐을 한다는 것이다(1행).

그런데 썩어빠진 선비란 작자들은 문관(文官)임네 해서 한양에 눌러앉아, 임

금 주위에 모여 남을 시기하고 질투하고 모함하는 짓만 하면서 사나이라고 재고 있다는 것이다(2행). 따지고 보면, 조선은 문관(文官)들을 중시하고 무관(武官)들을 괄시함으로써 많은 문제를 노출시켰다. 특히나 문관들에 의해 주도된, 당리당략(黨利黨略)만을 중시하는 당쟁(黨爭)은 그 어떤 문제보다도 큰 폐단이었다. 이런 편가르기에 희생된 인재들을 생각할 때, 김종서 장군이 쓴 소리는 너무나 당연하다 할 것이다. 요즘 나라 사정이 어려운데 여전히 당리당략을 앞세우는 정치판을 볼 때마다 불쑥 결기가 일곤 한다. 김종서 장군도 같은 감정이 일어 이런 말을 한 게 아닌가 싶다.

그러나 역사는 항상 정의 편에 서고, 평가는 후세인들이 정당하게 내려줄 것이기에, 국가 공신록이라 할 수 있는 '인각화상(麟閣畵像)'의 반열에는 그들(선비)이 결코 오를 수 없을 것이라는 게 화자의 주장이다(3행). 아무리 현재 상황은 왕의 총애를 받는 문신들에게 유리하다 해도, 역사는 정당한 평가를 내릴 것이란 굳은 믿음을 갖고 있었던 것이다. 이런 역사의식이야말로 중요한 것이다. 시간을 초월해서 되살아나는 정의에 대한 믿음, 사필귀정(事必歸正)의 확신은 조선시대를 살았던 장군이나 현재를 살고 있는 우리에게나 꼭 필요한 믿음이 아닐까 한다.

너무나 현실적인 관점에서 모든 것을 판단하고, 현재적인 것에 눈이 먼 오늘날 우리들의 삶의 자세를 비판인 것 같아 낯이 뜨겁다. 바른 역사적 평가에 대한 믿음과 자신의 소신을 믿는 장군의 기상이 보이는 듯하다.

• **김종서**(金宗瑞) : p.43 참조.

長劍(장검)을 싸혀 들고 白頭山(백두산)에 올나 보니

大明天地(대명천지)에 腥塵(성진)이 줌겨셰라

언제나 南北風塵(남북풍진)을 헤쳐 볼고 ᄒ노라

—남　이(南　怡)

긴 칼을 빼어 들고 백두산에 올라 보니/ 밝고 훤한 세상[평화로운 조국]에 전쟁으로 인한 혼란이 가득 잠겨 있구나/ 언제쯤 변방을 침략하는 오랑캐의 무리를 평정해 볼 것인가[하루빨리 오랑캐의 무리를 퇴치하고 싶어라]

- 대명천지(大明天地) : 아주 환하게 밝은 세상.
- 성진(腥塵) : 피비린내 나는 티끌. 즉, 전쟁으로 인한 소란과 동요(혼란).
- 남북풍진(南北風塵) : 남만(南蠻)과 북적(北狄)의 어지러운 난리.

　　이 말은 중국 입장에서 볼 때 타당하지만 우리 입장에서는 어울리지 않는 표현이다. 중국인들은 자신들의 나라가 지구의 중앙에 있다고 믿었고, 그렇기 때문에 늘 번영을 누릴 것이라고 믿었다[중화사상(中華思想)]. 하여 주변국을 모두 오랑캐로 규정하고 있었다. 동쪽에 있는 우리나라를 동이(東夷), 서쪽에 있는 서남아시아를 서융(西戎), 남쪽에 있는 동남아지역을 남만(南蠻), 북쪽에 있는 러시아 등을 북적(北狄)이라 칭한 것이다. 따라서 여기서 '남북(南北)'은 왜(倭)와 여진 또는 청(淸)으로 이해하는 것이 좋을 듯하다.

　　세조 때 여진을 공격하여 수장(首將) 이만주(李滿住)를 참살하는 한편, 이시애(李施愛)의 난을 평정한 장군의 기개와 포부가 엿보이는 작품이다.

　　이 작품을 이해하기 위해서는 먼저 화자의 현재 위치를 파악해야 한다. 화자는 현재 백두산에 올라있다. 우리 민족의 영산(靈山)으로 알려져 있는 백두산에 오른 장군에게는 남다른 회포가 있었을 것이다. 일반인도 높은 산에 오르면 기상과 포부를 갖게 되는데 한 나라의 국방을 담당하던 장군이 민족의 영산인 백두산에 오른 회포야……

　　백두산에 오른 장군이 맨 먼저 생각한 것은 여진족의 침략으로 인한 혼란과 백성들의 고통이었다. 평화를 사랑하는 우리 민족이 이민족의 침략으로 고통받는다는 것은 있을 수 없는 일이라고 생각한다. 이를 생각한 장군이 그 것을 평정하겠다는 포부를 갖는 것은 자연스러운 일이다.

첫 행에는 무장의 신분으로('장검을 빼혀 들고') 백두산에 오름을 얘기하고 있다. 백두산에 오른 이유는 정확히 나타나지 않고 있다. 그러나 작품의 내용을 살펴볼 때 일부러 백두산에 올랐음을 알 수 있다. 우리 민족의 아픔을 눈으로 직접 확인하고, 어떻게든 평정하고야 말겠다는 의지를 가지고 오른 것 같다. 이런 점은 둘째 행에서 잘 드러난다.

둘째 행에는 백두산에 올라가서 본(또는 생각한) 우리나라의 실상을 얘기하고 있다. 평화로워야 할 나라가 이민족 침략으로 인해 혼란과 백성들의 고통이 극심하다는 것이다('성진이 즘겨셰라'). 평화와 안정이 유지되어야 할 조국('대명천지')에 전쟁으로 인한 혼란과 아픔('성진')이 계속되고 있음은 무장으로서 그냥 묵과할 수 없는 것이다. 범부(凡夫)도 동족의 아픔을 보고는 결기가 이는데, 일생의 사명을 국방과 민족 평안에 두고 있는 장군으로서는 그 아픔이 더할 수밖에. 해서 하루라도 빨리 이 혼란과 아픔을 평정하고야 말겠다고 결의를 다지는 것이다('남북풍진을 헤쳐 볼고 흐노라').

스물여덟이란 짧은 삶 속에서도 자신의 임무와 나라 사랑의 마음을 늘 간직하고 있었던 장군의 충성심을 잘 드러낸 작품이라 하겠다.

●**남 이**(南 怡) : 1441(세종 23)~1468(예종 즉위년). 조선 초기의 무신. 정선공주 (貞善公主, 태종의 4녀)의 아들.

17세에 무과에 장원급제하고, 세조의 총애를 받으면서 여러 무직을 역임하였고, 이시애(李施愛) 반란이 일어나자 난을 평정했다.

공조판서 시절, 궁궐에서 숙직을 하고 있던 중 혜성(慧星)이 나타나자 "혜성이 나타남은 묵은 것을 없애고 새 것을 나타나게 하려는 징조다."라고 말하였는데, 이를 엿들은 병조참지(兵曹參知) 유자광(柳子光)이 역모를 꾀한다고 모함함으로써 국문 끝에 능지처사당하였다. 그 뒤 순조 때 우의정 남공철(南公轍)의 주청으로 강순과 함께 관작이 복구되었다. 시호는 충무(忠武)다.

十年(십년) ᄀ온 칼이 匣裏(갑리)에 우노민라

關山(관산)을 ᄇ라보며 째째로 ᄆ져 보니

丈夫(장부)의 위국 공훈(爲國功勳)을 어닌 째에 드리올고

—이순신(李舜臣)

> 십 년 동안이나 갈아온 칼이 갑[칼집] 속에서 우는구나[한 번도 써 보지 못하고 허송세월만 하는구나]/ 관산[관문]을 바라보며 (칼집 속에 든 칼을) 이따금씩 만져 보니 (가슴이 터질 듯 아파오는구나)/ 대장부의 나라 위한 큰 공을 어느 때에 세워 (그 영광을 임금님께) 드릴까

- ᄀ온 : 간(磨), 갈아온. '갈다'의 관형형.
- 갑리(匣裏) : '갑(匣)'은 상자, '리(裏)'는 속이므로 '갑리(匣裏)'는 '칼집 속'을 말한다.
- 관산(關山) : 관문(關門). 관문이란 옛날 국경이나 요새 또는 교통의 요충지 같은 데 설치하였던 관(關) 또는 성문을 말한다. 이런 속성으로 인해 '어떤 일을 하자면 반드시 거쳐야 하는 중요한 대목'을 지칭하는 뜻으로도 쓰인다. 예를 들어 '입시의 관문', '어려운 관문을 통과하다' 등.
- 위국공훈(爲國功勳) : 나라를 위해 세운 큰 공.

김응하(金應河)의 작품이라고 알려져 있기도 하지만, 일반적으로 이순신 장군의 작품으로 본다. 관(關)을 지키고 있다가 나라가 위태로우면 목숨을 바쳐 나라를 구하겠다는 진중시(陣中詩)다.

첫 행은 나라의 위기에 대비하여 오랫동안 싸울 준비('십년 ᄀ온 칼')를 해 왔으나 능력을 발휘할 기회가 없어 안타깝다('갑리에 우노민라')는 내용이다. 어찌보면 전쟁을 기다리는 듯한 인상을 주는 표현이다. 그러나 역사적인 관점에서 보면, 문관의 힘과 횡포에 눌려 서러운 날을 보내고 있는 무관의 답답함을 표현한 것으로 보는 게 좋겠다. 할 일은 많고도 많은데 공리공론만을 앞세우고, 당파싸움에만 혈안이 되어있는 조선 중기의 정치 현실을 안타까워

한 것으로 보는 것이 타당할 듯싶기 때문이다. 그래서 칼이 운다는 의인법을 사용하여 직설적인 표현을 삼갔을 것이고.

둘째 행에서는 그 안타까움이 커져감을 말하고 있다. 임금 주변에서는 권력 싸움이 한창이고, 자신은 외적의 침입을 막기 위해 관산에 나와 있다. 그러기에 자신의 위치는 불안정하고 위태로울 수밖에 없다. 그런 버림받았다는 서러움이 결국 관산을 바라보며 칼만 만지작거리게 하는 것이고.

마지막 행에서는 어느 때든 나라가 부르면 목숨을 바쳐 싸우겠다는 의지를 표현한 것으로, 장군의 굳은 결의와 충성심이 잘 드러나 있다. 또한 이 3행은 무관으로서의 서러움을 나라를 위해 목숨을 바침으로써 극복하겠다는 의지를 표현한 것으로도 볼 수 있다. 시조 작품들을 보다보면 무관으로서의 서러움을 표현한 작품이 많은데, 그 작품들의 기저에는 공통적으로 무관이기 때문에 받아야 하는 괄시를 얼마간 드러내고 있기 때문이다. 앞의 최영 장군의 작품이나, 뒤에 나오는 장붕익, 김진태의 작품에도 얼마간 그런 정서가 깔려있다.

그러나 마지막 행에서 우리가 더욱 중요하게 봐야 할 대목은 맨 마지막 표현이다. 목숨을 바쳐 나라를 구하되 그 모든 영광은 임금님께 드리겠다는 의지. 그 곳에서 비로소 앞부분의 푸념조를 극복한 어조를 보이고 있기 때문이다. 결국 괄시와 서러움 속에서 일생을 보내고 있지만 나라를 위해 목숨을 바침으로써 모든 영광을 임금께 돌리겠다는 의지 표명은 자칫 푸념조를 끝날 이 작품에 힘을 실어주고 있다. 충무공의 인생역정(수모와 모함, 백의종군, 전쟁터에서의 죽음)을 생각할 때 쉽게 이해할 수 있는 작품이다.

• **이순신**(李舜臣) : 1545(명종 1)~1598(선조 32). 자는 여해(汝諧). 시호는 충무(忠武). 조선시대 임진왜란 때 일본군을 물리치는 데 큰 공을 세운 명장. 장군에 대해서는 워낙 많이 알려져 있어 생략한다. 책으로는 김훈의 『칼의 노래』, 김탁환의 『불멸의 이순신』, 인터넷 http://www.e-sunshin.com을 참고하기 바란다.

鐵嶺(철령) 노픈 峰(봉)에 쉬여 넘는 져 구룸아

孤臣寃淚(고신 원루)를 비사마 씌여다가

님 계신 九重深處(구중심처)에 쑤려본들 엇드리

－이항복(李恒福)

철령 높은 봉우리를 쉬었다 가는 저 구름아/ 임금께 버림받고 귀양길에 오른 이 외로운 신하의 억울한 눈물을 비 대신 띄워다가/ (임금이 계신) 아홉 겹으로 둘러쌓인 깊숙한 대궐에 뿌려보면 어떻겠느냐

• 철령(鐵嶺) : 강원도 회양군(淮陽郡)과 함경남도 안변군(安邊郡) 사이에 있는 큰 고개.
• 고신원루(孤臣寃淚) : 외로운[임금께 버린 받은] 신하의 억울한 눈물.
• 구중궁궐(九重宮闕) : 아홉 겹이나 둘러싸인 깊은 곳을 뜻하니, 임금이 계신 대궐을 가리킨다.

광해군(光海君) 5년, 인목대비(仁穆大妃) 폐모론을 반대하다가 함경도 북청(北靑)으로 귀양갈 때 철령을 넘으면서 원통한 심정을 임금께 하소연한 작품. 귀양길에 오른 자신은 임금에게 갈 수가 없기 때문에, 어디든 자유로이 다닐 수 있는 구름에게 자신의 마음을 담아 임금께 전해달라는 것이다.

사람은 없는 것, 못 가진 것에 대해 갈증을 느낀다. '없음' 또는 '결핍'은 갈증으로 남게 되고, 그 갈증은 결국 '있음' 또는 '풍족'함을 부러워하고, 그 무엇보다 소중한 것으로 생각하게 된다. 화자가 지금 구름을 바라보는 심경도 이와 유사할 것이다. 자신은 임금께 버림받아 귀향길을 가고 있는데, 구름은 시름없이 제 가고픈 곳을 간다. 그런 부러움이 구름을 간절히 부르게 한 것이다(1행).

그리고 그 부러움은 자신과는 대조적인 상황으로 인하여 더욱 강렬해진다. 그러기 때문에 바람, 구름, 새, 빛, 소리 등 자유로운 존재들을 부러워하게 된다. 특히나 화자의 상황에서 보면, 이제 가면 언제 돌아올지 알 수가 없다.

사실 역사적으로 보면 작가 이항복은 지금 가고 있는 유배지 북청에서 생을 마감한다. 하여 화자는 아무런 구속 없이 임금께 갈 수 있는 구름이 자신의 마음을 전해줄 적임자란 생각에 신신당부하는 것이다(2행).

이 작품에서 또 하나 눈여겨 두어야 할 단어는 '고신원루(孤臣寃淚)'다. 화자는 임금께 버림받은 게 억울하다고 주장한다. 이런 점에서 이 작품은 고려가요 <정과정(鄭瓜亭)>, 기타 자신의 결백을 주장한 많은 유배시가와 닮은 점이 있다. 그러나 화자는 다시 사랑받기를 갈망하지 않는다. 다만 자신의 억울함을 알리려 할 뿐. 다만 현재 상황이 잘못됐음을 주장하려 할 뿐. 임금이 모든 것을 판단하고 행하시기를 바랄 뿐. 하여 자신의 결백을 주장하여 다시 사랑

받고자 하는 다른 작품과는 느낌이 사뭇 다르다. 작가의 성품을 얼마간 엿볼 수 있는 시다. 훗날 광해군도 이 사실을 알고 눈물을 흘렸다는데, 어쩌면 작가의 대쪽같이 곧은 마음에서 우러나오는 비장함 때문이었는지도 모른다.

● **이항복**(李恒福) : 1556(명종 11)~1618(광해군 10). 조선 중기의 문신. 자는 자상(子常), 호는 필운(弼雲)·백사(白沙).

오성부원군(鰲城府院君)에 봉군되어 오성대감으로 불리며 죽마고우인 한음(漢陰) 이덕형(李德馨)과의 기지(機智)와 작희(作戱)에 얽힌 이야기로 잘 알려진 인물이다.

1575년(선조 9)인 20세에 진사초시에 오르고 1580년 알성문과에 병과로 급제한 후 호당(湖堂)과 옥당(玉堂)에 들어가 선조의 사랑을 받았다. 정여립 모반을 평정하고, 임진왜란 때 요직에 있으면서 국난을 수습하는데 힘을 다하여 공훈을 세우고 오성부원군에 봉해졌다.

광해군 때 인목대비 폐모론에 반대하다 함경도 북청으로 귀향가 그곳에서 죽었다. 죽은 해에 관작이 회복되었고, 시호는 문충(文忠)이다.

가노라 三角山(삼각산)아 다시 보쟈 漢江水(한강수) ㅣ 야

故國山川(고국 산천)을 써나고쟈 ㅎ리마는

時節(시절)이 하 殊常(수상)하니 올동말동ㅎ여라

－김상헌(金尙憲)

> (나는 이제 오랑캐에게 끌려가는 신세가 되어) 가노라 삼각산아, 다시 보자 한강 물아/ 어느 누가 제 고국 강산을 떠나려 하겠는가마는[할 수 없이 고국 산천을 떠나지만]/ 시절이 너무나도 뒤숭숭하게 돌아만 가니 다시 돌아올 수 있을런지가 의문이구나

- 삼각산(三角山) : 북한산(北漢山)의 명칭으로, 북한산이 백운대·국망봉·인수봉으로 이루어져 있어 붙여진 이름. 여기서 '북한산(北漢山)'과 '한강수(漢江水)'는 서울을 말하는데, 우리나라를 대유적으로 지칭하는 것이다.
- 하 : 너무도. 많이. 크게. '하'는 '하다[多]'의 어근형 부사다.

뒤에 나오는 효종의 시조와 관계가 깊은 작품. 병자호란 때 척화 항전(斥和抗戰)을 주장했던 척화신(斥和臣)의 한 사람이었던 작가가 소현세자(昭顯世子) 등과 함께 볼모가 되어 심양(瀋陽)으로 끌려가며 지은 시조다.

첫 행은 '삼각산(三角山)'과 '한강수(漢江水)'를 부르며 고국에 대한 애착을 표현하고 있다. 삼각산과 한강수는 임금이 계신 한양을 나타내기도 하지만, 여기서는 고국을 대유적으로 표현한 것으로 볼 수 있기 때문이다.

보통 조국을 떠나면 누구나 애국자가 된다고 한다. 조국에 있을 때는 조국의 소중함을 모르다가 조국을 떠나고 보면 조국의 소중함을 알기 때문이라한다. 그런데 지금 작가는 볼모로 심양(瀋陽)으로 끌려가는 것이다. 자신의 의지와는 상관없이 끌려가고 있는 것이다. 이런 상황에서 조국 산천은 아무리불러보고 둘러봐도 미흡한 갈증으로 남을 수밖에 없다. 해서 볼모의 길을 떠나기 직전에 다시 한 번 그리운 고국 산천을 불러보고 둘러보는 것이다.

둘째 행에서는 떠나고 싶지 않은 데도 어쩔 수 없이 떠나야만 하는 자신의 입장을 표현함으로써 인질이 되어 심양(瀋陽)으로 끌려가는 착잡한 심정과 나라를 걱정하는 우국지정(憂國之情)을 표현하고 있다. 미우나 고우나 제 고향, 제 고국이 최고인데 끌려갈 수밖에 없는 현실을 가슴 아파하고 있다.

마지막 행에서는 반드시 내 조국으로 돌아오고는 싶으나, 병자호란 이후 시국이 너무 뒤숭숭하고, 나라가 안정되어 있지 않기 때문에 돌아오지 못할 것만 같다는 비통한 심정을 토로하고 있다. 그와 함께 고국에 남아있는 사람들에 대한 당부를 담고 있기도 하다. '나는 비록 끌려가지만 결코 그 곳에 뼈를 묻지는 않겠습니다. 그러니 제발 국력을 키워 우리를 구해주고, 다시 나라를 바로 세우십시오.'라는 뜨거운 메시지를 담고 있기도 하다. 척화 항전(斥和抗戰)을 주장했다가 결국 볼모로 끌려가는 작가의 마음 속에는 '국력 신장'이란 과제가 그 무엇보다도 절실했을 것이기 때문이다.

병자호란의 아픔을 소재로 하여 지어진 작품 중 가장 널리 알려진 이 작품은 고국에 대한 뜨거운 사랑이 간절히 표현되어 있음은 물론, 작자의 비통한 심경이 잘 드러나 있는 작품으로 평가된다. 또한 이 작품은 도치법을 활용하여 작품성을 높이고 있기도 하다.

● **김상헌**(金尙憲) : 1570(선조 3)~1652(효종 3) 조선 중기의 문신. 자는 숙도(叔度), 호는 청음(淸陰)·석실산인(石室山人). 서인(西人)으로서 인조반정(仁祖反正)에 가담하지 않은 청서파(淸西派) 영수.

병자호란(丙子胡亂) 때 예조판서로서 척화(斥和)를 주장하다가 이듬해 강화(講和)되자 파직당하고, 1639년 청나라의 출병(出兵)에 반대하는 상소를 하여 이듬해 요동 땅 심양(瀋陽)으로 잡혀갔다. 1645년 석방되어 귀국 후 좌의정 등을 역임했다. 이렇듯 숭명파(崇明派)로 절의(節義)가 있어 신망을 받았다.

저서에 『야인담록(野人談錄)』, 『풍악문답(豊岳問答)』, 『남한기략(南漢紀略)』, 『청음집(淸陰集)』 등이 있으며, 심양으로 끌려갈 때 처절한 애국충정을 읊은 시조 등 4수가 전한다. 그런데 그 중 2수는 각각 김헌(金憲)·황진이(黃眞伊)의 작품으로 기록된 곳도 있어 논란의 소지가 있다.

離別(이별)ᄒ던 날에 피눈물이 난지만지
鴨綠江(압록강) ᄂ린 물이 프른 빗치 전혀 업ᄂᆡ
ᄇᆡ 우희 허여 셴 沙工(사공)이 처음 보롸 ᄒᄃ라

— 홍서봉(洪瑞鳳)

> (임금님께 허둥지둥) 작별인사를 드리고 떠나던 날, 피눈물이 났는지 어땠는지[경황이 없었으니 전혀 알 수가 없구나]/ 압록강에서 굽이쳐 흐르는 물도 (싸움에 진 우리와 같이) 푸른 빛이 전혀 없구나[모두가 핏빛이로구나]/ (우리 일행을 건네 준) 배 위에 머리가 허옇게 센 사공도 "(일국의 세자와 대신들이 오랑캐에게 붙잡혀 끌려가는 모습을) 난생 처음 본다"고 한탄하더라

- 난지만지 : 났는지 말았는지. 경황이 없었다는 뜻이다.
- 허여 셴 : (머리가) 허옇게 센. 나이가 많이 든.
- 보롸 : 보노라. 본다고. '-롸'는 '-노라'의 준말.

병자호란 패배로, 볼모로 청나라에 끌려가는 부끄러움과 아픔을 노래한 작품으로 앞에 소개한 작품과 깊은 연관이 있다.

화자는 먼저 임금과 이별하던 날의 상황을 생각한다(1행). 하도 경황이 없어서 임금님과 헤어질 때 피눈물이 났는지 어땠는지 생각이 나지 않는다고 말한다. 그러나 이 표현은 반대로 생각해야 할 것 같다. 피눈물을 흘리며 헤어졌다는 말이다. 하도 슬프고 부끄러워서 다른 감정을 추스를 상황이 아니었다는 말이다. 너무 슬프고 기가 막히면 그 슬픔마저 느낄 여유조차 없어지고 만다. 나라 잃고 볼모로 끌려가기 직전에 왕과 마지막 석별의 정을 나누는 자리는 슬픔을 느끼지도 못할 정도로 슬펐을 것이다.

그 슬픔이 압록강 푸른 물빛을 보자 되살아난 것이다. 푸르게 흐르는 압록강마저 나라의 아픔을 아는지 핏빛 울음을 울며 흘러가고 있다는 것이다. 실제로 그럴 수 없는 일이지만 화자의 눈에는 그렇게 비쳤던 것이다. 어쩌면

비온 뒤라 강물빛이 정말로 흙빛이었는지도 모른다. 아무튼 핏빛 압록강을 보자 자신들의 서러움이 복받쳐 왔던 것이다(2행).

그리고 자신들을 태우고 강을 건너는 사공의 입을 통하여 역사상 처음 있는 국치(國恥)임을 말한다. 머리가 허옇게 센 사공이 듣도 보도 못한 일이 어떻게 있을 수 있느냐며 한탄을 하자 부끄러움과 슬픔은 더욱 커져만 간다고(3행).

김상헌, 홍서봉, 봉림대군의 세 작품은 심양으로 끌려갈 때의 상황을 표현한 작품들이다. 세 작품은 묘하게도 한양에서 국경을 넘는 상황이 순차적으로 표현되어 있다. 김상헌의 시조는 아직 끌려가기 전의 상황이고, 효종의 시조는 압록강을 건너기 직전 상황이고, 홍서봉의 시조는 압록강(鴨綠江)을 건너고 있는 상황이다. 세 편의 시조를 하나로 묶어 생각한다면 국치의 슬픔과 아픔은 더욱 절실해지리라.

● **홍서봉**(洪瑞鳳) : 1572(선조 5)~1645(인조 23). 조선 중기의 문신. 자는 휘세(輝世), 호는 학곡(鶴谷).

19세인 1590년(선조 23)에 진사가 되고, 1594년(23세)에 별시문과에 병과로 급제하여 관직에 올랐다. 광해군 때는 대북파(大北派)의 전횡을 탄핵하고 벼슬을 물러났다가, 1623년 김유(金瑬) 등과 인조반정을 주동하여 정사공신(靖社功臣)이 되고 익녕군(益寧君)에 봉해졌다. 그 후 이조판서 등을 거쳐 우의정에 이르렀다. 병자호란 때는 화의(和議)를 주장하여 청나라 군영을 왕래하며 실무를 수행하였고, 화의가 성립되자 소현세자와 봉림대군을 모시고 심양에 갔다 왔다.

일찍이 시명(詩名)을 떨쳤고, 시호는 문정(文靖)이다.

靑石嶺(청석령) 디나거냐 草河溝(초하구)ㅣ 어드민오
胡風(호풍)도 춤도 출샤 구즌 비는 므스 일고
뉘라셔 내 行色(행색) 그려내야 님 겨신 디 드릴고

－효종(孝宗)

(우리나라 끝 부분인) 청석령 고개를 지났느냐 초하구는 어디쯤인가/ 북녘 오랑캐
땅에서 불어오는 바람은 차기만 하구나. (그런 마당에) 궂은 비는 또 무슨 일인가/
어느 누가 내 초라한 모습 그려다가 임[아바마마] 계신 곳에 갖다 바치리오

- **청석령**(靑石嶺) : 청석령(靑石嶺)과 초하구(草河溝)는 평북 의주(義州) 지방의 고개와 지
  명이다. 여기서 청석령과 초하구는 우리나라와 청나라의 경계 부분. 볼모가 되어
  심양(瀋陽)으로 끌려가는 길이므로, 우리 강토에 대한 애착으로 청석령과 초하구를
  묻고 있는 것.
- **호풍**(胡風) : 북쪽 오랑캐땅(청나라)에서 불어오는 찬 바람. 여기서 '호풍(胡風)'은 오
  랑캐들의 압제 또는 오랑캐들에 의한 수난과 시련을 암시한다.

효종이 봉림대군 시절에 지은 작품으로 앞의 시조와 관계가 깊은 작품이다.
첫 행에서 화자는 먼저 청나라 땅에 닿기 전에 우리 땅 이름을 다시 한 번
불러보고 있다. '청석령(靑石嶺)'과 '초하구(草河溝)'를 지났느냐고 묻는 것은 단순
히 자신의 현재 위치를 점검하는 것이 아니라, 우리 땅에 대한 애착을 드러내
는 것이다. 또한 이제 얼마 안 있어 청나라 땅으로 들어가게 되면 영원히 다
시 오지 못할지도 모른다는 불안감도 얼마간 내재되어 있다.
둘째 행에서는 청나라로 끌려가는 자신들의 시련과 아픔을 얘기하고 있다.
'호풍(胡風)'만으로도 몸이 얼어붙을 듯한데, '구즌 비'까지 내린다고 표현함으
로써 엎친 데 덮친 격으로 시련이 가중되고 있음을 암시한다. 이를 역사적인
관점에서 살펴보면, 싸움(호란)에서 진 것도 억울한데 자신을 비롯한 여러 사
람이 볼모로 잡혀가는 상황을 간접적으로 표현한 것이 아닌가 한다.

마지막 행에서는 이런 자신들의 서럽고, 초라하고, 비극적인 상황을 어느누가 임(임금) 또는 역사에 전할 것인가를 묻고 있다. 따라서 화자는 볼모로끌려가는 이 상황을 역사적 교훈으로 인식하기를 바라고 있는 것이다.

• **봉림대군**(鳳林大君, 효종) : 1619(광해군 11)~1659(효종 10). 조선왕조 제 17대왕
(재위기간 : 1649~1659).

1637년 병자호란 강화가 성립되자, 형 소현세자(昭顯世子) 및 척화신 등과 함께청나라에 볼모로 갔다가 8년 만인 1645년 9월 27일 세자로 책봉되어 1649년 인조가죽자 즉위하였다.

효종은 오랫동안 청나라에 머무르면서 갖은 고생을 하였기 때문에 북벌 계획을강력히 추진하기 시작하였다. 그러나 김자점 일파의 밀고로 청나라에 알려졌고, 왜(倭)에 대한 소극적인 군비를 펼 뿐 적극적인 군사계획을 펼 수 없었다. 그러다 청나라의 정세 변화를 기회로 김자점 등의 친청파의 대대적인 숙청을 단행하고, 이완등의 무장을 종용하는 한편, 북벌의 선봉부대인 어영청을 대폭 개편 강화하고, 군사력을 강화하였다. 남한산성을 근거지로 하는 수어청을 재강화하여 서울 외곽의 방비를 튼튼히 하였을 뿐 아니라, 표류해온 네덜란드인 하멜(Hamel, H) 등을 훈련도감에 수용하여 조총, 화포 등의 신무기를 개량, 수보하고 이에 필요한 화약을 얻기 위하여 염초(焰硝)의 생산에 극력하였다. 그러나 청나라는 국세가 이미 확고하여져 북벌의 기회를 놓쳤다. 다만, 군비확충의 성과는 두 차례에 걸친 나선정벌에서만 나타났다.

한편, 효종은 두 차례에 걸친 외침으로 말미암아 흐트러진 경제질서 확립을 위하여 많은 노력을 기울였다. 김육 등의 건의를 받아들여 대동법을 실시하여 백성들의부담을 덜어주었다. 한편, 문화면에 있어서도 1653년 일상생활과 가장 밀접한 관계가 있는 역법(曆法)을 개정하여 태음력의 옛법에 태양력의 원리를 결합시켜 24절기의 시각과 1일간의 시간을 계산하여 제작한 시헌력을 사용하게 하였다. 『농가집성(農歌集成)』을 간행하여 농업생산을 높이는 데 기여하였다.

효종은 평생을 북벌에 집념하여 군비확충에 전념한 군주였으나 국제정세가 호전되지 않았다. 뿐만 아니라 이를 뒷받침할 재정이 부족하여 때로는 군비보다도 현실적인 경제 재건을 주장하는 조신(朝臣)들과 뜻이 맞지 않는 괴리현상이 일어나 북벌의 뜻을 이루지 못하였다.

나라히 太平(태평)이라 武臣(무신)을 바리시니

날ㄱ튼 英雄(영웅)은 北塞(북새)에 다 늙거다

아마도 爲國丹忠(위국 단충)은 나쑨인가 ㅎ노라

—장붕익(張鵬翼)

> 나라가 태평하다고 (상감께서는) 무관을 물리치고 버리시니[돌보지 않으시니]/ 나 같은 무장(武將)은 저 멀리 북녘의 요새로 밀려나 (하는 일도 없이) 늙어만 가는구나/ (그래도) 나라를 위하여 충성을 바치는 자는 오직 나뿐인가 한다

- 나라히 : 나라가. 나라ㅎ +이(주격조사).
- 북새(北塞) : 북방(北方)을 지키는 변경의 요새(要塞).
- 늙거다 : 늙어가는구나. 늙었다. '-거다'를 어떻게 해석하느냐에 따라 의미는 달라진다. '-거'를 과거형 선어말어미로 보면 '늙었다'로 해석할 수 있고, '-거다'를 감탄형종결어미로 보면 '늙었구나' 또는 '늙어가는구나'로 해석할 수 있다. 필자는 감탄형으로 보아 '늙어가는구나'로 해석하였다.
- 위국단충(爲國丹忠) : 나라를 위해 진정으로 우러나오는 충성심.

버림받은 무장(武將)으로 속절없이 세월만 보냄을 한탄한 노래다.

이 작품은 무장의 작품치고는 유다른 면이 있다. 앞에서 본 장수들의 시에 나타나는 기개나 위풍당당함은 찾아보기 힘들다. 문관 위주의 사회에서 무장(武將)이기 때문에 받는 푸대접을 한탄한다. 전쟁이 없는 평화시기라고 무장을 홀대하여 돌보지 않는다는 것이다.

첫 행은 무관(武官)을 경시하는 임금에 대한 불만을 토로하고 있는 부분이다. '바리시니'의 주체는 아무래도 임금이 되어야 마땅할 것이기 때문이다. 아무리 유교사회라 공자의 본을 받아 문관을 중시한다 해도, 임금이 바른 생각을 갖는다면 사회적 분위기가 달라질 수 있는 것 아니냐는 판단이다. 그러나 임금이 바른 판단을 내리지 못하고 있기 때문에 자신과 같은 무장은 '북

새(北塞)'에서 아무 하는 일없이 세월만 보내고 있다는 것이다(2행).

그러나 임금에게 버림을 받든, 자신의 신세가 아무리 처량하든간에 자신은 소임을 다하겠다고 다짐한다. 진정으로 나라를 생각하고 나라를 위해 목숨을 바칠 각오가 되어 있다는 것이다(3행). 그러기에 '爲國丹忠(위국단충)은 나뿐'이라고 힘주어 말한다. 아무리 찬밥신세일지라도 자신의 책임을 다하려는 무장의 자세가 돋보이는 작품이다.

이 작품을 읽고 있자면 현재 우리나라의 상황을 떠올리지 않을 수 없다. 휴전 상황인데도 군(軍)에 대한 불신풍조나 경시풍조는 도가 지나치다. 물론, 군부(軍府)에 의한 독재와 국민적 아픔이 가신지 얼마 되지 않았기 때문에 나타나는 현상일 수도 있다. 그러나 과거 몇몇 정치적 군인들에 의해 저질러진 독재나 만행(蠻行) 때문에 군 전체를 불신하고 경시하는 풍조는 바람직하다고 볼 수 없다. '군(軍)은 사기를 먹고 사는 집단'이다. 또한 평화는 힘의 우위(優位)에 있을 때 가능하다. 평화시일수록 군에 대한 관심과 처우 개선, 믿음이 필요하다고 본다. 연예인만이 스타는 아니다. 진정한 스타는 자신의 영역에서 최선을 다하는 모든 국민들이다. 그러나 나라에 어려움이 있을 때마다 발벗고 나서는 군인들, 어렵고 위험한 일일수록 먼저 감당하는 이 시대의 군인들, 국가 수호를 위해 청춘과 목숨을 다 바치는 군인들도 분명 스타다. 2002년 월드컵이 한창일 때, 서해상에서 북한군과의 교전으로 국민들을 대신해 죽어간 젊은이들. 그들은 분명 스타다. 장성(將星)만이 아니라 모든 군인은 스타다. 그들에게 따뜻한 격려와 관심을 보낼 때 평화는 유지될 것이다.

● **장붕익**(張鵬翼) : 1646(인조 24)~1735(영조 11). 조선 후기의 무신. 자는 운거(雲擧). 뒤늦게 1699년(숙종 25) 54세의 나이로 무과에 급제하여 선전관에 뽑히고, 어영대장, 훈련대장, 형조판서를 지냈다. 경종 1년인 1721년, 신임사화(辛壬士禍) 때 파직당하고, 이듬해 함경북도 종성(鍾城)에 유배되었다. 1724년 영조의 즉위로 훈련대장에 복직, 후에 훈련대장, 한성판윤을 역임하였다. 좌찬성(左贊成)에 추증되었고, 시호는 무숙(武肅)이다.

壁上(벽상)에 걸린 칼이 보믜가 낫다 말가

功(공)업시 늙어가니 俗節(속절)업시 믄지노라

어즙어 丙子國恥(병자 국치)를 씨서 볼가 ᄒ노라

— 김진태(金振泰)

> 벽 위에 걸린 칼에 녹이 슬었단 말이냐/ (나라를 위해) 공훈을 세운 일도 없이 늙어만 가니 (안타까운 마음에 자꾸만) 만져보노라/ 아, 병자호란으로 인해 겪은 나라의 수치를 (살아 생전에) 씻어 볼까 하노라

- 보믜 : 녹.
- 어즙어 : 어즈버. 시조 마지막행(종장)에 흔히 쓰이는 감탄사.
- 병자국치(丙子國恥) : 병자호란(丙子胡亂) 때 청에 항복했던 수치.

무장으로서 아무런 공도 세우지 못하고 늙어가고 있음을 한탄한 노래다.

화자는 벽에 걸린 칼을 들여다보다 언제부터인지 녹이 슬어 있는 것을 알게 된다. 나라를 지키는 장수의 칼에 녹이 슬었다는 것은 부끄러운 일이 아닐 수 없다. 장수의 칼은 늘 빛나야 하고, 장수의 다리는 늘 탄력을 가지고 있어야 한다. 해서 장수는 늘 비육지탄(髀肉之嘆)*을 부끄러워한다. 이 시의 화자도 마찬가지고.

해서 칼을 꺼내들고 만져본다. 옛날의 모든 일들이 주마등처럼 흘러간다.

---

* 원래, 할 일이 없어 가만히 놓고 먹기 때문에 넓적다리에 살만 찜을 한탄한다는 뜻으로, 성공하지 못하고 한갓 세월만 보냄에 대한 탄식이다. 삼국시대 유비(劉備)가 한 말이다.

유비는 한때 신야(新野)라는 작은 성에서 4년간 할 일 없이 지냈는데, 어느 날 유표의 초대를 받아 연회에 참석하였을 때 우연히 변소에 갔다가 자기 넓적다리에 유난히 살이 찐 것을 보게 되었다. 순간 그는 슬픔에 잠겨 눈물을 주르르 흘렸다.

그 눈물 자국을 본 유표가 연유를 캐묻자 유비는 이렇게 대답하였다. "나는 언제나 말 안장을 떠나지 않아 넓적다리에 살이 붙을 겨를이 없었는데, 요즈음은 말을 타는 일이 없어 넓적다리에 다시 살이 붙었습니다. 세월은 사정없이 달려서 머지않아 늙음이 닥쳐 올 텐데 아무런 공업(功業)도 이룬 것이 없어 그것을 슬퍼하였던 것입니다."고 한데서 유래한 말이다.

그러나 지금은 아무런 힘도, 공도 없이 세월만 보내고 있는 게 부끄럽다. 특히 오랑캐한테 당한 수모가 아직 가시지 않은 상태다. 언제라도 오랑캐를 무찌르고 나라의 위신을 세워볼 계획을 세워두는 수밖에(3행).

언뜻 보면 무장이 자신의 각오와 다짐을 쓴 시인 것 같지만, 지은이는 영조 때의 가객(歌客)이다. 따라서 화자와 작가는 전혀 다른 사람이다. 최장수(崔長洙)는 『보내고 그리는 정은……』(교학사, 1996)에서 "이 시조의 내용으로 보아 작가는 순수한 가인이 아니라, 무신 출신이 아니었는가 하는 생각"이 든다고 했지만, 다른 여러 문헌들을 살펴볼 때 이 판단은 잘못된 것 같다. 특히 작품 하나를 가지고 작가의 신분을 추정하는 것은 무리다. 우리나라의 얼마나 많은 시인들이 여성 화자를 동원하여 자신의 마음을 전달했는가? <사미인곡(思美人曲)>과 <속미인곡(續美人曲)>을 통해 작가를 여자라고 한다면 그야말로 우스운 판단이 되고 말 것이다.

시조작품들을 살피다 보면 이와 비슷한 노래가 많다. 당시 유행하던 하나의 패턴이었던 것 같다. 그에 따라 신선미도 없는 작품이다. 작자 미상인 다음 시를 읽어보자.

> 壁上(벽상)의 칼이 울고 胸中(흉중)의 피가 뛴다
> 술오른 두 팔쭉이 밤낮으로 들먹인다
> 時節(시절)아 너 돌아오너든 왓소 말을 ᄒ여라

●김진태(金振泰) : 조선 영조 때의 가객(歌客)으로 생몰연대는 미상이다. 자는 군헌(君獻).
　이형상(李衡祥)의 가집(歌集)인 『악학습령(樂學拾零)』의 작가 목록에 신분이 서리(胥吏)로 밝혀져 있으나 분명치는 않다. 경정산가단(敬亭山歌壇)의 한 사람으로 작품은 대체로 변화가 심한 세상사나 인심 속에서라도, 자연과 가까이 하며 맑은 마음을 지니고 욕심 없이 살고자 하는 뜻이 주를 이루고 있다. 『해동가요(海東歌謠)』에 26수의 시조가 전해진다.

아바님 가노이다 어마님 됴히 겨오

나라히 부리시니 이 몸을 잇젓ᄂᆞ다

來年(내년)의 이 時節(시절) 오나도 기ᄃᆞ리지 마ᄅᆞ소셔

—작자 미상

아버님 저 (군대 또는 전쟁터에) 갑니다. 어머님도 안녕히 계십시오/ 나라가 부르
시니 (이제 이 몸은 내 몸이 아니라 나라에 바친 몸이라) 제 몸을 잊었습니다/ 내년
이맘 때가 돌아와도 제가 돌아오기를 기다리지 마십시오

　나라의 부름을 받고 군대나 싸움터에 나가며 부모님께 자신을 기다리지
말라는 당부를 하는 조선조판 '입영전야'나 '이등병의 편지'다.

　군에 입대하는 사람은 언제나 착찹하다. 낯선 곳에서 아직껏 겪어보지 못
한 고통과 아픔을 맛봐야 한다. 어쩌면 삶과 죽음의 갈림길에 놓일 수도 있
다. 입대시기가 혼란기이거나 전쟁 때라면 더욱 그렇다. 그렇기 때문에 비장
한 각오가 필요한 것이고, 자신을 잊어야 하는 것이다.

　첫 행은 어머니 아버지께 인사를 드리고 있는 내용이다. 동구 밖까지 따라
나온 부모님께 인사를 하려니 눈물이 앞을 가리지만, 이제 어엿한 성인이기
에 이를 악물고 버틴다. 부모님께 약한 모습을 보일 수는 없는 것이다. 해서
가슴이야 미어지지만 웃는 얼굴로 입대 인사를 하는 것이다.

　둘째 행은 자신의 각오와 자세를 말하고 있는 부분이다. 나라의 부름을 받
는 순간부터 자신은 나라의 몸이니, 당신들도 이제 저를 당신들 자식이라고
생각하지 말라고. 자기도 그렇게 알고 군생활을 하겠다고. 사실, 입대와 동시
에 자신의 몸은 자신의 몸이 아니다. 엄격한 군사회의 일원이고, 국가 전투력
의 일부분일 뿐이다. 해서 개인적인 의지나 욕심, 자유는 나라에 잠시 맡겨두
어야 한다. 군대처럼 단체생활을 하는데서 자신만을 생각한다는 것은 위험한
일이고, 어쩌면 자기 자신을 파괴할지도 모른다. 해서 군인의 몸은 자신의 몸

이 아니라 나라의 몸인 것이다.

마지막 행에서는 기다리지 말라는 부탁이다. 죽을지도 모른다는 말이 아니라, 걱정하고 기다리느라 애태우지 말고 편안한 마음으로 있어 달라는 부탁이다. 모든 것을 정리하고 떠나는 것이 군대다. 애인에게도 부모에게도 기다리지 말라는 말밖에 할 얘기가 없다. 그러나 그 이면에는 나는 반드시 건강한 몸으로 돌아올 것이니 기다리라는 뜻이 숨겨져 있다. 부디 잊지 말고 기다려 달라는 말을 반어적으로 표현한 것으로 이해하면 될 것이다.

요즘 병역비리 문제가 또 불거져 세상이 시끄럽다. 돈과 권력과 뒷배경이 등급을 결정하고, 병과를 결정하고, 근무지를 결정한다고 한다. 한탄스러운 일이 아닐 수 없다. 모든 것이 이런 외적인 요소들에 의해 결정된다면 어느 누가 군대를 가려하며, 어려운 일을 감당하려 하겠는가. 이기적이고 편리 위주의 사고방식을 버려야 나라가 바로 설 것이다. 어느 누군들 군대 가고 싶고, 편히 살고 싶지 않은 사람이 있을까. 요즘과 같은 때 더욱 가슴에 남는 시다.

참고로 1990년대 젊은이들의 가슴을 울렸던 <이등병의 편지>를 소개한다. 김광석의 쉰 듯 가라앉은 목소리가 더욱 가슴을 아프게 하는 노래다.

집 떠나와 열차 타고 훈련소로 가는 날
부모님께 큰절하고 대문 밖을 나설 때
가슴 속엔 무엇인가 아쉬움이 남지만
풀 한포기 친구 얼굴 모든 것이 새롭다
이제 다시 시작이다 젊은 날의 생이여

친구들아 군대 가면 편지 꼭 해다오
그대들과 즐거웠던 날들을 잊지 않게
열차시간 다가올 때 두 손 잡던 뜨거움
기적소리 멀어지면 작아지는 모습들
이제 다시 시작이다 젊은 날의 꿈이여

矗石樓(촉석루) 발근 달이 論娘子(논낭자)의 넉시로다
向國(향국)한 一片丹心(일편단심) 千萬年(천만년)에 비취오니
아마도 女中忠義(여중충의)는 이쑨인가 ᄒ노라

－작자 미상

> 촉석루 위에 떠 있는 밝은 달이 논개의 넋이구나/ 나라를 향한 한 조각 붉은 충
> 성심은 천만년 동안 비취고 있으니/ 아마도 여자의 몸으로 나라를 위해 목숨을 바친
> 충성심과 의리는 이 뿐인가 한다

- 촉석루(矗石樓) : 경남 진주시 본성동 남강(南江)가에 솟은 절벽 위에 서 있는 누각.
  임진왜란 때 의기(義妓) 논개(論介)가 왜장을 꺼안고 여기에서 남강으로 떨어졌다고
  한다.
- 논낭자(論娘子) : 논개(論介)를 말함. 낭자(娘子)는 처녀, 아가씨의 뜻.
- 향국(向國)한 : 나라 향한. 나라를 위한.
- 여중충의(女中忠義) : 여자의 몸으로서 나라를 위해 목숨을 바친 충성심과 의리.

촉석루에서 밝은 달을 보며 임진왜란 때 왜장(倭將)을 끌어안고 남강(南江)물
에 띄어든 의기(義妓) 논개(論介)의 충성심을 회상하는 노래다. 변영로의 <논개
(論介)>, 한용운의 <논개(論介)의 애인이 되어 그의 묘(廟)에>, 필자의 시 <남
강에 흐르는 통곡소리> 등 많은 시들과 연관성이 있는 작품이다.

첫 행은 촉석루 위에 떠있는 밝은 달을 논개의 넋으로 보고, 논개를 생각
하는 부분이다. 밝은 달(보름달)은 시공간을 초월하여 빛난다는 점에서는 영
원히 빛나는 논개의 충성심과 연결되고, 밝고 아름답다는 점에서는 논개의
젊음과 아름다움에 연결된다. 또한 세상을 밝게 비춘다는 점에서는 그의 밝
고 곧은 마음이 후세까지 훤하게 밝혀줌과 이어진다.

둘째 행은 논개의 충성심이 밝은 달과 마찬가지로 영원히 변하지 않음을
말한다. 첫 행의 내용을 부연하여 강조하는 것이다.

셋째 행은 여자의 몸으로 충의(忠義)를 세운 이는 논개가 단연 최고임을 말

한다. 역사상 여자의 몸으로 나라를 위해 목숨을 바친 이는 적지 않다. 그런데도 논개를 으뜸으로 치는 것은, 그녀가 기녀(妓女)였다는 점과 결코 무관하지 않을 것이다. 개인적으로나 사회적으로나 버림받은 기녀(妓女)가 나라를 위해 목숨을 바쳤다는 것이 사람들의 마음에 더 깊이 새겨지는 것이리라.

참고로 필자의 <남강에 흐르는 통곡소리>를 여기에 덧붙여둔다.

와 그랬노, 와 그랬노, 와 그랬노 말이다.
내 뭐락카드노, 하지 말라 안캤나
대신(大臣) 관리들이 없드나, 양반이 없드나
군졸들이 없드나, 머슴아들이 없드나
하고많은 사람들 중에 니가 와……?
죄도 없이 만들어진 죄인
사람대접도 못 받는 기생년이
무신 나라가 있다꼬, 무신 얼어죽을 충절이 있다꼬
왜장을 안고 차디찬 남강에 뛰어든단 말이고
안 그래도 서러븐 신세
꽃다운 청춘이나 지키며 한평생 살아야 한다꼬
목심 함부로 하지 말라 안캤나
당장이사 니를 추켜올릴지 모르지만서도
칙살스러븐 세상 니를 알은 체도 안 할 낀데
쉼없는 남강물이 흔적조차 지울 낀데
내 통곡도 세월에 묻혀버릴 낀데

잘 했다, 마 잘했다
니 아무리 곱은 꽃이락캐도
십 년을 붉겠노 백 년을 푸르겠노
천한 몸띵이 무기 삼아
양반들 거슴츠레한 눈길을 산다캐도
십 년이 뭐꼬, 어림잡아 일 년이면 버림받을 낀데
남강에 몸을 던져
혼(魂)일랑 내 가슴에 새겨놓고
백(魄)일랑 남강 바닥에 깊이 묻어두면
남강이 마르는 날까정은 남을끼라
남강이 다 말라도 남을끼라
시간을 거슬러 흐르며 되살아날끼라

논개야, 가여운 내 벗아

3. 임금이시어, 임금이시어

조선조를 돌아보면 임금과 신하는 주종관계를 유지하고 있었으나,

그 관계가 고정불변의 것은 아니었다.

어떤 때는 신하들의 힘이 임금을 옥죄기도 하였고, 임금을 몰아내기도 했다.

그러나 임금과 신하가 항상 대치되었던 것은 아니다.

부모와 자식 사이 못지 않게 끈끈한 정이 녹아흐르기도 하였다.

여기서는 임금과 신하, 임금과 백성들과의 따뜻함을 느낄 수 있는 작품과,

임금에 대한 신하와 백성들의 마음을 담은 시편들을 모았다.

임금이나 국가 원수가 권위의 상징이던 지난날과는 달리

요즘은 또 너무 국가 원수의 위신이 떨어진 것 같아 마음 한편으로는 아쉽기도 하다.

너무 자기 중심적으로 생각해서 그런 것은 아닌지 생각해 볼 문제다.

이시렴 브듸 갈짜 아니 가든 못홀쏜냐

無端(무단)이 슬튼야 놈의 말을 드럿는야

그려도 하 애도래라 가는 쯧을 닐너라

－성종(成宗)

> (고향으로 가지 말고 내 곁에) 남아 있으려무나. (그래도) 꼭 가야하겠느냐(안 가면 안 되겠느냐)/ 까닭도 없이 (서울에 남아 벼슬하는 것이) 싫더냐. 아니면 남의 충동질을 들었느냐/ (좋게 생각은 하고 있다만) 아무리 생각해봐도 매우 애닯고 서운하구나. (꼭 내 곁을 떠나가야겠다면) 가는 뜻[속마음]이나 말해다오

- 이시렴 : 있으렴. 자기 곁에 남아있으라는 권고의 말이다.
- 무단(無端)이 : 공연히. 이유없이.
- 애도래라 : 애닯구나. 애석하기 그지없구나.

성종의 특별한 총애를 받았고, 『동국여지승람(東國輿地勝覽)』 편찬에도 참여하였던 유호인(兪好仁)이 늙은 어머니 봉양을 이유로 굳이 지방관직으로 물러가려 하자, 만류하다 못해 술잔을 권하며 읊었다고 알려진 작품이다. 생략과 압축을 통해 간결한 대화 형식으로 자신의 속마음을 표출한 이 작품은 신하를 아끼는 임금의 마음이 잘 드러나 있다.

첫 행은 굳이 떠나겠다고 하는 신하 유호인에게 자기 곁에 남아 있을 수 없냐고 다시 묻고 있다. 꼭 가야 하겠냐고. 내게 서운한 감정이라도 있느냐고. 마치 부모가 자기 곁을 떠나려는 자식을 떠나보내기에 앞서 다시 한 번 의향을 묻고 곁에 있으라고 권하는 모습처럼 따뜻하다.

둘째 행은 떠나려는 이유를 묻고 있다. 벼슬에 있는 것이, 내 곁에 있는 것이, 아니면 복잡한 서울에 사는 것이 싫더냐. 그게 아니라면 누구한테서 싫은 소리를 들었느냐고. 그도 저도 아니면 누가 모함을 하더냐고. 자기 곁을 떠나려는 신하가 처할 수 있는 다양한 상황들을 다 들춰내어 떠나지 말라고

권하고 있다. 별의별 생각을 다해보고 묻는 말임을 생각할 때, 성종은 많은 날을 고민했던 것 같다.

마지막 행은 굳이 가겠다고 하니 보내주기는 하겠지만 애달픔과 섭섭함은 가시지 않는다고 말하고 있다. 그러니 가는 이유나 자세히 말해 보라는 부분이다. 이미 유호인의 마음을 돌이킬 수 없음을 알고, 자세한 이유라도 듣고 뒷일이라도 돌봐주려는 것이다. 임금이기에 앞서 교분이 두터웠던 한 인간에 대한 따뜻함이 배어 있다.

군신관계는 주종관계여서, 신하가 임금을 그리워하거나 신하가 임금의 만수무강을 비는 경우가 많다. 그런 점에서 볼 때, 이 작품은 유다른 면이 있다. 임금이 자신의 곁을 떠나려는 신하를 못 잊어 떠나지 말라고 권하고 있는 것이다. 높은 관직도 아니고 홍문관 교리로 있던 유호인. 그에게 보내는 성종의 정은 남다름이 있다. 군신간의 의리나 도리를 뛰어넘어 인간과 인간과의 관계에서 우러나는 진하고 짙은 정을 느낄 수 있다.

이 시조는 다른 작품과 달리 임금이 신하를 못 잊어한다는 점에서 특별한 의미를 갖는다. 뒤에 나오는 선조의 "오면 가랴 하고……"와 맥을 같이 한다. 시조뿐만 아니라 우리 시가사(詩歌史)에서 보기 힘든 작품이다.

●**성종**(成宗) : 1457(세조 3)~1494(성종 25). 조선조 제9대 임금. 세조(世祖)의 손자. 자는 혈(娎).

1469년 예종이 죽자 13세의 나이에 왕위를 계승하였고, 7년간 정희대비의 수렴청정(垂簾聽政)을 받다 20세가 되는 1476년에 친정하였다. 총명하고 학문을 즐겼을 뿐만 아니라 농잠(農蠶)을 장려하기도 했다. 또한 『경국대전(經國大典)』을 완성·반포하였고, 『동국여지승람(東國輿地勝覽)』, 『동국통감(東國通鑑)』, 『삼국사절요(三國史節要)』, 『동문선(東文選)』, 『두시언해(杜詩諺解)』, 『악학궤범(樂學軌範)』 등을 편찬하는 등 문운(文運)을 진흥시켰다. 이렇게 하여 태조 이후 닦아온 조선왕조의 정치·경제·사회·문화적 기반과 체제를 완성하여 성종(成宗)이란 묘호(廟號)를 얻게 된다. 다만, 원자(元子, 뒤에 연산군)의 생모인 숙의윤씨(淑儀尹氏)를 폐하여 서인(庶人)으로 삼아, 훗날 갑자사회의 원인을 제공한다. 시호는 강정(康靖)이다.

올히 댤은 다리 학긔 다리 되도록애

거믄 가마괴 해오라비 되도록애

享福(향복) 無疆(무강)ᄒ샤 億萬歲(억만세)를 누리소셔

－김 구(金 絿)

- 올히 : 오리(鴨)의. '올ㅎ+이(관형격조사)'의 형태.
- 되도록애 : 되도록. '애'는 강조의 뜻을 가지고 있는 것처럼 보인다.
- 해오라비 : 해오라기. 백로과 새로 백로와 아주 닮아 온몸이 희고 부리와 다리가 검다.
- 무강(無疆) : 끝없이 오래오래 복(福)을 누림.

지은이가 달밤에 옥당(玉堂)에서 글을 읽고 있는데, 중종께서 글 읽는 소리를 듣고 목소리로 보아 노래도 잘할 터이니 한 번 불러보라고 술까지 내려주시니 감격하여 즉석에서 지은 두 시조 중 하나다. 도저히 이루어질 수 없는 불가능한 상황이 이루어질 때까지 영원토록 수복을 누리라는 송축의 노래다.

첫 행과 둘째 행은 도저히 이루어질 수 없는 상황(불가능한 상황)을 설정하고 있다. 어떻게 그 짧은 오리의 다리가 학의 다리처럼 길어질 수 있으며, 검은 까마귀 털이 어떻게 하얗게 변할 수가 있겠는가. 본질이 변하기 전(요즘 이야기로 하자면 유전자를 바꾸기 전)에는 도저히 불가능한 것이다. 그런 불가능한 상황은 이루어지지 않으므로 영원을 표상한 것이다. 이와 비슷한 방식으로 영원을 표상하는 작품으로는 고려가요 <정석가(鄭石歌)>와 <애국가>를 들 수 있다.

<정석가(鄭石歌)>에서는 '삭삭기 셰몰애 별헤 나ᄂ/ 삭삭기 셰몰애 별헤 나ᄂ/ 구운 밤 닷 되를 심고이다/ 그 바미 우미 도다 삭 나거시아/ 그 바미

우미 도다 삭 나거시아/ 有德(유덕)ᄒ신 님을 여히ᄋ아지이다(사각사각 소리가 나는 가는 모래 벼랑에/ 사각사각 소리가 나는 가는 모래 벼랑에/ 구운 밤 다섯 되를 심습니다/ 그 밤이 움이 돋아 싹이 난다면/ 그 밤이 움이 돋아 싹이 난다면/ 유덕(有德)하신 님과 여의고 싶습니다'고 말함으로써 영원히 임을 여의지 않겠다고 말하고 있다. 도저히 이루어질 수 없는 상황이 이루어지면 임을 여의겠다는 말은 영원토록 임과 헤어지지 않겠다는 말이다. 한편, <애국가>에서도 비슷한 표현으로 영원을 표상하고 있다. '동해물과 백두산이 마르고 닳도록/ 하느님이 보우하사 우리나라 만세'가 그것이다. 어떻게 동해물이 마를 수가 있으며, 언제 백두산이 다 닳아 없어지겠는가. 이는 영원(永遠)을 말하는 것이다.

예나 지금이나 영원을 표상하는 방식은 크게 다른 바가 없지만, 영원을 표상하는 방식이 작가의 상상력을 바탕으로 한다는 점을 고려할 때, 이 작품은 생활 주변에서 흔히 볼 수 있는 사물을 통해 영원을 표상했다는 점에 주목해야 한다.

셋째 행에는 영원토록 장수하시고 복을 누리시라는 축원(祝願)의 뜻을 담고 있다. 이 정도라면 술을 내려 노래를 부르게 한 중종도 흡족했을 것이다. 같이 지은 다른 작품도 소개하니 살펴보기 바란다.

나온댜 今日(금일)이야 즐거온댜 오늘이야/ 古往今來(고왕금래)예 類(유)업슨 今日(금일)이여/ 每日(매일)의 오늘 굿트면 므슴 셩이 가시리(좋구나 오늘이여, 즐겁구나 오늘이여/ 옛날에도 오늘날에도 다시 없는 오늘이여/ 날마다 오늘과 같으면 무슨 걱정이 있겠는가)

● 김 구(金 絿) : 1488(성종 19)~1534(중종 29). 자는 대유(大柔). 호는 자암(自菴). 1507년(20세)에 생원, 진사를 거쳐 1511년에 별시에 급제하여 관직에 오른다. 1519년 부제학을 지내다가 기묘사화(己卯士禍) 때에 조광조(趙光祖)와 함께 하옥, 개령・해남 등으로 귀양살이 13년 동안 <화전별곡(花田別曲)>을 지었다. 선조 때 이조참판에 추증되었고, 시호는 문의(文懿)다.

風霜(풍상) 섯거틴 날의 잇 깃 퓐 黃菊花(황국화)를
銀盤(은반)의 것거 다마 玉堂(옥당)으로 보내실샤
桃李(도리)야 곳이론 양 마라 님의 쓰들 알괘라

―송 순(宋 純)

> 바람과 서리가 뒤섞여 몰아치던 날에 이제 마악 피어난 노란 국화를 (꺾어)/ 은
> 쟁반에 수북히 담아 홍문관 관원들에게 보내오셨구나/ 복사꽃과 오얏꽃들아 너희들
> [봄에 피는 흔한 꽃들]은 꽃인 체하지 마라. 오상고절(傲霜孤節)의 상징인 국화를
> 보내주신 임금님의 높으신 뜻[절개를 숭상하시는 마음]을 알겠노라

- 풍상(風霜) : 바람과 서리. 즉, 늦가을을 나타내는 표현이다.
- 잇 : 이러한. 이런.
- 깃 퓐 : 갓 핀. 금방 핀.
- 은반(銀盤) : 은(銀)으로 만든 쟁반.
- 옥당(玉堂) : 조선조 때 경서(經書)와 사적(士籍), 문한(文翰)의 관리 및 처리를 맡아보
  던 홍문관의 별칭. 또는 홍문관 부제학 이하의 관리를 지칭하는 말이다.
- 곳이론 양 : 꽃인 양. 꽃인 체.

명종께서 궁중에서 가꾼 황국[御苑黃菊]을 옥당관(玉堂官, 홍문관, 삼사(三司)의
하나로 궁중의 경적(經籍)·문서 등을 관리하고 왕의 자문을 맡아보던 관아)에게 내리시고
노래를 지으라고 하였더니 모두 망설이고 있는데, 작가가 모두를 대표해서
지어 올렸다는 작품으로 알려져 있다. 오상고절(傲霜孤節)의 상징인 국화를 임
금께서 하사하신 이유는 절개를 숭상하라는 뜻을 담고 있는 것이라고 이 시
를 지어올린 것이다.

첫 행과 둘째 행에서는 풍상(風霜)이 휘몰아치던 날에 노랗게 꽃을 피운 황
국(黃菊)을 옥당(玉堂)에 보냈음을 사실적으로 서술하고 있다. 그리고 셋째 행에
서는 왜 임금께서 하필이면 국화를 보냈을까에 대한 자문의 과정(물론 시에

서는 생략되어 있지만)과 그에 대해 스스로 내린 결론을 말하고 있다. 서리를 배경으로 피어나는 노란 국화를 꺾어 은쟁반에 담아 보낸 것은 임금께서 절개를 숭상하기 때문이라고. 신하들뿐만 아니라 모든 백성들이 절개를 숭상하기를 바라는 마음에서 내리신 것이라고. 그런 연후에 봄에 꽃을 피우는 복숭아꽃과 오얏꽃과 같은 꽃들은 감히 꽃인 체하지 말라고 하여 국화를 한층 치켜세운다. 봄꽃하면 도리(桃李)를 대표로 삼으니 그 권위도 녹록치 않은데, 그것을 누르면서 국화의 권위를 세워 그 국화를 보낸 임금의 뜻을 높이 칭송한 것이다.

풍상이 몰아치는 늦가을은 모든 생명체들이 조락(凋落) 내지는 소멸하는 시간이다. 하얀 서리를 맞으면서도 꽃을 피우는 국화는 그러기에 절개를 상징하여 사군자의 하나로 추앙받고 있다. 우리는 자연의 섭리에 따르는 모습에서 아름다움을 느끼기도 하지만, 자연의 섭리를 거스르는 듯한 꼿꼿함에서 진한 감동을 받기도 한다. 국화가 우리에게 주는 감동도 자연의 섭리에 대항이라도 하듯 서리를 배경으로 노랗게 피어나기 때문이다. 일반적인 통념이나 가치관을 거부하고 자신의 본성을 지키는 모습. 그 모습에서 우리는 새로운 이념, 가치, 사상과 만나게 된다.

●송 순(宋 純) : 1493(성종 24)~1582(선조 15). 조선 중기 때의 문신. 면앙정가단(俛仰亭歌壇)의 창설자. 강호가도(江湖歌道)의 선구자. 자는 수초(遂初)·성지(誠之), 호는 기촌(企村)·면앙정(俛仰亭).

26세에 별시문과에 을과로 급제하여 관직에 있다가, 1533년 감안로가 권세를 잡자 귀향하여 면앙정(俛仰亭)을 짓고 시를 읊으며 지냈다. 그 뒤 다시 관직에 나가 경상도 관찰사, 사간원 대사간 등의 요직을 거쳤고, 한성판윤, 의정부 우참찬이 된 뒤, 벼슬을 사양하여 관직생활 50년 만에 은퇴하였다.

송순은 음률에 밝아 가야금을 잘 탔고, 풍류를 아는 호기로운 재상으로 일컬어졌다. 41세 때 담양의 제월봉 아래 면앙정(俛仰亭)을 세워 수많은 인사들과 시 짓기를 즐겼는데, 91세까지 살면서 수많은 한시(총 505수, 부 1편)와 국문가사인 <면앙정가(俛仰亭歌)>, 시조 20여 수를 지어 조선 시가문학에 크게 기여하였다. 문집으로는 『면앙집(俛仰集)』이 있다.

嚴冬(엄동)에 뵈옷 닙고 岩穴(암혈)에 눈비 마자

구룸 씬 볏뉘를 쩬 적이 업건마는

西山(서산)에 히지다 ᄒ니 눈물 겨워 ᄒ노라

— 김응정(金應鼎)

추운 겨울에도 베옷으로 몸만 가리고 (바위에 구멍을 내어) 바윗굴에 살며 눈비 맞으며 (세상과 등진 채 궁핍하게 살아가는 몸이라)/ 훤한 햇볕은 고사하고 구름낀 햇발도 쬐어 본 적이 없지마는/ 그래도 그 해가 이제 서산에 진다하니[명종이 서거하신다고 하니] 눈물 겨워 하노라

- 엄동(嚴冬) : 아주 추운 겨울. 책에 따라 추운 겨울 석 달 동안을 뜻하는 '삼동(三冬)' 이라 표기된 것도 있다.
- 뵈옷 : 베로 된 옷[布衣]. 즉, 평민의 옷으로 벼슬하지 않았음을 뜻함.
- 암혈(巖穴) : 바윗굴. 바위 구멍에 낸 궁색한 거처.
- 볏뉘 : 햇볕이 쬐는 세상. 또는 얼마간의 햇발. '뉘'는 원래 누리의 뜻으로 '세상'을 뜻하지만 '대단하지 않은 것, 작은 것, 천한 것' 따위로 새기는 것이 좋을 듯하다.

명종께서 서거하셨다는 소문을 듣고 그 슬픔을 표현한 작품으로 알려져 있다. 자신은 명종에게 아무런 은혜를 입은 적이 없지만 그래도 돌아가셨다고 하니 슬픔을 이기지 못하겠다고.

첫 행에서 화자는 현재 자신의 삶의 모습을 얘기한다. 추운 겨울에도 베옷으로 몸을 가리고, 변변한 집도 한 칸 없이('岩穴(암혈)'), 즉 늘 고난 속에 살고 있다고('눈비 마자') 말한다. 벼슬 없는 평민으로 살아간다는 얘기다. 사실 김응정은 여러 번 관직을 제수받았으나 벼슬길에 나가지 않았고, 임진왜란 때 의병을 모집하고 토지와 노비를 모두 팔아 군량미 500석을 마련하여 의병장 고경명(高敬命)과 조헌(趙憲)을 도왔다. 그런 선생이기에 첫 행의 서술은 단순한 빈곤을 말함이 아니라, 자신의 뜻에 따라 가난하게 살아가고 있음을 사실적

으로 그려내고 있는 것이다. 그렇기 때문에 임금의 조그마한 은혜('구름 낀 볏 뉘')도 받은 적이 없다(2행)고 말하고 있다. 자신은 임금과 아무런 관계도 없다고 말하는 것이다. 그러나 아무리 은혜를 입은 적은 없지만 임금께서 돌아가셨다는 얘기를 듣고는 슬픔을 이기지 못하겠다고(3행) 말한다. 아무리 자신과는 관계가 없는 임금이지만, 임금이란 한 나라의 주인이요, 어버이이기에 붕어(崩御)를 슬퍼한다고 토로하고 있다. 자신이 살아가는 모습이나 임금과의 관계를 날카로운 비유('嚴冬, 뵈옷, 岩穴, 눈비, 구름 낀 볏뉘')로 표현한 것이나, 자신과는 아무런 관계도 없지만 역사의 소용돌이에 휘말려 끝내 좌절한 명종 임금을 추모하는 정이 절절하다.

조식(曹植), 양응정(梁應鼎) 또는 이몽규(李夢奎)의 작품이라고 적은 책도 있어 작가에 대한 논의가 분분했으나, 최근 발견된 『해암문집(懈菴文集)』을 통해 김응정(金應鼎)의 작품으로 인정받고 있다. 한편, 이 작품은 끈질긴 당쟁의 역사 속에서 제물이 된 명종 임금의 비극과 당쟁에서 득세한 무리들이 판을 치는 세상에 대한 일종의 반감 같은 것을 비꼬는 작품으로 보기도 한다.

- **김응정(金應鼎)** : 생몰연대 미상. 명종조의 문인. 자는 사화(士和), 호는 해암(懈菴). 임진왜란 때 의병을 모집하고 토지와 노비를 모두 팔아 군량미 500석을 마련하여 의병장 고경명(高敬命)과 조헌(趙憲)을 도왔다. 또 중종의 계비인 문정왕후(文定王后)와 명종·선조가 죽었을 때는 관직에 없었지만, 『예기(禮記)』대로 상복을 입고 상사(喪事)에 임하여, 이를 가상히 여긴 전라감사 정철(鄭澈)과 최관(崔瓘)이 조정에 아룀으로 경릉참봉(敬陵參奉)과 사헌부지평(司憲府持平)을 제수받았으나 나아가지 않았다.

  그는 시작(詩作)에도 능하여 많은 시조를 지었는데, 대표적 작품으로는 1567년(명종 22)에 명종의 죽음을 듣고 지은 시조 <서산일락가(西山日落歌)>가 있다. 현존하는 그의 시조 작품은 그의 저서 『해암문집(懈菴文集)』 가곡조(歌曲條)에 8수만이 전하고 있는데, 오이건(吳以建)의 『김해암가곡집서(金懈菴歌曲集序)』에는 그가 지은 노래가 100여 수나 되었다고 기록하고 있다.

내 ᄆᆞ음 버혀내여 뎌 둘을 밍글고져
구만리 댱텬의 번득시 걸려이셔
고온 님 겨신 고듸 가 비최여나 보리라

─ 정   철(鄭 澈)

> (답답하고 안타까운) 이 마음을 베어내어 저 달을 만들고 싶구나/ (그렇게만 된 다면) 저 높고 아득한 구만리 장천에 번듯이 걸려 있으면서/ 고운 님〔임금, 선조〕이 계신 곳에 가서 훤하게 비추어나 보리라

• **구만리 댱텬** : 구만리 장천(九萬里長天). 관용적으로 '아득하게 멀고 먼 하늘'을 뜻 한다.

임진왜란 전후, 어지러운 조정을 보며 느끼는 안타깝고 답답한 마음을 베 어내어 달을 만들어 임금이 계신 곳에 훤히 비추고 싶다는 작품으로, 임금을 향한 마음과 우국충정을 읽을 수 있다.

임진왜란 전후의 조정은 당쟁으로 하루도 평안할 날이 없었다. 권모술수가 판을 치고 비방과 중상모략이 그치질 않았다. 왜구 침입 조짐을 알아차리고 그 상황을 알아보라는 선조의 명령에도 서로 엇갈린 보고를 할 정도로 당쟁 이 심했었다. 그런 조정을 보면서 울분을 삼키던 화자는 온 세상을 훤히 비 추는 달을 생각하고, 자신의 마음을 달로 만들고 싶다는 생각을 한다(1행).

화자는 자신의 말이 임금께 전해지지 않음을 잘 알고 있다. 그러기에 달을 만들어 높고 아득한 구만리 장천(九萬里長天)에 번듯이 걸어 놓고 임금이 계신 곳을 훤히 비추고 싶다는 것이다. 그러나 소망이 강하다는 것은 현실이 그만 큼 암담하다는 뜻이 된다. 화자가 높은 하늘 번듯이 떠서 온 세상을 비추는 달을 생각한 것도 현실이 그만큼 어둡다는 인식에서 나온 것이라 할 수 있다.

이 작품의 특징은 여성 화자를 등장시켜 조용하고 차분한 어조로 얘기하 고 있다는 점이다. 그러나 자신의 마음을 베어내어 달을 만들겠다는 말은 아

주 강렬하다. 자신의 직언이 통하지 않는 상황에서 차라리 달이 되어 임금의 지혜를 밝히겠다는 것은 어찌 보면 건방진 얘기도 될 수 있기 때문이다. 그러기에 작가는 여성 화자를 등장시켜 자신의 마음을 오롯이 담아 사랑하는 사람을 밝혀주겠다는 뜻으로 바꿔 표현한 것이다. 이런 여성 화자를 등장시켜 자신의 마음을 전하는 형식은 <사미인곡(思美人曲)>, <속미인곡(續美人曲)>에도 그대로 이어져 하나의 전형(典型)을 만들기도 한다. 내용이나 표현면에서 위의 가사 작품들과 비슷하여, 이 작품의 어조나 표현방식을 기초로 두 가사를 쓰지 않았나 싶을 정도다.

임금과 신하의 관계를 사랑하는 남녀간의 애정으로 치환하여 읊은 작품으로, 직접적이고 강한 어조의 작품과 달리 순수성이나 문학성이 돋보인다.

● 정　철(鄭　澈 : 1536(중종 31)~1593(선조 26). 조선 중기 때의 문신·문인. 자는 계함(季涵), 호는 송강(松江).

16세에 전라도 담양 창평 당지산 아래로 이주하게 되고, 이곳에서 임억령에게 시를 배우고 김인후, 송순, 기대승에게 학문을 배웠으며, 이이, 성혼, 송익필 같은 유학자들과 친교를 맺었다.

1561년(명종 16)에 진사시 장원급제하였고, 이듬해 별시문과에 장원급제하여 관직에 있다가 40세인 1575년(선조 8) 벼슬을 버리고 고향으로 돌아갔다. 그 뒤 몇 차례 벼슬을 제수받았으나 사양하다, 43세 때 다시 조정에 나왔으나, 반대파인 동인의 탄핵을 받아 다시 낙향했다. 1580년에 강원도 관찰사가 되어, <관동별곡>과 <훈민가(訓民歌)> 16수를 지어 시조와 가사문학의 대가로서의 재질을 발휘하였다. 그 뒤 승진을 계속하여 이듬해 대사헌이 되었으나 동인의 탄핵을 받아 다음해에 사직, 고향인 창평으로 돌아가 4년간 은거 생활을 하였다. 이때 <사미인곡>, <속미인곡>, <성산별곡> 등의 가사와 시조·한시 등 많은 작품을 지었다. 정여립의 모반사건이 일어나자 우의정으로 발탁되어 서인의 영수로서 최영경 등을 다스리고 철저히 동인들을 추방하였으며, 다음해 좌의정에 올랐다. 임진왜란 때는 왕을 의주까지 호송하기도 했으나 동인의 모함으로 사직하고 강화에서 죽었다.

오면 가랴 하고 가면 아니 오네

오노라 가노라니 볼 날히 전혀 업네

오날도 가노라하니 그를 슬허 하노라

— 선조(宣祖)

> (내 곁에) 오기가 바쁘게 가려고 하고 (내 곁을 떠나서) 가면 다시 오지 않는구나/ 오노라 가느라 하다보니 (곁에 두고) 볼 날이 전혀 없네/ 오늘도 (내 곁을) 떠나간다고 하니 그것을 슬퍼하노라

- 가랴 : 가려고. '-랴'는 의도를 나타내는 어미.
- 날히 : 날이. 날ㅎ+ 이(주격조사).
- 슬허 : 슬퍼. 원형태를 밝히면 '슳(다)+어(보조적 연결어미)'다.

선조 5년(1572) 재상 노신(盧愼)이 굳이 벼슬을 사양하고 고향으로 돌아갈 때 선조가 이 노래를 지어 은쟁반에 써서 중사(中使, 궁중에서 왕명을 전하던 내시(內侍))를 시켜 이것을 한강 건너에서 전했다는 작품이다. 자꾸만 벼슬을 사양하고 물러가는 신하들을 보면서 느끼는 안타까움과 서운함을 읊은 노래다.

옛날 명신(名臣)들은 나오기를 더디게 하고, 물러가는 것을 빨리함을 명분으로 삼았다. 특히 선조가 왕위에 있던 이즈음에는 당쟁의 영향으로 명철보신(明哲保身, 총명하고 사리에 밝아서, 이치에 맞게 일을 처리하며 자신을 잘 보전함)을 먼저 생각하다 보니 더욱 그랬을 것이다. 그러나 임금의 입장에서는 안타깝기 그지없는 것이다. 신하다운 신하들은 한결같이 자신 곁을 떠나 버리고, 오로지 권력을 위해 모든 아부와 권모술수를 자행하는 이들만 남아있으니 외롭고 답답할 수밖에 없는 것이다. 이런 점은 앞에 든 성종의 시와 일맥상통한다.

애가 타도록 부르고 또 불러야 마저 못해 겨우 와서는 이 핑계 저 핑계 대며 곧 가려고 하고, 가면 다시 오지 않으려고만 하는 신하들의 속성을 야속해 하고 있다(1행). 그렇게 오는가 싶으면 다시 가버리니 가까이에 두고 사

궐 날이 없을 수밖에. 그러다 보니 마음 터놓고 국사(國事)를 논하거나 자신의 이야기를 할 시간이 없을 수밖에(2행). 해서 임금이란 자신의 위치가 한편 슬프기도 하다. 이게 조선조 모든 임금들이 공통적으로 느꼈던 심정이 아니었을까 싶다. 특히 군신간의 힘겨루기와 당쟁이 빈발하는 상황에서 임금의 외로움과 고충은 한층 컸을 것이다. 그러기에 마음에 맞는 신하와 정사를 논하고 싶고, 곁에 두고 싶고, 자신의 속마음을 열고 싶었을 것이다. 그래서 이런 시조가 나왔을 것이고. 임금과 신하의 관계가 부모와 자식 이상으로 인간적이라는 점에서 다시 한 번 조선조 군신간의 정을 느낄 수 있다.

앞의 성종의 시와 함께 아주 평범하고 일상적인 용어로 자신의 마음을 솔직 담백하게 표현한 이 작품은 또 다른 의미를 담고 있다. 사대부들의 시조가 한자 위주 내지는 고사 위주인데 비해 임금들은 우리말을 아꼈다는 점이다. 순수 우리말로 자신의 속마음을 담백하게 담아낸 성종의 시와 이 시를 읽노라면, 권위적인 왕보다는 인간적이면서도 순수한 두 임금의 모습이 떠오른다.

• **선조**(宣祖) : 1552(명종 7)~1608(선조 41) 조선조 제14대 임금. 초명은 균(鈞), 후에 공(昖)으로 개명. 중종의 손자이며, 덕흥대원군(德興大院君)의 셋째아들로, 명종이 후사(後嗣) 없이 죽자 즉위하였다.

즉위 초 학문에 정진하여 매일 강연(講筵)에 나가 경사(經史)를 토론하였고, 독서에 열중하여 제자백가(諸子百家)를 읽지 않은 것이 없었다. 훈구세력(勳舊勢力)을 물리치고 사림(士林)들을 대거 등용하여 선정(善政)에 힘썼고, 특히 이이(李珥)와 이황(李滉) 등을 극진한 예우로 대하였다. 또한 숨은 인재를 천거하도록 하여 조식(曹植), 성운(成運) 등 유능한 인재를 등용하기도 하였으며, 『유선록(儒先錄)』 등을 간행하여 유학을 장려하였다.

그러나 재위 기간 중 동인(東人)·서인(西人)으로 분당되어 당쟁이 극심하여 국력이 쇠약해졌고, 일본에 대한 대비책을 마련하고자 통신사를 파견했으나 서로 상반된 보고를 받음으로써 국방대책을 제대로 세우지 못했다. 임진왜란 7년 동안 몽진(蒙塵)을 여러 차례 단행했고, 수많은 백성을 도탄에 빠트렸고, 국토를 피폐화시켰다. 시호는 소경(昭敬)이다.

늙쩌다 물러가쟈 ᄆᆞ음과 議論(의논)ᄒᆞ니
님 ᄇᆞᆯ이고 어듸어로 가쟛말고
ᄆᆞ음아 너란 잇썰아 몸만 물러 갈이라

－작자 미상

나도 이젠 다 늙었으니 벼슬을 버리고 물러가야 하지 않겠냐고 마음과 의논하니/ "이 임금을 버리고 어디로 간단 말인가(되지도 않은 핑계를 대지 말라)"/ "(몸과 마음이 한꺼번에 물러날 수 없으니) 마음아 너만 있거라 이 몸만 물러가겠다."

치사(致仕, 나이가 많아 벼슬을 사양하고 물러남)하며 비록 몸은 떠나지만 마음만은 결코 떠나지 않는다고 자신의 충성을 노래한 작품으로, 면앙정(俛仰亭) 송순(宋純)의 작품이라고 밝힌 책도 있다.

나이가 들어 관직에서 물러설 때 선비들은 다양한 방법을 동원하여 자신의 주장을 펼치곤 한다. "저는 노마(老馬)이니 새 말을 타고 한양으로 가십시오.", "늙은 말 열 필보다 젊은 말 한 필이 소중한 때입니다." 등등. 자신과 임금의 사이를 보통 말과 주인으로 비유하여, 다른 사람을 찾으라고 한다. 그러나 이 작품은 다르다. 임금에게 치사의 뜻을 밝히기에 앞서 자신의 마음과 의논하는 형식을 취하고 있기 때문이다.

첫 행에서 화자는 치사하기에 앞서 마음과 의논하고 있다. 다 늙었으니 임금과 후배들을 위해 그만 물러나야 하지 않겠냐고 마음에게 묻는 것이다. 그러자 마음은 자신의 뜻과는 정반대로 대답을 한다. "님 ᄇᆞᆯ이고 어듸어로 가쟛말고(임금을 버리고 어디로 간단 말인가)"가 마음의 대답이다. 아무리 늙었지만 어떻게 임금을 버리고 가겠느냐고 군신유의(君臣有義)를 강조한다(2행).

떠나고 싶은 마음과 떠나서는 안 된다는 마음이 직접적으로 충돌하고 있는 것이다. 새 술은 새 부대에 담아야 하는 것이기에 새로운 정치를 구현하기 위해서는 임금에게 새로운 사람이 있어야 한다. 또한, 자신에게 눌려 새로운 정치 이념을 펴지 못하거나 기를 펴지 못하는 후배들을 위해서라도 관직에서 물러나는 게 바람직한 일이라고 판단한 것이다. 그러나 이런 상황만 가지고는 문제가 해결되지 않는다. 온고지신(溫故知新)이란 말이 있듯이 신구(新舊)의 조화가 더 중요할 수도 있다. 또한 누구보다 자신을 믿고 의지하는 임금을 버려두고 자신의 안위(安慰)를 먼저 생각한다는 것은 노신(老臣)으로서 결코 바람직한 일이 아니다. 이 두 가지 명제가 서로 충돌할 수밖에 없다. 이러지도 저러지도 못하는 상황에서 화자는 갈등할 수밖에. 해서 또 다른 자신인 마음과 의논을 하니, 자신의 뜻과는 정반대로 물러나서는 안 된다고 충고한다.

그러자 화자는 "ᄆᆞ음아 너란 잇썰아 몸만 물러 갈이라"고 대답한다. 서로 충돌하여 하나가 될 수 없다면, 몸과 마음을 분리하여 몸만 떠나고 마음을 남겨두겠다는 것이다. 어찌 보면 이치에 맞지 않는 결론일지도 모른다. 그러나 더 이상 방법이 없을 때, 몸과 마음을 분리시켜 개별화시키는 방법밖에 다른 방법이 없을 듯하다. 이 말은 몸은 비록 떠나지만 마음만은 오롯이 임을 향해 남겨두고 가겠다는 화자의 강한 의지를 표현한 것이다(3행).

떠날 수밖에 없는 상황이어서 떠나지만 마음은 남겨둔다는 이 말은, 관계(官界)에서 물러나도 임금에 대한 충의(忠義)를 중시한 조선조 선비의 일면을 보는 듯하다.

마음을 인격화하여 대등한 입장에서, 그리고 다정한 상대로서 대화하는 표현 형식이 친근감을 더해주고, 표현 기법면에서도 색다른 맛이 있어 좋다.

千歲(천세)를 누리소셔 萬歲(만세)를 누리소셔

무쇠기동에 곳픠여 여름이 여러 짜드리도록 누리소셔

그밧긔 億萬歲(억만세) 外(외)에 쏘 萬歲(만세)를 누리소셔

—작자 미상

> 천 년 동안 오래오래 사십시오. 만 년 동안 오래오래 사십시오/ 무쇠 기동에 꽃이 피어 열매를 여러번 따드리도록 오래오래 사십시오/ 그밖에 억만 년을 사시고 거기에다가 또 만 년을 더 사십시오

임금님이나 높으신 어른의 만수무강을 비는 노래로 볼 수 있는데, 천세(千歲)와 만세(萬歲)를 언급하는 것으로 보아 임금의 만수무강을 비는 것 같다.

이 작품은 앞에서 소개한 김구의 "올히 댤은 다리⋯⋯"와 아주 흡사하다. 사람의 만수무강을 빌며 도저히 올 수 없는 시간 동안('무쇠기동에 곳픠여 여름이 여러 짜드리도록') 살라고 기원하는 것이다. 이런 표현은 영원을 표상하는 표현방식이라고 앞에서 말한 바 있다.

그러나 이 작품은 앞의 김구의 시와는 다른 느낌을 준다. 그것은 아무래도 구체성을 갖느냐 못 갖느냐, 관념을 어느 만큼 조직적으로 구성해 놓았느냐의 차이인 것 같다. 앞의 작품이 구체적이고 조직적이라면, 이 작품은 추상적이고 숫자의 나열이라는 단순한 구조를 취하고 있다. 뿐만 아니라 숫자에 대한 관념도 조금 부족한 듯하다. 둘째 행의 '무쇠기동에 곳픠여 여름이 여러 짜드리도록'이란 표현은 고려가요의 영향을 받은 듯도 싶다.

그러나 인식적인 측면에서 본다면, 단순하고 소박한 이 작품이 다른 어떤 작품보다도 소박하고 진솔함을 느끼게도 한다. 비슷한 내용의 시라할지라도 그 맛이 사뭇 다른 것은 표현적 차이에서 오는 게 아닌가 싶다.

4. 회고(懷古)의 정(情)

인간이란 자신의 내면, 특히 답답함이나 기막힘 등을 표출하려는 욕구를 가진다.

여말과 조선 초에 이르는 정치적인 변동기에

시조는 선비들의 복잡한 감회를 토로할 수 있는 통로가 되었다.

짧은 노랫가락으로 드러난 표현은 지극히 간결하지만,

그 속마음마저 간결한 것은 아니다.

간결하면서도 담담한 표현 속에 함축되어 있는

내면적 갈등과 복잡다단함을 읽을 줄 알아야

비로소 시조를 바로 이해한다 할 수 있을 것이다.

단어 하나, 표현 하나에도 관심을 가지고 읽어야 할 것이다.

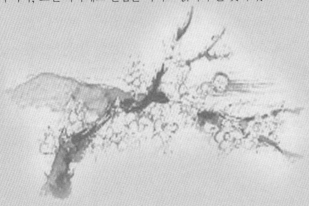

白雪(백설)이 ᄌᆞᄌᆞ진 골에 구름이 머흐레라

반가온 梅花(매화)ᄂᆞᆫ 어늬 곳이 픠엿ᄂᆞᆫ고

夕陽(석양)의 홀로 셔 이셔 갈 곳 몰라 ᄒᆞ노라

　　　　　　　　　　　　　　　　　—이　색(李　穡)

> 흰 눈이 가득 덮힌 골짜기에 구름이 험하게 몰려 있구나/ 눈 속에서 피어나는 반가운 매화는 어느 곳에 피어 있는가/ 날은 저물어만 가는데[이제 집으로 돌아가야 하는데] (갈 곳 없는 나그네는) 외로이 서서 갈 곳을 모르겠구나

- ᄌᆞᄌᆞ진 : 잦아진, 수북히 덮여 있는. 녹아 없어진.
  'ᄌᆞᄌᆞ진'을 '녹아 없어진'으로 해석하는 이도 있다. 그러나 필자는 내용상으로 '자욱한, 수북히 덮혀 있는'으로 해석한 정병욱 교수의 해석이 타당하다고 생각한다. 따라서 'ᄌᆞᄌᆞ진'을 '수북히 덮혀 있는'으로 해석하고자 한다.
- 머흐레라 : 험악하구나, 험하구나. 기본형 '머흘다'는 '험하다'의 뜻을 가지고 있다. 해서 필자는 '험하게 몰려 있구나'로 해석했다.

　고려의 멸망을 가슴아파하며 시대적 전환기에 서 있는 지식인의 고뇌를 노래한 작품으로, 상징적 수법이 돋보이는 시조다.

　첫 행에는 눈 덮인 골짜기에 구름이 몰려 있음을 안타까워하고 있다. 눈 쌓인 골짜기는 다름 아닌 '고려 왕조' 또는 '멸망한 고려의 유신(遺臣)'을 지칭한다. 이성계가 위화도 회군을 단행하고 조선을 건국한 일이야말로 고려 충신의 눈으로 보면 눈으로 뒤덮힌 겨울('白雪(백설)이 ᄌᆞᄌᆞ진 골')일 수밖에. 군사 쿠데타와 자신의 권력을 위해 수없이 많은 백성들과 인재들을 살해한 행위는 어떤 이유로도 정당화될 수 없기 때문이다. 아직도 이북 사람들이 돼지고기를 '성계고기'라 하며 힘주어 씹어먹는 것만 보더라도 이성계에 대한 반감이 어느 정도인 줄 알만 하다. 따라서 '구름'은 '이성계 일파(一派)'를 말한다.

　둘째 행에서는 매화(梅花)를 기다리나 매화가 피지 않았음에 절망하고 있다.

'매화'는 눈(시련, 고난) 속에서도 꽃을 피우는 '지조 높은 존재, 구국지사(救國
志士)'를 상징한다. 그러나 매화는 어디에도 피어있질 않다는 것이다. 목숨을
위해, 또는 자신의 영달을 위해 이성계 일파에 빌붙어 사는 고려의 관리들
또는 백성들밖에 없으니 화자가 절망할 수밖에.

마지막 행에서는 석양을 바라보며 어찌할 바를 몰라 망설이고 있다. '석양'
이란 날이 어두워지는 시간을 말한다. 짐승이며 새, 곤충들까지도 집으로 돌
아가는 시간이다. 그러나 화자는 갈 곳을 몰라 서성이고 있는 것이다. 갈 곳이
없기 때문이다. 따라서 여기서 '석양'은 단순한 해 저무는 시간만을 뜻하지 않
는다. 한 왕조가 기울어져가는 시간을 의미기도 한다.

고려 왕조의 멸망과
지사가 없음을 안타까워
하며, 길 잃고 헤매는 지
식인의 모습이 떠오른다.

●이 색(李 穡) : 1328(충숙왕 15)~1396(태조 5). 고려말기의 학자, 문신. 자는 영
숙(穎叔), 호는 목은(牧隱). 삼은(三隱)의 한 사람이다.

1341년(충혜왕 복위 2)에 진사가 된 후, 원나라에 가서 국자감의 생원이 되어 성
리학을 연구하였다. 귀국 후 전제(田制) 개혁, 국방 계획, 교육의 진흥, 불교의 억제
등 당면한 여러 정책의 시정개혁에 관한 건의문을 올리는 등 활발한 개혁 정책을
폈고, 중요 관직을 두루 거쳤다. 왕조가 바뀌고 1395년(태조 4)에 이성계의 출사 종
용이 있었으나 끝내 고사하였다.

그는 원·명교체기에 있어서 천명(天命)이 명나라로 돌아갔다고 보고 친명정책을
지지하였고, 권근, 김종직, 변계량 등을 그의 문하에서 배출하여 조선성리학의 주류
를 이루게 하였다. 또한 스승 이제현과 쌍벽을 이루는 대문장가였다. 그의 문학은
조선 중엽까지 200여 년간의 문풍(文風, 글을 짓는 방식 내지는 경향)을 지배하였고,
동국 문장의 으뜸으로 삼기도 했다. 시호는 문정(文靖)이며, 저서로는 『목은문고(牧
隱文藁)』와 『목은시고(牧隱詩藁)』 등이 있다.

興亡(흥망)이 有數(유수)하니 滿月臺(만월대)도 秋草(추초) ㅣ 로다

五百年(오백년) 王業(왕업)이 牧笛(목적)에 부쳐시니

夕陽(석양)에 지나는 客(객)이 눈물계워 하노라

— 원천석(元天錫)

> 흥하고 망함이 하늘의 뜻에 의해 정해져 있으니 고려의 궁터인 만월대도 가을철 마른 풀에 뒤덮여 있구나/ 오백 년이나 이어오던 왕업도 마소를 모는 목동의 피리 소리에 쓸쓸히 남아 있으니/ 해질녘에 지나가는 나그네가 (슬픔을 이기지 못해) 눈물겨워 한다

- 유수(有數)하니 : 운수가 정해져 있으니, 운수(運數)에 매어 있으니, 하늘에 달려 있으니.
- 만월대(滿月臺) : 고려 왕실의 궁터. 개성 북부 송악산 기슭에 있다.
- 왕업(王業) : 임금이 나라를 다스리는 대업, 또는 그 업적. 즉, 고려 오백 년의 업적을 말한다.
- 목적(牧笛) : 목동의 피리 소리. 즉, 큰 의미나 힘을 갖지 못하는 소리.

폐허가 된 궁터에서 고려 왕조 멸망의 한을 노래한 회고가(懷古歌)로, 다양한 표현기교를 통해 작품성을 높이고 있어 주목된다.

1행에서는 한 왕조의 운명이 하늘에 매어 있으니, 궁터였던 만월대마저 가을 마른 풀에 둘러싸여 있다고 묘사하여 시각적 이미지를 부각시키고 있다. 고려 멸망을 감지하고 치악산에 들어가 농사를 지으며 살던 작가(화자)가 몰락한 고려 왕조의 궁터를 돌아보는 감회는 남달랐을 것이다. 부귀영화와 권력의 상징이던 왕궁터(만월대)가 쓸쓸하게 마른 잡초들에 뒤덮여 있는 모습은 말 그대로 무상(無常)함을 느끼기에 충분했을 것이다. 왕조의 운명이 하늘에 달려 있다 해도 고려는 신하에 의한 군사 쿠데타에 의해 멸망한 것이 아닌가. 그래서 풀에 뒤덮인 만월대가 더욱 처량하게 느껴졌으리라.

그런 차에 어디선가 구슬픈 피리소리가 들려온다. 마치 고려 왕조의 몰락을 가슴 아파하는 소리인 것만 같다. 화자는 혹시나 하는 마음에 피리소리의 근원지를 찾아본다. 그 피리소리는 다름 아닌 지나가는 목동이 부는 피리소리다. 이제 고려 왕조의 흥망성쇠는 목동이 부는 피리소리에 남아있을 뿐이다. 누가 귀담아 들어주지도 않고, 의미도 부여하지 않는 목동의 구슬픈 피리소리에나 남아 있으니 고려 왕조의 몰락이 더욱 가슴 아플 수밖에(2행). 해서이제 고려 왕조와는 아무런 관련도 없는 화자라 할지라도, 그곳을 지나며 인간사의 무상함에 눈물 흘리고 있다(3행).

이 작품은 다양한 표현기교를 통해 작품성을 높이고 있다.

먼저, 시각적, 청각적 이미지 사용이다. 시각적인 이미지인 '추초(秋草)'와 청각적 이미지인 '목적(牧笛)'을 들어 고려 왕조 몰락의 무상함을 표현했다. 또한 '만월대(滿月臺)'는 고려 왕조를, '추초(秋草)'는 흥망성쇠의 무상함을 상징함으로써 상징적 수법을 활용하였다. '석양(夕陽)'을 통해 해가 저무는 상황과 고려 왕조의 몰락을 중의적(重義的)으로 표출시킴으로써 표현 기교의 맛을 살리고 있고, 전체적인 시적 정서를 '추초(秋草)'와 '석양(夕陽)'으로 압축 표현함으로써 쓸쓸함과 세월의 덧없음을 효과적으로 표출하고 있다.

• **원천석**(元天錫) : p.18 참조.

仙人橋(선인교) 나린 물이 紫霞洞(자하동)에 흘너드러
半千年(반천년) 王業(왕업)이 물소릭 섇이로다
아희야 故國興亡(고국 흥망)을 물어 무슴ᄒᆞ리오

　　　　　　　　　　　　　　　　－정도전(鄭道傳)

> 　선인교에서 흘러내린 물이 자하동으로 흘러내리는 것을 보니/ 오백 년이나 이어온
> 고려의 왕업도 남은 것이라고는 흐르는 물소리뿐이로구나/ 아, 이제 와서 오랜 역사
> 를 가진 고려조의 흥망성쇠를 따져본들 무엇하겠는가

- **선인교**(仙人橋) : 개성(開城) 자하동(紫霞洞) 상류에 있는 다리. 선인교가 자하동의 위쪽
  에 있으면서 자하동으로 물을 흘려보낸다고 본다면 고려 왕조를 비유한 것으로 볼
  수 있다.
- **자하동**(紫霞洞) : 개성 송악산(松嶽山) 기슭에 있는 골짜기. 이 작품의 내용으로 보아
  조선 왕조를 비유적으로 표현한 말로 보인다.
- **고국 흥망**(故國興亡) : 역사가 오래된 나라의 흥망성쇠 즉, 고려의 흥망성쇠를 말한다.

　고려의 관리였으면서도 이성계를 도와 개국공신으로 영화를 누린 정도전
의 작품이다. 두 왕조를 섬긴 자의 이중적 모습, 즉 회고(懷古)와 현실 지향(現
實指向)의 일면을 보여주는 시조로, 다른 회고가(懷古歌)와는 유다른 모습을 보
이는 이유도 바로 이 때문이다.

　먼저 화자는 역사적인 순리를 얘기하고 있다. 물은 위에서 아래로 흐르듯
역사란 것도 시간에 따라 변화한다는 것이다(1행). 즉, '仙人橋(선인교)'에서
흘러내린 물이 자연스레 '紫霞洞(자하동)'으로 흘러들 듯, 그 명을 다한 고려
가 멸망하고 새로운 조선이 건국은 자연스러운 일이라고 얘기하고 있다.

　그러나 아무리 이중적인 삶을 산 작가라 할지라도, 고려인으로서의 일말의
애수와 마음속의 괴로움은 있었던 듯하다. 오백 년의 왕업이 이제는 물소리
로 남아 있을 뿐 자취도 없음('물소릭섇이로다')을 아쉬워하고 있다(2행). 그러나

그런 마음도 잠시, 화자는 다시 현실로 돌아온다. 현실주의자가 과거에 얽매이는 것은 위험한 일. 과거보다는 현실을 중시하여야 하는 것이다. 그래서 고려 왕조의 흥망성쇠 즉, '故國興亡(고국 흥망)'을 다시 생각하지 않고 현실에 충실하겠다('물어 무슴ᄒ리오')는 의지를 표명함으로써 2행에서 보였던 인지상정(人之常情)을 떨쳐내고 있다(3행).

한 가지 덧붙이고 싶은 것은, 정도전이 고려 오백 년의 역사를 '물소릿 ᄲᅮᆫ'이라고 했지만, 그의 권력 추구의 결과도 그와 다르지 않았다. 3차 왕자의 난 때 방석(芳碩)을 옹호했다는 이유로 이방원에게 잡힌 그가 꿇어앉아 살려달라고 애원했다. 그러자 이방원은 싸늘하게, "너는 왕씨를 배반하고 다시 이씨를 배반하려느냐?"며 목을 치게 했다. 화무십일홍(花無十日紅)이요, 권불십년(權不十年)이란 말이 있듯, 권력은 결국 한 때인 것이다. 권력보다 의리를 먼저 생각했더라면, 역사에 그 이름을 더럽히지는 않았을 것이다. 다시 한 번 역사의 냉혹함을 생각하게 한다.

• **정도전(鄭道傳)** : 1337(충숙왕 복위 6)~1398(태조 7). 고려말에서 조선초기까지의 문신이자 학자. 자는 종지(宗之), 호는 삼봉(三峰).

아버지와 이곡이 교우관계가 인연이 되어, 이곡의 아들 색의 문하에서 수학하였다. 정몽주・박상충・박의중・이숭인・이존오・김구용 등과 교유하였는데, 문장이 왕양 혼후(汪洋渾厚)하여 동료사우의 추앙(推讚)을 받았다.

유배・유랑 생활을 하던 중, 당시 동북면 도지휘사로 있던 이성계를 찾아 함주 막사에 가서 그와 인연을 맺기 시작하였다. 1388년 6월에 위화도회군으로 이성계 일파가 실권을 장악하자 밀직부사로 승진하여 조준 등과 함께 전제개혁안을 적극 건의하고, 조민수 등 구세력을 제거하여 조선 건국의 기초를 닦았으며, 『불씨잡변(佛氏雜辨)』을 저술하여 배불숭유의 이론적 기초를 확립하였다. 진법훈련을 강화하면서 요동 수복계획을 추진하던 중 이방원의 기습을 받아 희생되었다.

역사, 병법, 의학, 역학(易學)에 관심이 깊어 『고려국사(高麗國史)』를 비롯하여 많은 병서서와 의서(醫書), 역산서(曆算書)를 남겼다. 그밖에 <문덕곡(文德曲)>, <수보록(受寶籙)>, <납씨곡(納氏曲)>, <신도가(新都歌)>, <정동방곡(靖東方曲)> 등을 남겼으며, 방랑시절에 쓴 수많은 시문들을 묶은 『삼봉집(三峰集)』이 전해지고 있다. 시호는 문헌(文獻)이다.

五百年(오백년) 都邑地(도읍지)를 匹馬(필마)로 도라드니

山川(산천)은 依舊(의구)ᄒ되 人傑(인걸)은 간 듸 업다

어즈버 太平烟月(태평연월)이 쑴이런가 ᄒ노라

-길　재(吉　再)

> 　(고려) 오백 년의 수도였던 개성(開城)을 좋지도 않은 말 한 필에 몸을 싣고 돌아다 보니/ 산천은 예나 지금이나 변함이 없건마는 (한 나라를 융성하게 했던) 인재들은 죽고 흩어져 보이지를 않는구나/ 아, 태평세월을 누리던 고려 시대도 하룻밤의 꿈이었던 것만 같구나

- 필마(匹馬)로 : 평범한 한 필의 말로, 좋지 않은 한 필의 말을 타고.
- 의구(依舊) : 옛날과 같이 변함이 없음.
- 인걸(人傑) : 인재와 영웅호걸 즉, 뛰어나고 빼어난 사람을 말함. 여기서는 고려를 부흥 발전시켰던 인재들을 지칭한다.
- 태평연월(太平烟月) : 태평스러운 세월, 살기 좋은 시절.

　이 시조는 고려가 멸망하자 봉모(奉母)를 핑계로 선산(先山)에 은거하던 작가가, 옛 수도인 송도(松都)가 그리워 말을 타고 둘러보면서 지은 것으로 알려져 있다.

　먼저 화자는 옛 도읍지인 개성(開城)을 좋지 않은 말 한 필을 타고 돌아보고 있다(1행). 여기서 '匹馬(필마)'를 타고 도읍지를 돌아본다는 것은 '벼슬에서 물러난 평민 신분'임을 알려준다. 화자가 돌아본 개성은 옛날의 개성이 아니다. 얼마 전까지만 해도 왕궁이 있었고, 많은 인걸들이 국정을 논하고, 국가를 위해 뜻을 펼치던 곳, 수많은 사람들이 모여 북적이던 곳, 개성. 활기가 넘치던 개성의 모습은 온데간데 없다. 쓸쓸함만이 가득하다.

　그런 모습을 본 화자는, 도읍지를 돌아보며 느낀 인간과 인간 역사의 유한성을 토로한다(2행). '山川(산천)'은 변함이 없는데, '人傑(인걸)'들은 흔적도 없

이 사라졌음을 가슴아파하고 있는 것이다. 불세출(不世出)의 영웅도 시간의 흐름은 어쩌지 못해, 무상하게 사라진다는 진술을 통해 인간사의 무상함을 다시 한 번 되새긴다. 또한 '人傑(인걸)은 간 듸 업다'란 말은 이성계와 그 일파의 잔악스러움으로 단 한 사람의 인걸도 남아있지 않다는 폭로이기도 하고, 또한 인걸이라 할지라도 자신의 영달을 위해 이성계 일파에 굴복해 버렸음을 비판, 인간사의 매정함을 말하고 있기도 하다.

그리고 태평성대(太平聖代)였던 고려 오백 년의 역사도 하룻밤의 꿈처럼 덧없음을 얘기하고 있다(3행). 그러면서도 고려 오백 년을 태평성대('太平烟月(태평연월)')로 회상하고 있음은 고려 유신(遺臣)으로서 옛 왕조에 대한 그리움의 표현이다. 고려 멸망의 한을 노래한 회고가(懷古歌) 중 대표적인 작품으로 '고려 유신(遺臣)의 외로운 신세'를 '匹馬(필마)'로, '흥성했던 고려 왕조'를 '太平烟月(태평연월)'로, '무상감(無常感)'을 '꿈'으로 각각 비유하고 있다.

● 길 재(吉 再) : 1353(공민왕 2)~1419(세종 1). 고려말과 조선초의 학자. 자는 재부(再父), 호는 야은(冶隱)·금오산인(金烏山人).

이색(李穡, 정몽주(鄭夢周), 권근(權近) 등 여러 선생의 문하에 종유(從遊)하며 비로소 학문의 지론(至論)을 듣게 되었다. 22세에 국자감에 들어가 생원시에 합격하고, 31세에는 사마감시(司馬監試)에 합격하였다.

1389년(창왕 1)에 문하주서(門下注書)가 되었으나, 나라가 장차 망할 것을 알고서 늙은 어머니를 모셔야 한다는 핑계로 벼슬을 버리고 고향인 선산으로 내려가 다시 벼슬길에 나오지 않았다. 세자 방원이, 어려서 한 마을에 살면서 동문수학하여 정의가 매우 두터웠던 그를 불러 태상박사(太常博士)에 임명하였으나, 글을 올려 두 임금을 섬기지 않는다는 뜻을 펴 거절하였다. 지극한 효심과 영달에 뜻을 두지 않고 오직 후학 교육에만 힘쓴 것으로 유명하다. 저서로 『야은집(冶隱集)』·『야은속집(冶隱續集)』이 있고, 그의 언행록인 『야은언행습유록(冶隱言行拾遺錄)』이 전한다. 시호는 충절(忠節)이다.

5. 강호 자연(江湖自然)을 벗삼아

조선조를 지탱해 준 사상이 있다면 그것은 유교와 노장사상 · 도가일 것이다.

마땅히 선비된 자는 정경(政經)에 관심을 가지고 있어야 한다.

수신제가치국평천하(修身齊家治國平天下)가 바로 그것이다.

따라서 선비는 관직에 나가면 유교적인 이념을 바탕으로 하여 온 세상을 바르게 다스려야 한다.

그러나 관직에 영원히 있을 수는 없는 법.

물러설 때는 명분을 중시하고, 물러서서 갈 곳은 고향의 전원이나 자연이었다.

이 자연이 곧 노장사상 · 도가의 근간을 이루는 곳이다.

따라서 관직에서 물러나온 선비는 노장사상이나 도가의 그늘에서 편히 쉬는 것이다.

秋江(추강)에 밤이 드니 물결이 초노민라

낙시 드리치니 고기 아니 무노민라

無心(무심)흔 돌빗만 싯고 뷘 빈 저어 오노민라

－월산대군(月山大君)

> 가을철 강가에 밤이 드니 물결이 차갑구나/ (물이 차가운 탓인지) 낚시를 드리워
> 도 고기는 아니 무는구나/ (해서 고기는 한 마리도 못 낚고) 무심한 달빛만 싣고 빈
> 배를 저어 돌아오는구나

- **추강**(秋江) : **가을 강.**
- **초노민라** : **차갑구나. '차(다)+노민라(감탄형어미).**

가을 달밤의 풍류와 정취를 노래한 이 작품은 한 폭의 동양화를 연상시킨
다. 물욕(物慾)과 명리(名利)를 초월한 유유자적(悠悠自適)한 삶의 모습을 보여 주
고 있다.

첫 행에서는 가을철의 강·밤·물결 등의 배경 묘사를 통해 고요하고 정
갈한 분위기를 보여준다. 사람의 모습은 보이지 않고 달빛만 가득한 밤, 물결
만이 이따금씩 출렁거릴 뿐 소란스러움이나 어지러움, 더러운 모습은 보이질
않는다. 전설 속에서나 볼 수 있음직한 은파(銀波)로 일렁이는 강물결이 있을
뿐이다. 달빛 내리는 가을 강의 아름다움을 잘 그려내고 있다.

둘째 행에서는 유유자적(悠悠自適)한 삶의 모습을 그렸다. 낚시질을 하고 있
기는 하지만 고기 낚는 일에 커다란 관심이 없다. 오히려 가을 달밤의 풍류
와 정취를 즐기기 위해 배를 띄웠고, 아름다운 자연의 정취를 낚기 위해 낚
시를 드리운 것으로 보인다. 인간 세상이 아닌 신선의 세계에서 담박(淡泊)하
게 삶을 즐기는 것 같은 분위기를 자아낸다.

셋째 행은 핵심을 표출한 부분으로, 고기 대신 사심(邪心)이 없는 달빛만 가
득 싣고 돌아오는 모습에서 탈속(脫俗)의 경지를 그리고 있다. 밤낚시를 나갔

다 돌아오고 있으니 만선(滿船)의 모습이 있어야 한다. 한배 가득 무언가를 싣고 와야 하는 것이다. 그래서 화자는 달빛을 가득 싣고 오는 것이다. 달빛으로 만선을 한 셈이다. 그러니 배는 빈 배일 수밖에. 모든 물욕과 명리에서 벗어난 탈속의 경지라 할 수 있다.

또한 이 시에서 우리가 하나 눈여겨봐야 할 것은 '―노민라'의 반복이다. 세 행 전체를 '―노민라'로 반복적으로 끝맺음을 함으로써 리듬감을 살리고 있다. 또한 이 반복을 통해 계절적인 배경이 주는 스산함이나 쓸쓸함을 제거하고 가을강의 풍경을 한층 운치있게 살려내고 있다. 따라서 '물결이 츳노민라', '고기 아니 무노민라', '븬 빈 저어 오노민라'는 부정적인 표현 같지만, 오히려 매우 긍정적이며 여유있는 생활에서 우러나오는 풍성함을 드러내준다. 담백하고 멋있게 그려진 동양화 속에 신선처럼 살아가는 한 사람의 모습이 눈에 선하다.

• **월산대군**(月山大君) : 1454(단종 2)~1488(성종 19) 조선 전기 때의 종실. 성종의 형. 이름은 정(婷), 자는 자미(子美), 호는 풍월정(風月亭).

일찍이 아버지를 잃고 할아버지인 세조의 총애를 받으면서 궁정에서 자랐으나, 당시의 최고 권신인 동시에 성종의 장인인 한명회의 농간에 의하여 좌리공신에 책봉되는 비운을 맞게 되자, 현실을 떠나 자연 속에 은둔하여 조용히 여생을 보내야만 하였다.

이후 그는 망원정(望遠亭)이라 하여 서적을 쌓아두고 시문을 읊으면서 풍류적인 생활을 계속하였고, 어머니인 덕종비 인수왕후의 신병을 극진히 간호하다가 병들어 35세로 죽었는데 적자는 없고, 측실에서 난 두 아들이 있었다.

그의 성품은 침착, 결백하고, 술을 즐기며 산수를 좋아하였으며, 부드럽고 율격이 높은 문장을 많이 지었는데, 시문 여러 편이 『속동문선(續東文選)』에 실릴 정도로 수준이 높았다. 시호는 효문(孝文). 문집(文集) 『풍월정집(風月亭集)』이 있으며, 여기 실린 시조는 『청구영언(青丘永言)』에 실려 전한다.

歸去來(귀거래) 歸去來(귀거래) 말쑨이오 가리 업싁

田園(전원)이 將蕪(장무)ᄒ니 아니 가고 엇델고

草堂(초당)애 淸風明月(청풍명월)은 나명들명 기드리ᄂ니

— 이현보(李賢輔)

"돌아가자 돌아가자"란 말은 많이들 하면서 (말로 할 뿐) 돌아간 사람은 하나도 없구나/ 논밭이며 동산들이 바야흐로 잡초들로 무성해지는데 아니 가면 어찌 할꼬/ (고향의) 초가집엔 맑은 바람과 밝은 달만 나왔다 들어갔다 하며 (나를) 기다리고 있으리

- 귀거래(歸去來) : 돌아가리라. '래(來)'는 별다른 의미가 없이 덧붙은 말로 도연명의 <귀거래사(歸去來辭)>에서 취한 표현이다.
- 가리 : 간 사람. 가(다)+ㄹ/ㄴ(관형사형 전성어미)+이(의존명사).
- 업싁 : 없구나. '업싁'는 '없으이'의 줄임말이다.
- 장무(將蕪)ᄒ니 : 갈수록 (잡풀만) 무성해져 가니.

벼슬을 버리고 자연으로 돌아가 청풍명월(淸風明月)을 벗삼아 살아가겠다는 의지를 노래한 작품이다. 벼슬을 버리고 자연에 묻혀 살아간 도연명의 삶과 <귀거래사(歸去來辭)>를 귀감으로 삼아 도연명처럼 살고자 한 작가가 호조참판의 벼슬을 사직하고 고향으로 돌아가면서 이 시조를 지었다고 한다.

첫 행에서 화자는 벼슬을 버리고 고향으로 돌아가겠다는 말들은 많이 하지만 실행하는 사람은 없더라고 지적한다. 이는 말로만 돌아가겠다고 하는 벼슬아치들에 대한 빈정거림일 수 있다. 그러나 벼슬을 버리고 자연과 벗삼아 살아가기가 그리 쉬운 일만은 아니다. 현실적인 문제들이 그리 녹녹치 않기 때문이다. 화자는 현실적인 문제들이 자연을 벗삼아 살아가고자 하는 처사(處士)들의 발목을 잡고 있다고 여기는 듯하다.

둘째 행은 도연명의 <귀거래사(歸去來辭)>에서 한 구절을 따온 것처럼 보

인다. '田園將蕪 胡不歸(전원장무 호불귀 : 전원이 바야흐로 거칠어져 가니 어찌 아니 갈 것인가)'와 일치하기 때문이다. 즉, 돌보는 사람이 없어서 논밭이며 동산들이 무성한 풀에 뒤덮이고 있는데 돌아가서 돌봐야 할 것이 아니냐, 어서 빨리 고향에 가서 고향 산야와 벗하며 살고 싶다는 말이다.

셋째 행에서는 고향의 초가집엔 맑은 바람과 밝은 달이 나왔다가 들어갔다가 하면서 늘 자신을 기다리고 있다고 얘기한다. 의인법을 활용하여 자연과의 친화감을 감칠맛 나게 표현한 부분이다. 자연은 늘 자식을 기다리는 어버이처럼, 늘 그리운 벗을 기다리는 사람처럼 자신을 기다리고 있다는 것이다. 그러니 안 갈 수 없다고. 물론 <귀거래사(歸去來辭)>에도 '종복(從僕)이 뛰어나와 맞이하고, 어린 아이는 대문 앞에서 기다린다'는 표현은 있다. 그러나 '자연이 문밖을 오가며 기다린다'는 표현은 도연명의 표현을 능가한다고 볼 수 있다.

●이현보(李賢輔) : 1467(세조 13)~1555(명종 10). 조선 중기 때의 시조 작가·문신. 자는 비중(棐仲), 호는 농암(聾巖)·설빈옹(雪鬢翁).

1498년(연산군 4) 식년문과에 급제한 뒤 32세에 벼슬길에 올라 예문관검열, 춘추관기사, 예문관봉교 등을 거쳐, 1504년 사간원정언이 되었으나 서연관의 비행을 논하였다가 안동에 유배되었다. 그 뒤 중종반정으로 지평에 복직되어 밀양부사, 안동부사, 충주목사를 지냈고, 병조참지, 동부승지, 부제학 등을 거쳐 대구부윤, 경주부윤, 경상도 관찰사, 형조참판, 호조참판을 지냈다.

1542년 76세 때 지중추부사에 제수되었으나 병을 핑계로 벼슬을 그만두고 고향에 돌아와 만년을 강호에 묻혀 시를 지으며 한거(閑居)하였다. 조선시대에 자연을 노래한 대표적인 문인으로 국문학사상 강호시조의 작가로 중요한 자리를 차지하고 있다. 작품으로는 전하여 오던 <어부가(漁夫歌)>를 장가 9장, 단가 5장으로 고쳐 지은 것과 <효빈가(效嚬歌)>, <농암가(聾巖歌)>, <생일가(生日歌)> 등의 시조 작품 8수가 전하고 있다. 저서로는 『농암문집(聾巖文集)』이 전한다. 시호는 효절(孝節)이다.

十年(십년)을 經營(경영)ᄒ여 草廬三間(초려삼간) 지어내니
나 ᄒ 간 ᄃᆞᆯ ᄒ 간에 淸風(청풍) ᄒ 간 맛져두고
江山(강산)은 들일 듸 업스니 둘러 두고 보리라

ㅡ송 순(宋 純)

> 십년 동안을 마음 속으로 꿈꾸어 오다 조그마한 초가삼간을 지어내니/ 내가 한 간 쓰고, 달이 한 간 쓰고, 맑은 바람이 한 간 쓰도록 맡겨 두고/(이제 모든 방이 다 차버려) 강과 산은 들여 놓을 데가 없으니 병풍처럼 둘러 놓고 보리라

- 경영(經營)ᄒ여 : 계획하여. 마음 속으로 꿈꾸어.
- 초려삼간(草廬三間) : 초가삼간. 은자(隱者)가 거처하는 조그마한 집을 말한다.
- 맛져두고 : 맡겨두고. 나눠주고.

안분지족(安分知足)적 생활 태도로 자연과 하나가 되어 살아가는 모습을 그린 작품으로 표현미가 돋보이는 시조다.

첫 행에서는 초가삼간을 지은 과정과 의미를 밝히고 있다. 십년 동안이나 마음속으로 계획하고 기초를 닦아 초가삼간을 지었다는 것이다. 즉, 오래전부터 자연과 벗삼아 살아갈 뜻을 가지고 있었으나 기회가 없었음을 말한다. 이제 조촐하게나마 자연 속에 집을 지었으니 자연과 벗삼아 살아갈 기회를 얻었다는 것이고, 첫 행의 내용을 가난하고 어려워서 십년 동안을 준비한 것이 아닌가 하고 생각할 수도 있으나 그렇게 되면 전체적인 내용과 어긋나게 된다. 또한 작가의 생애를 살펴보더라도 가난 때문은 아니다.

둘째 행은 초가 세 칸을 자신, 달, 청풍과 나누어 살겠다고 함으로써 자연과의 일치감을 표현했다. 세 칸 집에 사람들과 함께 사는 게 아니라, 자연과 함께 살겠다는 것이다. 달과 바람 같은 자연을 자기 식구로 삼아 함께 살아가겠다고 표현함으로써 물아일체(物我一體)의 경지를 나타냈다. 결국 자연은 자신과 따로 떨어져 있는 게 아니라 한 집에 사는 식구라고 얘기하고 있는

것이다.

셋째 행은 푸른 산과 맑은 물도 집에 들여 같이 살고 싶지만 들일 곳이 없기 때문에 병풍처럼 둘러놓고 보겠다고 함으로써 표현의 멋을 살리고 있다. 바람이나 달에 비해 덩치가 크기 때문에 집밖에 둘러놓는 것이지 마음 같아서는 산과 물도 집에 들여 함께 살고 싶다는 것이다. 또한 둘째 행을 근경(近景)으로 그리고 난 후 그와 어울리게 원경(遠景)으로 표현하여 조화를 살리고 있는 부분이기도 하다.

자연과 하나가 되어 살아가는 선풍도골(仙風道骨, 신선의 풍채와 도인의 골격이란 뜻으로, 뛰어나게 고아한 풍채를 이르는 말)을 상상하게 하는 노래로, 산수 자연에 몰입된 심정을 잘 묘사하고 있다. 발상이나 표현기교도 빼어난 작품이다.

●송 순(宋 純) : p.73 참조.

清凉山(청량산) 六六峰(육육봉)을 아ᄂ니 나와 白鷗(백구)

白鷗(백구)ㅣ야 헌ᄉᄒ랴 못 미들슨 桃花(도화)ㅣ로다

桃花(도화)ㅣ야 ᄯ져나지 마라 魚舟子(어주자)ㅣ 알가 ᄒ노라

—이 황(李 滉)

청량산 열두 봉우리의 빼어난 경치를 아는 이는 나와 갈매기뿐이다/ (말 못하는) 갈매기야 어디 가서 수다스럽게 떠들어(청량산의 경치가 좋다고) 사람들에게 알릴 리는 없고, 못 믿을 것은 아무래도 복숭아꽃이로다/ 복숭아꽃아 여기서 떠나지 마라 (네가 떨어져서 냇물에 흘러가게 되면) 어부들이 알까 걱정이다[어부들이 알면 세상에 알려질까봐 두렵구나]

- 청량산(淸凉山) : 이런 이름을 가진 산은 많으나 여기서는 경상북도 봉화군(奉化郡)에 있는 산을 말한다.
- 육육봉(六六峰) : '육륙(六六)'은 6+6=12. 따라서 육륙봉(六六峰)은 청량산 열두 봉우리를 말한다.
- 헌ᄉᄒ랴 : 야단스레 떠들어 대랴? '헌사ᄒ다'는 '떠들썩하다, 시끄럽다'의 뜻이다.
- 어주자(魚舟子) : 어부. 고기잡이꾼.

청량산의 아름다움을 혼자 알고 감상하고자 한다는 뜻을 담은 시로, 신비로운 경치 속에서 조용히 살아가고자 하는 은자(隱者)의 의지를 표현한 작품이다.

첫 행은 청량산 열두 봉우리의 빼어난 경치를 아는 것은 자신과 갈매기뿐이라고 하여 열두 봉우리의 아름다움이 별로 알려져 있지 않음을 이야기하고 있다. 은자(隱者)에게 있어서 시끌벅적한 것은 별로 달가울 게 없다. 조용함 속에서 사색과 독서를 즐기며 사는 게 최고다. 해서 은자들은 남들에게 별로 알려지지 않은 조용한 곳을 찾게 되는 것이다.

둘째 행과 셋째 행은 도연명의 <도화원기(桃花源記)>에 나오는, 어부가 무릉도원(武陵桃源)을 알게 되는 이유와 연결되어 있다. 어부가 무릉도원을 찾을

수 있었던 것은 바로 도화(桃花) 즉, 복숭아꽃 때문이었다. 해서 화자는 복숭아꽃을 못 믿겠다고 말하는 것이다. 둘째 행에서 화자는, 갈매기도 육륙봉의 아름다움을 알고는 있지만 말을 못하는 새인 만큼 어디 가서 떠들어대지 않을테니 걱정이 없다고 말한다. 그런데 복숭아꽃은 꽃잎이 떨어져 강을 따라 흘러가게 되면 어부가 보게 될 것이고, 그렇게 되면 그 어부가 육륙봉을 찾아왔다가 세상에 알려 버릴 것이기에 못 믿겠다는 것이다. 이이의 <고산구곡가(高山九曲歌)>와는 아주 대조적인 사고 내용을 담고 있는 이 시는 소재의 선택, 표현력, 상상력이 아주 탁월하다.

●이 황(李 滉) : 1501(연산군 7)~1570(선조 4). 조선 중기 때의 학자, 문신. 자는 경호(景浩). 호는 퇴계(退溪)・퇴도(退陶)・도수(陶叟).

12세 때부터 혼자 독서하기를 좋아하였고, 특히 도연명의 시를 사랑하고 그 사람됨을 흠모하였다. 20세경 침식을 잊고 『주역(周易)』 공부에 몰두한 탓에 건강을 해쳐서 그 뒤로부터 다병한 사람이 되어버렸다 한다.

27세(1527)에 진사시에 합격하고, 다음해 사마시에 급제하였다. 33세에 재차 성균관에 들어가 김인후와 교유하고, 김안국을 만나 성인군자에 관한 견문을 넓혔다.

중종 말년에 조정이 어지러워지매 성묘를 핑계 삼아 휴가를 청하여 고향으로 되돌아갔다. 을사사화 후 병약(病弱)을 구실삼아 모든 관직을 사퇴하고, 46세(1546)가 되던 해 향토인 낙동강 상류 토계의 동암에 양진암을 얽어서 산운야학을 벗삼아 독서에 전념하는 구도생활에 들어갔다. 이때에 토계를 퇴계(退溪)라 개칭하고, 자신의 아호로 삼았다.

부패하고 문란한 중앙의 관계에서 떠나고 싶어서 외직을 지망, 단양군수, 풍기군수 등을 역임하였고, 풍기군수 재임 중 조선조 사액서원의 시초가 된 소수서원을 세웠다. 60세(1560)에 도산서당(陶山書堂)을 짓고 이로부터 7년간 서당에 기거하면서 독서, 수양, 저술에 전념하는 한편, 많은 제자들을 훈도하였다. 그 후 출사를 종용하였으나 듣지 않고 고향에 남아 학구에 전심하던 중, 70세에 단정히 앉은 자세로 역책(易簀, 학덕이 높은 사람의 죽음)하였다. 죽은 지 4년 만에 고향사람들이 서원을 지어 도산서원(陶山書院)의 사액을 받았다. 시호는 문순(文純). 시조 작품으로는 도산서당에서 지어진 『도산십이곡(陶山十二曲)』이 전해진다.

靑山(청산)도 절로절로 綠水(녹수)도 절로절로
山(산) 절로절로 水(수) 절로절로 山水間(산수간)에 나도 절로
그 中(중)에 절로 즈란 몸이 늙기도 절로절로

—김인후(金麟厚)

청산도 자연 그대로이고 녹수도 자연 그대로다/ 산도 자연 그대로이고 물도 자연 그대로인 까닭에 그 산수 사이에 묻혀 사는 나도 역시 자연 그대로다/ (이렇듯 자연 그대로의 모습을 갖추고 있는 속에서) 자연 그대로 자란 몸이기에 늙어가는 것도 자연의 순리에 따라 가리라

섭리(攝理)에 순응하는 자연 속에서 자연의 모습 그대로 섭리에 순응하며 살아가려는 의지를 그린 작품으로, 송시열(宋時烈)의 작품이라고 적은 책도 있으나 김인후의 작품으로 보는 게 정설이다.

자연은 우주의 섭리를 거스르지 않는다. 늘 섭리에 순응한다. 높은 곳에서 낮은 곳으로 흐르는 물, 계절에 맞춰 나고 자라고 시들어가는 식물들, 주어진 자리에서 제 모습을 지키며 존재하는 산이며 바위, 섭리에 따라 부는 바람, 때에 맞춰 존재했다가 자취도 없이 사라지는 안개며 노을……. 이런 자연 속에 사는 인간 또한 자연을 닮아 순응하는 자세를 배운다. 자연 속에서 자연스럽게 살고 늙고 죽어간다. 모든 것을 대자연에 내맡긴 삶. 이런 삶은 집착이 없어 좋다. 해서 화자는 총 44자 가운데 절반에 가까운 20자를 '절로'란 단어를 반복한 것이리라.

첫 행은 청산(靑山)과 녹수(綠水)의 자연스러움을 표현한 것이다. 청산은 늘 같은 자리에서 계절에 맞춰 옷을 갈아입는다. 녹수 또한 높은 곳에서 낮은 곳으로 흐르며 상황에 따라 자신을 변화시킨다. 사계절의 변화뿐만 아니라 날씨, 시간 등 아주 사소한 변화에도 자연스레 그 모습을 변화시키며 살아간다. 그러기에 청산과 녹수뿐만 아니라 거기에 존재하는 모든 존재들도 섭리에 따

른다. 다만 인간만이 자연의 이치와 섭리를 거스르려 할 뿐.

둘째 행은 그런 산과 자연 속에서 살아가는 화자도 자연의 한 부분이 되어있음을 이야기한다. 산과 물이 그렇듯 자신도 자연 그 자체라는 얘기다.

마지막 행에서는 그런 속에서 자란 몸이기에 늙고 죽는 것까지도 자연처럼 하겠다는 다짐이다. 자연이란 변화하는 것이고, 그 변화를 두려워하거나 거부하지 않는다. 그렇기 때문에 자연에서 자란 자신도 자연처럼 늙어가겠다는 것이다. 변화를 두려워하는 이유는 인간의 집착 때문이다. 그러나 집착에서 벗어나게 되면 모든 것을 자연스럽게 받아들일 수 있는 것이다. 그러기에 늙고 죽는 것까지도 자연스레 받아들이는 것이다.

잘못 읽으면 말장난을 부린 것 같지만 의미를 잘 파악하며 읽어보면 저절로 고개가 끄덕여지는 작품이다. '절로절로'의 반복을 통해 리듬감을 잘 살렸고, 'ㄹ'음의 음악성도 돋보인다.

• **김인후**(金麟厚) : 1510(중종 5)~1560(명종 15). 조신 중기의 유학자, 문신. 자는 후지(厚之). 호는 하서(河西)·담재(湛齋).

1540년(31세)에 별시에 급제하여 독서당(讀書堂)에 들어가 이황과 학문을 닦았다. 1543년 홍문관 박사(博士) 겸 설서(說書), 홍문관 부수찬(弘文館副修撰)이 되어 세자 보도(世子輔導, 세자를 도와서 잘 인도하는 스승의 역할)의 임을 맡았다.

윤원형과 윤임의 권력 다툼 등으로 어수선한 정국을 비판, 귀향하였다. 그 후 여러 차례 관직이 제수되었으나 관직에 나가지 않고 성리학 연구에 매진하였다.

시문에 능하여 『하서집(河西集)』 등 10여 권의 시문집을 남겼으나, 그가 집필했다는 『주역관상편(周易觀象扁)』, 『서명사천도(西銘事天圖)』 등의 도학에 관한 저술은 전해지지 않는다. 시호는 문정(文靖)이었으나 정조 때 의정(議政, 조선 때에 둔 영의정·좌의정·우의정의 총칭)을 내리고 문정(文正)으로 개시(改諡, 시호를 바꿈)되었다.

말 업슨 靑山(청산)이오 態(태) 업슨 流水(유수) l 로다
갑 업슨 靑風(청풍)이오 님 업슨 明月(명월)이라
이 中에 病(병) 업슨 이 몸이 分別(분별)업시 늙으리라

－성 혼(成 渾)

아무런 말이 없는 푸른 산이요, 아무런 모양새도 없이 흘러가는 물이로구나/ 값이 없는 맑은 바람이요, 아무도 임자가 없는 밝은 달이로구나/ 이런 자연 속에서 병 없는 이 몸은 세상의 모든 근심걱정을 잊고 편히 늙어가리라

• 태(態) 업슨 : 일정한 모양이 없는.
• 병(病) 없슨 : 세상 물욕 없는. 보통 자연친화적인 시에서 '병(病)'은 '자연을 사랑하는 병' 즉, 연하고질(煙霞痼疾), 천석고황(泉石膏肓)을 말한다. 그러나 여기서 병(病)은 '세상사를 생각하며 느끼는 스트레스' 정도로 생각하면 좋을 듯하다.
• 분별(分別) 업시 : 근심 걱정 없이. 여기서 '분별(分別)'은 부정적인 의미로, 속인(俗人)의 하잘것없는 주견(主見)이나 욕심으로 인해 생기는 잔걱정을 말한다.

어느 누구도 값을 요구하거나, 단서나 조건을 달지 않는 자연 속에서 세상의 모든 근심 걱정을 잊고 편히 늙어가겠다는 유유자적(悠悠自適)한 심경을 소탈하게 읊은 작품.

이 작품이 뼈대를 이루는 것은 '업슨'(마지막의 '업시'도 동일어로 본다)의 반복이다. 아무것도 없음을 강조하여 완전 무위자연(無爲自然)의 상태를 보여주려 한다. 그 어떤 누구도 소유하지 않는 무소유의 상태. 그 어떤 것으로부터도 자유로운 완전 자연의 상태. 이 시조가 강조하고자 하는 바는 바로 이것이다.

첫째 행에서 청산(靑山)은 말이 없고, 유수(流水)는 태(態)가 없다고 말한다. 말이란 인간적인 것이다. 물론 의사 전달이란 긍정적인 측면도 있지만 자신을 드러내거나 과시할 때 사용되기도 한다. 또한 남을 헐뜯고 모함할 때도

쓰인다. 그래서 청산이 말이 없다는 것은 그런 모든 인간적인 것에서 벗어났음을 의미한다. 태(態)란 모습, 자태(姿態)를 말한다. 모든 만물은 일정한 모습을 지니고 있다. 그러나 여기서의 태(態)는 단순한 모양이나 모습을 말하는 게 아니라 부정적인 모습, 즉 뽐내거나 잘난 체함을 말한다. 그러기에 청산과 유수는 인간적인 모습에서 완전히 벗어나 있는 존재인 것이다.

둘째 행의 청풍(淸風)과 명월(明月)은 어느 누구의 소유물도 아니고 값을 요구하지도 않는다. 그냥 있는 것이고 어떤 대가도 요구하지 않는 순수 상태인 것이다. 또한 누구나 마음만 먹으면 공짜로 얻을 수 있고, 즐길 수 있는 것이기도 하다. 먼저 차지하거나 늦게 차지하는 것도 아니다. 언제나 얻고 즐길 수 있는 것이다.

그러기에 화자는 인간적인 그 어떤 것과도 연결되어 있지 않은 순수 자연의 상태에서 세속의 명리(名利)나 근심걱정에서 벗어나 자연처럼 절로 늙어가겠다는 것이다(3행. '分別(분별) 업시 늙으리라'). 아무데도 얽매인 것이 없는 대자연 속에서 60평생을 자유인으로 살다간 작가의 풍모를 이 시에서 읽을 수 있을 것 같다.

• 성 혼(成 渾) : 1535(중종 30)~1598(선조 31). 조선 중기 때의 학자. 자는 호원(浩原), 호는 묵암(默庵) · 우계(牛溪).

1551년(명종 6, 17세)에 생원, 진사의 양장(兩場) 초시에는 모두 합격하였으나 복시에 응하지 않고 학문에만 전념하였다. 같은 고을의 이이(李珥)와 사귀게 되면서 평생지기가 되었으며, 이황(李滉)을 뵙고서 깊은 영향을 받았다. 잠시 병조참의(兵曹參議)와 이조참의(吏曹參議)에 있었으며, 여러 관직이 제수되었으나 모두 사양하고, 조헌(趙憲) 등 사방에서 모여든 학도들의 교훈에 힘썼다.

그의 저서로는 『우계집(牛溪集)』 6권 6책과 『주문지결(朱門旨訣)』 1권 1책, 『위학지방(爲學之方)』 1책이 있다. 또한 『화원악보』, 『청구영언』, 『동가선』 등에 시조 3수가 전한다. 이 책에서는 한 수만 뽑아 실었다.

秋山(추산)이 夕陽(석양)을 띄고 江心(강심)에 즘졋는듸
一竿竹(일간죽) 두러 메고 小艇(소정)에 안자시니
天公(천공)이 閑暇(한가)히 녀겨 들을 조차 보내도다

―유자신(柳自新)

> (단풍이 곱게 물든) 가을 산이 저녁 햇볕을 받아 강 속에 잠겨 있는데/ 낚싯대를
> 둘러메고 (작은 배를 띄워) 배 위에 앉아 낚시질을 하노라니/ 하느님이 (고기가 안
> 물어 내가 너무) 한가한 것으로 여겨 달까지 보내주시는구나

- 강심(江心) : 강 속.
- 일간죽(一竿竹) : 한 줄기의 대나무 장대를 뜻하니 낚싯대를 말한다.
- 소정(小艇) : 조그마한 배. 조각배.
- 천공(天工) : 하늘을 인격화한 존칭으로 하느님을 뜻한다.

가을 저녁 강심(江心)에 잠긴 가을 산을 배경삼아 낚싯대를 드리우고 앉아
달이 뜰 때까지 흠뻑 가을 정취에 취하는 여유로움을 보여주는 작품으로, 한
폭의 동양화를 연상시킨다.

첫 행에서는 저물녘, 강 속에 잠긴 아름다운 가을 산의 모습을 그리고 있
다. 단풍이 울긋불긋 물든 가을 산은 그 자체만으로도 아름답기 그지없는데
석양빛을 받아 더욱 황홀하게 빛난다. 그 아름다운 산이 파란 강 속에 그림
처럼 잠겨 있는 것이다. 그 모습 자체만으로도 아름답고 훌륭한 동양화 한
폭이다.

둘째 행에서는 그 아름다운 모습을 배경으로 자그마한 배 한 척을 띄워
낚싯대를 드리우는 강태공의 모습을 그려낸다. 이 배는 고기를 낚기 위해 띄
운 배가 아니다. 시간을 낚으며 자연을 완상(玩賞)하기 위해 띄운 배다. 세상
의 물욕(物慾)과 명리(名利)를 잊고, 더 나아가 인간적인 시름마저 잊고 자연과
하나 되어 풍류를 낚는 것이다. 고요함 속에서 자연의 묘미를 즐기는 모습은

상상만 해도 부럽기 그지없다.

셋째 행에서는 날이 어두워져 가자 기다렸다는 듯이 밝은 달이 고요한 강을 밝게 비춰주는 아름다운 모습을 그려낸다. 노을이 물든 강을 다 즐기고 나자 언제 준비해뒀는지 둥근 달이 떠오르면서 강은 이제 노을빛이 아니라 금빛 물결로 반짝이는 것이다. 그것을 화자는 '天公(천공)이 閑暇(한가)히 녀겨 돌을 조차 보내도다(하느님도 내가 한가로운 줄 알고 달까지 보내는구나)'라고 표현하고 있다. 자연의 혜택에 감사하는 진심이 담긴 표현이다. 자연의 아름다움과 하늘의 뜻, 인간 정서의 완벽한 일치와 조화 상태를 표출하고 있다.

석양빛과 함께 붉게 타는 가을 산, 그 산을 비추는 강, 조그마한 배 한 척, 배에 앉아 낚싯대를 드리운 강태공, 동산에 둥싯 떠오르는 달. 이 모든 요소들이 조화를 이루어 한 폭의 그림을 그려내고 있다.

● **유자신**(柳自新) : 1541(중종 36)~1612(광해군 4). 조선 중기의 문신. 자는 지언(止彦). 광해군의 장인.

24세 때인 1564년 진사시에 합격, 태릉참봉을 거쳐 각종 지방직을 역임하였고, 형조판서를 지냈다. 1587년 셋째딸이 왕자군부인이 되니 그녀가 후일 광해군의 비였다. 임진왜란이 일어나자 대가(大駕, 고귀한 사람의 가마)를 호종하고, 평양에서 광해군을 호위한 공으로 동지돈녕부사에 제수되었고, 광해군이 즉위하자 부원군에 진봉되었다.

그러나 평소와 다름없이 겸공(謙恭, 자기를 낮추고 남을 높이는 태도)한 마음으로 일상생활에 근신하고 권문세가로 행세하는 일이 없었다. 1610년 기로소(耆老所, 조선 때, 일흔 살이 넘은 문관(文官) 중 정이품(正二品) 이상의 노인을 예우하기 위해 세운 기구)로 들어갔으나 인조반정 때 관작과 봉호가 추탈되었다.

池塘(지당)에 비 쑤리고 楊柳(양류)에 닉 씨인제

沙工(사공)은 어듸 가고 븬 빅만 민엿는고

夕陽(석양)에 짝 일흔 굴며기는 오락가락 ㅎ노매

－조 헌(趙 憲)

> 호숫가에 비가 내리고 버들가지에는 물안개가 자욱한데/ 사공은 어디를 갔기에 빈 배만 쓸쓸하게 매여 있는가/ 해질 무렵의 짝을 잃은 갈매기만 (짝을 찾느라고) 오락가락 하는구나

- 지당(池塘) : 연못. 그러나 이 시조의 내용으로 봐서는 오히려 호수나 바다로 보는 게 좋을 듯하다. '사공(沙工), 빈 빅, 굴며기'가 나타나는 것으로 보아 연못은 아닌 성싶다.
- 양류(楊柳) : 버들. 버드나무. 수양버들.
- 내 : 연기. 안개. 자연 속에서는 안개로 해석하는 게 좋다.
- ㅎ노매 : 하는구나. ㅎ다[爲]+노매라(감탄형 종결어미)

비 오는 날 강가(또는 호숫가)의 아늑하면서도 어딘지 모르게 쓸쓸한 분위기를 그린 작품으로, 한 폭의 동양화 같은 작품이다.

이 작품에서 눈에 띄는 점은 풍경 묘사로 일관하고 있다는 점이다. 대부분의 강호를 배경으로 한 작품들은 그 분위기에 맞게 화자의 감정이나 느낌이 드러난다. 한시(漢詩)의 영향으로, 이른바 선경후정(先景後情)의 원리를 적용시킨다. 그런데 이 작품에는 그런 특징이 나타나지 않는다. 오로지 풍경만을 묘사함으로써 분위기를 통한 의미 전달에 초점을 맞추고 있다. 마치 현대 이미지스트들의 시를 보는 듯하다.

먼저 첫 행에서는 강가에 비 내리는 풍경을 그리고 있다. 강가에 비가 내리자 뽀얀 안개가 낀다. 더운 대지에 비가 내리면서 피어오르는 수증가가 안개가 된 것이다. 그 안개가 강가에 서 있는 버드나무를 배경으로 얇게 피어

오른다. 마치 안개가 버드나무에서 피어나는 듯 보이기도 한다. 그러자 녹색으로 하늘거리던 버드나무도 엷은 그림자처럼 보인다.

둘째 행에서는 강가에 매인 채 쓸쓸히 비를 맞고 있는 빈 배를 포착한다. 물을 건너는 사람이 없었던지, 사공마저 배를 매어두고 어디로 가버려 배만 비를 맞고 있다. 어딘지 모르게 외롭게만 느껴진다. 어디로 가려고 하는 것은 아니지만, 그 모습에 불쑥 어디론가 가야 할 것 같은 마음이 인다. 그러나 자신을 태워줄 사공은 없다. 더욱 찹찹하고 외로운 심사만 커져간다.

그런 자신의 마음을 대변이나 하듯, 석양을 배경으로 갈매기 한 마리가 울며 날아다닌다(3행). 짝을 잃었는지, 부모를 잃었는지 날이 저무는데도 보금자리를 찾아갈 생각은 않고 강 위를 울며 날고 있다. 이 모든 것들이 한 폭의 그림이다.

전체적으로 외롭고 쓸쓸한 분위기를 자아내고 있어 화자의 심리 상태 또한 그렇지 않은가 싶다. 화자와의 거리감을 통해 객관화시킨 솜씨가 돋보인다.

● **조 헌**(趙 憲) : 1544년(중종 39)~1592년(선조 25). 조선 중기 때의 학자·의병장. 자는 여식(汝式), 호는 중봉(重峰)·도원(陶原)·후율(後栗). 이이(李珥)·성혼(成渾)의 문인이다. 후율(後栗)이란 호도 율곡(栗谷)의 후계자임을 뜻한다.

24세(명종 22) 때 식년문과에 병과(丙科)로 급제, 홍문관 정자, 호조와 예조좌랑, 전적, 감찰을 역임한 뒤 통진현감이 되었다. 누차의 상소와 직간으로 도리어 왕의 노여움을 받아 유배, 파직 또는 벼슬이 깎이는 등 파란이 많았다. 임진왜란 때 의병을 일으켜 금산에서 싸우다 전사했다. 선조 37년(1604)에 이조판서, 영조 때 영의정으로 추증되었다.

이이의 문인 중 가장 뛰어난 학자의 한 사람이었으며, 이이의 학문을 계승 발전시켰다. 시호는 문열(文烈). 저서로 『중봉집(重峰集)』, 『중봉동환봉사(重峰東還封事)』가 있고, 『청구영언(靑丘永言)』에 시조 3수가 전해진다.

잔 들고 혼자 안자 먼 뫼흘 브라보니
그리던 님이 오다 반가옴이 이리호랴
말슴도 우움도 아녀도 몯내 됴하 호노라

─윤선도(尹善道)

> 술잔을 기울이며 혼자 앉아서 먼 산을 바라보고 있노라니 (참으로 아름답기 그지
> 없구나)/ 그리워하던 임[또는 벗]이 (이곳에) 찾아온다 한들 반가움이 이렇게 대단하
> 겠는가/ (저 산은) 말도 없고 웃지도 않지만 언제까지나 좋아하노라

• 우움도 : 웃음도.

자연에 몰입되어 자연과 하나가 된 경지를 노래한 작품으로, <산중신곡(山
中新曲)> 중 '만흥(漫興)·3'이다.

화자는 지금 혼자 앉아 술잔을 기울이고 있다. 무슨 고민이나 근심걱정이
있어서가 아니다. 자연을 벗 삼아 술을 마시고 있는 것이다. 그러다가 문뜩
눈앞에 우뚝 서 있는 먼 산을 바라다본다(1행).

먼 산의 아름다운 경치를 보자 반갑기 그지없다. 생각지도 않게 반가운 사
람이 찾아온 것만 같다. 해서 화자는 그 산을 그윽한 눈으로 바라다보며 사
색에 잠긴다. 어찌 보면 믿음직스럽고, 어찌 보면 정겹고, 어찌 보면 수줍은
듯 보이고, 또 어찌 보면 환히 웃는 듯 보이는 산의 모습을 보고 있노라니
즐겁기 그지없다. 기다리던 임이 찾아온다 해도 이 만큼 반갑고 즐겁지 않을
것이라는 생각까지 한다(2행).

말도 없이 그 곳에 머물러 있으면서 애교있게 웃음 한 번 짓지 않지만 너
무나도 좋다(3행). 어쩌면 말이 없기 때문에, 웃음을 흘리지 않기에 더욱 좋은
지도 모른다. 왜냐하면 말이나 웃음이란 것에는 인간적인 냄새가 나고, 인간
의 부정적인 측면을 드러내는 것이기 때문이다. 얼마나 많은 말이 상대방을

속이고, 유혹하고, 헐뜯는가. 얼마나 많은 웃음이 인간을 유혹하고, 악의 구렁 텅이에 빠트리는가. 해서 말도 없이, 웃음도 없이 늘 일정한 거리에서 변하지 않는 모습으로 서 있는 산이 좋은 것이리라.

자연 속에서 자연과 함께 호흡하며 살아가고, 자연에 완전 몰입되어 무아 경(無我境)에 빠진 화자의 모습은 물아일체(物我一體)의 경지를 뛰어넘어 신선의 경지에 들어서 있는 듯하다.

● **윤선도**(尹善道) : 1587(선조 20)~1671(현종 12). 조선 중기의 시조 작가이자 문신. 자는 약이(約而), 호는 고산(孤山)·해옹(海翁).

8세 때 큰아버지에게 입양되어, 해남으로 내려가 살았다. 해남에서 지내던 중 병자호란이 일어나 왕이 항복하고 적과 화의했다는 소식에 접하자, 이를 욕되게 생각하고 제주도로 가던 중 보길도의 수려한 경치에 이끌려 그곳에 정착하게 되었다. 정착한 그 일대를 '부용동(芙蓉洞)'이라 이름하고 격자봉 아래 집을 지어 낙서재(樂書齋)라 하였다. 그는 조상이 물려준 막대한 재산으로 보길도에 왕궁에 버금가는 궁(宮)을 지어놓고 마음껏 풍류를 즐겼다. 그때 지은 시가 바로 <어부사시사(漁父四時詞)>다. 다음해 효종의 부름을 받아 예조참의가 되었으나 서인의 모략으로 사직하고 경기도 양주 땅 고산(孤山)에 은거하였다. 서인파와 맞서다가 패하여 삼수에 유배되기도 했고, 1667년 풀려나 부용동에서 살다가 그곳 낙서재에서 죽었다.

정치적으로 열세에 있던 남인 가문에 태어나서 집권세력인 서인 일파에 강력하게 맞서 왕권강화를 주장하다가, 20여 년의 유배생활과 19년의 은거생활을 하였다. 그러나 조상으로부터 물려받은 유산으로 화려한 은거생활을 누릴 수 있었고, 그의 탁월한 문학적 역량은 이러한 생활 속에서 표출되었다. 그는 자연을 문학의 제재로 채택한 시조작가 가운데 가장 탁월한 역량을 나타낸 것으로 평가된다. 그러나 생활현장으로서의 생동하는 자연은 보이지 않는다. 이것은 그가 자연이 주는 시련이나 고통을 전혀 체험하지 못하고 유족한 삶만 누렸기 때문이다. 정철, 박인로와 함께 조선 시대 삼대가인(三大歌人)으로 불리는데, 이들과는 달리 가사(歌辭)는 없고 단가와 시조만 75수나 창작한 점이 특이하다. 문집 『고산선생유고(孤山先生遺稿)』에 한시문(漢詩文)이 실려 있으며, 별집(別集)에도 한시문과 35수의 시조, 40수의 단가(<어부사시사>)가 실려 있다. 또, 친필로 된 가첩(歌帖)으로 『산중신곡(山中新曲)』, 『금쇄동집고』 2책이 전한다. 시호는 충헌(忠憲)이다.

書劍(서검)을 못 일우고 쓸 썩 업쓴 몸이 되야

五十春光(오십춘광)을 히옴 업씨 지닉연져

두어라 언의 곳 靑山(청산)이야 날 쐴 쭐이 잇시랴

　　　　　　　　　　　　　　　　─김천택(金天澤)

> 학문으로도 무예로도 아무것도 못 이루고 쓸 데 없는 몸이 되어/ 오십여 년을 아무 것도 이룬 것이 없이 지내왔구나/ 두어라 (내가 비록 이룬 것도 쌓은 것도 가진 것도 아무것 없지만) 그 어떤 청산[자연]인들 날 싫어할 줄이 있겠는가[자연만은 나를 업신여기거나 비웃지 않고 반길 것이다]

- 서검(書劍) : '서(書)'는 책을 뜻하므로 학문 또는 문재(文才)를 말하고, '검(劍)'은 칼을 말함이니 무재(武才)를 말한다. 따라서 서검(書劍)은 문무(文武)를 말한다.
- 오십춘광(五十春光) : 오십 년. '춘광(春光)'은 봄과 빛이란 뜻으로 세월을 말한다. 봄과 가을이 합쳐진 춘추(春秋)란 단어가 세월을 의미하는 것이나 같은 이치다.
- 히옴 : 한 일. 자신이 힘써 이룬 일.
- 언의 : 어느. 어떤.
- 쐴 쭐이 : 날 싫어할 줄이, 날 꺼릴 줄이.

　한 평생 학문이든 무예든 아무 것도 이룬 것이 없지만, 자연만은 자신을 업신여기지 않고 반겨줄 것이라고 생각하여 자연 속에 묻혀 살려는 의지를 보인 작품.

　화자는 먼저 학문이나 무예, 그 아무 것도 이루지 못한 채 살아가는 존재임을 고백한다. '쓸 썩 업쓴 몸'으로 '五十春光(오십춘광)을 히옴 업씨 지'냈다는 것이다. 그러기 때문에 화자는 일반인의 기준으로 보면 별 볼일 없는 사람인 것이다. 높은 벼슬을 차지한 것도 아니고, 학문적으로 높은 위치에 있는 것도 아니고, 어찌 보면 남들이 업신여길 정도의 삶을 살아온 사람이다. 그러기에 자신의 삶을 한탄하는지도 모른다.

　그러나 자연은 차별하지 않는다. 인간 세상의 명예, 부귀, 선악에 의해 인간을 판단하지 않는다. 인간과는 달리 자[尺]를 가지고 있지 않다. 자를 가지고 있다 해도 인간과는 다른 자를 가지고, 그 누구든 너른 가슴으로 감싸 안는다. 인간적인 기준과는 전혀 다른 마음으로 모든 인간을 포용한다. 심지어는 가장 낮은 사람, 가장 가난한 사람, 가장 악한 사람을 먼저 감싸 안으려 한다. 못난 자식에게 더 큰 애정을 가지려는 어머니의 마음처럼. 그것이 자연의 포용력이고 자애로움이다. 그러기에 화자도 그런 자연의 품을 그리워하는 것이다. '언의 곳 淸算(청산)'이든 자신을 반길 것이라고 생각하고, 그런 자연에 묻혀 살고자 한다.

　세상이 힘들수록, 버림받았다는 생각이 들수록, 아무 것도 이룬 것이 없다는 생각이 들수록 우리는 세상에서 벗어나려 한다. 그럴 때 우리가 제일 먼저 찾는 곳은 바로 자연이다. 자연은 너른 품으로 우리를 감싸 안기 때문이다. 산(山)이 친정어머니와 같이 우리 인간의 슬픔과 아픔을 달래주고, 삶의 의욕을 되찾게 하여 다시 제 자리로 돌아가게 한다는 하덕규 작사·곡, 양희은의 노래 <한계령>도 그런 마음을 표현한 것이다. 한 번 차분한 마음으로 <한계령>을 들어보는 것도 이런 류의 작품을 이해하는데 도움이 될 것이다.

●**김천택**(金天澤) : 생몰년 미상의 조선 영조 때에 활약한 시조 작가. 가객(歌客). 자는 백함(伯涵) 또는 이숙(履叔), 호는 남파(南坡).
당시 가객들의 신분에 대부분 그러했듯이, 그도 역시 중인계층으로서 관직생활은 젊었을 때 잠시 지냈고, 거의 평생을 여항에서 가인·가객으로 지낸 것 같다. 교유 인물로는 경정산가단(敬亭山歌壇)을 이룬 김유기(金裕器)·김성기(金聖器)·김중려(金重呂) 등이 있으며, 이들과 친분이 두터웠다.
　시조 작품은 진본(珍本) 『해동가요(海東歌謠)』에 57수 등 73수가 전해진다. 당시의 가객으로서는 김수장 다음으로 많은 작품을 남긴 셈이다. 장시조는 하나도 없으며 모두가 단시조 작품인데, 내용은 강호산수(江湖山水) 읊은 것이 가장 많고, 교훈적인 것, 체념과 탄세적(歎世的)인 것이 많아서 사대부 시조의 경향을 답습하고 있는 느낌이다. 해서 이 책에서는 몇 편만 소개하였다.

風塵(풍진)에 얽미이여 썰치고 못 갈씨라도

江湖一夢(강호일몽)을 꾸원지 오릭던이

聖恩(성은)을 다 갑픈 後(후)은 浩然長歸(호연장귀)ᄒ 리라

-김천택(金天澤)

> 속세의 번거로운 일에 얽매이어 모든 것 다 떨치고 가지는 못 할지라도/ 자연과 벗삼아 살아가겠다는 꿈을 꾼 지도 오래 되었다/ 임금의 은혜를 다 갚은 후에 마음 푹 놓고 기분 좋게 돌아가 영원히 자연과 벗삼으며 살아가리라

- 풍진(風塵) : '바람 불어 어지럽고, 먼지 날려 더럽다'는 뜻으로 속세의 번거로운 일들을 말한다.
- 강호일몽(江湖一夢) : 속세를 떠나 대자연으로 돌아가는 꿈. 강호에 묻혀 자연을 벗삼아 살고 싶은 마음.
- 꾸원지 : (꿈을) 꾼 지.
- 호연장귀(浩然長歸) : 마음 푹 놓고 기분 좋게 영원히 전원으로 돌아감.

늘 현실에 매여 있어 지금 당장 갈 수는 없지만, 언젠가는 어머니 품 같은 자연으로 돌아가 유유자적한 생활을 하겠다는 벼슬아치의 꿈을 드러낸 작품.

화자는 먼저 속세의 번거로움으로 인해 지금 당장 떠날 수 없는 상황을 말한다(1행). 모든 것을 다 떨치고 자연으로 가고 싶기는 하지만 현실이 그걸 허락하지 않는다. 부와 명예, 권력 등 현실적인 문제 때문이 아니다. 현실적인 문제들을 도외시하고 무작정 떠난다는 것은 현실 도피이지 자연 귀의는 아니기에 화자는 결단을 내리지 못하고 있는 것이다.

그렇다고 자연 귀의의 꿈을 접은 것은 아니다. 오래 전부터 꾸어 온 꿈이기에 그 꿈을 아무렇게나 실현시키고 싶지는 않은 것이다(2행). 꿈이 소중하면 소중할수록 함부로 결단을 내리기가 어려운 것. 함부로 결단을 내리고 행동했다가는 지금껏 가지고 있던 꿈을 부숴 버릴 수도 있기 때문에 화자는 갈

등하고 있는 것이다.

　이렇듯 머뭇거리고 있는 이유가 마지막 행에서 밝혀진다. 화자는 '聖恩(성은)' 때문에 갈등하고 있는 것이다. 임금에게서 받은 은혜를 다 갚기 전에는 떠날 수 없다는 것이다. 화자의 신분이 분명히 드러나 있지 않아, 성은(聖恩)이 어떤 것인지는 구체적으로 드러나지 않는다. 그렇지만 마지막행의 진술로 보아 화자가 임금과 관계있는 사람인 것은 추정할 수 있다. 자기에게 은혜를 베푼 임금에게 은혜갚음을 한 후에나 자연으로 돌아가 살겠다는 것이다. 그러나 화자가 자연에 귀의하지 못하는 것은, 반드시 성은(聖恩) 때문만은 아닌 것 같다. 성은은 여러 가지 이유 중 하나일 뿐이다. 보다 중요한 것은 아직 다 정리되지 않은 마음 때문이다. 아직 세상에서 할 일이 남아 있기에. 마음이 정리되지 않은 상태에서 자연에 귀의한다는 것은 몸만 자연에 있을 뿐 마음은 세상에 남아 있을 가능성이 크기에. 사람들의 이목이나 현실을 도피했다는 빈축(嚬蹙)이 두려운 게 아니라, 편치 않은 마음으로 자연 속에서 산다고 해도 진정으로 자연과 하나가 되어 살 수가 없기 때문에.

　호연장귀(浩然長歸)는 결국 이런 현실적인 모든 문제들을 다 정리하고, 마음 푹 놓고 기분 좋게 돌아가 영원히 자연과 벗 삼으며 살아가겠다는 화자의 마음을 드러낸 것이다. 전원생활을 그리는 벼슬아치의 꿈을 노래한 것으로 이 시대의 거의 모든 선비들의 꿈과 인생관, 생활관을 노래한 것으로 볼 수 있다.

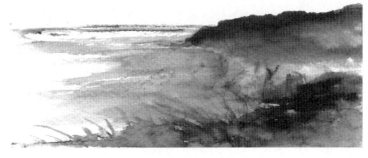

● **김천택**(金天澤) : p.113 참조.

田園(전원)에 나믄 興(흥)을 전나귀에 모도 싯고
溪山(계산) 니근 길로 흥치며 도라와셔
아히 琴書(금서)를 다스려라 나믄 히를 보내니라

—김천택(金天澤)

전원(농촌)에서 남겨두었던 흥을 (다리를) 저는[蹇] 나귀 등에 모두(함께) 실어 가지고/ 계곡을 끼고 있는 산 (자주 다녀봐서) 익숙해진 길로 흥겨워하며 돌아왔으니/ 아이야, 거문고와 책을 준비하거라. 남은 해(생애)를 보내리라[남은 생애를 거문고와 책을 벗하며 살아가리라]

- 전원(田園)에 나믄 흥(興) : 벼슬을 하느라 미쳐 즐길 수 없어서 전원에 남겨 두었던 흥. 전원과 함께 살아가며 맛볼 흥(興).
- 전나귀 : (다리를) 저는 나귀[蹇驢]. 볼품없고 형편없는 나귀. 한시와 시조에 흔히 쓰이는 단어로 여기서는 힘없고 초라한 화자의 신분과 처지를 비유하고 있다.
- 계산(溪山) : 계곡을 끼고 있는 산. 산과 물이 어우러져 있는 경치 좋은 산을 뜻한다.
- 흥치며 : 흥에 겨워하며.
- 아히 : '아히야'와 같은 표현으로, 별 다른 뜻이 없는 감탄사.
- 금서(琴書) : 거문고와 책. 즉, 자연에서 즐길 거문고와 책을 말한다.
- 나믄 히 : 남아있는 해 즉, 여생(餘生)을 말한다.

전원으로 돌아가 거문고와 책을 벗 삼아 여생을 즐기겠다는 의지를 표현한 시조로 자연 귀의(自然歸依) 사상이 잘 나타난 작품이다.

먼저 화자는 벼슬하느라 미처 즐기지 못해 전원에 남겨두었던 흥을 다리를 저는 나귀에 모두 싣고 자연으로 돌아오고 있음을 말하고 있다(1행). 벼슬을 버리고 비로소 자연의 품으로 돌아오는 데는 훌륭한 가마나 말이 필요 없다는 것이다. 세속적인 부귀영화, 욕망을 다 버리고 나니 싸고 갈 것은 괴나리봇짐 하나가 전부라는 것이다. 그 봇짐을 자신의 분신이나 다름없는 다리를 저는 나귀에 대충 싣고 돌아오고 있다.

복잡하고 까탈스러운 속세를 벗어나 산과 계곡이 함께 어우러진 모습을 보니 비로소 속세를 벗어나 자연의 품에 안긴 것을 깨닫기 시작한다. 그 길은 벼슬에 나가기 전에 왕래가 잦았던 눈에 익은 길이다. 그 길은 보자 없던 흥마저 샘솟는다. 그래서 흥겹게 노래를 부르며 돌아오고 있는 것이다(2행). 타향에서 힘들게 살던 사람이 고향에 돌아왔을 때의 기쁨과 설렘처럼 가슴이 벌렁거려 흥을 억제하기가 어려운 상황이다.

그리고 나서 마음껏 소리를 지른다. '琴書(금서)를 다스려라 나믄 히를 보내니라(거문고와 책을 준비해 두어라. 여생을 그것들과 함께 보내리라)'고(3행). 이제 내가 할 일이란 거문고를 타며 음악을 즐기고, 성현들이나 선학(先學)들의 가르침을 되새기며 삶을 정리하는 것뿐이란 생각에서 우러나온 것이다. 이 말은 '아ᄒᆞ(아이)'에게 하는 말이 아니라, 자신에게 하는 말이라 생각된다. 왜냐하면 이제 자연과 벗하여 노래와 음악을 즐기고 그간 못 읽은 책이나 읽으며 삶을 정리하겠다는 다짐이라고 봐야 자연스럽기 때문이다.

맑은 계곡 물이 흐르는 산중에 조그마한 정자를 지어놓고 가끔은 거문고를 타며 노래를 부르고, 또 가끔은 책상을 펼쳐놓고 책을 읽으며, 자연에 묻혀 자연과 인생의 의미를 생각하고 있을 화자를 생각하자니 부럽기 그지없다.

●**김천택**(金天澤) : p.113 참조.

6. 아름다운 자연이여

우리나라는 산수강산이 빼어날 뿐만 아니라
사계절이 뚜렷해 세계 어느 나라보다 아름답다.
해서 붙여진 이름이 금수강산(錦繡江山),
비단에 수를 놓은 것처럼 아름다운 자연이라고 했다.
그런 아름다운 강산을 가진 우리이기에
문학작품에도 아름다운 강산의 모습이 많이 반영되어 있다.
시조도 예외가 아니다.
시조 작품들을 들추다보면 아름다운 강산의 모습을 노래한 작품이 적지 않다.
그 강산의 모습은 한 폭의 그림보다도 아름답고 빼어나다.
앞장에서는 자연 속에서 살아가고자 하는 욕망이나,
자연 속에서 살아가는 모습을 살펴보았다면
이 장에서는 빼어난 우리나라의 강산을 노래한 시편들을 살펴보고자 한다.
차분한 마음으로 아름다운 우리나라 자연의 모습을 그리며 감상해보기 바란다.

頭流山(두류산) 兩端水(양단수)를 녜 듯고 이제 보니

桃花(도화) 쁜 묽은 물에 山影(산영)조츠 잠겻셰라

아희야 武陵(무릉)이 어듸오 나는 옌가 ᄒᆞ노라

                              -조 식(曺 植)

> 지리산의 명승(名勝)인 양단수를 옛날부터 말로만 듣다가 이제 와서 처음 보니/ (무릉도원으로 안내해준다는) 복숭아꽃이 떠 있는 맑은 물에 산 그림자마저 어리어 있구나/ 아, (신선들이 산다는) 무릉도원이 어디냐? 나는 여긴가 하노라〔여기가 바로 무릉도원으로 여겨지는구나〕

- 두류산(頭流山) : 지리산의 다른 이름.
- 양단수(兩端水) : 두 갈래로 갈리어 흐르는 물로, 쌍계사(雙溪寺)를 중심으로 두 갈래로 흐르던 물이 하나로 합쳐지는 곳을 말한다.
- 도화(桃花) : 복숭아꽃. 보통 자연 특히 강이나 시내에 떠있는 복숭아꽃은 무릉도원과 연결된다. 도연명(陶淵明)의 <도화원기(挑花源記)>에서 무릉도원(武陵桃源)이 어부에게 알려진 것은 복숭아꽃 때문이었음을 상기하면 이해가 쉬울 것이다.
- 산영(山影)조츠 : 산 그림자마저. 산 그림자까지도.

지리산의 명승(名勝)인 양단수(兩端水)의 아름다움으로 노래한 작품으로, 지리산을 무릉도원으로 설정하고 있다는 점에서 무릉도원(武陵桃源)에 대한 동경이 우리 선인들에게 얼마나 깊이 뿌리 박혀 있는가를 알 수 있게 해준다.

첫 행에서 화자는 지리산 양단수를 처음 보고 있다고 말하고 있다. 물론, 이전에도 여러 사람에게서 명승 중에 명승이란 말은 자주 듣곤 했으리라. 그때마다 언젠가는 한 번 가보리라 마음을 먹곤 했었을 것이고. 그러나 여러 가지 이유로 실행하지 못하다가 이번에 처음 와서 보고 있다고 말한다.

와서 보니 정말 입이 벌어질 정도로 아름답기 그지없다. 산 그림자를 머금고 있는 맑디맑은 시냇물. 그 물 위에 떠있는 복숭아꽃. 이루 말로 다할 수 없을 만큼 아름답다. '桃花(도화) 쁜 묽은 물에 山影(산영)조츠 잠겻셰라(복숭아꽃 떠있는 맑은 물에 산 그림자마저 잠겨있구나)'. 이 얼마나 멋진 포착인가. 초록의 산 그림자가 잠겨있는 파란 물 위에 동동 떠있는 연분홍의 복숭아꽃. 아름답기 그지없다. 색상의 대비 또한 멋들어지다(2행).

그러다가 불현듯 도연명의 <도화원기(桃花源記)>를 떠올린다. 도연명도 어쩌면 이처럼 맑고 투명한 물 위에 떠다니는 복숭아꽃을 보고 <도화원기(桃花源記)>를 착상하고, 무릉도원(武陵桃源)이란 이상향을 만들어냈을지도 모른다는 생각. 그런 생각이 들자 화자는, 이곳이 바로 무릉도원이라고 생각한다(3행). 무릉도원이란 결국 도연명의 상상력에 의해 창조된 공간인 만큼 특정한 곳을 지칭하는 게 아니기에, 화자는 양단수가 흐르는 이곳을 바로 무릉도원이라고 생각한다는 것이다. 영원히 늙지 않는 영생(永生)의 공간, 전쟁이 없는 평화(平和)의 공간, 기름진 논밭으로 양식 걱정이 없는 행복(幸福)의 공간은 결코 멀리 있는 게 아니라 바로 우리 주위에 있다는 화자(작가)의 의식을 눈여겨 볼만하다

●**조　식**(曹　植 : 1501(연산군 7)~1572(선조 5). 조선 중기 대의 학자. 자는 건중(健中), 호는 남명(南冥).

1539년 38세에 헌릉참봉에 임명되었으나 나아가지 않았다. 그 뒤에도 여러 차례 부름을 받았지만 나아가지 않았고, 오직 학문연구와 후진교육에만 힘썼다. 그는 학문보다 반궁체험과 지경실행이 더욱 중용한 것이라 주장하였다. 그는 특히 경의(敬義)를 높였는데, 의리 철학 또는 생활 철학을 표방한 것이다. 한편, 그는 경상좌도의 거유 이황과 같은 시대에 살면서 경상우도를 대표하는 대학자로 쌍벽을 이루었다.

은둔적인 학풍과 함께 국가의 위기에는 몸소 앞장서는 행동성도 보여, 임진왜란이 일어나자 경상우도의 의병활동에 참여, 국가의 위기 앞에 투철한 선비정신을 보여주었다. 저서로는 『남명집(南冥集)』, 『남명학기유편(南冥學記類編)』, 『파한잡기(破閑雜記)』 등이 있으며, 시호는 문정(文貞)이다.

淸江(청강)에 비 듯는 소릐 긔 무어시 우읍관듸

滿山紅綠(만산홍록)이 휘드르며 웃는고야

두어라 春風(춘풍)이 몃 날이리 우을째로 우어라

-효종(孝宗)

맑은 강물에 비 떨어지는 소리 그것이 뭐가 그리 우습기에/ 온 산을 뒤덮은 울긋
불긋한 꽃과 풀들이 몸을 흔들며 웃는구나/ 내버려 두려무나, 따뜻하고 상쾌한 봄바
람이 며칠이나 더 불겠느냐. (만산홍록아) 웃을대로 웃어 보아라

- 비 듯는 소리 : 빗방울 떨어지는 소리. 비 내리는 소리. '듯는'은 '듣는' 즉, '떨어지
  는'을 말한다.
- 긔 : 그것이. 그게. 그+이(주격조사)
- 우읍관듸 : 우습관대. 우습기에.
- 만산홍록(滿山紅綠) : 온 산에 가득 피어 있는 꽃과 풀. '홍(紅)'은 꽃, '록(綠)'은 풀.
- 휘드르며 : (온몸을) 흔들어 대면서.
- 웃는고야 : 웃는구나. '-고야'는 감탄형종결어미.
- 우을째로 우어라 : 웃을 대로 실컷 웃어라.

봄비 내리는 날, 온갖 화초들이 비에 흔들리는 광경을 사람이 즐거워서 웃
는 모습으로 보고, 그런 모습을 옆에서 지켜보면서 함께 기뻐하는 작품으로
얼마간의 우의(寓意)가 담겨 있는 듯하다.

이 작품을 이해하기 위해서는 의인법(擬人法)을 먼저 알아야 한다. 청강(淸江)
에 빗방울 떨어지는 소리에 웃는 것은 사람이 아니라 온갖 화초 즉, 바로 만
산홍록(滿山紅綠)이기 때문이다. 내리는 빗방울과 봄바람에 흔들리는 꽃잎이며
풀들을 너무 웃겨서 배꼽을 잡고 웃는 사람으로 본 것이다. 어떻게 그런 생
각을 했을까? 발상 자체가 아주 특이하다. 어쩌면 인고(忍苦)의 겨울을 보내고
새봄을 맞은 만물들이기에 봄이 왔음을, 봄비마저 내려 포근히 세상을 덮고
있음을 즐거워하고 기뻐하고 있는 사람으로 보였을지도 모른다. 해서 의인법

을 사용하여 표현의 미를 살렸을 것이고.

먼저 화자는, 강물에 빗방울 떨어지는 소리에 웃고 있는 온갖 화초들에게 무엇이 그리 우습기에 웃느냐고 묻는다(1·2행). 비 오는 모습이야 늘 보는 일이라 하나도 우스운 일이 아닐텐데도 왜 그러냐고. 그런 다음 화자는 잠시 동안 생각에 잠긴다. '왜 저리 웃을까? 우스운 일도 아닌데 웃는다면 거기에는 어떤 다른 이유가 있을 것이다'라고 판단한다. 그리고 혼자 내린 결론을 마지막 행에서 이야기한다.

봄바람이란 잠시잠깐 부는 것이다. 지난(至難)했던 겨울을 견디어낸 화초들이기에 봄바람은 너무나 소중하고 고마울 수밖에 없다. 그렇기 때문에 온갖 화초들은 그 봄바람을 즐기는 것이라고. 봄, 청춘이란 찰나적이기에 그 순간을 기뻐하고, 고마워하는 것이라고(3행). 그러니 사람들에게 화초들이 어떤 행동을 하든 보기만 하고 잔소리하지 말라고, '두어라'라고 말하고 있는 것이다. 내버려두라고, 얼마간 안쓰러워하는 마음을 표현하고 있는 것이다. 그와 함께, 만산홍록(滿山紅綠)들에게 '웃으째로 우어라(웃을대로 웃어라)'라고 측은해하는 마음을 드러내고 있다.

또 생각해 볼 것은 이 작품의 우의성(寓意性, 다른 사물에 빗대서 은연중 어떤 의미를 비추는 성질)에 대해서다. 온갖 화초들이 즐거워서 웃는 모습을 사람의 웃는 모습으로 본다든지, 봄비 내리는 상황이라든지, 웃을 날이 많지 않으니 웃을 대로 웃게 내버려두라는 이야기 속에는, 어떤 다른 의미를 담고 있을 것 같다. 화초들이 몸을 흔들어대며 웃는 것을 찰나적인 삶의 기쁨을 즐기려는 백성들의 행동으로 볼 수 있다. 또한 '두어라'란 말에서 백성들의 그런 행동을 여러 가지 이유로 제어하고 통제하려는 관리 또는 신하들의 행동을 막고 있다고 볼 수 있다. 작가인 임금이 백성들을 이해하는 한편 측은한 마음으로 감싸고 있다고 볼 수 있다.

●**효종**(孝宗) : p.57 참조.

菊花(국화)야 너는 어이 三月東風(삼월동풍) 다 지뇌고
落木寒天(낙목한천)에 네 홀로 픠엿는다
아마도 傲霜孤節(오상고절)은 너뿐인가 ᄒᆞ노라

─이정보(李鼎輔)

국화야, 너는 어째서 모든 꽃들이 다투어 피어나는 따뜻한 봄을 다 보낸 후에/ 나뭇잎이 떨어지는 차가운 계절에 너 홀로 피어있느냐/ (생각건대 그 매서운 서리 한 번이면 모든 식물들이 시들어 버리는데) 아마도 그 서리를 이겨 내는 높고 굳센 절개를 가진 이는 너뿐인가 한다

- 삼월동풍(三月東風) : 춘삼월(春三月)에 동쪽에서 불어오는 바람. 춘삼월에 부는 바람은 겨울철에 죽었던 온갖 생명을 생동하게 하는 바람이다. 이 바람은 반드시 동쪽에서 불어오는 바람은 아니다. 음양오행설에서 봄과 동쪽이 일치하므로 봄철에 부는 바람을 동풍(東風)이라 하는 것이다.
- 낙목한천(落木寒天) : 나뭇잎이 다 떨어진 추운 날.
- 픠엿는다 : 피었느냐. 피어 있느냐. '─ㄴ다, 는다, 는다'는 의문형 어미.
- 오상고절(傲霜孤節) : 매서운 서리를 이겨내는 꿋꿋하고 높은 절개로, 국화의 덕을 말한다.

모든 식물들이 시들어 버리는 가을날 홀로 피는 국화의 절개를 찬양한 작품으로, 국화를 지사(志士)의 절개에 비유하여 기렸다.

꽃은 보통 날씨가 따뜻한 봄이나 여름에 핀다. 그러나 국화는 찬 서리 속에서 노란 꽃을 피운다. 심지어 날씨가 따뜻해지면 말라 죽는다. 절개를 가진 꽃으로, 사군자로 칭송받는 이유다.

화자는 먼저 다른 꽃들이 앞다투어 피어나

는 봄을 얘기한다. 봄은 동요 <고향의 봄>에도 표현되어 있듯이 그야말로 '울긋불긋 꽃대궐'을 차리는 철이다. 그러나 국화는 '삼월동풍(三月東風)'에는 자신을 드러내지 않는다(1행). 꽃잔치를 꺼리는 듯 잎도 돋아나지 않는다. 그러던 국화가 가을이 오면 본성을 발휘한다. 찬바람이 불기 시작하면 국화는 곧게 뻗은 줄기 끝에 탐스러운 노란 꽃을 피운다. 계절을 거역하듯, '낙목한천(落木寒天)'에 홀로 핀다. 모든 식물들이 죽어 없어진 공간을 가득 채우는 것이다. 봄여름에는 서로 잘났다고 화려한 꽃을 피우다가도, 가을바람이나 서리에 굴복하고 마는 많은 꽃들을 비웃기라도 하듯 처절하게 자신을 세우는 것이다. 그런 국화의 속성은 단순한 꽃의 속성으로 끝나는 게 아니다. 그 속성을 사람에게도 그대로 적용할 수 있기 때문이다. 평화기·안정기에는 서로 잘났다고 설치다가도 시련기에는 시련과 고난, 압력에 굴복하여 자신의 안위만을 돌보는 사람이 있는가 하면, 그럴 때 진가를 발휘하는 사람이 있기 때문이다. 우리는 그런 사람을 지사(志士)라 하고, 김수영이 <폭포>에서 말했듯이 '고매한 정신'의 소유자라 한다. 화자 또한 이와 같은 생각으로 '오상고절(傲霜孤節) 너쑨인가 ㅎ노라'라고 그 절개를 칭송하고 있다(3행).

● **이정보**(李鼎輔) : 1693(숙종 19)~1766(영조 42). 조선 후기 때의 문신. 자는 사수(士受), 호는 삼주(三州)·보객정(報客亭).

19세 때 진사시에 합격하고 익릉참봉에 임명되었으나 곧 사퇴하였다. 1732년(영조 8) 정시문과에 병과로 급제한 후 동부승지, 병조참의, 한성한윤 겸 오위도총관, 형조판서, 우참찬, 예조판서, 판의금부사, 동지성균관사 등의 중책을 역임하였다. 성품이 엄정하고 강직하며 바른 말을 잘 하여 여러 번 파직되었다. 글에 능하였으며, 생각하는 일은 반복하여 상소하였을 뿐만 아니라, 시조의 대가로서『해동가요(海東歌謠)』에 시조 78수의 작품을 남겼다. 시호는 문간(文簡)이다. 작품은 매우 풍자적인데, 그 중 몇 수를 소개하였다.

간밤의 부던 ᄇᆞᄅᆞᆷ에 滿庭桃花(만정도화)ㅣ 다 지거다
아히ᄂᆞᆫ 뷔를 들고 쓰로려 ᄒᆞᄂᆞ괴야
洛花(낙화)ㄴ들 곳이 아니랴 쓰지 만들 엇드리

—정민교(鄭敏僑)

> 간밤에 불던 바람에 들에 가득 피어있던 복숭아꽃이 다 져 버렸구나/ (철 모르는) 아이는 비를 들고 (그것들을) 다 쓸어버리려 하는구나/ (아서라) 떨어진 꽃인들 꽃이 아니냐. 쓸지 않고 내버려두는 게 어떻겠느냐[그냥 두고 보는 것이 더 풍치 있는 일이 아니랴]

- 만정도화(滿庭桃花) : 뜰에 가득히 피어 있는 복숭아꽃.
- 지거다 : 지었구나. '-거다'는 '-었구나, -았구나'의 뜻을 가진 과거 감탄형종결어미. '-거-'는 과거를 나타내는 선어말어미.
- ᄒᆞᄂᆞ괴야 : 하는구나. '-괴야'는 '-고야'와 마찬가지로 감탄형종결어미.
- 낙화(洛花)ㄴ들 : 낙화(洛花)인들. 떨어진 꽃인들. 떨어진 꽃이라 해도.

비록 떨어진 꽃이라 해도 함부로 쓸지 않고 있는 그대로 두고 보겠다는 의지를 표현한 시조로 풍류를 즐길 줄 아는 마음이 돋보인다.

화자는 먼저 상황을 이야기한다. 간밤에 불던 바람에 뜰 안에 만발했던 복숭아꽃이 다 져버렸다는 것이다. 흰 빛인 듯, 연보라 빛인 듯 며칠을 하늘거리던 복숭아꽃. 실바람과 함께 살랑거리기도 하고, 가끔은 햇볕에 투명한 몸을 뒤척이기도 하고, 또 가끔은 노을과 뒤엉켜 하늘거리던 얇은 복숭아 꽃잎이 밤새 바람에 다 흩날려 버린 것이다. 얼마간 더 볼 수 있겠거니 생각하고 있던 화자는 아쉬울 수밖에 없다. 그럴 줄 알았으면 만사를 젖혀두고서라도 그 아름다움을 만끽할 걸 하는 후회가 밀려든다는 것이다.

그렇게 후회를 하고 있을 즈음, 화자의 마음을 알 리 없는 아이(어쩌면 어린 종[奴婢])가 비를 들고 여기저기 날리는 꽃잎을 쓸어버리려 한다(2행). 아

이의 입장에서 보면 바람 따라 여기저기 휩쓸리는 꽃잎이 귀찮기 그지없기 때문이다. 그 순간, 화자가 아이를 부른다. 황급하게 그러나 다정하게. 아쉬움을 담은 표정으로. 불러놓고는 '쓰지 만들 엇듸리(뜰을 쓸지 말거라. 내가 다 알아서 할테니, 너는 가서 쉬거라)'라고.

자연을 즐길 줄 아는 사람은 낙화나 낙엽, 첫눈 따위를 쓸어버리지 않는다. 있는 그대로의 멋을 즐긴다. 그런 것들을 쓸어버리는 순간, 마음에 쌓여있는 삶의 여유나 멋마저 쓸려버린다. 마당은 깨끗해질지 몰라도 마음은 텅 비어버린다. 뜰에 진 낙화나 낙엽, 첫눈을 즐길 줄 아는 사람, 그것을 쓸어내는 것을 말리기까지 하는 사람이라면 그는 확실히 멋을 알고 풍류를 즐길 줄 아는 사람이다. 열린 마음을 가진 사람이다.

이런 생각으로 이 작품을 읽노라면 한 편의 단편영화를 보는 듯하다. 뜰 안 가득 피어있는 복숭아꽃. 바람과 햇볕에 반짝이는 복숭아 꽃잎은 전설 속의 한 장면처럼 환상적이다. 그 꽃잎이 밤바람에 분분히 흩어지는 모습. 다음 날 아침, 꽃이 져버린 벌거숭이 복숭아나무. 바람 따라 휩쓸리는 복숭아꽃을 아쉬운 듯 바라다보는 화자. 화자의 마음을 알 리 없는 아이(어린 종)가 떨어진 복숭아꽃잎을 쓸려고 비를 들고 나오고……. 황급히 아이를 막는 화자. 영문도 모른 채 멍하니 바라보는 아이. 고개를 끄덕이며 괜찮으니 다른 일이나 하라며 달래는 화자. 그 안타까운 모습을 배경으로 바람에 휩쓸리는 복숭아꽃. 그 복숭아꽃에 덮여오는 화자의 얼굴. 대충 이런 단편영화가 이루어질 것 같다.

● 정민교(鄭敏僑) : 1697년(숙종 23)∼1731년(영조 7). 조선 후기의 시인. 자는 계통(季通), 호는 한천(寒泉).

어려서부터 시재(詩才)가 빼어났으며, 29세 때인 1715년 진사가 되어 성균관에 들어갔으나 곧 그만두고 여항시인(閭巷詩人)으로 행세한다. 관서지방 안찰사 밑에서 세금 걷는 일을 한 적이 있는데, 가난한 백성들에게 차마 세금을 내라고 할 수 없어 빈손으로 돌아오곤 했다는 일화에서 알 수 있듯이 백성들의 생활에 관심이 많아 그것에 관계된 작품이 많다. 그런 성격 때문인지 평생 공직에 오르지 않았다. 35세에 요절하였는데 효행으로도 이름을 떨쳤다. 저서로는 『한천유고(寒泉遺稿)』 2권 1책이 전한다.

흰 구름 푸른 니는 골골이 잠겻는듸
秋風(추풍)에 물든 丹楓(단풍) 봄곳도곳 더 죠홰라
天公(천공)이 날을 爲(위)ㅎ야 뫼빗츨 쑴여니도다

― 김천택(金天澤)

> (하늘에는) 흰 구름이 두리둥실 떠 있고, (산의 정기처럼) 푸른 안개[이내]는 골
> 짜기마다 잠겨있는데[끼어있는데]/ 가을 바람에 (울긋불긋 갖가지 아름다운 색깔로)
> 물든 단풍이 (꽃 중에서 가장 아름답다는) 봄꽃보다도 더 아름답구나/ (이 모든 것
> 들은) 하느님께서 (모처럼 이곳을 찾아온) 나를 위하여 (이처럼 아름다운) 산빛을
> 꾸며낸 것이 분명하구나

- 푸른 내 : 푸른 안개. 즉, 저녁 나절에 멀리 보이는 푸르스름하고 흐릿한 산 기운,
  즉 이내[청람(青嵐)]을 말한다.
- 골골이 : 골짜기마다. 골+골+이(부사파생접미사).
- 봄곳도곳 : 봄꽃보다. '-도곳'은 '-도곤'의 오기(誤記). '-도곤'은 '-보다'의 뜻을
  가진 비교부사격조사.
- 죠홰라 : 좋구나. 좋다+애라(감탄형종결어미). 원래 고어에서 '좋다[好]'의 뜻을 가
  진 단어는 '둏다'였다. '좋다'는 '깨끗하다[淨]'의 뜻을 가지고 있었으나, 이 시기에
  는 이미 뜻이 변하여 '좋다'의 뜻으로 쓰였다.
- 천공(天公) : 하늘을 의인화하여 부르는 말. 조물주. 하느님.

가을 산에 올라 단풍의 아름다움을 찬양한 작품으로, 단풍의 아름다움에
도취되어 조물주의 은공(恩功)을 찬양하고 있다.

화자는 먼저 산에 올라 산 전체를 조감(鳥瞰)하고 있다. 울숙불숙 솟아있는
기암괴석(奇巖怪石)과 산봉우리들. 그 바위와 산봉우리를 포근히 감싸듯 덮고 있
는 흰 구름. 그런 아름다움을 사람들에게 감추려는 듯 푸르스름하게 가리는 푸
른 안개. 이런 모습은 높은 곳에 올라본 사람만이 알 수 있는 아름다움이다.
구름이며 안개가 발아래 깔려 순간순간 모습을 달리하며 흐르고, 그에 따라 아

름다운 산봉우리들이 눈 아래 펼쳐지는 모습이란 형언할 수 없을 정도다. 좀처럼 보기 힘든 선풍(仙風)에 화자는 감탄하고 있다(1행).

어디 그뿐이랴. 멀리 산들의 모습만 아름다운 게 아니다. 멀리 보던 시선을 가까이 잡아당기면, 울긋불긋 단풍이 황홀하다. 그 단풍의 모습은 아름다움의 대명사인 봄꽃보다도 훨씬 아름답다. 차가운 가을바람에 손을 흔들며 세상의 온갖 색깔을 흩어놓는 그 모습은 보는 이의 가슴에도 단풍물을 들여놓는다. 해서 화자는 단풍을 가장 아름다운 꽃으로 규정하고 있는 것이다(2행).

그러나 그런 아름다운 모습을 누구나 볼 수 있는 게 아니다. 산에 사는 사람이라 할지라도 쉽게 볼 수 없는 절정(絶頂)의 순간. 그 순간은 짧기 때문에 억세게 운이 좋지 않고서는 맛볼 수 없다. 그걸 잘 알고 있는 화자는 그런 절정의 순간을 자신에게 베풀어주는 '천공(天公)' 즉, 하느님께 감사드리고 있다. 모처럼 찾아온 자식을 위해 꼬깃꼬깃 치맛속에 감춰두었던 쌈지를 열듯, 자기가 올 때를 기다려 숨겨두었던 황홀경(恍惚境)을 펼쳐 보이는 하느님께 감사드리고 있는 것이다(3행).

참고로 필자의 시 <단풍>을 소개한다.

　단풍을 보고 있노라면 내 눈에도 물이 든다/ 얼마나 아름다운가/ 얼마 남지 않은 삶을 위해/ 정갈한 영혼이기 위해/ 속죄하는 저 빛깔이 …(중략)…

　바람을 속이기 위한 변신이 아니다/ 바람을 꼬이기 위한 비굴한 언어도 아니다/ 마지막 삶을 사랑하기 위한 침묵이/ 운명에 복종해야 하는 마지막 고뇌가/ 혹은 빨갛게 혹은 노랗게 타오르는 것이다/ 바람에 웃음으로 인사하는 것이다

　그대여 단풍을 보아라/ 가슴에 단풍이 흐른다

_____

● **김천택**(金天澤) : p.113 참조.

江山(강산) 죠흔 景(경)을 힘센이 닷톨 양이면

님 힘과 닌 分(분)으로 어이ᄒ여 엇들쏜이

眞實(진실)로 禁(금)ᄒ리 업쓸씌 나도 두고 논이노라

— 김천택(金天澤)

> 이 강산 이 좋은 경치를 (만약) 힘 센 사람들이 (힘으로 서로) 다툰다면/ 내 힘과 내 분수로 어떻게 얻을 수가 있겠는가[힘없고 지체 낮은 나에게는 차례가 돌아오지 않을 것이다]/ (그러나) 다행히도 (자연을 즐기는 것만은) 금하는 사람이 없기에 (힘 없고 지체 낮은) 나도 두고 (마음대로) 노니노라[즐길 수 있는 것이 아니겠는가]

- 강산(江山) : 강과 산. 자연을 말함. 산천(山川), 산하(山河), 산수(山水)도 같은 의미를 갖고 있다.
- 죠흔 경(景) : 좋은 경치. 아름다운 경치.
- 닷톨양이면 : 다툰다면. 다툴 것이면.
- 닌 분(分) : 내 분수.
- 엇들쏜이 : 얻을 수 있겠는가. 얻겠는가.
- 금(禁)ᄒ리 : 금할 사람. 막을 사람. 금ᄒ다+ㄹ(관형사형 전성어미)+이(의존명사)
- 업슬씌 : 없을새. 없으므로. 없기에. 없기 때문에.
- 논이노라 : 놀며 다닌다. 자유롭게 즐긴다. '노니노라'의 오기(誤記). '놀다'와 '니다'가 합쳐진 복합동사다.

자연은 소유주(所有主)가 없고, 누구와 다툴 필요도 없으므로 자신처럼 힘없는 사람도 마음껏 누릴 수 있는 것이라고 인간사를 꼬집는 작품이다.

양반 사대부들의 시조에는 대부분 자연 속에서, 자연과 하나가 되어, 자연을 즐기는 것을 낙으로 삼고 있다. 그러나 이 시조는 양반 사대부들의 그런 경향에서 벗어나 다른 주제의식을 담고 있어 작가의 현실 비판적 인식이 잘 드러난 작품이다.

이 작품 전체를 이끌어가는 구절은 첫 행의 '힘센이 다툴 양이면(힘센 사람이 다툰다면)'이다. '힘세다'는 말은 육체적인 완력만을 뜻하지 않는다. 권세나 돈, 사회적 지위도 모두 여기에 포함된다. 따라서 '세속적인 힘으로 자연의 아름다운 경치를 다툰다고 한다면'이란 가정에는 현실 비판적인 작가의식이 드러난다. 조금이라도 더 갖기 위해, 조금이라도 높은 자리에 앉기 위해, 조금이라도 더 누리기 위해 다투고 빼앗고, 죽고 죽이는 인간사. 그러나 자연은 이런 인간적인 것과 정반대이기 때문에 다투지 않아도 된다고 말하고 있는데, 이 구절은 소동파의 <적벽부(赤壁賦)>와도 비슷하다.

둘째 행에서는 첫 행의 가정적(假定的) 상황에 대한 답을 하고 있다. 만약 속세의 힘이 자연에게도 미친다면, 자신의 힘과 분수, 지위로는 감히 자연을 즐길 수가 없을 것이라고 설의(設疑) 형식으로 강조하고 있다. 힘없고 낮은 신분의 자신과 같은 사람은 지체 높은 권세가들에게 눌려 감히 생각도 못할 일이 될 것이라고 인간세상을 꼬집고 있다.

그러나 자연은 공평하고 넉넉하고, 자연을 즐기는 데는 세속적인 힘이 필요 없으므로 비루(鄙陋)한 자신도 거리낌 없이 즐긴다고 말하고 있다(3행). 자연이란 늘 공평하고 넉넉하다. 있는 사람이든 없는 사람이든 가리지 않고 감싸 안지 않는가. 또한 자연은 세속적인 힘이 미치지 않는 공간이기에, 누구나 즐길 수 있는 것이다. 자연과 인간사를 대비시키는 이 행에서 화자는 인간에 대한 거부감을 얼마간 드러내고 있다. 다투지 않으면 얻을 수 없고, 얻으려고 발버둥을 쳐봐도 얻을 수 없었던 자신의 인생을 착잡한 심정으로 돌아보고 있기 때문이다. 아무런 권력도 부귀도 얻지 못한 자신의 신세에 대한 한탄. 그러나 작가는 그런 감상적인 생각에 머물지는 않는다. 부귀와 권력을 독점하고, 자연 이외의 것들을 차지하려고 아귀다툼을 벌이는 지체 높은 양반에 대한 비판이 그것이다. 이는 임진란 이후 줄기차게 이어지는 양반에 대한 신랄한 비판을 계속해온 평민문학과도 그 맥을 같이 하고 있다.

● **김천택**(金天澤) : p.113 참조.

積雪(적설)이 다 녹아지되 봄소식을 모르드니

歸鴻(귀홍)은 得意天空闊(득의천공활)이요 臥柳(와류)는 生心水
動搖(생심수동요)ㅣ로다

아희야 시술 걸러라 시봄마지 ᄒ리라

―김수장(金壽長)

(겨우내) 쌓였던 눈이 다 녹도록 봄이 온 것을 못 느끼고 있었는데/ 북녘으로 돌
아가는 기러기 떼는 넓은 하늘을 훨훨 마음껏 날아가고, 냇가 버드나무 실가지는 얼
음에 덮였던 시냇물의 움직임에 춘심을 갖는 걸 보니 이제 정말 봄이 완연하구나/ 아
이야, 새 술을 걸러라. 새 술을 한 잔 하면서 봄맞이를 하리라[새봄을 맞이하는 즐거
움을 한 잔 술과 함께 하리라]

- 귀홍(歸鴻) : (봄이 되어) 북으로 돌아가는 기러기.
- 득의천공활(得意天空闊) : (기러기는) 하늘이 넓고 넓어서[天空闊] 뜻을 얻음[得意] 즉,
  기러기가 의기양양하게 날아감을 말한다.
- 와류(臥柳) : 누워있는 버들가지. 냇가에 비스듬히 누워있는 버드나무.
- 생심수동요(生心水動搖) : (냇가에 비스듬히 누워있는 버드나무[臥柳]는) 물이 움직임
  에 따라[水動搖] 마음이 생김[生心]. 즉, 얼음이 녹아서 물이 움직임에 따라 춘심(春
  心)이 생김.

한국적 봄날의 모습과 봄의 생동감을 노래한 작품으로 봄맞이 노래다.

첫 행은 온산을 뒤덮고 있던 눈이 다 녹도록 봄기운을 느끼지 못하고 있
었음을 말한다. 봄이 왔다고는 하지만 아직 봄을 피부로 느끼지 못하고 있었
다는 얘기다. 그러다 북녘으로 날아가는 기러기의 모습과 푸릇푸릇 돋아나는
버들가지와 얼었던 물이 녹아 흐르는 모습을 보며 봄을 느낀다고 말한다(2
행). 봄은 버드나무 실가지에서 오고 가을은 바람에서 온다는 말이 있다. 아
직도 만물이 죽은 듯이 몸을 웅크리고 있는데 버드나무 실가지에는 어느덧
푸른 기운이 돌기 시작한다. 이게 봄이 오는 징조다. 그러나 이때까지는 아직

봄이 완연하지는 않다. 얼음이 녹기 시작하면 오히려 공기가 더 차가워져 겨울보다 춥게 느껴진다. 그러던 날씨가 비로소 풀리기 시작하는 것은 겨울철 새인 기러기가 돌아갈 때쯤이다. 가을하늘을 수놓으며 날아왔던 기러기가 돌아간다는 것은 이제 완연한 봄기운이 돌기 시작하는 것이다. 고요하던 마음마저 싱숭생숭해지기 시작한다.

이런 때, 새 술을 걸러 봄맞이를 해야 하지 않겠냐는 것이 마지막 행의 얘기다. 봄맞이하는 방법은 여러 가지가 있다. 답청(踏靑)이 가장 대표적인 방법이다. 들로 산으로 돌며 겨우내 얼어붙었던 대지에 돋기 시작한 새싹을 밟으며 봄을 만끽하는 것. 오늘날의 봄나물 캐기라고나 할까. 그러나 화자는 봄기운 가득함을 술과 함께 나누겠다는 것이다.

금수강산(錦繡江山)이란 자연이 아름답기 때문에 붙여진 것만은 아닌 것 같다. 규칙적이면서 율동적인 계절의 변화와 그 계절을 느끼고 즐길 줄 아는 우리 한국인의 정서가 바로 금수강산을 만드는 지도 모를 일이다.

• **김수장**(金壽長) : 1690(숙종 16)~?. 조선 후기 때의 가인(歌人). 자는 자평(子平), 호는 십주(十洲/十州)·노가재(老歌齋). 김천택(金天澤)과 더불어 숙종·영조시대를 대표하는 쌍벽의 가인이다.

활약과 공적은 세 가지로 말할 수 있다. 첫째는 3대 시조집의 하나인『해동가요(海東歌謠)』의 편찬이고, 둘째는, 가단의 지도자로서 가악의 발전과 후배 양성을 위하여 힘썼다는 점이다. 셋째는, 시조작가로서도 왕성한 창작활동을 하였다는 사실이다.

작품은 그가 편찬한『해동가요(海東歌謠)』와『청구가요青(丘歌謠)』등에 실려 129수가 전해진다. 작품은 대체로 세 계열로 구분된다. 첫째, 양반·사대부들의 작품 경향을 답습한 것들이고, 둘째, 솔직한 감정의 노출이 서민의식과 결부되어 서민들의 생활 감정을 적나라하게 나타냈다. 이러한 것은 김천택 세대의 한계를 넘어서서 서민층에 한층 밀착된 작품 세계를 보여주는 구실을 하였다. 셋째, 가악생활과 관련 있는 작품이 많다. 이와 같이 그는 가집의 편찬자·시조작가, 그리고 가단의 지도자로서 18세기를 대표할 만한 예술인이라 하겠다. 그러나 새로운 방향에서의 응축된 표현을 마련하지 못하였는데 다소 그 한계가 있다.

寒食(한식) 비 긴 後(후)에 菊花(국화)움이 반가왜라

곳도 보련이와 日日新(일일신) 더 죠홰라

風霜(풍상)이 섯것칠 쩌 君子節(군자절)을 퓌온다

- 김수장(金壽長)

한식 날 비 갠 후에 국화 움이 트는 것을 보니 반갑기 그지없구나/ 앞으로 꽃도 보려니와 (움이 트고, 잎이 돋고, 꽃이 피는) 나날이 새로워지는 그 변화하는 모습이 더욱 좋을 것이다/ (그러다가) 바람 불고 서리치는 가을날, 혼자 활짝 피어서 군자의 절개를 보여줄 것을 생각하니 더욱 반갑구나

- 한식(寒食) : 명절의 하나로 동지(冬至)로부터 105일째 되는 날로, 4월 5~6일쯤이다. 진(晉)나라의 현인 개자추(介子推)와 관련된 고사가 전해지지만, 이때쯤이면 찬밥을 먹어도 될 만큼 날이 따뜻해진다는 의미를 가지고 있다고도 볼 수 있다. 이날 나라에서는 종묘(宗廟)와 능원(陵苑)에 제사를 지냈고, 민간에서도 성묘하는 풍습이 있었다.
- 반가왜라 : 반갑구나. 반가워라. '- 왜라, - 웨라'는 감탄형 종결어미.
- 일일신(日日新) : 『대학(大學)』의 '日日新 友日新(일일신 우일신)'에서 나온 말로, 날마다 새롭다는 뜻이다.
- 군자절(君子節) : 군자의 절개. 국화는 매화 · 난초 · 대나무와 함께 절개와 지조를 가진 사군자다.

한식 날 돋아나는 국화의 움을 보며, 하루가 다르게 자라 가을날 활짝 꽃을 피워냄으로써 군자의 절개를 빛낼 국화의 덕을 찬양한 시조다.

첫 행은 한식 날 국화의 움이 돋은 것을 반가워하는 내용이다. 아직 봄이 완연하지 않아서 국화 움이 돋지 않았을 것이라고 판단하고 국화를 심었던 자리를 돌아보다 발견한 국화의 움. 이를 보자 반가울 수밖에. 그와 함께 늦가을, 서리를 이겨내며 노랗게 피어 그 절개를 드러낼 국화의 덕(德)을 생각하자니 반갑기 그지없다.

둘째 행은 하루가 다르게 변화할 모습을 상상하며 기뻐하는 내용이다. 이제 움이 텄으니 하루가 다르게 커갈 것이다. 봄바람에 잎사귀를 흔들며 뿌리를 다지고, 무더위를 이기며 대를 세울 것이고, 늦가을에는 찬서리 속에서 노랗게 꽃을 피울 것이라고 생각하니 그 성장과 변화가 기쁠 수밖에. 국화의 일일신(日日新) 정신과 일취월장(日就月將)의 노력을 칭송한 것이다.

셋째 행은 바람과 서리가 섞어치는 날 꽃을 피워 군자절(君子節)을 빛내리라고 예상하며 덕을 찬양하고 있는 것이다. 모든 식물들이 퇴락의 길을 걷는 가을날에 혼자 노랗게 꽃을 피워 군자의 절개를 상징할 국화. 국화의 군자절(君子節)을 칭송한 것이다.

봄날 돋아나는 국화의 움에서도 교훈을 찾고, 그 교훈을 가슴에 새겨 실천하려던 선인들의 철학이 새삼 존경스러울 뿐이다.

여기서 사군자(四君子)에 대해 잠깐 생각해보자. 사군자가 매란국죽(梅蘭菊竹)이란 건 다 알고 있을 것이다. 그러나 왜 매란국죽을 사군자라 하는지에 대해서 아는 사람은 그리 많지 않을 것이다.

먼저 매란국죽은 사계절을 대표한다. 매화는 봄, 난초는 여름, 국화는 가을, 대나무는 겨울을 대표한다. 매화가 사군자일 수 있는 이유는 선구자적 품격 때문이다. 매화는 봄보다 먼저, 계절에 앞서 눈 속에서 피는 꽃. 그래서 매화 중에서도 눈 속에서 피어난 매화 즉, '설중매(雪中梅)'를 최고의 절개를 가진 존재로 칭송한다. 난초는 고고한 선비의 절개를 지니고 있다. 더러운 것과 가까이하지 않고 맑고 깨끗한 이슬을 먹고 사는 고고함. 꽃이 화려하지는 않지만 은은하게 멀리 퍼지는 향기. 꽃을 피우기는 어렵지만, 한 번 꽃을 피우면 한 달 가까이 은은한 향기를 풍기는 기품. 그것이 군자와 닮았다. 국화는 앞에서도 얘기한 대로 서리 속에서 꽃을 피우는 절개를 지녔기 때문에 군자와 닮았다. 대나무는 겨울에도 늘 푸를 뿐만 아니라, 휘어지기는 해도 꺾이지 않는 속성이 군자를 닮았다. 시류에 영합하지 않는 절개. 대나무가 가진 속성이다.

• 김수장(金壽長) : p.133 참조.

秋月(추월)이 滿庭(만정)ᄒ듸 슬피 우는 져 길억아

霜風(상풍)이 一高(일고)ᄒ면 돌아가기 얼여오리

밤中(중)만 中天(중천)에 써잇셔 줌든 날을 씩오는고

－김두성(金斗性)

> 가을 밤 휘영청 밝은 달빛이 뜰에 가득한데 (높은 하늘에) 슬피 울며 날아가는 저 기러기야 (너의 소리가 처량하구나)/ 서리치는 찬바람이 한 번 높이 일며 돌아가기 어려우리 (어서 돌아가거라)/ 한밤중에 하늘 높이 떠서 (구슬프게 울어대며) 잠든 나를 깨우는구나

- 만정(滿庭)한듸 : 뜰에 가득한데.
- 상풍(霜風)이 일고(一高)하면 : 서리치는 찬바람이 한 번 높이 일면. 서리를 머금은 바람이 불기 시작하면.
- 얼여우리 : 어려우리.
- 밤중(中)만 : 한밤중에. 한밤중에만. '－만'은 강세조사.
- 중천(中天) : 하늘 가운데 즉, 높은 하늘.

달 밝은 가을 밤, 처량한 기러기 울음소리 때문에 잠을 이루지 못함을 얘기함으로써 가을밤의 쓸쓸함과 고독감을 노래한 작품이다.

화자는 먼저 휘영청 밝은 가을 달에 초점을 맞춘다. 안 그래도 가을은 감상에 젖기 쉽고, 근원도 알 수 없는 고독감과 허무감 또는 상실감을 느끼는 시기다. 서늘한 가을바람, 지는 낙엽, 버석거리는 풀들, 추수를 끝낸 황량한 들판, 낮게 울리는 벌레들의 울음소리……. 이런 모든 것들이 인간의 감정을 자극한다. 특히 가을밤은 더욱 그렇다. 화자는 지금 달을 바라보며 말할 수 없는 감정들로 심란함에 젖어 있다. 그럴 즈음 끼륵끼륵 처량한 울음소리를 내며 기러기 떼가 날아간다. 순간, 화자는 기러기 떼와 자신을 동일시해서 기러기를 불러 말을 건네고 있다(1행). '상풍(霜風)이 일고(一高)하면(서리를 품은 차거운 바람이 거세게 불면)' 돌아가기 어려우리라는 걱정이다. 찬서리 치기

전에 돌아가야 하지 않겠느냐, 어서 고향을 찾아 돌아가라는 당부다. 그러나 기러기는 가을에 왔다 봄에 가는 철새이므로 우리나라에서 겨울을 나야 한다. 이런 속성을 잘 알고 있는 화자는, 돌아가지 않아도 좋으니 밤중에 하늘 높이 날아다니며 잠든 사람을 깨우지 말라고 당부하고 있다(3행). 밤중에 기러기 울음소리 때문에 잠을 깨게 된다고, 밤잠을 못 자겠다고, 제발 감정을 자극하지 말라고.

달빛이라는 시각적인 요소와 기러기 소리란 청각적인 요소, 서리 품은 바람이라는 촉각적인 요소를 통해 가을날 밤의 외로움과 고독, 잠 못 이룸을 효과적으로 표현하였다. 추석 선물세트 포장지에 등장하는 보름달과 기러기 떼, 붉어진 밤송이와 대추 그리고 황금빛으로 출렁이는 논의 모습은 전형적인 우리나라의 가을을 표현한 것이다. 이 중, 보름달과 기러기 떼는 가을날의 아름다움과 고독을, 밤·대추와 익은 벼는 풍요로움을 표현한 것이라 할 수 있다.

• **김두성**(金斗性) : ?～1811(순조 11). 조선 후기 문신이며 가인(歌人). 정조·순조 때의 김기성(金箕性)과 이명동인(異名同人).

숙종조 김천택·김수장 등과 더불어 경정산가단(敬亭山歌壇)에서 활동했다. 『영조실록(英祖實錄)』에 의하면 "청연군주(淸衍郡主)를 김두성과 정혼하여 광은부위(光恩副尉)라 부르니……"라고 기록되어 있고, 또 『정조실록(正祖實錄)』과 『순조실록(純祖實錄)』에는 광은부위를 김기성이라 한 기록이 여러 곳에 보인다. 여기에 의하면 김기성은 1790년(정조 14)에 동지 겸 사은정사로 청나라에 다녀왔으며 뒤에 서사관(書寫官)을 지냈다. 이로 미루어보아 김기성과 동일인임을 짐작할 수 있다.

그러나 김두성과 김기성을 동일인으로 단정하기에도 의문점이 있다. 『청구가요(靑邱歌謠)』에 김두성의 이름으로 19수의 시조가 전한다. 그러나 다른 가집(歌集)과 비교 검토해볼 때 김두성의 작품은 2수뿐이고, 17수는 박문욱(朴文郁)의 작품으로 보인다.

뭇노라 져 禪師(선사)야 關東風景(관동풍경) 엇더터니

明沙十里(명사십리) 海棠花(해당화)만 붉어 잇고

遠浦(원포)에 兩兩(양량) 白鷗(백구)는 비소우를 ㅎ더라

－신 위(申 緯)

> (여기저리를 두루 돌아보아서 관동의 풍경을 알고 있을 선사에게) 묻는다. "저 선사야〔스님아〕, (지금) 관동 풍경이 어떻던가요?"/ "명사십리에는 지금 해당화가 한창이요/ (보슬비 내리는) 먼 포구〔동해 바닷가〕에는 흰 갈매기들이 빗속에서 쌍쌍이 날고 있었소."

- 선사(禪師) : 선을 닦는 스님이란 뜻이나, 여기서는 그냥 스님이란 뜻으로 쓰였다.
- 관동(關東) : 대관령 동쪽에 있는 강원도 지방. 다른 명칭으로는 태백산맥을 기준으로 삼은 영동(嶺東)이란 말이 있다.
- 명사십리(明沙十里) : 함남 원산 동해안에 있는 모래톱인데, 고운 모래가 10리나 깔려 있고, 해당화가 요염하게 피어 있어, 관동팔경으로 꼽힌다. 보통 '아름다운 해안 또는 백사장'을 지칭할 때 쓰인다.
- 원포(遠浦) : 먼 포구이니 동해 바닷가를 말한다.
- 양량(兩兩) : 짝을 지어. 쌍쌍이.
- 비소우 : 부슬부슬 내리는 성긴 빗속[疎雨]을 날아다님[飛].

문답형식을 빌어 동해 바닷가[관동(關東)]의 아름다움을 표현한 작품으로, 색채의 대비를 통한 뚜렷한 색감과 이미지를 통한 묘사 수법이 돋보인다.

화자는 먼저 관동의 아름다움을 스님께 묻고 있다. 자신은 여러 사정상 동해 바닷가의 아름다움을 직접 볼 수 없다. 그러나 스님이란 구름처럼, 물처럼 온 세상을 두루 돌아다니는[만행(萬行)] 자유로운 존재가 아닌가. 그래서 동해 바닷가를 봤음직한, 자신과 잘 아는 스님께 동해 바닷가의 아름다움을 묻고 있다. '關東風景(관동풍경) 엇더터니'라고(1행).

이에 한참을 생각하던 스님이 짤막하게 동해 바닷가의 풍경을 이야기한다.

많고 많은 사연들이며 풍광들을 모두 생략해 버리고 백사장의 모습과 한 켠에 붉게 피어있는 해당화를 그려낸다(2행). 먼 바다에서 넘실대는 파도며, 백사장에 부서지는 포말, 백사장 주위에 해송이며, 절벽이며 바위들은 모두 생략된다. 화면 가득 백사장이 펼쳐져 있고, 그 한 쪽에 해당화만 붉게 피어 있는 한 폭의 동양화를 그려낸 것이다. 여백을 통한 우주 만상을 제시하는 동양화의 기법인 '여백의 미학'을 유효적절하게 사용한 것이다. 특히 스님은 '붉어 있고'라고 말해놓고 또 한참 동안 뜸을 들이고 있다. 이에 답답해진 화자는 '그것뿐인가요?'라고 물었을 것이다. 물론 말로가 아닌 눈빛을 통한 질문이었을 것이다. 그러자 스님은 그제야 생각이 났다는 듯이 한 가지를 덧붙인다. 보슬비 내리는 먼 포구[동해 바닷가]에는 흰 갈매기들이 빗속에서 쌍쌍이 날고 있더라고(3행). 백사장을 돌아보던 시선을 아득한 수평선까지 이동하여 갈매기들이 쌍쌍이 날아오르는 모습을 바라봄으로써, 근경과 원경을 한 화면에 잡아 원근의 조화를 추구하고 있다.

• **신 위**(申 緯 : 1769년(영조 45)~1845년(헌종 11). 조선 후기의 문신·화가·서예가. 자는 한수(漢叟). 호는 자하(紫霞)·경수당(警修堂).

31세인 1799년(정조 23) 알성문과에 을과로 급제하여 병조참지 등을 거쳐 병조참판에 올랐으나, 당쟁의 여파로 파직되는 등 많은 곡절을 겪고 시흥 자하산에 은거하기도 하였다. 1828년 도승지로 제수되었으나 관직에 환멸을 느낀 끝에 사양하다가 훗날 이조참판과 병조참판 등을 역임하기도 했다. 그는 시(詩)·서(書)·화(畵)로 이름을 남겼는데, 조선조 시인 중 가장 많은 시 작품을 남긴 것으로 유명하다. 저서로는 『경수당전고(警修堂傳稿)』와 김택영이 600여 수를 정선한 『자하시집(紫霞詩集)』이 전해진다.

말이 놀나거늘 革(혁) 줍고 굽어보니
錦繡靑山(금수청산)이 물 속에 줌겨세라
뎌 말아 놀ᄂ지 마라 이을 보려 ᄒ노라

―작자 미상

(타고 가던) 말이 갑자기 놀라기에 고삐를 치켜잡고 (고개를 숙여) 내려다보니/ 비단을 수놓은 듯 아름다운 청산이 물 속에 잠겨 있구나[파란 물 속에 그림자진 산의 경치는 한결 더 멋있고 아름답구나]/ 말아! 놀라지 마라. 이(물 속에 잠긴 아름다운 청산)를 보려 하노라[내가 너를 타고 여기에 온 이유가 바로 이런 아름다운 모습을 보기 위함이니라]

- 놀나거늘 : 놀라거늘. 놀라기에.
- 혁(革) : 세. 고삐.
- 금수청산(錦繡靑山) : 비단에 수놓은 듯이 아름다운 청산. 여기서는 단풍이 곱게 물든 산의 아름다운 경치로 보는 것이 좋을 것 같다.
- 이을 : 이를. 이것을. 여기서 '이'는 '아름다운 청산'을 말한다.

　말이 놀라는 행동 하나를 통해 우리 강산의 아름다움을 간결하게 표현한 작품으로 한 편의 광고를 보는 듯하다.

　먼저 장대하게 뻗은 산이 파노라마로 화면 가득 펼쳐진다. 그 산을 끼고 흐르는 강을 따라가노라면 울쑥불쑥 솟아있는 기암괴석이 강과 어우러져 한 폭의 산수화다. 그렇게 한참을 지내가니 울울창창한 숲이 드러나고, 그 숲을 지나자 개활지가 넓게 펼쳐진다. 숲을 막 빠져나온 말이 터벅터벅 걸어가고 있다. 한 편에는 제법 넓은 냇물이 흐른다. 그 냇물을 옆에 끼고 한참을 가다가 나무다리를 건넌다. 평지와는 다르게 조심스러운 발걸음이다. 그렇게 다리를 반쯤 건너던 말이 갑자기 앞발을 추켜세우며 황급히 운다. 말 위에 앉아 아름다운 자연을 즐기노라 정신이 없던 주인이 황급히 고삐를 잡아당기며 말을 진정시킨다. 워, 워―무슨 일이 있는가 싶어 두리번거려 봐도 말이 놀랄 만한 일이 없다. 어허, 참 이상한 일도 다 있다 싶어 말을 다시 몰려다 화자는 소스라치게 놀란다. 그랬구나. 아무 생각 없이 다리 아래 흐르는 냇물을 바라본 화자가 무릎을 친다.

말이 놀란 이유는 냇물에 비춰진 청산 때문이었다. 말도 안 다녀본 곳 없이 다 다녀봤지만 처음 보는 광경이라 놀랄 수밖에. 해서 화자는 말을 진정시켜놓고 파란 물 속에 잠긴 아름답기 그지없는 산과 자연의 모습을 감상한다. 파란 물에 잠긴 산능선과 푸른 빛으로 그려진 나무와 풀들의 모습, 햇볕 드는 곳에는 반짝거리며 부서지는 햇볕…… 이런 모습은 꿈 속에서나 볼 수 있을 만큼 아름답기 그지없다. 파란색과 녹색, 갈색의 색상대비도 아주 걸출하다.

그렇게 말이 놀란 이유를 안 화자는 말의 목을 토닥거리며 말을 달랜다.

"말아, 놀라지 말거라. 내가 보고자 하는 것이 바로 이 모습이니라."

이런 화면 위로 '아름다운 우리 강산 푸르게' 또는 '아름다운 우리 강산 우리 손으로 지킵시다' 내지는 '금수강산을 우리 후손들에게……'란 자막이 뜬다면 아름다우면서도 의미 있는 광고가 될 것 같다.

사실, 우리나라를 두루 돌아보면 금수강산(錦繡江山)이란 말이 결코 과장이 아니라는 걸 알 수 있다. 그런데 요즘 우리 강산이 몸살을 앓고 있다. 명산이란 명산은 등산객, 무속인, 무속신앙을 믿는 이들이 버린 쓰레기로 덮여 있고, 들이란 들은 비닐로 농약으로 더럽혀져 있고, 계곡물은 쓰레기와 음식물 찌꺼기로 제 모습을 잃은 지 오래다. 이런 현상이 계속된다면 금수강산이 아니라 쓰레기강산이 될 것이다.

아름다운 강산을 제대로 보존하여 후손들에게 금수강산을 물려주는 일은 우리가 해야 할 가장 큰 일인지도 모른다.

버들이 실이 되고 쐬고리는 북이 되여

九十(구십) 三春光(삼춘광)에 뿟닉느니 나의 시름

누구라 綠陰芳草(녹음방초)를 勝花時(승화시)라 ᄒᆞ던고

—작자 미상

> (축축 늘어진) 버들은 실이 되고, (나뭇가지 사이를 날아다니는) 쐬고리는 (베틀 사이를 오가는) 북이 되어 (왔다갔다하고)/ 90일 동안 이어지는 봄 석 달에 짜내는 것은 나의 시름/ 누가 푸르른 신록과 아름다운 풀을 꽃보다 나은 시절이라 하던가 (그 말이 한 치의 오차도 없이 딱 들어맞는 말이로구나).

- 북 : 베틀에 딸린 부속으로, 씨올의 실꾸리를 넣어 가지고 날의 틈으로 오가며 씨를 풀어주며 피륙을 짜는 제구. 방추(紡錘)라고도 한다.
- 뿟닉느니 : 짜내는 것이. 뿟닉는+이(의존명사).
- 녹음방초(綠陰芳草) : 우거진 나무 그늘과 싱그러운 풀. 여름날의 자연을 가리켜 이르는 말이다.
- 승화시(勝花時) : 꽃을 이기는 시기. 꽃보다 나은 시기. 왕안석(王安石)의 <초하즉사시(初夏卽事詩)>에 나오는 "녹음유초승화시(綠陰幽草勝花時, 녹음과 그윽한 풀냄새가 꽃의 아름다움과 향기를 이기는 시기)"라는 구절에서 따온 말이다.

녹음방초의 아름다움이 꽃보다 아름다운 시기인 봄날의 아름다움을 표현한 시로, 봄날의 아름다움을 각종 사물에 비유한 표현미가 돋보인다.

화자는 먼저 봄날 개울마다 들판마다 축축 늘어진 버드나무에 주목한다. 그 모습을 다발 째 흘러내린 실에 비유한다. 한 다발의 실을 풀어놓은 듯 축축 늘어진 버들가지가 봄바람에 살랑대는 모습은 보기만 하여도 다정하고 포근하고 아름답다. 그런 가지 사이를 분주히 날아다니는 쐬꼬리를 옷감을 짤 때 베틀을 날래게 오가는 북으로 비유하고 있다. 봄기운을 이기지 못하는 쐬꼬리의 분주한 이동을 통해 봄날의 모습과 활기찬 봄기운을 표현하고 있다(1행).

그렇듯 아름다운 계절이라 해도 인간의 마음은 자연 환경이나 계절과 걸맞

게 조성되지 않는다. 인간의 삶이나 감정은 자연과 반대가 되기 일쑤다. 이에 인간은 자연과 조화를 이루지 못하는 자신의 처지를 한탄하곤 한다. 이 작품의 화자 또한 그렇다. 자연은 아름답기 그지없건만 자신은 시름만을 짜내고 있는 것이다(2행). 꾀꼬리가 짝을 지어 날아다니며 화자를 뒤숭숭하게 하는 게 아닌 것으로 봐서는 짝을 찾지 못해서 시름에 잠겨 있는 것은 아닌 것 같다. 화자가 느끼는 시름은 아름다운 자연의 모습 때문인 것 같다. 푸르른 신록과 꽃처럼 아름다운 풀들이 꽃보다도 아름다운 계절이 왔건만 자신에게는 그 계절이 아무런 의미도 없이 느껴지기 때문인 것 같다. 아니면, 자연은 변함없이 아름다운데 자신은 쓸쓸히 늙어가고 있다고 생각했기 때문인지도 모른다. 잃은 것 없이 느끼는 서운함은 봄날 특유의 감정 때문인지도 모른다. 아무튼 화자는 자연의 아름다움이 마냥 기쁘지만은 않다. 그래서 저도 모르게 시름에 잠기는 것이고, 한숨을 쉬면서 누가 녹음방초를 꽃보다 아름답다고 했던가라고 되묻고 있다(3행). 이 물음은 그 말에 대한 인정이면서 너무나 정확히 표현한 그(왕안석)도 자신과 비슷한 느낌을 가졌을 것이라고 믿고 있는 것이다.

이 작품을 읽다보면 수주 변영로 선생의 <봄비>란 시가 떠오른다. 물론 이 시는 봄비 내리는 날의 감회를 읊은 것이긴 하지만 이 작품의 화자와 비슷한 마음을 그린 것 같기 때문이다. 참고로 소개한다.

나즉하고, 그윽하게 부르는 소리있어,
나아가보니, 아, 나아가보니―
졸음 잔뜩 실은 듯한 젖빛 구름만이
무척이나 가쁜듯이, 한없이 게으르게
푸른 하늘 우를 거닌다.
아, 잃은 것 없이 서운한 나의 마음!

나즉하고, 그윽하게 부르는 소리있어,
나아가 보니, 아, 나아가 보니―
어렴풋이 나는, 지난날의 회상(回想)같이
떨리는, 뵈지 않는 꽃의 입김만이
그의 향기로운 자랑 안에 자지러치노나!
아, 찔림 없이 아픈 나의 가슴!

7. 세월아, 가는 세월아

부처께서 말씀하셨듯이 늙음이란 인간의 네 가지 고통[四苦] 중의 하나다.
따라서 늙음을 탄식하는 것은 인류의 보편 정서라 할 수 있다.
그런데도 시조의 주제로 거의 채택되지 않았음은
유학자들에게 이 탄로(嘆老)의 문제는 쉽게 거론할 만한 것이 아니었기 때문이었다.
시조는 그렇다 치더라도 향가나 한시, 고려 가요, 가사 등에서도 찾아보기 힘든데,
그 이유는 아무래도 인생의 미련 같은 걸 남기지 않으려고 애쓴
우리 선조들의 의식 때문이었던 것 같다.
우탁(禹倬)의 시조를 비롯해 여기에 소개된 시조들은 그런 면에서 특이한 작품이라 할 수 있다.

白日(백일)은 西山(서산)에 지고 黃河(황하)는 東海(동해)로 들고

古今(고금) 英雄(영웅)은 北邙(북망)으로 든닷 말가

두워라 物有盛衰(물유성쇠)니 恨(한)홀 쑬이 잇시랴

－최　충(崔　沖)

> 쨍쨍 내리쬐던 해도 때가 되면 서산으로 지고, 끝이 없을 것 같은 황하도 동해로 흘러 들어가고/ 고금의 영웅들은 모두 죽어서 무덤으로 들어간단 말인가[모든 인간은 죽어서 무덤으로 간단 말인가]/ 내버려 두어라, 만물은 성하면 쇠하는 법이니 한탄할 줄이 있겠는가[순리대로 따르리라]

- 백일(白日) : 쨍쨍하게 비치는 해.
- 북망(北邙) : 북망산. 사람이 죽어서 가는 곳. 원래 북망산은 중국 하남성 낙양(洛陽)에 있는 산인데, 공동묘지였다고 한다.
- 물유성쇠(物有盛衰) : 만물은 성하면 반드시 쇠한다. 불교의 생자필멸(生者必滅), 회자정리(會者定離), 제행무상(諸行無常) 등과 화무십일홍(花無十日紅), 권불십년(權不十年) 등도 모두 같은 의미를 가지고 있다.

대자연의 섭리인 물유성쇠(物有盛衰)를 통해 깨달은 인생의 의미와 대자연의 법칙에 따르려는 긍정적 인생관을 노래한 작품.

화자는 먼저 일몰과 황하(黃河)의 흐름을 통해 모든 것은 끝이 있음을 깨닫는다. 아무리 밝고 빛나는 해도 저녁때가 되면 서산으로 지고, 끝이 없을 것만 같이 길게 이어지던 황하도 동해로 흘러 들어가면서 끝이 난다는 사실을 생각한다. 존재하는 모든 것은 결국 사라진다는 진리를 뼈아프게 깨닫는다(1행). 이런 대자연의 섭리는 인간도 피할 수 없는 것이어서, 인간도 결국 태어나면 죽는다는 진리를 잘 알고 있다. 자신보다 위대했던 고금(古今)의 영웅호걸들도 결국은 공동묘지인 북망산에 묻히지 않았는가(2행). 그러기에 마지막 행의 '두어라'는 체념이라기보다 깨달음으로 받아들여야 할 것이다. 모든 만물은

태어나고 자라고 늙고 죽는 것이니만치 인생을 한탄하지 않겠다는 게 화자가 깨달은 바이고, 그 깨달음이 마지막 행에 압축적으로 표현된다. 물유성쇠(物有盛衰), 제행무상(諸行無常), 생자필멸(生者必滅)의 법칙은 어떤 존재에게도 예외일 수 없기에 받아들일 수밖에 없다고.

이런 대자연의 법칙이 있기에 인간의 삶은 가치있는 것이고, 그러기에 인간은 자신의 삶에 최선을 다하는 것인지도 모른다. 진시황제처럼 온갖 방법을 다 동원하면서 영원히 살고자 하는 처절한 노력은 아무런 의미도 없다. 차라리 모든 것을 수용하고, 주어진 삶에 최선을 다하고, 모든 것에 가치를 부여하는 한편, 모든 것을 소중히 여기고 사랑하는 게 바람직한 삶이 아닐까싶다.

죽음은 누구에게나 두려운 것이고, 피하고 싶은 것이다. 그러나 피할 수 없는 불가항력(不可抗力)이라면 수용할 수밖에 없다. 죽음에 대한 두려움을 이겨내고 담담히 받아들이려는 화자를 눈앞에서 보는 듯하여 숙연해진다.

● **최 충**(崔 沖) : 984년(성종 3)~1068년(문종 22). 고려의 문신. 사학십이도(私學十二徒)의 하나인 문헌공도(文憲公徒)의 창시자. 자는 호연(浩然), 호는 성재(惺齋) · 월포(月圃) · 방회재(放晦齋).

22세 때인 1005년에 문과에 장원 급제하여 관직에 나갔으며, 1013(현종 4)에 거란의 침입으로 소실된 역대의 문적(文蹟)을 재편수하는 국사수찬관(國史修撰官)을 지냈다. 한때 병마사로 변경에 나가 영원(寧遠) · 평로(平虜) 등에 진(鎭)을 설치하여 국방에 힘쓰는 한편, 여진족에 대한 대비책을 건의하기도 했다. 후에 승진을 계속하여 문하시중(門下侍中)을 지냈다.

1053년 치사(致仕)할 때까지 관인(官人)으로 현달(賢達, 현명하고 사물의 이치에 통함. 또는 그런 사람)하여 많은 사람들의 칭송을 받았다. 치사 후에 인재양성에 힘써 『고려사(高麗史)』 열전에 해동공자(海東孔子)로 기록될 만큼 추앙받았고, 그의 제자들은 시중(侍中) 최공도(崔公徒) 또는 최충도(崔沖徒), 문헌공도(文憲公徒)라고 불리어졌다.

최충의 문장은 시구 몇 절과 약간의 금석문자가 남아 내려올 뿐인데, 이것은 그 뒤 무인(武人)의 난으로 많은 문신들이 살해되고 그들의 문집도 태워버렸기 때문이라 한다. 정종의 묘정에 배향되었다가 뒤에 선종의 묘정에 배향되었으며, 문헌서원에 제향되었다. 시호는 문헌(文憲)이다.

흔 손에 가싀를 쥐고 쏘 흔 손에 매를 들고
늙는 길은 가싀로 막고 온은 白髮(백발)은 매로 칠엿튼이
白髮(백발)이 눈칙 몬져 알고 줄엄길로 오건야

─우 탁(禹 倬)

한 손에 가시나무를 들고, 또 한 손에는 굵은 막대기를 들고/ 늙어가는 것은 가시나무로 막고, 오는〔나날이 늘어나는〕백발은 굵은 막대기로 치려〔물리쳐 늙지 않으려고〕하였더니/ 백발이 눈치를 먼저 채고 지름길로 오는구나

- 가싀 : 가시. 그러나 여기서의 뜻은 '가시가 돋아있는 나뭇가지' 또는 '가시나무'를 가리킨다.
- 칠엿튼이 : 치려고 하였더니.
- 줄엄길 : 지름길 즉, 멀리 돌아가지 않고 가깝게 통하는 길.

늙음을 막아 보려 하는 인간의 욕망과는 반대로 더욱 빠르게 흐르는 세월의 무정함을 대조시켜, 인간 능력의 한계를 극명하게 보여주는 작품이다.

이 작품은 반어적인 작품이다. 화자의 생각이 평상인으로서는 할 수 없는 우둔한 생각이고 행동 또한 그렇기 때문이다. 또한 그런 어리석은 행동을 한다는 점에서는 해학적이다. 마치 철부지가 늙는 것을 막겠다고 재롱을 부리는 듯한 어투, 양손에 가시와 막대를 들고 늙음이 올 만한 길을 찾아 눈을 부릅뜨고 지키고 서 있는 모습에서는 웃지 않을 수 없다. 나이가 얼마간 들어서 인생을 알만한 어른으로서는 하지 않을 말과 행동을 스스럼없이 하고 있다.

먼저 화자는 늙음을 막아보려 별의별 방법을 다 동원해본다(1·2행). '가싀를 쥐고' 늙음이 오는 길목을 막아보려고 한다. 그래 놓고도 마음이 안 놓이는지 막대기('매')까지 들고 있다. 그러나 어쩌겠는가. 시간은 눈에 안 보이는 것을. 결국 헛고생만 하고 남들의 비웃음만 사고 만다. 백발과 늙음을 사람이

나 동물처럼 구체적인 형태를 가진 존재로 표현함으로써 생생한 표현미를 살리고 있다.

화자도 자신의 행동이 도로(徒勞)임을 처음부터 잘 알고 있었다(3행). 그냥 호기 한 번 부려본 것이다. 안 되는 줄 알지만, 그냥 당할 수만은 없기에 시늉만 내본 것이다. 그러나 그럴수록 백발이 먼저 알고 지름길로 오더라는 진술은 눈물겹다. 막으려하면 막으려 할수록 오히려 더 빨리 늙게 되고, 그로 인한 허무감과 무상감만 더할 뿐이라는 것. 따라서 백발이나 늙음을 막아보려고 발버둥치지 말고 받아들이라는 권고의 뜻을 담고 있다. 자신도 이미 다 해봤지만 아무 소용도 없고, 오히려 아까운 시간만 허비하고 만다고.

우의성을 가진 작품으로도 볼 수 있고, 엉뚱한 화자를 등장시켜 아이러니와 해학성을 부가한 점도 다른 시조 작품들과는 사뭇 다르다. 또한 일상적인 '가싀', '매'로 늙음을 막아보려 했다든지, 늙음이 오는 길을 가시적인 길인 '즈럼길'로 표현하여 시적 현실감을 부여했다는 점도 눈여겨봐야 할 것이다.

• 우　탁(禹　倬) : 1263년(원종 4)~1343(충혜왕 복위). 고려 시대의 유학자, 문인. 자는 천장(天章)·탁보(卓甫), 호는 역동(易東).

16세 때인 1278년 향공진사(鄕貢進士)가 되고, 문과에 급제한 뒤 영해사록(寧海司錄)으로 부임하여 민심을 현혹하는 팔령신(八鈴神)의 신사를 철폐했다. 충선왕 즉위년(1308)에 감찰규정(監察糾正)에 올라 충선왕이 숙창원비와 밀통함을 극간하다가 사직, 은퇴하였다. 충숙왕이 그의 충의를 가상히 여겨 누차 불렀으나 듣지 않고 학문과 후학 양성에 전심하였는데, 때마침 송나라에서 갓 들어온 정자학(程子學)을 해득하여 후학들에게 가르쳤다. 이것이 우리나라 이학(理學)의 시초다. 뒤에 성균재주가 되었다가 치사(致仕)했다. 경사(經史)와 역학(易學)·복서(卜筮)에도 능통한 역학자(易學者)로 『고려사(高麗史)』 열전에도 기록되어 있고, '역동 선생'으로 불렸다. 시호는 문희(文僖)다.

春山(춘산)에 눈 노긴 ㅂ람 거듯 불고 간 듸 업다

잠간 비러다가 불리고쟈 마리 우희

귀 밋틱 힉 무근 서리를 노겨 볼가 ㅎ노라

-우 탁(禹 倬)

> 봄 산에 눈을 말끔히 녹이는 봄바람이 건듯 불더니 (겨울 내내 쌓여 있던 눈을 녹이고는) 간 곳이 없구나/ (그 봄바람을) 잠깐만 빌려다가 이 늙어 하얗게 된 머리 위에 불려 보고 싶어라/ 그렇게 하여 귀 밑에 희어진 머리카락을 눈 녹이듯 녹여 볼까 한다[귀밑 흰머리를 없애 버리고 싶어라]

- 춘산(春山) : '봄 산(山)'으로, 여기서는 봄이 오면 젊음을 되찾는 산 또는 젊음을 말한다.
- 거듯 : 건듯. 문득. 잠깐.
- 불리고쟈 : 불리고자. 불게 해 보고 싶어라. '-고자, 고쟈'는 감탄형어미다.
- 마리 : 머리. 마리 > 머리(모음교체).
- 힉 무근 : 오래 된. 여러 해 묵은.
- 서리 : 서리처럼 희어진 머리카락, 즉 센머리를 말한다.

쌓인 눈을 녹이는 봄바람을 잠깐 빌려다가 자신의 성성한 백발을 녹여보고자 하는 의욕을 표명한 작품으로, 앞에 소개한 작가의 <흰 손에 가싴를 쥐고>와 같은 의미를 담고 있다.

화자는 먼저 산에 쌓인 눈만 녹이고 '간 데 없'이 사라져버린 봄바람을 야속해한다(1행). 산에 눈을 녹이고는 흔적도 없이 자취를 감춰버렸기 때문이다. 그렇기 때문에 산에 하얗게 쌓인 눈을 다 녹이고 나면 잠깐 빌려다 자신의 머리 위에 불려 자신의 흰 머리를 녹여보려고 벼르고 있었던 화자는 탄식할 수밖에.

겨우내 눈으로 뒤덮였던 산은 봄이 오면 하얀 색을 지우기 시작한다. 해빙기(解氷期. 따뜻해진 날씨로 눈이 녹는 것이다. 그러나 화자가 보기에는 봄볕

보다는 봄바람이 눈을 녹이는 것만 같다. 볕은 겨울에도 얼마간 있었지만 눈을 녹이지는 못했다. 그러던 것이 봄바람이 불기 시작하자 녹아내렸으니 눈을 녹인 장본인은 바로 봄바람이 되는 것이다. 그런 봄바람을 부러워하지 않을 수가 없다. 특히 겨울 산처럼 머리를 허옇게 백발로 도배한 노인네라면 더욱 그럴 것이다. 봄바람에 하루가 다르게 젊음을 되찾아가는 산이 부럽고, 산을 회춘(回春)시키는 바람을 빌려다가 자신도 회춘하고 싶다는 욕망은 자연스러운 것이다. 해서 화자는 봄바람을 잠시 빌려다가 자신의 흰 머리를 녹여 검은 머리로 만들어 싶어 한다.

그러나 화자는 잘 알고 있다. 봄바람이 산에 쌓인 눈을 녹일 수 있을는지라도 자신의 흰머리를 녹여줄 수는 없다는 점을. 아무리 봄바람을 빌어다 자신의 머리 위에 불려본들 자신은 회춘할 수 없음을. 그래서 탄식(歎息)하는 것이다. 그러나 그 탄식은 단순한 탄식이 아니다. 도저히 실현될 수 없는 일인 줄 알면서도 봄바람을 빌어다가 자신의 백발을 녹여보겠다고 얘기하는 것은 탄식을 넘어선 여유와 관조(觀照, 조용한 마음으로 대상의 본질을 바라봄)를 보여주기 때문이다. 뻔히 안 될 줄 알면서도 한 번쯤 시도해보고 싶어함은 이미 그것을 받아들인다는 말이 된다. 그러기에 화자의 이런 얘기는 회춘하고 싶다는 말이라기보다 회춘할 수 없음을 안타까워하며 그것을 담담히 받아들이는 것이다.

'백발'이 눈과 서리로 비유되고, '늙음을 극복하려는 시적 자아의 의지'가 봄바람으로 비유되어 표현의 미를 살리고 있다. 이런 표현의 미는 색채 이미지를 통해 나타나고 있다. 춘산은 연두색 이미지로 눈이 녹고 새순이 돋아나는 청춘을, 눈이나 서리는 흰색 이미지로 백발을 연상시켜 늙음을 상징한다.

늙음을 한탄한 탄로(嘆老)의 시조이지만, 탄로(嘆老) 속에서도 인생을 달관한 여유가 한결 돋보인다.

• 우 탁(禹 倬) : p.149 참조.

사룸이 늘근 후의 거우리 怨讐(원수) l 로다

무음이 져머시니 녜 얼굴만 녀겼더니

셴 머리 띵건 양즈 보니 다 주거만 흐야라

—신계영(辛啓榮)

> 사람이 늙은 후에는 거울이 원수로구나/ 마음은 옛날과 같이 젊어 있어서 얼굴도 옛날의 얼굴처럼 (젊어 있으리라) 여겼더니/ (이제 와서 거울을 보니) 하얗게 센머리에 (쭈글쭈글) 찌그러진 얼굴을 보니 다 죽을 것만 같구나[금방이라도 죽을 사람처럼 늙어 버렸구나]

- 녜 : 옛, 옛날.
- 띵건 양즈 : 찡그린 얼굴. 짜부러진 얼굴.
- 주거만 흐야라 : 죽을 것만 같구나.

늙은 후에 거울을 보며, 늙어버린 자신을 슬퍼한 소품이다.

첫 행은 거울을 통해 늙음을 확인하고, 늙음을 확인시킨 거울을 원수라고 얘기하고 있다. 거울이 없었다면 자신이 늙었다는 사실을 모를 것인데 거울 때문에 늙은 자신을 확인하게 되었다는 것이다. 그러나 거울이 없다면 자신의 늙음을 감출 수 있을까? 그렇지는 않다. 나이를 먹는다는 것은 자신이 가장 잘 안다. 하루가 다르게 떨어지는 체력, 시력, 정열 등을 통해 나이듦을 확인한다.

마음만은 청춘이라 젊었을 때 즐겼던 놀이나 운동을 조금 과격하게 하고선 곧 후회한다. 체력이 따라주지 않을 뿐 아니라 한 며칠 앓기도 한다. 그 뿐인가. 눈도 하루가 다르게 달라진다. 흐릿해지는가 싶으면 곧 침침해진다. 정열마저 떨어진다. 그리고 피부 탄력도 점점 잃어간다. 얼굴을 쓰다듬다 불쑥 탄력을 잃어버린 자신의 얼굴에서 서러움을 맛보기도 한다. 거울이 아니더라도 자신의 늙음을 확인할 수가 있다.

그러나 그런 사실을 숨기고 싶어한다. 늙었음을 알면서도 늙지 않은 척, 자신은 젊은 날의 체력과 패기, 열정을 가지고 있음을 과시하고 싶어한다. 그런데 거울이 그 모든 것을 속속들이 드러내 버린다. 남이야 자신을 늙은 사람 취급하더라도 자기 자신만은 늙지 않았다고 우기고 싶은데 거울은 자꾸만 그 사실을 드러내는 것이다. 그러니 원수일 수밖에.

거울은 단순히 드러냄의 기능을 뛰어넘어, 숨기고 싶은 치부나 감추고 싶은 비밀을 드러내는 역할을 하고 있다. 2행에서도 말하듯이 '모음이 져머시니 네 얼굴만 녀겻더니' '셴 머리'와 '씽건 양즈' 즉, 늙어버린 자신의 모습을 선명하게 드러내기 때문에 거울을 원망할 수밖에 없는 것이다. 거울을 원망할 것이 아니라, 늙음을 인정하고 받아들이는 것이 바람직한 삶의 자세가 아닐까.

●**신계영**(辛啓榮) : 1577(선조 10)~1669(현종 10). 조선 중기 때의 문신. 자는 영길 (英吉), 호는 선석(仙石).

사마시에 합격하여 생원이 되었으나 벼슬에 뜻이 없어 예산으로 낙향하였고, 광해군의 난정에 혐오를 느껴 과거를 보지 않다가 1619년(광해군 11) 알성문과에 병과로 급제하였다.

1624년(인조 2) 통신사 정립의 종사관이 되어 일본에 건너가 도쿠가와의 사립을 축하하고 이듬해 귀국하였다. 이때 임진왜란 때 포로가 되어 잡혀간 조선인 146명을 데리고 왔다. 또한 1634년 동부승지가 되었고, 1637년에는 병자호란 때 포로로 잡혀간 사람들을 대가를 지불하고 귀환시키는 속환사가 되어 심양에 다녀왔는데, 이때 속환인 600여인을 데리고 왔다.

볼모로 잡혀간 소현세자(昭顯世子)를 맞으러 부빈객(副賓客)으로 심양에 갔었고, 사은사(謝恩使)의 부사로 청나라에 다녀왔다. 시호는 정헌(靖憲)이다. 저서로는 시문집 『선석유고(仙石遺稿)』가 있으며 가사(歌辭) 작품 <월선헌 십육경가(月先軒十六景歌)>를 남겼다.

半(반) 나마 늘거시니 다시 졈든 못ᄒ여도
이 後(후)ㅣ나 늙지 말고 미양 이만 ᄒ엿고쟈
白髮(백발)아 네나 짐쟉ᄒ여 더듸 늙게 ᄒ여라

— 이명한(李明漢)

> 반 넘게 늙었으니 다시 젊어질 수는 없지마는/ 이제부터라도 더 늙지 말고 언제나
> 지금 정도로만 있었으면 좋겠구나/ 백발아, 네가 잘 요량해서 천천히 늙게 하여다오
> 〔지금 정도에서 멈추게 하여다오〕

- 나마 : 넘어. 넘게.
- 미양 : 늘, 언제나. 매양은 원래 한자어 매상(每常)이 변해서 우리말이 된 단어다.
  민샹(每常) > 미샹 > 미양 > 매양.
- ᄒ엿고쟈 : 하여 있고자. 하여 있고 싶구나.
- 녜나 : 너나. 너만이라도.

말년에 접어드는 나이에 어느덧 늙어버린 자신을 돌아보며, 이제 더 늙지
않았으면 하는 바람을 표현한 작품으로, 박인로(朴仁老)의 작품이라 밝힌 책도
있다.

어느 날 문득 자신을 돌아본 화자는 노년의 나이에 접어든 자신을 발견하
고 깜짝 놀란다. '벌써 내 나이가 이렇게 됐나?'하고 새삼스레 자신의 나이를
되새겨본다. 훌쩍 지나버린 세월이 아쉬우면서도 안타깝고 그에 못지않게 앞
으로 다가올 시간에 대한 두려움이 엄습한다. 늙었다는 사실은 이제 삶이 얼
마 남지 않았다는 것을 말하기 때문이다. 죽음에 대한 두려움이 실체가 되어
다가온다. 우리가 늙음을 서러워하고 두려워하는 것은 단순히 늙음 그 자체에
있는 것이 아니라, 죽음이 가까이 왔기 때문이다. 그러나 지나간 시간으로 되
돌아갈 수 없음을 잘 알기에(1행), 화자는 지금의 나이에서 시간이 멈춰주기를
바라게 된다(2행). 하여 '白髮(백발)아 네나 짐쟉ᄒ여 더듸 늙게 ᄒ여라(백발아
네가 잘 요량해서 천천히 늙게 하여 다오)'라고 기원한다. 이 말은 발화 형식

상으로는 명령처럼 보이지만 간절한 기원의 뜻을 담고 있는 것이다.

지금까지 먹은 나이야 어쩔 수 없는 일이라지만, 앞으로 더 늙지 말았으면 하는 바람은 모든 늙신네가 공통적으로 가지고 있는 것이다. 그러나 시간이란 멈출 수 없는 것이다. 모든 존재가 시간이 멈춰서기를 바라지만, 시간은 멈춰설 수가 없다. 그런 사실을 뻔히 알면서도 시간이 멈춰주기를 바라는 인간의 마음. 그런 바람을 아무런 꾸밈없이 담담하게 읊은 것이 이 시조의 장점이고, 친근감을 느끼게 하는 점이다.

인생은 육십부터다 칠십부터다 하며, 새로운 의욕을 보이는 늙신네라 해도 늙음에 대한 자각, 이윽고 다가올 죽음에 대한 불안감에서 자유로울 수는 없다. 그러기에 늙어갈수록 안정감을 잃곤 한다. 그러나 이런 감정들에 얽매인다면 결국 남은 삶마저 깨지기 쉽다. 그러기에 이 작품의 화자처럼 담담히 받아들이고, 지금부터라도 의미있는 삶을 살겠다는 긍정적인 마음을 갖는 게 보다 필요하지 않을까 한다.

늙음을 두려워하지 않고 늙음을 담담히 받아들이는 완숙한 경지를 보이는 작품이다.

●**이명한**(李明漢) : 1595(선조 28)~1645(인조 23). 조선 중기의 대표적인 시인이자 문신. 자는 천장(天章), 호는 백주(白洲).

15세 때인 1610년 사마시에 합격하여 벼슬에 나가, 이조 및 옥당의 주요 관직을 거쳐 병조참의, 우승지, 형조참의, 좌승지, 대사간, 대사성, 부제학 등을 역임하였다. 병자호란이 일어나자 이경여·신익성 등과 함께 척화파로 지목되어 1643년부터 1년간 심양에 잡혀가 억류되었다가 이듬해 세자이사(世子貳師)가 되어 볼모로 잡혀간 소현세자와 함께 돌아왔다. 또한 1645년에 명나라와 밀통하였다는 자문(咨文, 같은 계급의 관청 사이에 오가는 공문)을 썼다하여 다시 청나라에 잡혀갔다가 풀려나와 예조판서가 되었다.

아버지 정구(廷龜), 아들 일상(一相)과 더불어 3대가 대제학을 지낸 것으로 유명하다. 병자호란 때 심양까지 잡혀갔던 의분을 노래한 시조 6수와, 저서로 『백주집(白洲集)』 20권이 있다. 시호는 문정(文靖)이다.

터럭은 희엿셔도 마음은 푸르럿다

곳은 날을 보고 態(태)업시 반기건을

閣氏(각시)네 므슨 타스로 눈흙임은 엇쩨요

─ 김수장(金壽長)

머리털은 이제 허옇게 세었어도 마음만은 아직도 푸르러 있다(몸은 늙었어도 마음만은 청춘이다)/ 꽃은 나를 보고 예전이나 다름없이 반기건만/ 젊은 여자들만은 무슨 까닭으로 눈흘김은 어쩐 일인가(눈흘김을 하는가)

- 터럭 : 사람이나 짐승의 몸에 난 털. 그러나 여기서는 머리털의 뜻으로 쓰였다.
- 태(態)업시 : 뽐내는 빛을 보이지 않고, 아주 자연스럽게.
- 각시(閣氏)네 : 어린 계집, 젊은 여자를 말함. '-네'는 복수를 나타내는 접미사. 보통 '각시'는 '아내'의 뜻으로 쓰이나 여기서는 '젊은 여자'의 뜻으로 쓰였음을 주의해야 한다.
- 눈흙임 : 눈을 흘겨봄. 백안시(白眼視)함.
- 엇쩨요 : 어쩐 일이오. 웬일이오.

　자연의 미인(美人)인 꽃은 예나 다름없이 반기는데, 인간의 꽃인 젊은 여자들은 늙은 화자를 흘겨보는 행위를 통해 늙는 것에 대한 서러움, 인간의 편견, 심안(心眼) 없음을 한탄한 작품.

　첫 행에서 화자는 자신의 젊음을 강조한다. '터럭'은 비록 희었지만 마음만은 아직 푸르다고 힘주어 말한다. 늙음과 젊음은 마음에 의해 결정되는 것이지 몸에 의해 결정되는 것이 아니라고. 그러기에 자신은 아직도 팔팔하고 건장하다고. 그런 자신을 알고 있는 꽃들은 예나 다름없이 자신을 반긴다고 말한다(2행). 자연의 미인(美人)인 꽃은 심안(心眼)을 가지고 있기에 자신을 반긴다고. 그런데 젊은 여자들은 자신을 늙었다고 모른 체하거나 눈을 흘긴다고 말한다(3행). 속은 볼 줄 모르고 겉만 보고 판단한다고. 이는 겉만 보고 판단하는 인간의 편견 때문이라고 화자는 말한다. 모든 것은 현상적으로 판단하는 속성은 젊고 늙음을 판단하는 데도 그대로 영향을 미쳐, 속을 보려하지 않는다고. 인간의 눈과 자연의 눈을 대비시켜 인간의 눈을 비판한다.

사실 늙음이 서러울 때는 자신의 체력이나 시력, 정열이 떨어졌음을 스스로 느낄 때이기도 하지만, 다른 사람들이 자신을 늙은이 취급했을 때가 더욱 그렇다. 젊었을 때 생각해서 어떤 모임이나 장소에 갔다가 모두 안 올 사람 왔다는 듯 이상스러운 눈으로 자신을 볼 때 서러움을 느낀다. 더욱이 늙었다는 이유로 무시하거나 따돌림을 놓을 때 서러움은 더욱 짙어진다. 여자들 특히 젊은 여자들은 그 정도가 심하다. 드러내놓고 무시하거나 경멸한다. 자신은 영원히 늙지 않을 사람처럼. 늙은이는 마치 태어날 때부터 늙은 사람으로 태어나기라도 한 듯. 그래서 그런 눈과 편견, 인식을 가진 여자들에 대한 반감은 깊어져간다.

이 작품은 젊은 여자들에게 무시당하는 자신의 늙음을 한탄하는 노래이기도 하지만, 또 한편으로는 모든 것을 현상적으로 판단하는 인간의 편견과 선입견에 대한 비판이기도 하다. 본질을 보지도 않고, 보지 못하고 물질적, 현상적인 것에 매달린 인간. 그러기에 심안(心眼)을 가지라고 말하고 있다.

동일한 대상[늙은 화자]을 바라보는 전혀 다른 두 눈[꽃과 젊은 여자]을 통해 인간의 편견을 고발하고 있는 표현 방법이 돋보이는 작품이다.

• **김수장**(金壽長) : p.133 참조.

青春(청춘)은 언제 가며 白髮(백발)은 언제 온고
오고 ㄱ는 길을 아돗던들 막을 거슬
알고도 못 막는 길히니 그를 슬허 ㅎ노라

ㅡ계섬(桂蟾)

청춘은 언제 가며 백발은 언제 오는가/ 오고 가는 길을 알았더라면 막았을 것을/ 그러나 알고도 못 막는 길이니 그것을 슬퍼하노라

- 온고 : 오는가. 왔는가.
- 아돗던들 : 알았던들. (미리) 알았다면.

청춘은 쉽게 흘러가고 늙는 것은 빠르기만 한데, 그걸 알면서도 어쩔 수가 없어 인생의 무상함을 탄식할 수밖에 없다는 탄로(嘆老)의 노래다.

첫 행에서는 세월의 무상함을 말하고 있다. 어느 날 거울 앞에 앉아 단장을 하다 자신도 모르는 새에 허옇게 변한 귀밑머리라도 본 모양이다. 그래서 어느새 늙어버린 자신을 발견하고 한숨을 푹 내쉬며 말하고 있는 듯하다. 늘 청춘이라고 생각했었는데 어느덧 젊은 날은 가버리고 흰머리만 가득하다는 말은 세월이 빠름과 인생의 무상함을 얘기하고 있는 것.

둘째 행에서는 청춘이 가고 늙음이 오는 길을 알았더라면 막았을 것이라고 안타까워하고 있다. 청춘이 가는 길이나 늙음이 오는 길은 다른 길이 아니라 하나의 길이다. 시간이다. 그러기에 화자는 젊은 날, 그 길을 막아버렸다면 지금처럼 늙지 않고 늘 청춘을 유지할 수 있었지 않느냐고 후회하고 있는 것이다. 시간이 오고감을 구체적인 사물인 '길'로 표현하여 시간을 구체화한 기법은 앞에서도 자주 나타나는 표현기교다. 그런데 이 작품의 특징은 그 길을 알 수 없기 때문에 막을 수가 없다고 인정한 데 있다. 아무리 세월이 오가는 길을 찾아도 보이지가 않아 막지 못했다는 것은, 젊어서부터 이미 늙

음에 대한 생각을 해왔다는 것이다. 그런데도 찾을 수가 없어서 막을 수 없었고, 그 길을 막을 수 없었기 때문에 늙을 수밖에 없었다는 말이다.

그러나 그 길을 알았다고 해도 그 길은 막을 수가 없는 길이다. 화자도 그걸 인정하고 마지막 행에서 늙는 것을 막는 것은 불가항력(不可抗力)임을 토로한다. '알고도 못 막는 길'이기에 그것이 슬픈 것이다. 인간의 능력으로는 도저히 어쩔 수 없는 대자연의 법칙. 그것은 제행무상(諸行無常)이요, 물유성쇠(物有盛衰)다.

있어야 할 것과 없어야 할 것의 대비, 그것은 다름 아닌 청춘과 늙음이기에 화자는 상실감을 맛볼 수밖에 없고, 인간의 한계를 인정할 수밖에 없는 것이다. 늘어가는 흰머리를 뽑고 또 뽑으며, 눈가와 이마에 느는 주름살을 화장품으로 지우고 또 지우며 노력을 해 봤지만, 오는 늙음만은 막을 수 없다고 한숨짓는 화자의 마음이 안쓰럽다.

• **계섬**(桂蟾) : 신원이 알려지지 않은 작가. 정확한 기록이 남아 있지 않은 것으로 보아 여류(女流)로 추정된다. 『화원악보(花源樂譜)』, 『청구영언(靑丘永言)』, 『병와가곡집(瓶窩歌曲集)』, 『가곡원류(歌曲源流)』에 이 한 수의 시조가 전해진다.

梅花(매화) 녯 등걸에 봄졀이 도라오니
녯 퓌던 柯枝(가지)에 픠염즉도 ㅎ다마ᄂᆞᆫ
春雪(춘설)이 亂紛紛(난분분)ㅎ니 필동말동 ㅎ여라

― 매화(梅花)

> 매화가 피었던 해묵은 등걸에 새 봄이 돌아오니/ 옛날 (매화)꽃이 (아름답게) 피었던 가지에 다시금 (매화)꽃이 필 것도 같은데/ 봄눈이 하도 어지러이 흩날리니 피게 될지 어떨지를 알 수가 없구나

• 등걸 : 줄기를 잘라낸 나무의 밑둥.
• 봄졀 : 봄. 봄 시절.
• 춘설(春雪) : 봄에 내리는 눈.
• 난분분(亂紛紛) : 어지럽게 흩날리는 모습. 눈발이나 봄꽃이 휘날릴 때 주로 쓴다.

언뜻 보면 봄눈으로 인해 매화가 피지 못함을 안타까워하는 노래로 볼 수 있으나, 늙은 기녀(妓女)가 자신의 젊은 날을 돌아보며 늙어버린 자신의 신세를 한탄한 노래다.

먼저 작가의 이름인 매화(梅花)를 소재로 삼았다는데 주의해야 한다. 뒤에서 살펴볼 <솔이 솔이라 ᄒᆞ니>에서도 자신의 이름을 소재로 삼고 있는데, 이는 기녀들이 자신의 이름에 의미를 부여하고 자신의 의지나 신세를 드러내기 위해 흔히 사용했던 방법인 것 같다.

이 작품에서는 늙은 매화를 등장시켜 늙은 화자의 현재 상황을 드러내고 있다. 예나 지금이나 여자와 꽃은 예쁘게 꽃피었을 그 한때뿐이다. 특히 자신의 젊음을 팔고 사는 기녀(妓女)에게 있어서 젊음이란 전재산이다. 시든 꽃에 벌나비가 날아들지 않듯, 늙은 기녀(妓女)를 좋아할 사람은 없다. 그렇기 때문에 화자는 '매화(梅花) 녯 등걸'에 봄이 돌아오니 매화꽃이 다시 필 것 같다고 얘기한다. 어쩌면 화자는 지금 다시 피지 못하리라 여겼던 늙은 등걸에 핀

매화를 보고 있는지도 모른다. 이제 더 이상 꽃을 피우지 못하리라 여겨 밑 둥까지 잘라버린 그 매화나무 등걸에 가지가 돋고 꽃을 피우는 모습에서 신 비로운 힘을 봤는지 모른다. 그와 함께 늙은 매화와 처지가 같은 자신에게도 봄(젊음)이 돌아오기를 기원하고 있는지도 모른다(1·2행). 그러나 그 기원과 기대는 결코 이루어질 수 없다. 일월영측(日月盈仄)이 우주 자연의 섭리인 것 이다. 나무는 늙었어도 가지를 키우고 그 가지에 꽃을 다시 피울 수 있지만 인간은 그렇지 못한다. 그에 따라 매화와 처지가 비슷한 화자로서는 허무감 이 클 수밖에 없다. 모든 만물에 청춘을 찾아주는 새 봄이 자신에게만 돌아 오지 않는다는 생각. 그런 생각이 커지면 커질수록 인간으로 태어난 것이 서 러울 수밖에 없다(3행). 따라서 봄을 시샘하는 눈이 어지럽게 날려 매화가 필 런지 어쩔지 모르겠다는 마지막 행의 발화는 자신에게는 결코 젊음이 되돌아 오지 않을 것이란 체념이다.

늙음의 서러움과 허무함은 어느 누구에게나 있기 마련이지만, 젊어야만 남 자들을 끌 수 있는 기녀에게는 그게 더욱 클 수밖에 없다. 그러기에 늙음을 서러워하는 다른 시편들과는 그 감정의 폭이 다른 것이다.

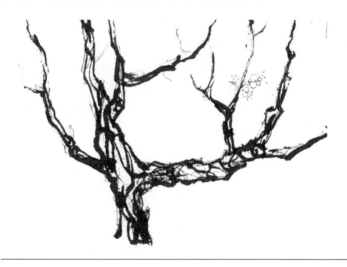

• **매화**(梅花) : 탄생과 사망이 정확하지 않은 조선시대 평양 기녀(妓女). 애절한 연 정을 읊은 시조 8수(그 중 2수는 불확실함)가 『청구영언(靑丘永言)』에 전한다.

金烏玉兎(금오옥토)들아 뉘 너를 쫏니관딕

九萬里(구만리) 長天(장천)에 허위허위 둔니는다

이 後(후)란 十里(십리)에 흔 번식 쉬엄쉬엄 니거라

─작자 미상

해와 달들아 누가 너희들을 좇아다니기에/ 아득히 멀고 먼 하늘을 그리도 바쁘게 다니느냐/ 다음부터는 십리에 한 번씩 쉬면서 쉬엄쉬엄 다니거라[그리 바삐 다니지 말고 천천히 쉬면서 다니거라. 세월아 천천히 흘러가거라]

- 금오옥토(金烏玉兎) : 금오(金烏)는 해의 다른 이름으로, 해 가운데에 세 발 까마귀[삼족오(三足烏)]가 있다는 전설에서 생긴 명칭. 옥토(玉兎)는 달의 다른 이름으로, 달 속에 옥토끼가 방아를 찧고 있다는 전설에서 생긴 명칭. 따라서 금오옥토(金烏玉兎)는 해와 달을 말한다.
- 쫏니관딕 : 쫏아 다니기에. 쫏(다)+니(다)+관딕(구속형어미)
- 구만리 장천(九萬里長天) : 구만리나 되는 아득히 멀고 먼 하늘. 즉 넓고 넓은 하늘을 표현한 말로, 9는 가장 많은 수를 표현할 때 흔히 쓰인다. 한 자리 수에서 가장 큰 수이기 때문이다.
- 허위허위 : 빨리빨리. 바쁘게.
- 이후란 : '이후부터는, 이제부터는'의 뜻을 가진 말로, 시조 마지막 행 첫머리에 자주 쓰인다. 따라서 감탄사의 변형이 아닐까 한다. 대표적으로 쓰인 감탄사 또는 부사는 '두어라, 아마도, 아무리, 아희야, 암아도, 엇더타, 어즈버, 오호라, 출하리, 흐믈며' 등이 있다.
- 니거라 : 가거라.

세월이 빠르고 덧없음을 절묘한 비유로 형상화한 작품으로, 해와 달에게 천천히 다니라고 부탁하는 형태로 빨리 흘러가는 세월을 한탄하고 있다.

먼저 이 시조가 가지고 있는 장점은 아무래도 비유와 가시화에 있을 것이다. 세월이 쉬지 않고 흘러가는 모습을, 해와 달이 누구에게 쫓겨 도망치는 사람의 모습으로 그려내고 있다. 쉬지 않고 흘러가는 세월의 모습은 뒤를 힐

끔힐끔 쳐다보면서 쫓겨가는 사람의 모습과도 닮아 있다고 보고 있다. 뿐만 아니라 '해와 달'을 전설 속의 이야기를 바탕으로 '까마귀와 토끼'로 표현한 것도 빠름을 나타내기 위해 일부러 동원된 것이 아닐까 한다. '까마귀'는 날 아다닌다는 점에서, '토끼'는 깡충깡충 뛰어다닌다는 면에서 빠른 이미지를 갖고 있다. 그런 점을 이용하여 '해와 달'을 '까마귀와 토끼'로 표현했으리라.

안 그래도 빠른 까마귀와 토끼가 멀고먼 하늘을 허위허위 다니고 있다. 급한 일도 없을 텐데 자꾸만 빨리 달리는 것이다. 사람은 나이에 따라 세월의 속도를 느낀다고 했던가. 20대는 시속 20km의 속도로, 50대는 50km로, 70대는 70km로 느낀다고 했다. 결국 나이가 많을수록 세월이 속도도 빨라진다고 느낀다는 것이다. 그러니 나이를 먹은 사람이라면 해와 달이 엄청 빠른 속도로 흘러감을 느끼지 않을 수 없다. 그렇다고 본다면 화자는 나이가 지긋한 장년이나 노년인 것 같다. 세월이 너무나도 빨리 흐름을 느끼고 있으니 말이다. 세월은 아쉬움과 기다림 사이에서 빨라지기도 하고 느려지기도 하는가 보다.

마지막 행에서 '十里(십리)에 흔 번씩'이라고 표현한 것 역시 가시화의 한 예라 할 수 있다. 해와 달은 멈추지 않고 일정한 속도로 이동한다. 시간이란 것은 멈출 수 없는 것이고 연속적인 것이다. 화자도 이런 속성을 뻔히 알면서 가다가 피곤하면 잠시 쉬고 가라고 하는 것은 해와 달을 의인화하고 있는 것이다. 세월이 인간의 말을 알아듣는 존재라면 자신의 간절한 바람을 들어줄 것이란 생각에서 이런 말을 하는 것이다. 또한 십리에 한 번씩 쉬라는 말도 의미를 갖고 있다. 사람이 한 시간에 걸을 수 있는 거리가 십리 약 4km 다. 그 거리가 바로 '한 참'인 것이다. 사람이 한 시간쯤 걸으면 쉬듯이 해와 달도 한 시간에 한 번쯤은 쉬면서 쉬엄쉬엄 가라는 것이다. 그렇게 된다면 구만리를 가는데 약 9천 시간 이상 소요되고 10분간만 쉰다고 해도 만 시간이 된다. 그렇다면 하루가 24시간이 아니라 만 시간이 돼서 400배 이상의 시간이 소요되기 때문에 하루가 1년 이상이 된다. 그렇게만 된다면 인간의 수명도 만 년 가까이 될 것이다. 이런 면이 이 작품이 가지는 장점이고 다른 시조들과 구분짓는 요인이 아닐까 한다.

내 나흘 플쳐내여 열다숫만 ᄒ얏고져
셴 털 검겨늬여 아희 양ᄌ 딩글고져
이 벼슬 다 들일만졍 都令(도령)님이 되고져

—작자 미상

> (지금까지 먹은) 내 나이를 풀어 헤쳐서 열다섯 살만 되게 하고 싶구나/ 허옇게 셴 머리를 다시 검게 하여 소년의 얼굴로 만들고 싶어라/ (이제껏 힘들여 쌓은 벼슬이지만) 그 벼슬을 다 주고서라도 도령님만 될 수 있다면 좋겠구나

- 나흘 : 나이를. 나희[年齡]+을
- 플쳐내여 : 풀어 헤쳐 내어.
- ᄒ얏고져 : 하고 싶구나. 하였으면 좋겠구나.
- 검겨늬여 : 검게 하여. 검게 만들어.
- 아희 양ᄌ : 어린 아이의 얼굴. 어린 아이의 모습.
- 도령(都令) : 총각을 높여 부르는 말. '都令(도령)'의 '都(도)'자는 '道(도)'자를 잘못 쓴 것이다. 都令(도령)은 도승지(都承旨)의 다른 명칭이다.

　다시 젊어질 수만 있다면 벼슬을 주고서라도 젊음을 얻고 싶다고, 젊어질 수만 있다면 모든 것을 다 주고서라도 젊음을 사겠다는 욕망을 표현한 노래다.

　화자는 먼저 자신의 나이를 다 풀어헤쳐서 버릴 것은 버려 버리고 열다섯로 되돌아가고 싶다고 말한다(1행). 화자의 현재 나이는 정확하지 않지만 '셴 털'이라고 말하는 것으로 보아 노인임을 알 수는 있다. 그 나이를 버리고 열다섯 살로 돌아가고 싶다는 것이다. 왜 하필 열다섯일까? 아무래도 꿈이 넘치고 사랑으로 설레던 나이이기 때문이 아닐까 한다. 이팔청춘. 미래에 대한 꿈과 희망이 넘치고 사랑의 열정에 설레며 세상을 마음껏 누리고 싶은 나이다. 요즘 말로 표현하자면 사춘기자 질풍노도기다. 화자는 그 나이 때가 가장 좋았다고 여기는 것 같다. 소년에서 성년으로 넘어가면서 세상에 대한 눈을

가지게 되고, 사랑에 가슴앓이를 시작하는 나이. 그러기에 인생의 황금기다.

둘째 행에서는 하얗게 센 머리털을 검게 만들어 어린 아이의 모습으로 만들고 싶다고 표현하고 있다. 늙은 자신을 손자쯤의 나이로 되돌리고 싶다는 것이다. 어쩌면 화자는 15살의 손자 녀석의 행동이나 모습을 보면서 그게 그리워 이런 이야기를 하는지도 모르겠다. '내가 저 나이만 같았으면……' 이런 생각은 나이든 사람이라면 누구나 품어봄직한 생각이다.

만약 생각대로만 된다면 자신의 모든 부와 명예와 벼슬을 다 주고서라도 바꾸겠다는 결의는 마지막 행에 표현된다. 단순히 젊은 날로 돌아가고 싶다는 게 아니라 자신의 모든 것을 다 주고서라도 젊음을 살 수 있다면 그렇게 하겠다는 것이다. 여기서 우리는 젊음이 얼마나 소중한 것인가를 알게 된다. 젊음을 살 수만 있다면 자신의 모든 것을 다 주고서라도 사겠다는 것은 그만큼 젊음이 소중한 것임을 일깨우는 것이다.

필자가 이 작품을 여기에 소개하는 이유도 여기에 있다. 요즘 학생들, 특히 고등학생들을 보다보면 젊음을 허비하고 있는 것 같아 마음이 아플 때가 많다. 시간의 소중함을 모르고 아무런 의미도 없이 젊은 날을 흘려버리면 나이 들어서 반드시 후회하게 되는데 그걸 모르는 것 같다. 하나의 우의(寓意)를 소개하면서 시간의 소중함을 말하고 싶다.

여러분의 통장에는 매일 2억 4천만 원이 입금됩니다. 그 돈은 쓰든 안 쓰든 하루가 지나면 없어져 버립니다. 그리고 다음날이면 새로 2억 4천만 원이 입금됩니다. 이렇게 여러분이 죽을 때까지 입금되고 소멸된다면 여러분들을 이 돈을 어떻게 하겠습니까? 물론 다 쓰고 싶겠지요. 왜냐하면 그 돈은 쓰든 안 쓰든 없어져 버리는 돈이기 때문이죠.

바로 그 돈이 여러분에게 주어지는 하루란 시간입니다. 누구에게나 공평하게 주어지는 하루 24시간이란 시간. 그 시간을 여러분들은 어떻게 쓰겠습니까? 돈보다 더 소중한 것이 시간이란 사실을 깨달아야 합니다.

너부나 널은 들희 흐르니 믈이로다

人生(인생)이 져러토다 어드러로 가는게오

아마도 도라올 길히 업스니 그를 슬허 ᄒᆞ노라

−작자 미상

> 넓으나 넓은 들에 흐르는 것이 물이로구나/ (우리의) 인생이 저러하도다. 저렇게
> 흐르고 흘러서 어디로 가는 것인가/ 아마도 (우리의 인생도 저 강물처럼 흘러서) 돌
> 아올 길이 없으니 그것을 슬퍼하노라

- 흐르니 : 흐르는 것이. 흐르(다)+ㄴ(관형사형 전성어미)+이(의존명사).
- 가는게오 : 가는 것인가.
- 업스니 : 없으니.

들을 가로질러 흐르는 물을 보면서 가면 돌아오지 못하는 우리네의 인생을 슬퍼하는 작품.

먼저 화자는 넓고 넓은 들을 흘러가는 강물을 말한다. 끝없이 흐르는 강물은 끝이 없을 것 같다. 그러나 강물도 끝이 있고, 한 번 가면 다시 돌아올 수 없는 것이다. 그러기에 둘째 행에서 강물과 인생을 동일시한다. 어디로 가는지 모르겠다는 것이다. 물론 강은 바다로, 사람은 죽음을 향해간다. 그리고 그 생을 다하는 것이다.

그러기에 돌아올 길이 전혀 없는 인생길은 서러움의 길이요, 슬픔의 길이다. 가면 다시 오지 못하는 것이 인생이 아니던가. 그렇다면 우리는 내게 주어진 삶을 어떻게 살아야 할 것인가. 현재 나에게 주어진 삶에 충실할 수밖에 없다. 그것이 살아있는 자의 의무요, 보람이요, 세상에 태어난 보답이다. <흐르는 강물처럼>이란 영화를 보는 듯하다. 인생은 되돌아오지 않기 때문에 더욱 값진 것인지도 모른다. 안병욱 교수의 명언이 떠오른다.

"오늘은 나의 최초의 날이요, 최후의 날이다."

늙기 서른 거시 白髮(백발)만 너겨쩌니

귀먹고 니 쎗지니 白髮(백발)은 余事(여사)] 로다

그밧긔 半夜佳人(반야가인)도 쓴외 본 듯ᄒ여라

－작자 미상

> 늙기 서러운 것이 백발(白髮)인 줄인 줄만 여겼더니(알았더니)/ 귀 먹고 이빨 빠지니 백발은 딴 일이구나[아무것도 아니구나]/ 그밖에 밤중의 아름다운 여인[밤에 만나는 젊은 여자]도 쓰디쓴 오이를 본 듯하구나[아무런 욕망도 생기지 않고 피하게 되는구나]

- 서른 거시 : 서러운 것이.
- 쎗지니 : 빠지니. '쨋지니'의 오기인 듯하다.
- 여사(余事)] 로다 : 여사(余事)는 '너의 일'이란 뜻이므로 '딴 일이구나'로 해석할 수 있다. 그러나 '여사(餘事)'의 오기라면 '대수롭지 않은 일 또는 아무 것도 아닌 일'로 해석해야 한다.
- 반야가인(半夜佳人) : 밤에 대하는 아름다운 여인.
- 쓴외 : 맛이 쓴 오이. 여기서는 아무짝에도 쓸모가 없는 존재를 뜻한다.

늙음에 따라 변해가는 모습을 점층적으로 표현한 작품으로, 쓴웃음이 나올 정도로 재치있게 그린 서민의 의식이 돋보인다.

처음 늙음을 느끼는 것은 아무래도 귀밑부터 희끗희끗해지는 세치일 것이다. 그 세치를 보며 호들갑스럽게 늙음을 한탄하곤 한다(1행). 그러나 귀가 멀게 되고 이마저 빠지기 시작하면서 진짜 늙어가니 백발은 아무 일도 아니란 것이다(2행). 백발을 보고 서러워할 때는 아직 젊음이 남아있을 때였다는 것이다.

그러나 세상 사내들이 그 얼굴만 보고도 사족을 못 쓰는 미인을 밤중에 호젓이 만났는데도 쓰디쓴 오이를 본 듯 피하게 되자 진짜 늙었음을 알 수 있겠더란 말이다(3행). 외설을 뛰어넘는 사실성에 바탕을 둔 재치가 돋보인다.

아히 제 늘그니 보고 白髮(백발)을 비웃더니

그 더디 아히들이 날 우슬 줄 어이 알리

아히야 하 웃지 마라 나도 웃던 아히로다

－작자 미상

아이 때 노인들을 보고 백발을 비웃었는데/ 어느덧 그 사이에 아이들이 날 보며 비웃을 줄을 어떻게 알았으리/ 아이들아 많이 웃지 말아라. 나도 얼마 전까지만 해도 백발을 비웃던 아이로다[나도 그 사이에 이렇게 늙었듯이 너희들도 곧 늙게 되느니라. 늙는 것은 잠시 잠깐 사이더라]

* 늘그니 : 노인, 나이드신 분. 늙(다)+ㄴ(관형사형 전성어미)+이(의존명사) > 늙은이. 그런데 이 말을 제주에서는 '늙신네'라 한다. '늙으신 분들(늙+시+ㄴ+(분)네)'이란 뜻이다. '늙근이'하면 노인분들을 낮추어 부르는 듯하기 때문에 '늙신네'란 용어를 사용하는 게 어떨까 싶다.
* 더디 : 그 사이에. 더디=덧+의(부사격조사)
* 하 : 많이. '하다'의 어근형 부사.

어린 시절과 청춘 시절을 돌아보고, 늙는 것은 잠깐이니 비웃지 말라고 충고한 작품으로 신계영(辛啓榮)의 작품이라고 밝히는 책들도 있으나 정확하지 않다. 사람이 늙는다는 것은 잠깐 사이이다. 특히나 늙신네가 돌아볼 때 젊음이나 청춘이란 한 순간이니 젊음을 과신하지 말고, 늙음을 비웃지 말라는 것이다.

첫 행은 어린 시절, 노인네들을 비웃던 자신을 되돌아보고 있다. 화자는 어린 시절에 노인네들을 늙었다고 얕보거나 놀렸었다. 그러나 늙음이란 잠시 잠깐. 자신도 모르는 사이에 늙어버린 자신을 다른 어린 아이들이 놀리고 있음을 얘기한다(2행). 3행에서는 그런 아이들에게 충고를 하고 있다. 자신도 얼마 전까지만 해도 늙은이들을 놀리던 아이였다고 말하고 있는 것이다. 어린 시절의 기억과 현재의 입장을 대비시켜 인생을 통찰하는 멋을 보여준다.

8. 삶의 멋과 맛

인간이 존재하는 한 시대와 장소를 불문하고 삶 또한 존재한다.

그러나 삶의 모습은 시대와 장소, 의식, 문화에 따라 다르게 나타난다.

현재 우리의 삶의 모습과 시조가 창작된 고려 말이나 조선조의 삶의 모습 또한 다를 수밖에 없다.

그러나 그때나 지금이나 변하지 않는 것이 있다.

삶 속에서 느끼는 정서와 감정 등이 바로 그것이다.

이 장에서는 우리 선조들의 삶의 모습과 삶 속에서 느끼는

다양한 정서, 감정, 그리고 표현들을 살펴보고자 한다.

쉽게 공감할 수 없는 내용들도 있겠지만 절로 고개가 끄덕여지는 내용들도 있을 것이다.

공감할 수 있건 없건 우리 조상들의 삶과 정서·감정들을 느껴보기 바란다.

또한 공감할 수 없는 내용들을 이해하면서 가슴에 새겨보자.

梨花(이화)에 月白(월백)ᄒ고 銀漢(은한)이 三更(삼경)인 제
一枝春心(일지 춘심)을 子規(자규)ㅣ야 아라마ᄂ
多情(다정)도 病(병)이냥ᄒ여 좀 못드러 ᄒ노라

—이조년(李兆年)

하얀 배꽃에 비취는 달빛은 밝기만 하고 은하수를 바라보니 자정이 가까웠는데/ (배나무) 한 가지에 어린 봄뜻〔봄날의 정서〕을 소쩍새가 알 리가 있겠는가마는/ 정이 많음〔남보다 예민한 감수성〕도 병인 듯하여 (도저히) 잠을 이룰 수가 없구나

- 월백(月白) : 달이 희게 보임. 달빛이 희게 느껴짐.
- 은한(銀漢) : 은하수. 은하(銀河), 천한(天漢), 천하(天河), 천손(天孫) 등으로도 불림. 순우리말로는 '미리내〔용천(龍川)〕'라 한다.
- 삼경(三更) : 자정 때. 한밤중.
  밤을 오등분하여 초경(初更, 저녁 7시~9시), 이경(二更, 밤 9시~11시), 삼경(三更, 밤 11시~1시), 사경(四更, 밤 1시~3시), 오경(五更, 새벽 3시~5시)으로 나누는데, 삼경은 가장 깊은 밤인 '한밤중'을 말한다.
- 일지춘심(一枝春心) : 한 가지에 어린 봄뜻. 나뭇가지를 의인화하여 봄날 밤에 느낄 수 있는 애상적 정서를 표현하였다.
- 자규(子規) : 두견새. 소쩍새.
- 다정(多情) : 정이 많음. 다정다감한 성품. 그러나 여기서는 '남보다 예민한 감수성'을 말한다.

봄밤에 느끼는 애상적 정서를 시각적인 심상과 청각적인 심상을 활용하여 형상화한 작품으로, 자연을 소재로 한 시조 가운데 가장 훌륭한 성공을 보여주는 걸작으로 친다.

화자는 먼저 시각적인 심상을 이용하여 몽환적인 분위기를 그려낸다. 휘영청 밝은 달과 달빛을 받아 더욱 희게 느껴지는 배꽃. 더욱이 시간은 자정 무렵이어서 밤은 깊을 대로 깊어, 세상은 쥐 죽은 듯 고요하기만 하다(1행). 이효석의 <메밀꽃 필 무렵>에 나오는 달빛과 흰 메밀밭이 어우러져 '소금을

뿌려놓은 듯 흐뭇하다'란 대목과 흡사하다. 이런 밤에 감수성이 예민한 화자는 밤잠을 못 이루고 뜰에 나섰다. 세상은 잠들어 있어 고요하기만 한데, 어디선가 소쩍새가 구슬피 운다. 서늘한 공기 속에 감겨오는 그 소리는 처량하기만 하다(2행). 소쩍새의 전설을 떠올리지 않는다 해도, 잃은 것 없이 허전하고 가슴이 아려온다.

결국 화자는 소쩍새와 자신을 동일시한다. 모든 새들이 잠만 잘 자는데 소쩍새 혼자 잠을 못 이루고 한(恨)을 표출하고 있다면, 자신은 예민한 감수성으로 봄밤에 혼자 잠 못 이루고 있다는 것이다(3행).

순수와 애상을 표상하는 흰색의 이화(梨花)·월백(月白)·은한(銀漢)을 고독과 한(恨)의 표상인 자규(子規)의 울음소리와 연결하여 표현미를 살렸고, 봄밤의 정서를 사실적으로 표현하였다. 그래서 자연을 소재로 담은 시조가 표현의식이나 가치개념의 특유성 없이 보편적인 윤리와 자연의 경물에 자아를 몰입시키는 한계에서 벗어나지 못하고 있음에 반해, 이 작품은 현대 감각에 시적 긴장을 주는 자의식(自意識)의 갈등(葛藤)을 잘 표현하고 있다고 평가할 수 있다.

● **이조년**(李兆年) : 1269(원종 10)~1343(충혜왕 복위 4). 고려 후기 때의 문신. 자는 원로(元老), 호는 매운당(梅雲堂)·백화헌(百花軒).

늦은 나이인 26세 되던 1294년(충렬왕 20) 향공진사(鄕貢進士)로 문과에 급제하여 예빈내급사, 지합주사, 비서랑 등을 지냈다. 1306년 비서승으로 충렬왕을 호종하여 원나라에 다녀왔고, 충선왕의 세력이 커지자 유배되기도 했다. 그 뒤 귀양에서 풀려나와 13년간 고향에서 은거하면서 한 번도 자신의 무죄를 호소하지 않았다.

1330년 충혜왕이 즉위하자 장령이 되었고, 충숙왕이 심왕당의 끊임없는 모략으로 왕위를 심왕에게 선양하려 함의 부당성을 여러 번 간하였으나 받아들이지 않음으로 이듬해에 사직하였다. 1342년(충혜왕 복위3) 성근익찬경절공신에 녹권(錄券, 공신록에 오름)되고 벽상에 도형(圖形)되었다. 역임한 관직에서 많은 명성과 공적이 있었다. 시호는 문열(文烈)이다.

대쵸 볼 불근 골에 밤은 어이 뜻드르며

벼 빈 그르헤 게는 어이 느리는고

술 닉쟈 체쟝수 도라가니 아니 먹고 어이리

—황 희(黃 喜)

> 가을이라 대추도 잘 익어서 볼이 붉은 골짜기에 밤이 어찌 익어 뚝뚝 떨어지며/ 벼를 베낸 그루터기에 (안주감으로는 최고인) 게까지 어찌 나와 기어다니는가/ (햅쌀로 빚은) 술이 익었는데 마침 체장수가 와서 (체를 팔고) 돌아가니, (새 체로 술을 걸러서) 먹지 않고서 어찌하겠는가

- 대쵸 볼 : 대추의 붉은 볼. 붉게 익은 통통한 대추를 의인화했다.
- 골에 : 골짜기에.
- 뜻드리며 : 떨어지며.
- 그루헤 : 그루에. 그루터기에. 그루ㅎ+에(처소부사격조사).
- 느리는고 : 나와 기어다니는가. 논에서 벼를 베고 난 후, 빈 논에 안주감으로는 최고인 게가 기어 다님을 말한다.
- 어이리 : '어이하리'의 준말로 어떡하겠는가. 마땅히 새 체에 술을 걸러 마시겠다는 뜻이다.

늦가을 풍요로운 농촌의 정취와 풍류를 노래한 작품으로 자연에 묻혀 사는 처사(處士)의 풍류가 잘 드러나 있다.

1·2행에서는 늦가을 농촌의 풍경을 구체적으로 묘사한다. 빨갛게 익은 대추며, 탐스럽게 익어서 떨어지는 알밤, 벼를 거둬들인 논에 기어다니는 게. 이 모든 것이 가을 농촌의 풍요로운 모습들이다. 산에 들에 익어가는 과일들, 추수를 끝낸 직후라 양식도 넉넉하고 그에 따라 마음마저도 넉넉해지고, 그런 때 추수를 끝낸 논에 안주감으론 그만인 게가 엉금엉금 기어다닌다. 그 게를 보자 슬며시 술 생각이 난다. 논에 기어다니는 게를 잡아다가 술을 마셨으면 싶다. 그래서 햅쌀로 빚은 술을 마악 꺼내는데, 체장수가 딱 시간에

맞게 체를 팔러 온 것이다. 금상첨화(錦上添花)요, 장수 나자 용마(龍馬) 난 격이다. 하여 이것저것 따질 것 없이 체를 사서 술을 걸러 마시는 것(3행). 화자의 마음과 자연의 멋과 맛, 체장수의 출현 등이 안성맞춤으로 맞아 돌아가는 조화로운 경지다.

'대추, 밤, 게, 술' 등의 시어 나열을 통해 농촌의 풍요로움을 집중적으로 표현하고 있으며, 시상 전개가 자연스럽고도 멋들어지다. 경쾌한 리듬에 맞춰 전개되는 장면들은 자연에 묻혀 사는 흥취가 흠씬 풍긴다.

시각('대쵸 볼 불근')과 시·청각이('뜻드르며'), 후각('술 닉쟈') 등의 감각적이 표현도 걸출하며, 관념적인 자연이 아닌 현실적이며 구체적인 자연의 모습을 순우리말을 사용하여 그리고 있는 것도 이 작품의 특징이라 할 만하다.

● 황　희(黃　喜) : 1363(공민왕 12)~1452(문종 2). 조선 초기 때의 문신. 초명은 수로(壽老). 자는 구부(懼夫), 호는 방촌(厖村).

1376년(우왕 2) 음보(蔭補: 조상의 덕으로 벼슬을 얻음)로 복안궁 녹사가 되었고, 1383년 사마시, 1385년 진사시, 1389년에는 문과에 각각 급제하고, 1390년(공양왕 2) 성균관학록이 되었다.

1392년 고려가 망하자 두문동에 은거하였는데, 1394년(태조 3) 조정의 요청과 두문동 동료들의 천거로 성균관학관으로 제수되면서 태조·정종·세종의 역대에 벼슬하여 대사헌, 판서, 참판, 1426년(세종 8년) 우의정 겸 병조판서, 1427년(세종 9년) 좌의정, 세자사(世子師)를 지냈고, 1432년 궤장(几杖), 궤장연(几杖宴) 때, 임금이 하사하던 궤(几)와 지팡이)을 받았고, 87세 때인 1449년 영의정을 지내고 치사했다.

성품이 너그럽고 어질며 침착하고 사리가 깊었으며, 청렴하고 충효가 지극하였다. 또한 만년에도 독서를 게을리 하지 않았고, 세종 말기에 세종의 숭불과 연관, 군신 간의 마찰을 중화시키는 등 왕을 보좌하여 세종 성세를 이룩하는 데 기여하였다. 조선왕조를 통하여 가장 명망 있는 재상으로 칭송되고 있고, 저서로는 『방촌집(厖村集)』이 있으며, 시호는 익성(翼成)이다.

江湖(강호)에 봄이 드니 이 몸이 일이 하다
나는 그믈 깁고 아히는 밧츨 가니
뒷 뫼헤 엄기는 藥(약)을 언제 키랴 ᄒᆞ느니

—황 희(黃 喜)

강호 전원에 봄이 돌아오니 이 몸이[내가] 해야 할 일이 많다/ 나는 (겨우내 방치해둬서 헌) 그물을 깁고, 아이는 밭을 갈아야 하니[봄농사 준비를 해야 하니]]/ 뒷산에 움이 돋아서 커가는 약초는 언제 캐야 할 것인가[이것저것 할 일이 많아서 무엇부터 손을 대야 할지 모르겠다]

- 하다 : 많다[多].
- 밧츨 : 밭을. 혼철(混綴)의 모습을 보이고 있다.
- 뫼헤 : 산에. '뫼'는 '산(山)'의 순우리말. 뫼ᇰ+에(처소부사격조사)
- 엄기는 : 움이 자라는. 움이 돋아서 커가는. '엄'은 '움'의 고어. '엄기다'를 형용사로 보아 '엉기다'로 해석하는 학자도 있지만, 봄이란 상황을 고려할 때 엉긴다는 말을 적절하지 않은 것 같다. 따라서 '엄+길다'로 보아 '싹이 자라고 길다'로 해석하는 게 좋을 듯하다.
- 키랴 : 캐려고.

봄날의 바쁨을 과장스럽게 표현하고 있는 작품으로, 익살스러우면서도 한편으론 모든 것을 미리미리 준비해두지 안 된다는 교훈을 담고 있기도 하다.

먼저, 화자는 봄을 단순히 즐기기 위한 대상으로 보지 않는다. 봄은 새로운 계절이요, 준비의 계절이니 준비해두고 챙길 일이 여기저기에 널려있다고 말한다. 그런 사고는 '일이 하다'란 표현에서 드러난다. 그 어느 때보다 낮이 길어 모든 일을 천천히 처리해도 되겠지만, 화자는 겨우내 할 수 없었던 일이 한꺼번에 쏟아져 일이 갑자기 많아졌다고 말한다. 다소 엄살기가 있는 표현이긴 하지만, 다음 행을 본다면 화자의 이런 발화는 결코 거짓이 아님을 알게 된다.

화자 자신은, 이제부터 사용해야 할 어구(漁具)들을 손본다. '그믈'이라고 표현했지만, 그물뿐만 아니라 낚싯대며 망태기며 각종 어구들이라고 보는 게 좋을 것이다. 미리 고기잡이할 도구들을 챙기고 손봐두어야 낚시할 수 있기 때문이다. 그런데 겨우내 묵혀둔 어구(漁具)들이 성할 리 없다. 하나하나 손을 보자니 하루해가 짧기만 하다. 해서 혼자서 밭까지 갈 수 없으니 아이를 시켜 밭을 갈게 한다. 아마 아이에게 명령조로 밭을 갈라고 했기보다는 꼬였을 가능성이 높다. "내가 어구들을 손보는 동안, 너는 밭을 좀 갈아줄래? 그래놓고 우리 같이 낚시하자!" 정도로 꼬였음직하다. 미리 준비해 두지 않거나 때를 놓쳐서는 안 될 일들이기에 동시다발적으로 처리하고 있다.

그렇게 급한 대로 일을 처리했다고 마음을 놓는 뒷산을 바라보는 순간, 아차차 싶다. 뒷산에 심어둔 약초들이 생각난 것이다. 이제 봄이 무르익어 움이 돋고 자라고 있을텐데 그걸 캐야 하는 것이다. 약초도 제때 캐지 않으면 심어놓고도 버려야 하는 게 아닌가. 모든 것은 제철과 제때가 있는 것이기에. 해서 화자는 봄날의 여유를 즐길 틈이 하나도 없다고 말하고 있다.

전원에서의 봄이란 여유롭게 답청(踏靑)과 상춘(賞春)으로 시간을 보내고, 술과 벗하여 낮잠이나 즐기면서 한가롭게 겨우내 만끽하지 못했던 즐거움을 찾을 시간인데 그 즐거움을 누릴 겨를이 없다. 한가하게 전원의 봄을 즐기고 싶은 화자에겐 이만저만 성가신 게 아니다. 해서 화자는 자연에서의 봄도 한가한 것만은 아니요, 미리미리 준비해야 할 일들로 산적해 있다고 말하고 있다. 아무리 자연 속에 묻혀 사는 은일(隱逸)의 삶이라 할지라도 제때를 놓쳐서는 안 될 일들이기에 생활이란 늘 바쁘기만 하다고 단정하는 것이다.

밭갈이와 약초 캐기를 언급함으로써 자연 속에서의 삶이지만 생활인으로서 살 수밖에 없음을 말하면서도, 낚시 준비를 제일 먼저 하는 것을 보니 엄살을 부리고 있음을 알 수 있다. 아이가 갈 수 있을 정도의 농사를 짓고, 약초를 재배하여 건강을 유지하고 자연과 함께 살아가고자 하는 화자의 마음이 보이기 때문이다. 자연 속에서의 삶을 만끽하는 화자의 넉넉한 마음이 보이는 듯하다.

●황 희(黃 喜) : p.173 참조.

삿갓세 되롱이 닙고 細雨中(세우중)에 호믜 메고
山田(산전)을 훗믹다가 綠陰(녹음)에 누어시니
牧童(목동)이 牛羊(우양)을 모라 줌든 날을 찍와다

— 김굉필(金宏弼)

(빗속에서라도 일을 하리라 마음을 먹고) 삿갓 쓰고 도롱이까지 입고[완전무장을 한 채로] 가랑비가 촉촉이 내리는 속을 호미를 메고 (길을 재촉해서 가서는)/ 산중에 있는 밭을 바삐 매다가 (잠시 쉬느라고) 나무 그늘에 누워 있자니/ 목동이 소와 염소를 몰고 가면서 잠든 나를 깨우는구나[목동의 소몰이 소리에 잠을 깨고 말았구나]

- 되롱이 : 도롱이. 즉, 짚이나 띠 따위로 엮어 어깨에 걸쳐 두르던 재래식 우비의 하나. 사의(蓑衣) 또는 녹사의(綠蓑衣)라고도 한다.
- 세우중(細雨中)에 : 가랑비가 내리는 속에서. 세우(細雨)는 가랑비를 말한다. 15세기에는 'ᄀᄂ비, ᄀᄅ비'라 했다.
- 산전(山田) : 산에 있는 밭.
- 훗믹다가 : 흩어 매다가. 호미질하다가.
- 찍와다 : 깨우도다. 깨우는구나. '-와다'는 감탄형종결어미 '-과다'에서 'ㄱ'이 탈락한 형태다.

구조나 표현기법이 특이한 시조로 주의를 요하는 작품이다.

먼저 구조가 다른 시조와는 다르다. 시조의 일반적인 형태인 '발단―전개―결말'의 구조를 갖추지 않고, 전―후반부로 나눠 한 인물의 대비적인 행동을 묘사하고 있다. 1행과 2행 중반까지는 농사일을 하는 전형적인 농민의 삶을 표현한데 비해, 2행 후반과 3행은 전원적인 삶의 모습을 보여주고 있다.

전반부는 농사일에 바쁜 농민의 모습을 그려내고 있다. 빗속에서도 농사일을 해야 한다고 생각하고 삿갓을 쓰고, 도롱이를 입고, 호미까지 들려 메고 밭[山田]에 나가서 열심히 김을 매고 있는 모습을 그려내고 있다. 베잠방이를 걷어 올리고 가랑비에 흠씬 젖으면서도 김매기를 하는 전형적인 농민의 모습이다. 때를 놓쳐서는 안 되는 농사일이고 보면 가랑비가 내린다고 손을 놓을 수 없기 때문에 비에 젖으면서도 일을 하는 게 농민의 삶의 아닌가. 그런데 후반부는 전반부와는 전혀 다른 모습을 그려낸다. 나무 그늘에 누워 잠자는 모습이나, 곤히 잠든 화자를 목동의 소몰이 소리가 깨우는 모습은 농민적인 삶이라기보다 자연을 즐기는 유한계급의 모습이라 할 수 있기 때문이다.

왜 화자는 이런 이중적인 모습을 그려내고 있을까? 조선조 선비의 이중성 때문이 아닐까 한다. 정계(政界)에서는 철저하게 유교적이다가도 자연에서는 도교적, 노장적 사상을 드러내는 조선조 선비. 두 사상을 동시에 품고 있다가 상황에 맞게 자연스럽게 드러내는 조선조 선비들의 모습을 이해한다면 이 작품의 이중성도 이해할 수 있을 것 같다. 비가 오는 중에도 밭에 김을 매야 한다는 생각으로 밭에 나가 일을 하다가, 날이 개고 비 온 후의 모습에 심취한 화자는 자기도 모르는 새에 자연 속에서 자연을 즐기며 유유히 살고 싶다는 욕구가 생겼을 것이다. 그래서 그늘에 누워 잠을 자고 있는데 목동이 소 모는 소리가 깨웠다고 표현했을 것이다. 사실적으로는 잠이 든 게 아니라 그늘에 팔베개를 하고 누워 목동의 노랫소리를 듣고 있었는지도 모른다. 이런 자연 속의 상황을 이중적으로 그리지 않았나 싶다.

또한 이 시조는 영화의 한 시퀀스를 보는 듯 시각적이다. 화자의 마음을 드러내기보다 시각적인 영상을 통해 화자의 삶과 마음을 드러낸다는 점에서도 유다른 면을 가지고 있다 하겠다.

• **김굉필**(金宏弼) : 1454(단종 2)~1504(연산군 10). 자는 대유(大猷), 호는 한훤당(寒喧堂).

　김종직(金宗直)의 문인으로 성리학을 배우고 나이 삼십이 넘도록 학구에 전념했으며 효성 또한 지극했다. 1497년(연산군 3) 참봉(參奉)에 천거되고, 형조좌랑에 이르렀으나 무오사화(戊午士禍)에 연좌되어 사사(賜死, 사약을 받고 죽음)당했다. 그의 문하에서 조광조(趙光祖)·김안국(金安國) 등 대선비가 배출되었다. 시호는 문경(文敬)이다.

오려 고개 속고 열무우 술졋는듸

낙시에 고기 물고 게는 어이 누리는고

아마도 農家(농가)에 물근 맛시 이 죠흔가 ᄒ노라

—이현보(李賢輔)

> (일찍 익는) 올벼가 고개를 숙이고〔다 익었고〕 열무는 알맞게 커서 통통하게 여물었는데/ (낚싯줄을 드리기 무섭게) 고기가 잘 물 뿐 아니라 살이 오른 참게들은 이제 물을 따라 내려가는구나/ 아마도 농촌에 사는 맑은 맛이 이래서 좋은가 하노라〔힘들지만 농촌에서 사는 것은 바로 이런 넉넉함 때문이다〕

- 오려 : 올벼. 조생종 벼를 말한다.
- 속고 : 숙이고.
- 열무우 : 열무. 즉, 어린 무를 말함. 김치를 담그면 그 맛이 일품이다.
- 술졋는듸 : 살졌는데. 알맞게 커서 통통하게 여문 상태를 말한다.

　앞에서 살펴본 황희의 <대쵸 볼 불근 골에>와 아주 유사한 작품이다. 가을날의 풍요로움과 넉넉한 마음을 표현한 시조다.

　먼저, 화자의 눈길은 황금빛 논에 머문다. 올벼가 익기 시작했으니 이제 곧 추수할 수 있을 것이다. 추수는 농민들의 땀의 결실을 거둔다는 면에서, 양식이 넉넉해질 것이라는 점에서 풍요 그 자체다. 비록 가난한 속에서도 마음껏 포식할 수 있고, 넉넉한 인정을 나눌 수 있는 때다. 그러기에 벼가 익어 거둬들일 때가 되었다는 것은 풍요와 넉넉함의 상징이다. 그와 때를 맞춰 김치를 담그면 그 맛이 일품인 열무가 통통하게 살이 올랐다. 흰 쌀밥에 열무김치를 얹고 밥 먹을 생각을 하니 벌써 배가 부르는 듯하다.

　가을의 풍요는 들판에만 있는 게 아니다. 강가에도 풍요롭기는 마찬가지다. 낚싯대를 던지자마자 바로 달려드는 고기들을 낚는 손맛도 손맛이지만, 그 고기들을 장만해서 밥반찬이며, 매운탕감으로 쓸 생각을 하니 신이 날 수밖에. 거기다 살이 오를 대로 오른 참게들이 논에서 강으로 내려가기 시작해서 가는 곳마다 참게들이 눈에 띈다. 그 참게들을 잡아다 간장을 담구면 아싹하고도 맛깔스런 간장게장이 될 것이다. 이렇듯 1행과 2행에서는 가을 농촌의 풍요로움을 그려내고 있다. 흰 쌀밥에 열무김치, 고기반찬에 매운탕, 거기다 맛깔스런 간장게장까지 곁들여 푸짐하게 먹을 수 있는 계절이 바로 가을이라고.

그래서 화자는 비록 힘들고 고생스러운 농촌 생활이지만 이런 맛에 농촌에 산다고 하고 있다(3행). 도시에서는 감히 생각할 수 없는 넉넉함과 풍요로움, 그리고 맛깔스런 음식이며 반찬들은 농촌에 사는 사람만이 누릴 수 있는 것들이기에 농촌에 산다고 말하고 있다. 요즘으로 친다면 웰빙 음식을 먹을 수 있는 게 농촌뿐이라 농촌에 산다는 말이다. 예나 지금이나 농촌의 풍요로움은 추수를 전후한 가을에 맛볼 수 있고, 그에 따라 넉넉한 인심도 그때쯤 형성되는 것 같다. 그러나 농사를 지어봤자 본전도 안 되고, 이농현상으로 텅 비어버린 농촌을 생각할 때 가슴이 아프다.

• **이현보**(李賢輔) : p.97 참조.

柴扉(시비)에 개 줏난다 이 山村(산촌)에 그 뉘 오리
댓닙 푸른대 봄ㅅ새 울 소리로다
아해야 날 推尋(추심) 오나든 採薇(채미) 가다 해여라

－강 익(姜 翼)

> 사립문가에서 개가 짓는다. 이 산골짜기에 그 누가 오겠는가[나를 찾아올 사람이
> 전혀 없을 것이다]/ 대나무 잎사귀가 푸르렀으니, 아마도 봄새 우는 소리에 개가 놀
> 랐나 보다/ 아이야, (나가보아서) 누가 날 찾아왔거든 산나물 캐러 산에 들어갔다고
> 전하거라[그렇게 둘러대서 쫓아버려라]

- 시비(柴扉) : 사립문. 나뭇가지를 엮어 만든 문.
- 푸른대 : 푸른 데. 푸른 곳에.
- 울 소리 : 우는 소리.
- 추심(推尋) : 원래의 뜻은 '챙겨서 찾아 가지거나 받아냄'의 뜻이나 여기서는 '사람
  이 찾아옴'을 말한다.
- 채미(採薇) : 고사리를 캔다는 말이나 여기서는 산나물을 캠을 말한다.

속세와 등지고 살아가는 은일지사(隱逸之士)의 모습을 잘 그려낸 작품으로,
어려서 일찍 등제(登第)하였으나 벼슬길에 오르지 않고 평생 자연과 벗삼아
독서와 저술에 힘쓴 작가의 인생관이 나타나있다.
사건의 발단은 사립문가에서 개가 짓는 것이다. 인적이 없는 산골에 개가
짓는 것은 예삿일이 아니다. 개가 알지 못하는 낯선 사람이 찾아왔다는 것이
다. 방에 앉아 책을 읽고 있었거나 글을 쓰던 화자는 그 소리에 신경이 쓰인
다. 그래서 화자는 누가 자신을 찾아왔다고 생각한다. 그러나 한편으로 생각
해보면 화자를 찾아올 사람이 없다. 세상과 등진 이후 한 번도 사람이 찾아
온 적이 없는데 이제 와서 새삼스레 자신을 찾아올 사람이 있을 리 없는 것
이다. 그래서 '이 山村(산촌)에 그 뉘 오리'라고 단정한다. 자신의 경험을 바
탕으로 추론한 것이다.

그렇다면 왜 개가 짖었을까? 알 수 없는 일이다. 그러다가 얼핏 새 때문일지도 모른다고 생각한다. 지금쯤이면 푸른 대나무 잎사귀에 산새들이 모일 때니 그 모습이나 소리에 개가 짖는 모양이라고 생각한다(2행).

생각은 그렇게 하면서도 혹시 누가 찾아오면 어쩌지 하는 갈등이 생긴다. 세상과 등진 화자를 찾아온다는 것은 좋은 일이라기보다 화자를 갈등하게 하는 일일 수 있다. 그래서 화자는 마음을 다잡아먹고 아이에게 말한다.

"만약, 누가 날 찾아왔거들랑 산속에 산나물 캐러 들어갔다고 둘러대서 돌아가라고 해라. 기다리겠다고 하걸랑 기다려봤자 만나지 못할 것이라고……."

속세와는 인연을 끊고 자연에 묻혀 초연히 자신의 길을 묵묵히 가는 지조 높은 선비의 모습을 보는 듯하다. 김상용의 시 <남으로 창을 내겠소>와 함께 읽어보면 좋을 작품이다.

> 남(南)으로 창(窓)을 내겠소
> 밭이 한참갈이
> 괭이로 파고
> 호미론 풀을 매지요
>
> 구름이 꼬인다 갈 리 있소
> 새 노래는 공으로 들으랴오
> 강냉이가 익걸랑
> 함께 와 자셔도 좋소
>
> 왜 사냐건
> 웃지요.

● 강 익(姜 翼) : 1523(중종 18)~1567(명종 22). 조선 중기의 학자. 자는 중보(仲輔), 호는 개암(介菴) 또는 송암(松菴).

조식(曺植)의 문하에서 수학했으며 진사가 된 뒤, 벼슬에 뜻을 두지 아니하고 오직 학문에만 열중했다. 1552년 남계서원(藍溪書院)을 건립하여 정여창을 제향하였는데, 우리나라에서는 소수서원 다음으로 세워진 것이다. 후학을 지도함에 있어 극기와 신독(愼獨)을 권장하여 말보다는 실천위주의 학문을 하도록 했다. 저서로는『계암집(介菴集)』등 2권이 있다.

믈 아래 그림재 디니 ᄃ리 우희 듕이 간다

뎌 듕아 게 잇거라 너 가는 디 무러보자

막대로 흰구롬 ᄀᆞ르치고 도라 아니 보고 가노매라

— 정　철(鄭　澈)

> 다리 밑의 물에 그림자가 지기에 (다리 위를 쳐다보았더니) 다리 위에 한 스님이 지나간다/ "스님, 잠깐 걸음을 멈추시오. 어디로 가는 길이오?"하고 물었더니/ (스님은 아무 말도 없이) 석장을 들어 흰 구름을 가리키고는 뒤돌아보지도 않고 가버리는구나

- 믈 아래 : '물 아래' 란 뜻으로, 뒤에 나오는 'ᄃ리 우희'와 대구를 이루기 위해 '아래'란 단어를 썼다. 따라서 '물 속에' 또는 '물 위에'라고 해석하는 게 좋겠다.
- 그림재 : 그림자가. 그림자에 주격조사 'ㅣ'가 결합한 것이다.
- 게 : 거기.
- 막대로 : 막대기로. 지팡이로. 스님이 짚고 다니는 긴 지팡이를 말한다. 석장(錫杖)이라고도 한다.
- ᄀᆞ르치고 : 가리키고.

　인생이란 뜬 구름과 같아서 정처를 알 수 없다는 깨달음을 간단한 에피소드 하나로 보여주는 작품으로, 무언의 선문답을 보는 듯하다.

　먼저 상황은 스님이 다리를 건너 어디론가 가는 모습에 초점이 맞춰진다. 그것도 다리 위를 지나가는 스님을 직접 본 것이 아니라 수면 위에 비친 그림자를 통해서 누가 지나가고 있음을 안다. 누군가 싶어 다리 위를 바라봤더니 스님이 그름처럼 바람처럼 아무 꺼릴 것 없이 지나가고 있는 게 아닌가.

　그래서 화자가 급히 묻는다.

　"스님, 잠깐만요. 지금 어디로 가고 계시오?"

　자신이 가는 곳을 궁금해 하는 화자를 보고는 스님은 조금도 주저함이 없이, 지팡이를 들어 흰 구름을 가리키고는 제 갈 길을 가버린다.

아주 간단하고도 평범한 에피소드 하나로 '인생이란 무엇이며, 어디에서 왔다가 어디로 가는가'란 의문에 대한 답을 제시하고 있다. 그 답은 바로 '인생이란 구름처럼 흘러가는 것. 어디서 왔다가 어디로 가는지 알 수가 없다'는 것이다.

어쩌면 여기에 등장하는 스님 자체가 인생이란 무엇인가를 알기 위해 만행(萬行)을 하는 구도자인지도 모른다. 그런 구도자에게 어디로 가는지를 묻는다는 것은 의미 없는 일이다. 그 스님 자체가 어디로 가는지를 모르고, 어디로 가려고 하는지 자신도 알 수 없기 때문이다.

부처님의 길을 바로 깨달은 원효대사가 스스로를 비승비속(非僧非俗)이라 일컬으면서 자유롭게 살았음을 생각할 때 이 시에 등장하는 스님은 어쩌면 원효대사일지도 모른다. 어쩌면 아무런 막힘 없이 바람처럼 구름처럼 자연과 벗삼아 떠돌다간 김삿갓(김병연)일지도 모른다. 아니, 진여(眞如)를 찾아 하버드대학을 중퇴하고 고행과 수행을 자처했던 현각 스님일지도 모른다. 그물에 걸리지 않는 바람처럼, 정형을 갖추고 있지 않는 구름처럼 깨달음을 얻기 위해 만행(萬行)을 하는 스님의 모습을 통해 인생이란 그 답을 알 수 없는 것이란 깨달음을 얻게 한다.

●정 철(鄭 澈) : p.77 참조.

재 너머 셩궐롱 집의 술 닉단 말 어제 듯고
누은 쇼 발로 박차 언치 노하 지즐 틋고
아히야 네 궐롱 겨시냐 뎡좌슈 왓다 ㅎ여라

－정　철(鄭　澈)

　고개 너머에 있는 친구 셩권농 집에 (지난 번에 담근) 술이 익었다는 말을 어제 들고/ (하도 기분이 좋아서) 외양간에 누워 있는 소를 발로 걷어차 일으켜 세우고, 안장 밑에 까는 털헝겊인 언치를 놓고 지긋이 눌러타고 (황소걸음으로 세상구경하면서 셩권농 집에 당도해서는)/ (목청껏 큰소리로 허세를 부리며) 아이야, 네 권농 계시느냐 정좌수가 왔다고 전하여라

- 셩권농(成勸農) : 성(成)씨 성을 가진 권농(勸農). '권농(勸農)'이란 조선조 때, 지방의 방(坊)·면(面)에 속하여 농사를 장려하던 직책 또는 그 사람으로, 여기서는 성혼(成渾)을 가리킨다.
- 언치 : 말이나 소 안장이나 길마 밑에 까는 털헝겊. 여기서는 소 등에 얹어 놓고 타는 깔개를 말한다.
- 지즐 : 지긋이 누름. 김소월의 <진달래꽃>에 나오는 '즈려'와 비슷한 의미를 가진 단어다.
- 뎡좌슈 : 정좌수(鄭座首) 곧, 정철 자기 자신을 말함. 좌수(座首)는 조선 때, 지방의 자치 기구인 향청(鄕廳)의 우두머리를 말한다.

술과 벗을 좋아하는 화자의 풍류와 멋스러움이 토속적인 농촌의 정취와 조화를 이루고 있는 작품이다.
　사건의 발단은 술과 벗을 좋아하는 화자(정

좌수)가 고개 넘어 친구 성권농 집에 술이 익었다는 소식을 듣는 데서부터 시작된다. 다른 일이라면 모른 체하련만 술과 벗을 좋아하는 화자는 가만히 있을 수가 없다. 어떻게든 친구와 만나서 술 한 잔 나누지 않고는 견딜 수가 없다. 해서 하룻밤을 혼자 고민했을 것이다. 언제, 어떻게 성권농을 찾아갈 것인가? 갈 때는 무얼 선물로 들고 갈 것인가? 그러다 결론을 내렸다. 당장 내일 밝자마자 소를 타고 찾아가겠다는 것이다.

아침이 되자 너무나 기쁜 나머지 외양간에 누워 게으름을 피우는 소를 발로 걷어차서 일으켜 세우고, 아무런 장구도 없이 안장 밑에 까는 털헝겁인 언치를 놓은 다음, 소잔등에 비스듬히 빗겨 앉아 성권농을 찾아가고 있다. 어쩌면 입에는 풀피리라도 물었을지도 모른다. 좌수가 아니라 완전히 시골 목동의 분위기를 내고 있다.

조선조에 좌수(座首)가 소를 타고 가겠다는 발상 자체가 현실적으로 맞지 않는 일일지도 모른다. 그러나 화자는 소를 타고 황소걸음으로 가겠다고 결정한다. 가면서 주변 자연도 즐기고, 사람들의 삶도 돌아보고, 사람들과 어울려 이야기도 나누겠다는 것이다. 익살과 해학이 넘치는 장면이다.

그리고는 성권농 집 문 앞에 당도하자마자 큰소리로 외치고 있다.

"아이야, 성권농 어른 계시냐? 술 익었다는 말 듣고 술친구 정좌수가 왔다고 전하여라."

버선발로 뛰어나와 화자를 맞이해 들어가서는 주인과 손님이 서로 흉허물 없이 잔을 권하며 회포를 푸는 모습이 눈에 선하다.

완전 목동의 모습으로 성권농 집을 찾아가겠다는 표현에서 토속적인 정취가 물씬 풍긴다. 또한 떠날 준비를 하는 2행에서 시간과 공간을 생략한 채 바로 성권농 집 대문에 도착한 3행으로 묘사함으로써, 템포를 빨리 하여 생동감을 살리면서 경쾌한 분위기를 자아내고 있다. 우리말을 맛깔스럽게 구사한 점도 이 시의 장점이라 할 것이다.

• 정 철(鄭 澈) : p.77 참조.

혼 盞(잔) 먹새그려 쏘 혼 盞(잔) 먹새그려

곳 것고 算(산)노코 無盡無盡(무궁무진) 먹새그려 이 몸 주
근 後(후)면 지게 우희 거적 더퍼 주리혀 미여 가나 流蘇(유
소) 寶帳(보장)의 萬人(만인)이 우러녜나 어욱새 속새 덥가나무
白楊(백양)수페 가기곳 가면 누른 히 흰 둘 ㄱㄴ비 굴근 눈
쇼쇼리 브람 블제 뉘 혼 盞(잔) 먹쟈 홀고

흐믈며 무덤 우희 진나비 프람 불 제 뉘우츤들 엇디리

—정 철(鄭 澈)

> (술) 한 잔 먹읍시다 또 한 잔 먹읍시다/ 꽃나무 가지를 꺾어 술잔을 세면서 한없이
> 먹읍시다. 이 몸 죽은 후에는 지게 위에 거적 덮어 꽁꽁 졸라매어 (무덤으로 지고) 가
> 나, 화려한 장식의 상여에 많은 사람들이 울면서 따라가거나, 억새·속새·떡갈나무·백
> 양나무 우거진 숲에 가서 묻히고 나면 누른 해·흰 달·가랑비·함박눈·쓸쓸히 회오리
> 바람 불 때 누가 (술) 한 잔 하자고 할까[그 어떤 누구도 하지 않을 것이다]/ 하물며
> 무덤 위에서 원숭이가 휘파람 불며 슬피 울 때면 지난날을 뉘우쳐도 무슨 소용이 있겠는
> 가[그러니 지금 마음껏 마시며 삶을 즐깁시다]

- 산(散) 노코 : 꽃잎으로 술잔 수를 세면서.
- 무진무진(無盡無盡) : 한없이. 끝없이. 무궁무진(無窮無盡)하게.
- 거적 : 짚 따위를 허술하게 짜거나 엮어서 깔개나 덮개 등으로 쓰기 위해 만든 물건.
- 주리혀 : 주리어. 졸라매어.
- 유소보장(流蘇寶帳) : 아름답고 화려하게 꾸민 상여. '유소(流蘇)'는 기(旗)나 상여(喪
  輿)를 꾸미기 위해 다는 오색실을 말하고, '보장(寶帳)'은 상여를 두르는 화려한 휘
  장(장막)을 말한다.
- 우러녜나 : 울면서 (따라)가나.
- 덥가나무 : 떡갈나무.
- 백양(白楊) : 은백양. 즉, 사시나무를 말한다.
- 가기곳 가면 : (일단) 가기만 가면. '-곳'은 강세조사로 '-만'과 같은 의미.
- 누른 히 : 누런 해[日]. 묘지에서 바라보는 기분 나쁜 뿌연 해를 말한다.

- 쇼쇼리 ᄇ람 : 음산하게 몸속을 파고드는 바람 또는 회오리바람.
- 뉘우촌돌 : 뉘우친들. 뉘우친다한들.

우리나라 최초의 사설시조로 알려진 장진주사(將進酒辭)란 작품으로, 권주가(勸酒歌)다. 내용적인 면에서는 이백(李白)과 이하(李賀)의 권주가, 두보(杜甫)의 시와 비슷한 점도 있으나, 순우리말로 자연스럽고도 교묘하게 읊고 있어 그런 느낌을 전혀 주지 않는다는 점에서 천의무봉(天衣無縫)이라 하겠다.

화자는 먼저 술 한 잔 하자고 술을 권하고 있다. 한 잔 먹자고, 또 한 잔 먹자고. 그것도 그냥 술만 마실 게 아니라 운치 있게 꽃을 꺾어 셈을 세면서 술을 마시자고 제안하고 있다. 그래놓고 죽은 후의 상황을 이야기하면서 인생의 덧없음을 늘어놓는다. 그 말은 곧, 살아있을 때 인생을 즐기자는 말이다.

사람이 죽은 후에 거적을 덮고 지게에 짊어지고 가나, 아름다운 꽃장식을 한 유소보장 호화로운 상여에 만인이 울면서 따라가나 죽고 나면 마찬가지 아니냐. 더욱이 외로움과 쓸쓸함을 자극하는 누런 해와 흰 달 뜨고, 가는 비, 굵은 눈 내리거나, 쓸쓸한 바람 불 때 죽은 우리에게 술 한 잔 권할 사람이 어디 있겠느냐. 그러니 지금 살아 있을 때 인생을 즐겨보자. 하물며 우리 누워있는 무덤 위에 원숭이가 휘파람을 불면서 인생의 허무함을 노래할 때 뉘우쳐본들 무슨 소용이 있겠는가.

어찌보면 퇴폐적인 작품이라 할 수도 있다. 인생이란 여기서 말하듯 허무한 것만은 아니기 때문이다. 또한 한 번뿐인 인생을 술로 허비하는 것도 인생무상을 아는 사람이 취할 자세는 아니다. 그러나 술잔을 세기 위한 꽃나무와 상여의 꽃장식의 연결한 것이나, 살아있는 날과 죽은 후의 상황을 대비시켜 삶의 의미를 찾으려함은 이 시가 갖는 장점이다. 또한 사람이 죽고 난 후의 무덤 묘사는 영상미의 극치라 하겠다.

● 정 철(鄭 澈) : p.77 참조.

집方席(방석) 내지 마라 落葉(낙엽)엔들 못 안즈랴

솔불 혀지 마라 어제 진 둘 도다온다

아히야 薄酒山菜(박주산채)ㄹ만졍 업다 말고 내여라

—한　호(韓　濩)

> 짚방석을 (일부러) 내놓을 필요 없다. (여기저기 수북이 쌓인 게 낙엽인데) 그 낙엽 위엔들 못 앉으랴(오히려 그것이 더 운치있고 멋있지 않느냐)/ 공연스레 관솔불을 일부러 켤 필요가 없다. 어제 진 달이 (지금 막 동녘 하늘에) 떠오르고 있지 않느냐/ 얘야, 갓 익은 막걸리에 산나물 안주라도 (나는 달게 먹을테니) 괘념치 말고 내 오거라

- 집방석(짚席) : 짚으로 만든 방석(바닥에 앉을 때 밑에 까는 작은 깔개).
- 솔불 : 관솔(송진이 많이 엉긴 소나무 가지나 옹이)로 피운 불
- 혀지 : 켜지. 기본형 '혀다'의 고어형은 '혀다'다. 'ㅎㅎ'은 후에 'ㅆ'과 'ㅋ'으로 변한다.
- 박주산채(薄酒山菜) : ① 맛이 변변하지 못한 술과 산나물. ② 남에게 대접하는 술과 안주의 겸칭. 여기서는 ①의 의미로 쓰였다.

　인공적인 모든 것과 세속 잡사(世俗雜事)에 얽매이지 않는 자연(산촌) 속에서의 풍류가 멋들어진 작품으로, 자연과의 조화로운 삶을 지향하는 화자의 여유와 안빈낙도(安貧樂道)의 자세가 돋보이는 작품이다.

　먼저 화자는 인공적인 것을 거부하고 있다. 번잡스럽게 짚방석을 내오지 말라는 것이나, 일부러 어둠을 밝히기 위해 관솔불을 켜지 말라고 하는 말에서 알 수 있다. 짚방석의 원재료가 짚이고, 관솔불의 원재료 또한 소나무라 하더라도 그것은 인간의 손이 닿은 인공적인 것이기에 거부하고 있다. 자연에서는 자연에 걸맞게 살아야 한다는 자세가 반영된 발화라 하겠다. 그런 인공적인 것이 없어도, 자연이 내어준 방석인 낙엽이 있고 자연 관솔불인 달이 이제 막 돋아나고 있지 않느냐는 것이다. 따라서 짚방석과 낙엽, 솔불과 달은 서로 대응되는 것이라 하겠다. 인공적인 것과 자연적인 것의 대립을 통해 자

연적인 것을 옹호하고 있다.

그러고 나서 화자는 미안한 듯 서 있는 아이에게 말한다.

"이런 곳에서는 박주산채(薄酒山菜)가 제 격이니, 다른 술과 안주는 내오지 말고 막걸리 한 병에 산나물 무침이나 좀 내 오거라. 상(床)도 필요 없다. 맨 바닥에 놓고 자연 속에서 자연과 벗 삼아 마음껏 취하리라."

전원 생활의 멋과 소박한 풍류, 그리고 모든 인위적인 것을 거부하고 자연과 하나[주객일체]가 되어 살아가려는 화자의 정서가 잘 드러난 작품으로, 이는 작가가 지향하는 세계라 할 수 있다.

● 한　호(韓 濩) : 1543(중종 38)~1605(선조 38). 조선 중기의 서예가. 자는 경홍(景洪, 호는 석봉(石峯)·청사(淸沙).

어려서부터 어머니의 격려로 서예에 정진하여, 해서(楷書)·행서(行書)·초서(草書)에 두루 능하였다. 1567년(명종 22) 진사시에 합격하여 글씨로 출세하여 사자관(寫字官)으로 국가의 여러 문서와 명나라에 보내는 외교문서를 도맡아 썼고, 중국에 사절이 갈 때도 사자관으로 파견되었다. 그는 조선 초기부터 성행하던 조맹부(趙孟頫)의 서체를 따르지 않고 왕희지(王羲之)를 배웠으나 사자관으로 워낙 많은 문서를 남겨 '숙달되기는 하였으나 속되다'는 평가를 받는 사자관체(寫字官體)라는 서체를 형성하게 하는 근원이 되었고, 이러한 서체를 중국에서는 간록체(干祿體)라 하였다.

추사 김정희(金正喜)와 더불어 근대 조선 서예의 쌍벽을 이룬다.

綠楊(녹양)이 千萬絲(천만사)ㄴ들 ㄱ는 春風(춘풍) 미여 두며
耽花蜂蝶(탐화봉접)인들 디는 고즐 어이ㅎ리
아무리 根源(근원)이 重(중)혼들 ㄱ는 님을 어이리

—이원익(李元翼)

> 푸른 버들가지가 천 갈래 만 갈래의 실 같이 드리워져 있다 할지라도 흘러가는 봄
> 바람을 어찌 잡아 맬 수가 있으며/ 꽃을 찾아 날아다니는 벌과 나비인들 떨어지는
> 꽃을 어찌 할 수가 있으리요/ (그러니 사랑이) 아무리 근원이 중하다할지라도 (나를
> 버리고) 떠나는 님을 어이하리[어찌 할 수가 없다]

- **녹양**(綠楊) : 푸른 수양버드나무.
- **천만사**(千萬絲)ㄴ들 : 천만 개의 실처럼 늘어져 있다한들.
- **탐화봉접**(耽花蜂蝶) : 꽃을 찾아 날아다니는 벌과 나비.
- **어이ㅎ리** : 어찌하리. 어찌 할 수가 없다.

　떠나는 임을 어찌 할 수 없음을 안타까워하면서도 임과의 이별을 담담히
받아들이는 체념과 달관의 경지를 보여주는 작품이다.
　화자는 먼저 불가항력(不可抗力)적인 자연의 이치를 깨닫는다. 버들가지가 천
갈래 만 갈래의 실 같이 드리워져 있다 해도 봄바람을 잡아 맬 수는 없다. 아
무리 촘촘한 그물이라 할지라도 바람을 잡을 수는 없기에. 여기서 화자는 불
가항력을 깨닫는다(1행). 어떤 것으로도 바람을 붙잡거나 가둬둘 수 없다는 깨
달음은 낙화(落花)를 막을 수 없음에도 미친다. 아무리 꽃을 좋아하고 사랑하는
벌과 나비라 할지라도 꽃이 지는 것을 막을 수는 없다는 것이다. 제행무상(諸
行無常). 모든 것은 변화한다는 진리를 다시금 깨닫게 되는 것이다(2행).
　봄바람을 막을 수 없는 것이나 지는 꽃을 막지 못하는 것과 마찬가지로,
내가 아무리 좋아하고 사랑하는 임이라 해도 떠나는 것을 막지 못한다고 말
하고 있다. 자연적인 상황과 자신의 상황을 동일선상에서 파악하고, 자신이

아무리 사랑하는 임이라 해도 떠나는 임을 붙잡지는 못한다는 사실을 깨닫고 담담히 보내고 있다. 임과의 이별의 상황에서 불가항력인 자연의 섭리를 깨닫고 임과의 이별을 수용하는 화자의 아린 가슴이 보인다.

회자정리(會者定離)라고, 만남과 헤어짐은 인간의 힘으로 어쩔 수 없는 불가항력적인 것이다. 봄바람을 잡을 수 없는 버들가지, 낙화를 막을 수 없는 벌과 나비, 사랑하는 임을 막지 못하는 화자는 결국 하나일 수밖에 없다. 모든 것은 변하고, 결국 사라진다는 불교의 가르침이 그래서 더욱 크게 느껴지는지도 모르겠다. 만남과 헤어짐은 다른 것이 아니라 하나라는 자연의 이치를 깨닫고 보면 만남이나 이별에 초연할 수 있을까. 아무리 초연하려 해도 초연할 수 없는 게 인간이고 보면, 화자의 높은 경지가 새삼스레 우러러보인다.

<진달래꽃>은 가정적인 상황에서 이별에 대한 얘기를 한다는 점과 반어를 사용한다는 점에서, <님의 침묵>은 이별을 이별로 인식하지 않고 다른 만남을 위한 준비라는 강한 믿음을 통해 이별을 극복하고 있다는 점에서 이 작품과는 일정한 거리가 있다. 그러나 세 작품 모두 이별의 상황에서 이별을 담담히 받아들인다는 점에서는 일맥상통하는 면이 있다고 볼 수 있다.

● **이원익**(李元翼) : 1547(명종 2)~1634(인조 12). 자는 공려(公勵). 호는 오리(梧里).

1569년(선조 2) 별시문과에 병과로 급제, 1573년 성균관전적(成均館典籍)으로 성절사를 따라 명(明)나라에 다녀온 뒤 여러 관직을 거쳐 대사헌, 호조 및 예조의 판서를 지냈다. 1592년(선조 25) 이조판서 때 임진왜란이 일어나자 왕의 피란길에 호종하고, 평양 탈환작전에 공을 세웠다. 1595년 우의정에 올라 진주 변무사(辨誣使)로 명나라에 다녀온 후 1598년 영의정이 되고, 유성룡(柳成龍)을 변호하다 사직, 은퇴하였다.

1608년(선조 41) 대동법(大同法)의 실시를 건의하였고, 불합리한 조세(租稅) 제도를 시정하여 국민의 부담을 덜었으며, 군병방수제도(軍兵防水制度)를 개혁하여 복무기간을 단축, 법제화하였으며, 청백리(淸白吏)에 녹선되었다.

문장에 뛰어났으며, 성격이 원만하여 정적들에게도 호감을 샀다. 인조의 묘정(廟庭)에 배향되고, 여주의 기천서원(沂川書院) 등 여러 서원에 배향되었다. 저서에 『오리문집(梧里文集)』, 『속오리집(續梧里集)』, 『오리일기(梧里日記)』 등이 있다. 시호는 문충(文忠)이다.

梧桐(오동)에 듯는 비ㄷ발 無心(무심)히 듯건마는

뉘 시름ᄒ니 닙닙히 愁聲(수성)이로다

이 後(후)야 닙 넙운 나무를 심울ㄹ쥴이 이시랴

ㅡ김상용(金尙容)

> (크고 둥그런) 오동잎에 뚝뚝 떨어지는 빗방울 소리는 무심히 떨어지건만/ 내 시름과 근심이 많으니 잎사귀마다 근심스러운 소리를 내는구나[잎사귀에 떨어지는 빗방울소리가 모두 근심스러운 소리로만 들리는구나]/ 이 후로부터는 잎 넓은 나무를 심을 리가 있겠는가[잎 넓은 나무를 결코 심지 않겠다]

- 무심(無心) : ① 마음이 텅 빔. 아무 생각이 없음. ② 남의 일을 걱정하거나 관심이 없음.
- 듯는 : 떨어지는.
- 시름ᄒ니 : 시름(근심)이 많으니. '시름 하니'의 오기가 아닌가 싶다.
- 수성(愁聲) : 근심스러운 소리.

일상적인 소재에서 자신의 속마음을 표현했다는 강점을 가진 작품이다.

오동나무는 봉황이 깃든다는 나무로, 봉황이 깃들기를 바라면서 옛날 사대부 집 뜰에는 어김없이 오동나무를 심었다. 특히 '벽오동'을 심었다. 또한 오동나무는 장(欌)이 궤(櫃)를 만드는데 좋은 재료가 됐기 때문에 1970년대까지만 해도 집 뜰에 오동나무를 심곤 했었다. 그래서 그 어떤 나무보다 우리에게 친숙하고 흔히 볼 수 있는 나무여서 시조에도 자주 등장한다.

그런데 오동나무는 그 잎사귀가 크고 둥글어서 유난히 소리를 많이 낸다. 지나가는 바람에도 잎사귀를 흔들며 소리를 내고, 작은 물방울에도 큰 소리를 낸다. 또한 집 뜰에 심어져 있어서 그 소리가 사람의 심회를 자극하기 일쑤다. 외로운 밤 바람에 휘날리는 오동잎은 밤잠을 깨우는 주인공이 되기도 하고, 비 오는 밤 빗방울 소리는 사람의 외로움이나 시름, 아픔을 자극하기도 한다.

이 작품도 이와 같은 상황에서 쓰여진 것이다.

비 오는 날, 오동잎에 떨어지는 빗발은 무심하기만 하다. 화자의 상황이나 정서와는 아무런 상관도 없이 소리를 내며 떨어진다. 그러나 시름에 잠긴 화자의 귀에는 무심히 들리지 않는다. 오동잎에 떨어지는 빗방울소리가 화자처럼 근심과 걱정을 가득 담은 소리처럼 들린다. 화자의 수심을 달래주기는커녕 수심을 더욱 자극한다. 그래서 오동잎을 보면서 화자는 굳은 다짐을 한다. 앞으로 잎 넓은 나무는 결코 심지 않겠다고.

어찌보면 평범하고 담담해서 별다른 점을 찾을 수 없을지도 모른다. 그러나 이 시는 우리 주변에 산재해 있는 오동나무, 빗방울소리, 오동나무 잎에 빗방울 떨어지는 소리 등의 소재를 가지고 화자의 현 상황과 속마음을 객관적으로 표현했다는 점에서 높은 가치를 가지고 있다. 일상 주변에서 소재를 찾아내고 그 소재를 통하여 주제를 형상화하는 일은, 평민 의식의 대두와 함께 조선후기 문학작품에서부터 나타난다는 점을 고려할 때 이 작품의 작품성은 인정할 만하다.

● **김상용**(金尙容) : 1561(명종 16)~1637(인조15). 자는 경택(景擇). 호는 선원(仙源)·풍계(楓溪).

1582년(선조 15) 진사(進士)가 된 후, 병조좌랑(兵曹佐郞), 응교(應敎), 승지(承旨)를 역임하고, 광해군 때에 도승지에 올랐으며, 1623년 인조반정 후 집권당인 서인(西人)의 한 사람으로 돈령부판사(敦寧府判事)를 거쳐 예조·이조의 판서를 역임했다. 1636년 병자호란 때 왕족을 시종하고 강화로 피란하였다가, 이듬해 강화성이 함락되자 화약에 불을 질러 자결하였다. 성품이 온화하고 청렴하여 군자의 기품이 있었으며 글씨 또한 빼어났다.

문집에 『선원유고(仙源遺稿)』, 저서에 『독례수초(讀禮隨抄)』가 있다. 시호는 문충(文忠)이다.

山村(산촌)에 눈이 오니 돌길이 무쳐셰라

柴扉(시비)를 여지 마라 날 츠즈리 뉘 이시리

밤즁만 一片明月(일편명월)이 긔 벗인가 ᄒ노라

― 신 흠(申 欽)

> 산골 마을에 눈이 내리니 돌 깔린 길들이 모두 눈에 묻혀버렸구나/ 일부러 사립문을 열지 마라. (길이 막혔는데 이 산속까지) 날 찾아올 이가 누가 있겠는가/ 밤중에 (외로운 나를 찾아주는 존재는) 외로운 밝은 달, 그것만이 바로 내 벗인 듯싶구나

- 무쳐셰라 : 묻혔구나.
- 시비(柴扉) : 사립문. 대나 싸리 따위로 간단히 엮어서 만든 대문짝.
- 밤즁만 : 밤중쯤. 밤중에.
- 일편명월(一片明月) : 직역하면 한 조각의 밝은 달인데, 조각달이란 뜻은 아니다. 한 조각을 나타내는 '일편(一片)'과 밝은 달을 지칭하는 '명월(明月)'은 부자연스러운 결합으로 보이기 때문이다. 따라서 '일편(一片)'이란 용어는 관용적으로 붙은 것으로 볼 수 있다. 굳이 해석하자면 '홀로, 외로운'으로 새기면 되겠다.
- 긔 : 그것이. 그(대명사)에 ㅣ(주격조사)가 결합된 형태다.

산촌에서 자연과 벗하며 외부와는 일체 소통하지 않으면서 살아가는 은사(隱士)의 삶과 심경이 잘 드러나 있는 작품이다.

화자는 먼저 현상황을 판단한다. 찾아올 사람이 없는 매서운 겨울이다. 그런데다 눈까지 수북히 쌓여 돌투성이 길마저 모두 눈에 묻혀버린 상태다. 이럴 때 깊숙한 산골까지 사람이 찾아온다는 것을 기대하기는 어렵다(1행).

그래서 화자는 다른 사람에게 이야기하듯 자기 자신에게 사립문을 열어둔다 해도 날 찾아올 사람은 없으니 사립을 닫아버리겠다는 것이다. 올 이도 없는 누군가를 기다리는 자신을 단속하는 속마음을 겉으로 드러낸 것이다(2행).

그렇게 오가는 사람 없이 조용하기만 한 눈 쌓인 밤. 외로운 밝은 달만 휘영청 떠 있다. 그 달은 화자의 고독을 달래주는 벗이기도 하지만 차가운 흰

눈을 더욱 하얗게 비추는 존재이기도 하다. 안 그래도 눈 쌓인 겨울밤, 달빛은 흰 눈을 더욱 선명히 비춤으로써 시각과 촉각을 자극하여 화자를 더욱 춥게 만든다. 따라서 달빛과 달빛에 반짝이는 흰 눈은 화자의 춥고 외로운 마음을 표상한다고 할 것이다.

세상과 통하는 문인 '시비(柴扉)'까지 닫아걸고 '일편명월(一片明月)'과 벗하며 살아가는 한 선비의 고고한 정신세계가 잘 드러나 있고, 그 모습은 한 폭의 동양화를 연상시킨다.

● 신 흠(申 欽 : 1566(명종 21년)~1628(인조 6년). 조선 중기의 문신. 송강 정철, 노계 박인로, 고산 윤선도와 더불어 조선 4대 문장가로 꼽힌다. 자는 경숙(敬淑)이며, 호는 현헌(玄軒)·상촌(象村)·현옹(玄翁)·방옹(妨翁).

1585년(선조 18) 진사시와 생원시에 차례로 합격하고, 1586년(선조 19년) 문과에 급제하여 예조판서, 좌·우의정을 거쳐 1627년(인조 5년) 영의정에 이르렀다. 1613년(광해군 5년) 영창(永昌)대군의 옥사가 일어났을 때 선조의 유교칠신(遺敎七臣) 중의 한 사람으로 관직에서 쫓겨나고 뒤에 춘천에 귀양갔다. 인조반정 후 우의정에 오르고 대제학을 겸하였다. 전란과 정변에 휘말린 체험으로 그의 학문적 깊이는 더해져 많은 시조와 글을 남겼다. 상위·율법·산수·의복에 관한 서적에까지 통했으며 육경(六經)을 바탕으로 하는 문장이 뛰어나 월사(月沙), 계곡(谿谷), 택당(澤堂)과 더불어 4문장가라 불리며 글씨도 잘 썼고, 이항복(李恒福) 등과 함께 『선조실록(宣祖實錄)』의 편찬사업에도 참가하였으며 저서로는 『상촌집(象村集)』이 있다. 시호는 문정(文貞)이다.

貧賤(빈천)을 폴랴 ᄒ고 權門(권문)에 드러가니
침업슨 홍정을 뉘 몬져 ᄒᆞ쟈ᄒ리
江山(강산)과 明月(명월)을 달라ᄒ니 그ᄂᆞ 그리 못ᄒ리

─ 조찬한(趙纘漢)

　가난하고 천하게 사는 것이 하도 지긋지긋해서 (그것을) 팔아보려고 권문세가(權門勢家)를 찾아들어가니/ 주는 것 없는 홍정〔주는 것은 아무도 가지려 하지 않는 빈천이기에 안 받음만 못한 불리한 홍정〕을 그 누가 먼저 하려고 하겠는가/ (그래서 나오려는데 권문에서 마침 부귀와) 아름다운 자연을 바꾸자고 하지만 (아무리 해도) 그것만은 그리 못하겠다〔빈천을 팔지 못 할망정 강산명월은 절대로 넘겨줄 수 없다〕

- 빈천(貧賤) : 집안이 가난하고 신분이 천함.
- 권문(權門) : 권문세가(權門勢家) 즉, 권세가 있는 집안.
- 침업슨 홍정 : 대가를 치르지 않는 홍정, 즉 주는 것이 없는 홍정.
- 강산(江山)과 명월(明月) : 아름다운 자연.

　빈천(貧賤)을 평생 지니고 살망정 아름다운 자연을 부귀와 바꿀 수는 없다는 화자의 의지를 표현한 시조로, 세속적인 삶을 부정하고 자연을 귀하게 여기는 작가의식을 풍자적으로 표현한 작품이다.

　화자는 먼저 평생 지니고 사는 자신의 가난함과 천함이 지긋지긋하여 그 빈천(貧賤)을 팔려고 권문세가(權門勢家)에 들어간다. 빈천을 팔려한다? 발상 자체가 우습다. 세상에 어떤 사람이 빈천을 돈을 주면서 사려할 것인가. 그것도 권문세가에 들어갔으니 매타작이나 안 당하면 다행이지. 그런 말도 안 되는 상황을 설정해놓고 화자는 능청스럽게 '침업슨 홍정을 뉘 몬져 ᄒᆞ쟈ᄒ리'라고 말하고 있다. 마치 권문세가에 들어가서 당당하게, "내 빈천을 팔테니 사겠소?"라고 물은 것처럼.

　결국 빈천을 사려고 하지 않자 권문세가에서 나오려는데, 돌아서는 화자에

게 한 마디 묻는다.

"빈천(貧賤) 대신 강산(江山)과 명월(明月)을 내게 팔겠소? 내 있는 것 다 드리리다."

그러자 화자가 펄쩍 뛰면서 대답한다.

"에이, 여보쇼. 아름다운 자연을 어떻게 판단 말이요. 내 평생 빈천을 지고 살면 살았지, 자연만은 팔지 않겠소."

화자는 이런 말을 남기고 허겁지겁 그 집을 빠져나왔을 것이다. 발상과 전개방식, 어조가 재미있으면서도 뭔가를 생각하게 한다. 한 편의 단편 영화를 보는 듯하고, 자연을 사랑하는 마음이 새삼 슬겁다.

빈천을 좋아할 사람은 아무도 없다. 모든 사람은 부귀를 좋아하고 사려고 한다. 그러나 자연을 벗 삼아 살아가는 사람에게는 부귀보다 더 소중한 것이 아름다운 자연이다. 권세도 부귀도 아무런 가치가 없는 것이다. 부귀를 그 무엇보다 크고 소중하게 생각하는 요즘, 우리가 한 번쯤 되새겨봐야 할 작품이 아닌가 싶다.

• 조찬한(趙纘韓) : 1572년(선조 5)~1631년(인조 9). 조선 중기의 문신이자 시인. 자는 선술(善述), 호는 현주(玄洲).

1601년(선조 34) 생원(生員)이 되고 1606년 증광문과(增廣文科)에 병과로 급제, 학유(學諭)를 거쳐 1611년(광해군 3) 부사과(副司果)로서 한때 파직당했다가 낭관(郎官)과 사간원의 여러 벼슬을 지냈다. 이어 영암군수(靈巖郡守)를 거쳐 1617년 영천군수(榮川郡守)로 있을 때 각지에 도둑이 창궐하자 삼도토포사(三道討捕使)가 되어 이를 토벌, 그 공으로 통정대부(通政大夫)가 되었다. 이어 분병조참의(分兵曹參議), 예조참의 등을 지내다가 광해군의 실정으로 중앙에 있기를 꺼려 외직을 자청, 상주목사(尙州牧使)로 나갔다.

1623년 인조반정(仁祖反正)으로 형조참의가 되어 승문원제조(承文院提調)를 겸임했고, 이듬해 우승지 등을 거쳐 선산부사(善山府使)가 되었다. 문장에 뛰어나고, 특히 시부(詩賦)에 능하여 초(楚)나라와 한(楚)나라, 육조(六朝)시대에 남겨놓은 유법(遺法, 남겨놓은 법칙 또는 방법)을 해득하였다. 문집에 『현주집(玄洲集)』이 있고, 『청구영언(靑丘永言)』에 시조 2수가 전한다.

자내 집의 술 닉거든 부듸 날 부르시소
내 집의 곳픠여든 나도 자내 靑(청)ㅎ옴ㅅ
百年(백년)쩟 시름 니줄 일을 議論(의논)코져 ㅎ노라

─ 김 육(金 堉)

자네 집에 담근 술이 익거든 부디 잊지 말고 날 부르시게/ (그 대신 나도) 내 집
(정원에) 꽃이 피거든 자네를 청함세[청하도록 하겠네]/ (우리 그렇게 서로 만나서)
백년껏[한 평생의] 시름과 걱정거리를 잊어버릴 수 있는 방법을 서로 의논해 보세나

- 부르시소 : 부르시오.
- 곳픠여든 : 꽃 피거든. '-여든'은 '-거든'에서 'ㄱ'이 탈락한 형태.
- 백년(百年)쩟 : 백년 사이. 백년껏. '-쩟'은 '~동안, ~사이'를 뜻하는데, 문맥상으로
  는 '백년껏'으로 해석하는 게 좋을 듯하다.
- 시름 : 시름, 근심.

친구간의 사귐이란 잦은 왕래와 흉허물 없는 대화에 있음을 일깨워주는
작품으로, 우리 선인들의 정겨움과 작은 것에 대한 사랑을 느끼게 한다.
먼저 화자는 친구에게 '술 닉거든' 자기를 부르라는 당부를 하고 있다. 물
론, 친구가 먼저 언제쯤 무슨 재료로 술을 담갔다고 귀띔을 해줬을 것이다.
어쩌면 언제쯤 익으니깐 우리 집에 한 번 오라고 청했을지도 모른다. 그 말
에 화자는 꼭 자기를 청하라고 당부하고 있다.
그래놓고 자신도 친구를 청할 거리를 마련한 것이 바로 '내 집의 곳픠여
든'이다. 자기네 집은 술을 담그지 않았으나 꽃나무가 많으니 꽃이 피면 한
번 청할테니 꼭 오라는 초청이다. 물론, 꽃구경에 술과 시, 노래가 빠질 리
없을 것이다. 한 번은 술을 핑계로 친구네 집을 찾아가고, 또 한 번은 아름답
게 핀 꽃을 핑계로 친구를 자신의 집으로 초대하겠다는 것이다. 친구란 뭐니
뭐니해도 자주 왕래하며 공감대와 공동관심사를 키우지 않으면 멀어짐을 잘
알고 있기에, 친구 간에 왕래할 아주 사소한 구실(술, 꽃)을 서로 만들어두는

것이다. 큰일이 있어서 서로 찾아다니는 게 아니라, 아주 사소하고 작은 일을 서로 만들어놓고 왕래하자는 선인들의 친구 사귐. 바삐 사느라 친구를 잊고 사는 요즘, 친구보다는 자기와 자기 가족을 먼저 챙기고 그 속에 묻혀 사는 현실과 비교할 때 다숩고 정겹기 그지없다.

그렇다면 왜 친구를 찾아가고 친구를 초대하는가? 그것에 대한 대답이 3행이다. '百年(백년)껏' 즉, 한 평생의 근심과 걱정을 잊을 일을 의논하고자 한다는 것이다. 한 평생의 근심과 걱정을 잊을 일이란 바로 친구와의 진솔하고도 흉허물 없는 대화이리라. 사람이 살면서 근심과 걱정이 없을 리 없다. 그러나 그 근심과 걱정도 친구와 진솔하고도 흉허물 없는 대화를 하다보면 풀려가고 해결방안이 나오기에, 친구와의 대화는 인생의 근심을 잊게 하는 약인 것이다.

1행과 2행의 '자내 집-내 집', '술 닉거든-곳픠여든', '날 부르시소-나도 자내 靑(청)ᄒᆞ옴시'의 대구를 통해 두 친구의 하나됨을 표현해놓고, 3행 '百年(백년)껏 시름 니줄 일을 의논(議論)'하고자 한다고 밝힘으로써 주제를 드러내는 기법이 돋보인다.

● 김   육(金 堉) : 1580(선조 13)~1658(효종 9). 조선 중기 문신. 자는 백후(伯厚), 호는 잠곡(潛谷).

어려서부터 경세(經世)의 뜻을 가졌으나 광해군 때에 자신의 포부를 펼칠 수 없게 되자, 경기 가평군 잠곡에 내려가 10년간 농사를 지었다. 이때 농촌의 실정을 소상히 파악하게 되고, 경세의 사상과 신념을 구체화할 수 있었다.

인조반정 이후 관직에 진출하여 백성과 나라를 위한 경세 이념을 다양한 정책으로 구현하여 추진하였다. 음성현감, 전적, 병조좌랑, 지평, 정언, 병조정랑 등을 역임하고, 음성현감을 마치고 서울로 올라올 때는 백성들이 송덕비를 세우기도 하였다. 대동법을 전국적으로 확대, 동전(銅錢)이 전국적 보급, 서양역법인 시헌력(時憲曆)의 도입에도 주도적인 역할을 하였다.

기근 등 각종 재난과 질병에 시달리는 백성을 구할 목적에서 『구황촬요(救荒撮要)』, 『벽온방(辟瘟方)』 등을 편찬하였다. 그는 주자학적 명분론이 강조된 17세기 후반의 분위기에서 보기 드문 개혁 정치가였다.

비 오ᄂᆞᆫ듸 들희 가랴 사립 닷고 쇼 머겨라

마히 ᄆᆡ양이랴 잠기 연장 다ᄉᆞ려라

쉬다가 개ᄂᆞᆫ 날 보아 ᄉᆞ래 긴 밧 가라라

─윤선도(尹善道)

> 비가 내리는데 (구태여) 밭에 나갈 일이 있느냐. 사립문 닫고 소여물이나 먹여라/ (아무리 장마철이라고는 하지만) 장마가 계속되겠느냐. 쟁기며 연장들을 손봐두어라/ (하루 이틀) 쉬었다가 날씨가 개거든 이랑 긴 밭을 갈아보자꾸나

- 들희 : 들에. '들ㅎ'에 처소부사격조사 '의'가 결합된 형태.
- 마히 : 장마가. '마ㅎ'에 주격조사 '이'가 결합된 형태.
- ᄆᆡ양 : 언제나. 늘. 한자어 '每常(매상)'이 변화된 형태.
- 잠기 : 쟁기(마소에 끌려 논밭을 가는 농기구의 하나).
- 다ᄉᆞ려라 : 손질하여라.
- ᄉᆞ래 : 이랑.

『산중신곡(山中新曲)』 중 '하우요(夏雨謠)'의 첫째 수로, 장마철 농가에서 해야 할 일을 다른 사람들에게 가르치는 형식으로 자신의 다짐을 표현한 작품으로 도 볼 수 있다.

첫 행은 비 오는데 밭에 나가기보다 집에서 소를 먹이라는 당부다. 비 오 는 날 밭에 나간다 해도 할 일이 별로 없다. 물이 넘치지 않게 물꼬나 정리 해두었으면 그만이지 별달리 할 일이 없을테니, 차라리 집에 있으면서 소나 잘 먹여두라는 것이다. 외양간에 비가 새는지 확인하고, 소가 비 맞아 춥지 않는지 보살피고, 소먹이나 잘 먹여두라는 것이다. 당장은 장마철이라 소를 쓸 일이 없지만, 장래를 생각해서 미리미리 준비하는 게 좋다는 당부다.

둘째 행은 장마란 것은 잠시잠깐이니 농사기구들을 손봐두라는 당부다. 거 센 빗줄기를 보면 비가 멎지 않을 것 같지만, 장마란 그리 오래 계속되는 게

아니니만치 장마가 끝난 후의 상황을 미리 준비해두라는 당부다. 장마 때 넋놓고 아무런 준비도 하지 않았다가는 장마 후 연장들을 다스릴 시간이 없으니 미리미리 준비해두어야만 장마가 개자마자 바로 일을 할 수 있는 것이다. 미리 준비해두지 않고 이룰 수 있는 일은 아무것도 없다는 경계다.

그렇게 잘 먹여 힘을 비축해둔 소에 미리 손봐둔 쟁기를 얹어 사래 긴 밭을 갈거나, 미리 손봐둔 연장들을 가지고 일을 한다면 농삿일을 쉽게 할 수 있다. 그러나 그렇지 않으면 밭갈이가 쉽지 않을 뿐 아니라 제때 밭을 갈기 어렵고, 농사를 짓는다 해도 힘들고 시간을 많이 버려야 한다. 바로 이때를 위해 미리 준비해두라는 것이다(3행).

그러나 이 작품은 작가의 당대적 상황과 연결시킬 때, 중의적으로 해석할 수 있다. 정치적으로 열세에 있던 남인 가문에 태어나서 집권세력인 서인 일파에 강력하게 맞서 왕권강화를 주장하다가, 20여년의 유배생활과 19년의 은거생활을 한 작가의 생애를 생각할 때, 또한 은거생활 19년 동안 이 작품을 썼음을 생각할 때 이런 주장은 가능해진다.

'장마'는 '당쟁이 심한 조선'으로, '사립 닫음'은 '은둔 생활'로, '연장을 다스림'은 '자기 수양과 학문에의 정진'으로, '비가 갬'은 '당쟁이 없어지고 공명해진 조정'으로 해석한다면 이 작품의 의미는 전혀 달라진다. 지금은 당쟁이 심한 장마철이라 장마통에 나갔다가 몸과 마음을 다치느니 차라리 자기 수양과 학문에 힘쓰다가 당쟁이 사라진 공정한 때가 오면 사래 긴 밭인 나라를 다스리는데 온 힘을 쏟겠다는 작가의 의지를 표명한 시로 읽을 수 있겠다.

● 윤선도(尹善道) : p.111 참조.

東窓(동창)이 볽갓ᄂ냐 노고지리 우지진다

쇼 칠 아히ᄂᆞᆫ 여태 아니 니러ᄂᆞ냐

재 너머 ᄉᆞ래 긴 밧츨 언제 갈려 ᄒᆞᄂ니

－남구만(南九萬)

동쪽 창문이 벌써 밝았느냐? (날이 새었는지) 종달새 마구 짖어대는구나/ 소먹이는 아이는 아직도 일어나지 않았느냐[농촌의 봄은 바쁘기 그지없는데 아직도 자고 있단 말이냐]/ 저 고개 넘어 이랑 긴 밭을 (아침 일찍 일어나 부지런을 떨어도 하루 해로는 어림이 없을텐데) 언제 갈려고 하느냐[이렇게 늑장을 부리느냐]

- 동창(東窓) : 동쪽을 난 창문.
- 볽갓ᄂ냐 : 밝았느냐. 아직 밝지 않았느냐.
- 노고지리 : 종달새의 옛말.
- 우지진다 : (새가) 한참씩 계속해서 운다. '울다'와 '짖다'의 합성어.
- 쇼 칠 : 소를 기를. 소를 먹일.
- 니러ᄂᆞ냐 : 일어났느냐.

정몽주의 <단심가(丹心歌)>와 함께 가장 많이 알려지고 애송되는 시조다. 초·중학교 교과서에 실려 있어 많이 알려지기도 했겠지만, 의미 또한 깊기 때문이다. 특히 부지런함을 강조하기 위해서 자주 인용하다보니 우리 뇌리에 박히지 않았나 싶다.

봄날 농촌의 아침은 종달새의 울음으로 시작된다(1행). 종달새는 예부터 부지런한 새로 전해 내려온다. 이른 새벽부터 창공에 높이 떠서 명랑하고 맑은 소리로 지저귄다. 그 종달새의 울음소리를 듣고 잠에서 깬 부모 또는 주인 영감은 목동(아들 또는 일꾼)이 일어나지 않은 것을 확인하고 어서 일어나라고 독촉하고 있다.

"노고지리가 지저귀고, 해가 벌써 떴는데 아직도 안 일어났어? 일 분 일

초가 아까운 봄철, 이렇게 늑장을 부려서야 어떻게 농사를 지을려고?"

잔소리나 꾸짖음이 아닌 부드러운 목소리 타이르고 있다. 그 이유는 3행을 보면 알 수 있다.

"오늘은 고개 너머에 있는 이랑 긴 밭을 가는 날이라 일찍 챙겨도 오늘 내로 다 갈까 말깐데, 이렇게 늦게 일어나서야 어떻게 다 갈려고?"

늦게 시작하면 서두르게 되고, 서두르다 보면 실수할 수도 있고, 실수를 하지 않는다해도 힘들테니 조금이라도 일찍 일어나서 밭갈이를 시작하라고 타이르는 인정 어린 목소리가 들리는 듯하다.

이 시조에서 주목해야 할 것은 주제와 소재·표현면에서 이전의 시조와 달라지고 있다는 것이다.

먼저 표현면에서 이전의 관념적이고 추상적인 표현에서 벗어나 농촌의 모습인 구체적인 실생활을 시조에 표현하고 있다는 것이다. 노고지리의 울음소리, 소 칠 아이, 재 너머 사래 긴 밭 등 농촌의 구체적인 삶의 모습을 사실적으로 표현하고 있다. 또한 직설적으로 근면을 강조하지 않고 돌려 표현함으로써 문학을 통해 민중을 계몽하겠다는 효용적인 문학관에서 얼마간 탈피하고 있다는 점도 눈여겨 둘 만하다. 이런 점은 조선 후기 평민 문학에 많은 영향을 미치게 된다. 평민들의 진솔 담백한 표백(表白)의 문학을 미리 보여준다는 데도 의미가 있다 하겠다.

● **남구만**(南九萬) : 1629(인조 7)~1711(숙종 37). 조선 후기 관리이자 시인. 자는 운로(雲路). 호는 약천(藥泉)·미재(美齋).

사마시(司馬試)를 거쳐, 1656년 별시문과(別試文科)에 을과로 급제하여, 대사성, 형조판서, 한성부좌윤을 지냈다. 서인(西人)으로서 남인(南人)을 탄핵하다가 남해(南海)로 유배되기도 하였으나 남인이 실각하자 도승지, 부제학, 대제학, 대사간, 우의정, 좌의정을 거쳐, 1687년 영의정에 올랐다. 1701년 장희빈(張禧嬪)의 처벌에 대해 경형(輕刑)을 주장하다가 뜻을 이루지 못하고 퇴관, 경사(經史)·문장을 일삼았다. 문장과 서화에 뛰어났다. 문집으로는 『약천집(藥泉集)』이 있고, 시호는 문충(文忠)이다.

功名(공명)을 즐겨 마라 榮辱(영욕)이 半(반)이로다
富貴(부귀)를 貪(탐)치 마라 危機(위기)를 밟느니라
우리는 一身(일신)이 閑暇(한가)커니 두려온 일 업세라

－김삼현(金三賢)

> 공을 세워 이름을 세상에 드러나게 하는 일을 좋아하지 말라. 영광과 치욕이 반이다[이름을 날리면 영광이 따르겠지만, 그에 못지않게 치욕도 따라온다]/ 많은 재물을 쌓고 신분이 높아짐을 탐내지 말라. 위기를 밟게 되느니라[부귀에는 언제나 위험이 뒤따르니라]/ 우리[나]는 (부귀도 공명도 바라지 않고) 내 한 몸 한가하게 지내고 있으니 아무것도 두려운 일 없어라

- 공명(功名) : 공(功)을 세워 이름을 떨침. 즉, 큰 공을 세워 자신의 이름뿐만 아니라 부모, 가문의 이름 널리 떨치고, 영예를 얻는 것.
- 영욕(榮辱) : 영예와 치욕.
- 부귀(富貴) : 재산이 많고 높은 신분. 재산을 쌓고 신분이 높아짐.
- 두려온 일 : 두려운 일.

부귀와 공명을 좇지 말라는 경계의 작품이다.

시조 작가와 화자는 거의 일치한다는 사실은 앞에서도 언급했다. 만약 이 시조의 작가와 화자가 다르다면 이 시를 읽는 맛이나 느끼는 감흥은 전혀 달라질 것이다. 작가와는 전혀 관계없는 가상적인 인물인 화자를 등장시켜 이런 이야기를 했다면 이 이야기는 어떤 느낌이나 감동은 반감되었을 것이다. 그러나 이 작품은 작가와 화자를 일치시키고 있어 일정한 경계와 감동을 준다. 다음 페이지에 소개된 작가의 생애를 참고하여 이 작품을 읽는다면 절로 고개가 끄덕여질 것이다.

먼저 화자는 세상의 부귀와 공명을 좇지 말라고 권하고 있다(1,2행). 공명에는 반드시 치욕이 뒤따르고, 부귀에는 위기가 도사리고 있기 때문이다. 그러나 예로부터 부귀와 공명은 많은 사람들이 누리고 싶어하는 인간의 현실적

인 이상이었다. 특히 유학의 영향으로 입신양명(立身揚名)은 인간이 도달하고자 하는 하나의 목표이기도 했다. 자신의 몸과 마음을 닦아 공(功)을 세우고, 그 공으로 자신과 부모·가문을 널리 알리는 것이 하나의 목표였다. 그러나 화자는 그런 사고를 거부한다. 공명에는 반드시 치욕이 뒤따르기 때문이다. 공명을 추구하기보다 치욕을 먼저 생각하며 일신의 평화를 구하는 것이 현명한 일이라고 얘기한다. 부귀 또한 마찬가지다. 남보다 귀한 신분으로 여유롭게 살고자 하는 건 인간의 원초적 욕망이다. 그러나 화자는 그 원초적 욕망을 억제하라고 한다. 그 욕망에는 위험이 늘 동반하기 때문이다. 사실, 부귀를 누리기 위해서는 이기심·눈치·시기·질투 등 남에게 해악을 끼쳐야 하는 경우가 많다. 그러기에 화자는 부귀와 공명을 버린 '一身(일신)이 閑暇(한가)'한 경지에서 두려움 없이 살아가자고 얘기하고 있다. 세상사에 관심을 두지 않고 세상과 멀리 떨어져 있기에 두려울 것이 없다는 것이다. 이런 경지에 든다는 것은 쉬운 일이 아니다. 특히 오늘날처럼 자본주의·물질주의·이기주의가 만연한 세상에서는 더욱 그렇다. 그러나 나이를 먹으면서 이런 경지의 삶이 더욱 그리워지는 것은 세상에 대한 환멸 때문만은 아닐 것이다. 인간 본연의 모습으로 안빈낙도(安貧樂道)하는 삶이 그립기 때문일 것이다.

화자의 경구(警句)가 가슴을 울리는 것은 작가의 생애와 일치되기 때문일 것이다. 작가 자신의 체험을 바탕으로 한 이야기이므로 진실이 담겨 있는 것이고, 솔직한 자기 고백이기 때문에 가슴에 와닿는 것이다.

• **김삼현**(金三賢) : (?~숙종조). 자세한 연대와 가계는 미상. 조선 숙종 때의 시인. 숙종 때 품계(品階)가 절충장군(折衝將軍)에 이르렀다. 장인 주의식(朱義植)과 함께 관직에서 물러나 강호(江湖)에 은거하여 시를 지으며 소일하였다. 일반적으로 작품은 향락적이고 명랑하다. 시조 6수(首)가 『청구영언(靑丘永言)』, 『해동가요(海東歌謠)』, 『가곡원류(歌曲源流)』에 실려 있다.

오늘은 川獵(천렵)ᄒ고 來日(내일)은 山行(산행) 가ᄉᆡ

곳다림 모릐 ᄒ고 降神(강신)으란 글피 ᄒ리

그글픠 邊射會(변사회)홀제 各持壺果(각지호과) ᄒ시소

一김유기(金裕器)

> 오늘은 (물고기 많은 시내를 찾아) 천렵(川獵)이나 하고, 내일은 (산으로) 사냥 가세/ (꽃잎을 부쳐 먹는) 꽃다림 들놀이는 모레 하고, (향청에서 신령을 맞이하기 위해 드리는) 강신제(降神祭)랑 글피 하세/ 그글피 활쏘기 모임할 때는 술과 안주감인 과일을 제각기 가져오기로 하십시다

- 천렵(川獵) : 냇물에서 놀이로 하는 고기잡이.
- 산행(山行) : 사냥. 원래 사냥이란 말은 한자어 '산행(山行)'에서 나온 말이다. 『용비어천가(龍飛御天歌)』125장을 보면 '洛水(낙수)예 山行(산행) 가이셔 하나빌 미드니잇가(낙수에 사냥 가 있으면서 할아버지를 믿습니까?)'라고 나오는 것이나, 『훈몽자회(訓蒙字會)』에 '산힝슈[狩]', '산힝렵[獵]'을 보아도 알 수 있다. 또한 썰매는 설마(雪馬), 김치는 침채(沈菜), 매양은 每常(매상)이란 한자어에서 나온 말들이다.
- 곳다림 : 화전(花煎) 놀이. 진달래나 국화가 필 때, 그 꽃잎을 부치거나 떡에 넣어서 먹는 놀이.
- 강신(降神) : 제사에 향을 피우고 제주(祭酒)를 올리는 것. 여기서는 신령(神靈)을 맞이하기 위해 제사를 지내는 강신제(降神祭)를 말함.
- 변사회(邊射會) : 활쏘기 모임.
- 각지호과(各持壺果) : 제각기 술과 과일을 가지고 오는 것.

연거푸 닷새를 각각 다른 놀이로 놀아보자는 내용을 담고 있어서 거부감이 일기도 한다. 그러나 한가한 한량들의 퇴폐적인 삶을 노래한 것은 아니다. 이 작품의 화자와 인물들이 나이든 노인네들이라 한다면 이야기는 달라지기 때문이다. 또한 가인(歌人)이라는 작가의 신분을 염두에 둔다면 실제적인 의미보다는 흥취와 마음껏 인생을 즐겨보자는 노래쯤으로, 또는 일종의 휴가 계

획을 세우는 것이라고 할 수도 있다.

먼저, 이 작품에는 다양한 놀이가 등장한다. 오늘부터 그글피까지 열거된 놀이는 모두 다섯 가지다. 천렵(川獵), 사냥, 꽃다림, 강신제(降神祭), 변사회(邊射會)가 그것이다. 장소도 냇가, 산 속, 들판, 향청, 활터 등으로 놀이에 따른 적절한 장소를 제시한다. 날마다 장소를 옮겨가며 그 장소에 맞는 놀이를 하며 풍류를 즐기려는 멋과 여유를 제시한다.

바쁜 현대에는 생각조차 할 수 없는 여유가 부럽기도 하다. 그러나 이런 놀이는 단순한 오락이 아니다. 그 속에는 풍류를 즐기면서 예(禮)를 섬기고 심신을 수련하겠다는 또 다른 목적이 있기 때문이다. 동료나 친구들끼리 가는 오늘날의 휴가와 비교해보면 감칠맛이 난다 하겠다. 술, 노름, 성에의 탐닉 등으로 얼룩진 오늘날 우리들의 휴가 문화와는 상상도 할 수 없을 만큼 고상하고도 의미 있는 행위이기 때문이다.

또한 마지막 행의 각지호과(各持壺果)에도 관심을 가져야 할 것이다. 그들은 대등한 처지에서 즐기기 위해 각각 음식과 술, 과일을 준비한다. 친구들 간의 우정을 나누기 위해서는 무엇보다도 대등성과 공동성이 필요하기 때문이다.

• 김유기(金裕器) : 조선 숙종 때의 가인(歌人)으로 생몰년 미상. 자는 대재(大哉). 김천택(金天澤)이 그를 일러 "세상에 명창으로 이름이 알려졌다."고 말한 바와 같이 당대를 대표하는 창곡(唱曲)의 명인(名人)이다.

자세한 전기는 알 수 없으며 기록들을 통해 추측할 뿐으로, 1715년(숙종 41) 서울에서 대구로 와서 한유신(韓維信) 등에게 여러 해 동안 창곡을 가르쳤고, 그 뒤 심생(沈生)을 따라 밀양으로 갔다가 염병으로 객사하였다고 한다.

김천택 등과 특별히 친분이 두터웠을 뿐만 아니라, 자신들이 전형적인 여항(閭巷)의 가인임을 자부한 듯하다. 그는 누구보다도 세속과 타협하지 않고 창곡에만 전념하였던 듯하며 시조 작가로서보다는 당대의 명창으로 이름을 떨친 예술인이었다. 『소대풍요(昭代風謠)』 별집보유(別集補遺)에 <등루(登樓)>라는 오언율시 1편이 실려 있음으로 보아 한시(漢詩)도 지을 수 있는 교양을 갖추었고, 당시의 위항시인들과도 교류가 있었음을 알 수 있다.

헌 삿갓 자른 되롱 삷 집고 홈의 메고

논쑥에 물 볼이라 밧 기음이 엇덧튼이

암아도 朴杖碁(박장기) 볼이술이 틈업슨가 ᄒ노라

—조현명(趙顯命)

> 헌 삿갓 (쓰고) 짧은 도롱이 (입고) 삽 집고 호미 메고/ 논뚝에 물을 살피어라.
> 밭에 김이 어떠하더냐(무성하게 자라지는 않았더냐)/ (이렇듯 바쁘기만 한데) 박장
> 기나 두고 보리술이나 (마실) 틈이 없는가 한다(장기를 두고 술을 마실 시간이 어디
> 있겠느냐)

- 자른 되롱 : 짧은 도롱이. 도롱이는 우장(雨裝)의 하나로 짚이나 띠 따위로 엮어, 흔히 농촌 사람들이 일할 때 어깨에 걸쳐 두른다.
- 삷 : 삽.
- 물 볼이라 : (논에) 물을 보리라. 논에 물이 알맞게 대어지고 있는가를 확인하겠다는 말이다.
- 기음 : 김. 잡초.
- 엇덧튼이 : 어떠하더냐.
- 박장기(朴杖碁) : 박 조각으로 만든 장기. 소박한 서민용 장기.
- 볼이슬 : 보리로 빚은 술.
- 틈업슨가 ᄒ노라 : (박장기를 두거나 보리술을 마실) 틈이 없는가 한다. (한가하게 장기를 두거나 술을 마실) 틈이 전혀 없다.

봄비가 내리는 농촌의 분주한 삶을 표현하고 있는 시조로, 작가가 우의정까지 오른 양반이고 권세가란 사실을 생각할 때, 권농(勸農)의 노래로 볼 수 있다. 그러나 실제 농사꾼이 아니라 관찰자나 지시하는 입장에 있다는 점에서는 일정한 한계를 갖는 작품이라 하겠다.

봄이 무르익을수록 농촌은 바빠진다. 해빙기가 지나 봄비가 내리기 시작하면 농삿일이 바빠지기 때문이다. 겨우내 묵혀두었던 밭이며 논에 거름을 주고, 논밭을 갈고, 씨를 뿌려야 하고…… 봄비는 본격적인 농사철을 알리는

신호이기도 하다. 봄비가 내린 후 한꺼번에 일이 몰리기 때문이다. 그러기에 비가 왔다고 한가하게 집에 앉아 있을 수 없다. 농사철의 하루는 일 년을 좌우한다는 것을 경험상 잘 알고 있기 때문이다. 도롱이를 입고서라도 밭에 나가 밭을 살피고, 논에 물이 알맞게 대어졌는지 확인해야 한다. 그러고 나선 밭에 김을 매야 한다. 잡초란 봄비 속에서 무성하게 자라니만치 빗속에서라도 시급히 제거해야 하기도 하지만, 비가 내려 땅이 부드러울 때 김을 매야 쉽게 맬 수 있기 때문이다. 이렇듯 바쁜 시간에 한가하게 박장기나 두고 보리술을 마실 틈이 어디 있겠는가.

어쩌면 봄철 농사짓기를 통해 자신에게 경계하는 글인지도 모른다. 영조 12년 이조판서에 올랐다가 형정(刑政)의 불공평함을 상소하여 2년간 파직되었던 작가의 생애를 고려할 때, 봄비가 내리는 속에서 농사를 준비하지 않으면 일 년 농사를 망치듯 지금 박장기나 두고 보리술이나 마시고 있다간 영영 일생을 망칠 수 있다는 생각이 떠올랐는지도 모른다. 해서 분주히 농사일을 하는 농민들처럼 자신도 미리 국가 경영 준비를 해야겠다는 뜻으로 해석할 수도 있겠다.

● **조현명**(趙顯命) : 1690(숙종 16)～1752(영조 28). 자는 치회(稚晦), 호는 귀록(歸鹿)·녹옹(鹿翁). 시호 충효(忠孝).

1713년(숙종 39) 진사시(進士試)에 합격하고, 1719년 증광문과(增廣文科)에 병과로 급제해 검열(檢閱)이 되고, 용강현령(龍岡縣令), 지평(持平) 등을 거쳐, 1728년(영조 4) 이인좌(李麟佐)의 난 때 공을 세워 분무공신(奮武功臣) 3등에 책록되고 풍원군(豊原君)에 봉해졌다. 부제학, 의금부동지사(義禁府同知事), 도승지를 거쳐, 경상도관찰사를 역임했다. 1732년 쓰시마섬[對馬島]의 화재로 조정에서 쌀을 보내려 하자 반대하여 파직되었다가 전라도관찰사에 기용된 뒤 총융사(摠戎使), 공조참판을 지냈다. 형정(刑政)의 불공평을 상소하다가 파직되었으며, 복직되어 한성부판윤, 공조판서 등을 역임한 뒤 1740년 우의정에 올랐다. 1743년 문안사(問安使)로 청나라에 다녀오고, 돈령부영사(敦寧府領事)를 거쳐 재차 우의정이 되고, 진하(進賀) 겸 사은사(謝恩使)로 청나라에 다녀오기도 했다. 탕평책(蕩平策)을 지지했으며, 효행으로 정문(旌門)이 세워졌다. 시조 1수가 『해동가요(海東歌謠)』에 전한다. 문집에 『귀록집(歸鹿集)』이 있다.

놉프락 나즈락ᄒ며 멀기와 갓갑기와

모지락 둥그락ᄒ며 길기와 져르기와

平生(평생)을 이리ᄒ엿시니 무삼 근심 잇시리

—안민영(安玟英)

> 높아지려 하다가는 다시 곧 낮아지고, 멀어졌다 가까워졌다 (오락가락하고)/ 모가
> 나는가 싶더니 둥글게 되고 길어졌다 짧아졌다 (수시로 변화하는 속을 살아왔는데)/
> 한 평생을 (나는) 이렇게 살아왔으니, 이제 그 무슨 근심될 일이 있겠는가

- 놉프락 나즈락 : 높아졌다가 다시 곧 낮아지고. 높낮이가 고르지 못한 모양.
- 모지락 둥그락 : 모가 졌다가 다시 곧 둥글게 되면서. 모지기도 하고 둥글기도 하며.
- 길기와 져르기 : 길기와 짧기. 길어지기도 하고 짧아지기도 하였다는 뜻이다.

　부귀와 공명을 바라지 않는 삶의 여유로움을 노래한 작품으로, 작가의 생애와 연결하여 생각할 때 더 없이 깨끗하면서도 아름다운 시조다.

　먼저 화자는 변화무쌍한 세상사를 돌이켜본다.

　높아졌다가는 곧 낮아지고, 멀어졌다가 가까워지고, 모가 났다가 다시 곧 둥글게 되고, 길어졌다가 짧아졌다가 하는 게 세상사다. 높은 관직에 앉았다고 거들먹거리다가 곧 쫓겨나거나 목숨을 잃거나 하는 게 화자가 바라본 관직이요, 부귀였을 것이다. 사실 역사를 돌이켜볼 때 이런 일들이 얼마나 많았는가. 어쩌면 역사는 높낮이의 교체가 아니던가. 낮은 곳에서 높은 곳에서 오르기는 어렵지만, 하루아침에 역적이 되어 자신뿐 아니라 온 가문이 몰살당한 경우도 흔하다. 그러기에 의식 있는 관료들이나 학자들은 높은 곳에 있을 때 근신하고 경계하는 걸 게을리 하지 않았다. 그러나 그와는 반대로 모든 권세를 한 손에 움켜쥐고 세상을 뒤흔든 사람도 많았다. 그런 사람들의 최후는 비참했고, 후세에까지 오명(汚名)을 남기기도 했다.

　멀기와 가깝기 또한 화자가 파악한 세상사다. 자기와 뜻이 맞으면 간과 쓸

개까지 내줄 듯하다가도, 자기와 뜻이 맞지 않으면 배척하고 죽이지 못해 안달을 하곤 한다. 그런 모습은 특히 정계(政界)에서 흔한 일이 아니던가. 세상사가 어디 그뿐인가. 둥글고 모나기, 길기와 짧기를 반복한다. 변화무쌍 그 자체인 것이다. 이런 속에서 자신을 더럽히지 않는 길은 그런 세상으로부터 멀리 떨어져 있는 길밖에 없다. 자신의 목숨을 보전하고, 자신의 뜻을 굽히지 않고, 자신의 이름을 더럽히지 않는 길은 관직에 나서지 않는 것이다.

그런데 화자는 늘 그런 변화의 모습대로 살았다고 얘기한다. 여기서 한 가지 의문이 생긴다. 작가의 생애와 연관지어 생각할 때 전혀 맞지 않는 말이다. 작가는 관리가 아닌 가객(歌客)이다. 그런 사람이 늘 하나의 모습으로 존재하기보다 변화무쌍한 삶을 살아왔다는 것은 어울리지 않는다. 오히려 자신은 그런 곳에서 벗어나 있어 '무삼 근심 잇시리(무슨 걱정이 있겠는가)'라고 해야 하기 때문이다. 그렇다면 이 노래는 화자와 작가를 전혀 다른 사람으로 봐야 한다. 여기에 등장하는 화자는 시인이라기보다 관리나 정치인이 되어야 하기 때문이다. 가객의 입장에서 세상사의 변화무쌍함을 본 것이 아니라 정치인의 입장에서 세상사를 보고 읊은 것으로 봐야하겠다.

• 안민영(安玟英) : 생몰년 미상. 조선 고종 때의 가객(歌客). 자는 성무(聖武)·형보(荊寶), 호는 주옹(周翁).

서얼 출신으로 성품이 고결하고 풍류를 즐겨 산수를 좋아하고 명리를 구하지 않았다. 1876년(고종 13)에 스승인 박효관(朴孝寬)과 함께 『가곡원류(歌曲源流)』를 편찬하고, 자신의 시조 <영매가(咏梅歌)> 외 26수도 함께 실었다.

영정조(英正祖)를 지나면서부터 단가(短歌, 시조)는 가사(歌詞)에 압도되었고, 다시 단가는 산문학(散文學)에 눌려서 대체로 시가활동이 활발하지 못했는데, 안민영이 단가의 마지막 향기를 풍기며 새로운 꽃을 피운 바 있다.

논밧 가라 기음 믹고 돌통딕 기스미 퓌여 물고
코노릭 부로면서 팔쑥츔이 제격니라
아희는 지어즈ᄒ니 詡詡(후후) 웃고 놀니라

―신희문(申喜文)

> 논밭을 갈아 김을 매고 썰어서 만든 담배를 돌통대에다 채워 피워 물고/ 콧노래를 부르면서 팔뚝춤을 추는 것이 제격이다/ (이 모습을 보고 있던) 아이는 '지화자 좋을 씨고' 하며 흥을 돋으니, (나는) '허허' 웃으며 놀 수밖에

- 돌통딕 : 돌을 깎거나 흙을 빚어서 만든 담뱃대. 대나무로 몇 자씩 길게 만들고 온 갖 치장을 한 담뱃대와 비교할 때, 너무나 수수하고 보잘 것 없는 담뱃대다.
- 기스미 : 잎담배를 잘게 썰어 만든 담배. 일본어 '키자미[刻み]'에서 온 말. '돌통딕' 와 함께 수수하고 보잘 것 없는 농민이나 평민들의 담배다.
- 지어즈 : 지화자. 흥을 돋구기 위해 장단을 가볍게 맞추는 소리.
- 후후(詡詡) : 후후. 웃는 소리.

농민들의 즐거운 행락 장면을 표현한 시조로, 흥겨운 농민들의 삶 한 토막을 보는 듯 가벼우면서도 흐뭇한 감동을 전해주는 가작(佳作)이다.

단어해석에서도 언급했다시피 이 작품은 많은 의문을 갖게 한다. 작가의 생몰연대도 불명확하고, 창작연대도 정확치 않기 때문이다. 더군다나 '키자미 [刻み]'란 일본어 사용으로 봐서 1900년대 이후의 작품으로 볼 수도 있다. 일본어가 우리나라에 상륙해서 일반 대중들에게 알려진 것은 1900년대 이후로 볼 수 있기 때문이다. 또한 다른 시조집에는 실려 있지 않고 최남선의 『육당본 청구영언』에만 실려 있다는 점에서도 이 시조에 대한 의문은 증폭된다. 그러나 어느 시대에 누구에 의해 창작되었든 간에 이 시조의 문학성은 결코 떨어지지 않는다.

이 시조는 논밭을 다 갈고 난 후나 김매기가 끝난 후 담배를 피는 장면에

서 시작된다. 힘들게 일을 끝마치고 난 후 피우는 담배야말로 꿀맛이다. 그때는 담배나 담뱃대가 좋든 나쁘든 상관이 없다. 잠시 짬을 내어 담배를 피우면서 몸도 쉬고, 자신이 힘들여 한 일들을 풍족한 마음으로 되돌아보면 힘들었던 순간이 뿌듯한 성취감으로 다가온다(1행). 힘들기는 했지만 또 하나를 정리 내지 완성했다는 성취감은 힘들게 일해 본 사람만이 아는 기쁨이다. 그래서 담배를 '해방초(解放草, 일에서 해방시키는 풀)'라 하지 않는가. 그렇게 담배를 피다보니 없던 흥이 절로 나고 어깨가 들썩거려서 견딜 수가 없다. 해서 내친 김에 콧노래를 부르면서 어깨춤을 춘다(2행). 자신도 모르게 새어 나오는 콧노래와 콧노래에 어깨 들썩임을 멈출 수가 없다. 콧노래를 하면서 어깨춤을 추고 있자니, 곁에서 이 모습을 지켜보던 어린 아이가 '얼씨구!' 내지는 '지화자!'라고 추임새를 넣는다. 그야말로 어른이나 아이가 하나의 흥으로 즐기고 있는 것이다. 그러니 추임새를 넣는 아이를 바라보며 '후후, 하하, 허허'거리며 놀 수밖에(3행).

농무(農舞)란 바로 이런 게 아닌가 싶다. 절로 솟는 흥을 주체하지 못하고 그 흥을 춤으로 풀어내는 것. 가슴 가득 밀려드는 성취감과 뿌듯함을 어쩌지 못해 어깨춤으로 표현하는 것. 그리고 그 모습에 어린아이까지 덩달아 감춰두었던 흥을 함께 나누며 어깨를 들썩거리고 어깨를 흔드는 것. 소박한 가운데 함께 흥을 나누며 즐기는 낙천적인 모습이 눈에 선하다.

• **신희문**(申喜文) : 생몰연대 미상. 자는 명유(明裕). 시조 14수가 전해진다.

건너셔는 숀을 치고 집의셔는 들나ᄒ네

문 닷고 드자 ᄒ랴 숀 치는 딕를 가자 하랴

이 몸이 두 몸 되여 여긔 져긔 ᄒ리라

―작자 미상

> 건너편에서는 손을 치며 오라 부르고, 이쪽 집에서는 집으로 들어오라고 보챈다/ 문 닫고 집으로 들어갈까, 손 치며 오라는 곳으로 갈까/ (이것도 버릴 수가 없고, 저것도 버릴 수가 없구나.) 이 몸이 둘이 되어 여기도 가고 저기도 들면 좋겠구나

- 건너셔는 : 건너편에서는.
- 들나ᄒ네 : 들어오라 하네.
- 드자 ᄒ랴 : 들어가랴. 들어갈까.

조선시대 축첩제도를 희화화(戲畵化)한 작품으로, 두 여자를 놓고 갈등하는 한 남자의 모습을 그리고 있다.

먼저, 첫 행에서는 두 여자의 부름을 재미있게 표현하고 있다. 어디를 다녀오는 길인지 집에 들어가기 전에 손을 치며 부르는 사람은 분명 첩일 것이다. 살며시 남모르게 손짓을 하며 애교를 떨고 있으리라. 이를 뻔히 아는 본처는 시앗한테 가기 전에 미리 집으로 곧장 들어오라고 부르고 있다. 처와 첩이 남자를 부르는 모습이 정반대로 표현된다. 한 쪽에서는 갖은 애교와 손놀림으로 남자를 부르는 반면, 본처는 다소 찡그리는 얼굴과 엄한 목소리로 남편을 종용하고 있을 것이다. 그래서 '본처 기질, 애첩 기질'이란 말이 생겨났는지도 모른다.

이런 상황에서 남자는 갈등할 수밖에 없다. 본처의 말을 따라 들어가자니 온갖 애교와 미소로 사람을 끄는 애첩이 그립고, 애첩이 부르는 대로 가자니 가정의 평화가 염려된다. 사실, 조선조까지만 하더라도 결혼은 자신의 의지에 의해 이루어지지 않았다. 부모나 조부모의 의향에 따라 전혀 모르는 두 남녀

가 부부의 연을 맺고 살았던 것이다. 그러다 보니 부부는 사랑을 매개로 이어졌다기보다 가족 성원으로 받아들였던 것이다. 그렇더라도 가족의 평화를 위해서는 본처의 말을 따를 수밖에 없었다. 그러나 첩은 자신이 좋아서 만난 여자다. 보통 신분이 자신보다 낮은 사람이기는 하지만 자신이 사랑한 사람이다. 그러니 남자는 의무와 사랑의 굴레에서 방황할 수밖에 없었다. 그 갈등과 방황이 둘째 행에 잘 나타나고 있다. 본처에게 가서 가정의 평화를 지킬 것인가, 애첩에게 가서 사랑을 택할 것인가. 남자는 두 갈래 길에서 갈등하고 방황하고 있다.

그러다 남자가 내린 결론은 다소 엉뚱하다. 둘 다 포기하지 못하겠으니 두 몸이 되어서 여기도 가고 저기도 가고 하겠다는 우스운 결론을 내린다. 도저히 있을 수 없는 이야기를 하면서 웃음을 주고 있다. 1·2행의 심각하게 전개된 상황과는 전혀 어울리지 않게, 남자의 솔직한 심정을 해학적으로 표현하고 있다.

처첩을 거느린 남자의 난처한 처지를 다소 익살스럽게 표현하고 있는 이 작품은 뒤에 나오는 '반(半)여든에 첫계집을 ᄒᆞ니'와 함께 여성에 대한 남성의 솔직 담백한 마음을 표현한다는 점에서 새로운 영역의 작품이라 하겠다. 이렇듯 현실 생활에서 얻은 소재를 문학의 영역으로 끌어들여 새로운 형태의 작품으로 승화시킨 것이 바로 사설시조라 할 때, 이 작품은 벌써 사설시조적인 면모를 갖추고 있다 하겠다.

나뷔야 靑山(청산)에 가쟈 범나뷔 너도 가쟈

가다가 져무러든 곳듸 드러 자고 가쟈

곳에셔 푸待接(대접)ᄒ거든 닙혜셔나 ᄌ고 가쟈

─작자 미상

> 나비야 청산으로 가자. 호랑나비 너도 가자/ (무슨 뚜렷한 목적을 가지고 가는 길이 아니니, 청산을 향해) 날아가다가 (날이) 저물거든 꽃 속에 들어가서 자고 가자/ (만약) 꽃이 푸대접하거든 잎에서라도 자고 가면 되지 않느냐(구름같이, 물같이 흘러가는 자유의 몸인데 거리낄 것이 하나도 없지 않느냐. 그러니 잘 곳을 가리지는 말자꾸나)

- 범나뷔 : 호랑나비.
- 져무러든 : 저물거든.
- 곳듸 : 꽃에. 꽃 속에. 꽃잎 속에. 곳[花]+의(처소부사격조사) > 곳의/고즤. 혼철의 모습이 보인다.
- 드러 : 들어가서.
- 닙혜셔나 : 잎에서나. 잎에서라도.

청산을 동경하면서 자유롭게 살고자 하는 인간의 욕망을 표현한 시조다.

먼저, 화자는 나비에게 청산으로 가자고 권하고 있다. 인간 세상인 현실을 떠나 이상향으로 생각하는 청산(靑山)으로 가자는 생각은 고려가요 <청산별곡(靑山別曲)>을 연상시킨다. 그러나 <청산별곡>에서는 자기 혼자 청산을 찾아가는데 비해 이 시조에서는 청자(聽者)를 나비로 설정했다. 사람이 아니라 나비와 함께 청산에 가겠다는 발상 자체가 새로우면서도, 인간에 대한 비판의 의미를 담고 있다 하겠다. 사람이 없는 곳이 곧 청산이란 생각을 갖고 있는 듯하다. 그래서 나비에게 청산에 가서 함께 살자고 권하고 있다(1행).

왜 하필 나비에게 권하고 있을까? 그것은 아무래도 청산에는 나비가 어울릴 것이란 생각 때문일 것이다. 아름답고 이상적인 공간인 청산에는 아무래도 자유롭게 날아다닐 수 있고, 날개가 아름다운 나비가 제격이기 때문이리라. 또한 청산은 온갖 꽃들이 아름답게 핀 공간이라 나비가 가장 어울릴 것이란 생각도 작용했을 것으로 본다.

그렇게 나비와 함께 청산을 찾아가는 길에 날이 저물면 꽃에 들어 자고 가자고 말하고 있다. 나비가 잘 곳은 꽃이 아니겠는가. 나비와 가장 잘 어울리는 게 활짝 핀 꽃이므로 꽃봉오리 속에서 자고 가자고 이야기하고 있다. 그러나 꽃 속에서 잘 수 있는 확률은 적다. 꽃이 나비를 무작정 반기지만은 아닐 것임을 화자는 잘 알고 있다. 꽃도 꽃 나름이어서 자신에게 이롭지 않다고 생각하면 거부할 것이 뻔하기 때문이다. 청산에서라면 다르겠지만, 청산을 찾아가는 도중인 현실 공간이므로 꽃도 나비를 거부할 수 있다고 생각한 것이다. 인간 세상에서는 흔히 있는 일에 대한 비판이라 하겠다(2행).

만약 꽃이 거부하면 잎에서라도 자고 가자는 것이 3행이다. 청산을 찾아가는 도중에 약간이 시련이 있으면 어떻고, 세상의 배척이 있으면 또 어떠냐는 뜻이다. 결국 화자가 찾는 청산은 없을지 모른다. 다만 아름다운 꽃이 피어 있고, 꽃이 나비를 거부하거나 배척하지 않는 공간이 바로 청산일지도 모른다는 생각을 하는 듯하다.

어찌 보면 아무 생각없이 하는 말인 것 같으면서도 말 속에 뼈를 담고 있고, 아무 것에도 거리낄 것 없는 화자의 모습에서 진정한 자유인의 모습을 볼 수 있다. 그래서 이 시조는 읽을수록 감칠맛이 나고, 읽을수록 정답다. 결국 거부나 배척이 없는 공간이 곧 청산이고, 서로 마음을 나누고 사랑을 나누는 공간이 바로 청산이 아닐까 싶다.

닉집이 길츼냥흐여 杜鵑(두견)이 낫졔 운다
萬壑千峰(만학천봉)에 외蓑笠(사립) 닷앗는듸
기좃ᄎ 즛즐일 업셔 곳 지ᄂ딋 조오더라

─작자 미상

> 내 집이 큰길에서 멀리 떨어져 있는 호젓한 곳이어서 두견새가 낮에도 운다/ 산과 골짜기가 깊고 깊은 산골에 (드나드는 사람이 전혀 없어) 외사립을 닫았는데/ 개조 차 짖을 일이 없어서 꽃잎이 지는데 졸곤 한다(졸고 있는 개의 머리 위로 꽃잎이 펄 펄 떨어지곤 한다)

- 길츼 : 길치. 큰길에서 멀리 떨어져 있는 호젓한 외딴 곳.
- 낫졔 : 낮에. 낮[晝]+에 > 낮에/나제. 혼철의 모습이 보인다.
- 만학천봉(萬壑千峰) : 많은 골짜기와 많은 봉우리. 높고 험한 산이 겹겹이 쌓여 있는 산골.
- 외사립(蓑笠) : '외사립'을 한자로 잘못 표현한 것. '사립'이란 대나 싸리 따위로 엮은 대문짝이니, '외사립'은 한짝만으로 되어 있는 아주 초라한 대문을 말한다. 따라서 외사립은 한자어로 표기해서는 안 된다. 사립(蓑笠)은 도롱이와 삿갓을 말하기 때문이다.
- 개좃ᄎ : 개조차. 개마저.
- 곳 지ᄂ딋 : 꽃 지는데. 꽃이 떨어지는데.
- 조오더라 : (꾸벅꾸벅) 졸더라.

숨막힐 듯한 고요가 멋들어진 정중동(靜中動)의 세계를 보여주는 시조로, 한 편의 동양화를 보는 듯하다.

화자는 자신의 집을 사람들이 사는 큰길에서 멀리 떨어져 있는 호젓한 외 딴 곳이란 의미에서 '길츼냥흐여'라고 말하고 있다. 그러나 그런 화자의 발언 은 바로 수정된다. 단순히 길치가 아니라 낮에도 뻐꾸기 소리를 들을 수 있 을 만큼 깊은 산속이라고 말한다. 낮에도 두견새의 울음소리가 들린다는 것은 단순히 인가와 떨어진 곳이 아니라 산속 깊은 곳임을 말하기 때문이다. 두견새는 뻐꾸기 비슷하게 생겼을 뿐 아니라 뻐꾸기와 비슷한 속성을 가지고 있으며 산속 깊은 곳에 산다. 사람의 눈에 띄지는 않고 깊은 산속에서 사는 새인만큼 그 울음소리는 깊은 산속에서만 들을 수 있다.

둘째 행에서 그 사실을 알 수 있다. '만학천봉(萬壑千峰)' 속에 자리잡고 있다고 말하고 있기 때문이다. 처음에는 길가에서 멀어진 곳에 있는 집인 줄 알았는데 두견새 울음소리가 들릴 만큼 산속이라고 말하고 끝내는 깊고 깊은 산골짜기에 있는 집임을 알려준다. 일종의 카메라 원사(遠寫)기법이다. 외딴 초가집을 먼저 보여주고, 그 다음 대낮에 들리는 두견새의 울음소리로 깊은 산속임을 알려준 후, 카메라를 멀리 후진시켜 첩첩산중 속에 있는 집임을 보여주는 기법을 이용하고 있다. 카메라가 있을 리 없는 조선시대에 카메라의 기법을 이용하는 듯하다는 점에서 영상적인 시·청각을 이용하여 하나의 장면을 구성하고 있다는 점은 신선하다 할 것이다. 사실, 영상기법이나 영상이미지는 문학의 영향 하에서 이루어졌다. 영화나 영상은 문학의 모든 기법과 장점들을 수용하여 만들어진 현대적 기계문명의 산물임을 생각할 때, 이 시조 또한 영화나 영상에 지대한 영향을 미친 묘사 기법을 사용하고 있다고 볼 수 있다. 또한 '외딴 곳→ 두견새가 우는 깊은 산골→ 만학천봉에 둘러싸인 깊은 산골'이란 점층적 기법으로 산골짜기에 있는 집을 묘사하고 있는 것이나, 시각과 청각을 이용하여 그 점층성을 강화하고 있다는 점은 이미지를 강조하는 현대시의 기법과 비교해도 결코 뒤지지 않는 현대성을 갖추고 있음을 알 수 있다.

그런 깊은 산속에 드나드는 사람이 없고, 드나드는 사람이 없으니 대문 시늉만 낸 외사립을 하루 종일 닫아둘 수밖에(2행). 그런 곳이고 보니 집을 지키는 개마저도 꽃이 지는데 꾸벅꾸벅 졸 수밖에(3행). 전반부가 깊고 깊은 산골짜기에 있는 집을 묘사하는데 비해, 후반부는 하루 종일 닫혀 있는 외사립과 꽃이 지고 있는 모습을 조는 개와 함께 그림으로써 고요함과 정막감을 강화하고 있다. 고요의 극치랄까, 너무나 평화롭고 한가로운 모습이라 할까. 감히 흉내낼 수 없는 그림 한 점을 글로 그려놓았다.

碧梧桐(벽오동) 심운 쯧즌 鳳凰(봉황)을 보렷터니

닌 심운 탓신지 기드려도 아니오고

밤中(중)만 一片明月(일편명월)만 븬 柯枝(가지)에 걸녀세라

　　　　　　　　　　　　　　　　－작자 미상

> (줄기가 푸른빛이 도는 오동나무인) 벽오동을 심은 이유는 (벽오동을 심으면 봉황
> 이 와서 깃든다기에) 봉황을 보려고 심어놓았는데/ (박복하고 천한) 내가 심은 탓인
> 지 기다려도 (봉황은) 오지 않고/ 깊은 밤중에 한 조각 조각달만 (잎이 다 떨어져
> 쓸쓸한 오동나무) 빈 가지에 (덩그렇게) 걸려 있구나

- 벽오동 : 벽오동과의 넓은 잎을 가진 낙엽수. 봉황새가 깃든다하여 인가(人家) 부근
  에 심는데, 높이 5m가량, 청색을 띠며, 잎은 큰 부채만함. 여름에 작은 황록색 다
  섯잎꽃이 피고 콩 비슷한 열매가 가을에 익음. 재목(材木)은 장롱이나 관(棺), 악기
  등을 만드는데 씀. 청동(靑桐)이라고 하기도 한다.
- 봉황(鳳凰) : 상상의 상서로운 새. 닭의 머리, 뱀의 목, 제비의 턱, 거북의 등, 물고기
  의 꼬리 모양을 하고 있다고 한다. 몸과 날개 빛은 오색이 찬란하며, 오음의 소리
  를 낸다. 수컷은 '봉(鳳)', 암컷을 '황(皇)'이다. 봉조(鳳鳥)라고도 한다.
- 보렷터니 : 보려고 했더니. 보려고 했는데.
- 걸려세라 : 걸렸구나. 걸려있구나.

　자신의 쓸쓸하고 박복하면서도 기구한 운명을 집 뜰에 심어놓은 벽오동과
앙상한 나뭇가지를 무심히 비추는 달을 통해 제시한 작품으로, 현대 가요에
서도 자주 인용되는 시조다.

　벽오동을 집 근처나 마당에 심은 이유는 상서로운 동물인 봉황이 깃든다
고 하여 봉황을 보기 위해서다. 봉황은 성인(聖人)의 탄생에 맞추어 세상에 나
타나는 새로 알려져 있다. 수컷과 암컷이 사이좋게 오동나무에만 깃들어 살
고, 중국에서 태평할 때에 단물이 솟는다고 하는 샘인 예천(醴川) 또는 감천(甘
泉)만 마시고, 100년에 한 번 열리는 대나무 열매를 먹는다고 전해진다. 그래

서 뭇새의 왕으로서 귀하게 여기는 환상적인 영조(靈鳥)로 인식하였다. 이런 이유로 해서 모든 사대부나 왕들은 봉황이 깃들기를 바라는 마음에서 자신이 살고 있는 근처에 오동나무를 심곤 했다. 그런 이유로 화자도 집 근처에 벽오동을 심은 것이다(1행).

그런데 박복하고 기구한 운명을 타고 난 화자가 심은 탓인지 아무리 기다려봐도 봉황은 날아오지 않는다고 푸념하고 있다. 사실, 이 푸념은 그리 큰 의미를 갖지 않는다. 봉황이란 결국 상상 속에 새이기에 봉황이 깃들리라고는 생각하고 있지 않을 것이다. 다만 좋은 일이 생기기를 바라는 마음에서 벽오동을 심었는데 좋은 일은 생기지 않는 것을 푸념하고 있다. 즉, 봉황이 깃들지는 않는다해도 좋은 일이라도 생겼으면 좋겠는데, 좋은 일은 고사하고 근심만 늘었음을 마지막 행을 보면 알 수 있다.

한밤중 가지에 걸린 지는 달을 보는 화자의 행위를 통해, 근심이나 걱정이 있어 잠 못 이루고 있음을 알 수 있기 때문이다. 어쩌면 화자는 사랑하는 임을 잃었는지도 모르고, 집안에 우환이 겹쳐 밤새 잠을 못 이루고 있는지도 모르고, 병이 깊어져 잠을 못 이룬 채 무심한 달을 바라보는지도 모른다. 봉황을 보리라던 가슴 뿌듯한 기대와는 달리 빈 가지에 쓸쓸히 걸려 있는 조각달은 너무나 대조적이고 쓸쓸한 분위기를 자아낸다.

기대가 크면 실망도 크다고 했던가. 봉황이 깃들기를 바랐던 것은 아니지만, 좋은 일이 있으리라 기대하고 있었는데 좋지 않은 일만 생기니 더욱 슬플 수밖에. 새벽녘 잎이 다 져버린 오동나무 가지에 걸린 조각달을 바라보는 화자의 모습이 쓸쓸하면서도 애처롭다. 또한 나무 하나로 자신의 심경을 진솔하게 표현했던 담담했던 옛사람들의 정취가 그립다.

술 먹고 醉(취)흔 後(후)의 얼음숑의 춘 슝닝과

새볘 님 가려거든 고쳐 안고 즘든 맛과

世間(세간)의 이 두 滋味(자미)는 눔이 알가 흐노라

-작자 미상

> 술 마시고 취한 후에 (술 깰 무렵에 마시는) 얼음 구멍에서 막 나온 듯한 찬 숭늉의 맛과/ 새벽녘에 (일어나 집으로) 돌아가려는 임을 붙잡아 다시 그 임을 안고 자는 맛과/ (이 두 맛을 나 혼자만 알고 즐기려하는데) 세상에 이 두 재미는 남이 알까 두려워하노라

- 어름숑 : 얼음 구멍. '숑'은 '굼' 또는 '굼' 또는 '씀'에서 온 말로 모두 '구멍'을 뜻한다. 따라서 '어름숑'이란 얼음에 숭숭 뚫린 구멍이리라.
- 춘 : 채운인지 차가운[冷]인지 불명확하지만, 어느 것을 선택하든 큰 상관은 없을 듯하다. '숭숭 뚫린 얼음을 채운 숭늉'이든 '숭숭 뚫린 얼음과 같이 찬 숭늉'이든 큰 차이는 없을 듯하기 때문이다.
- 슝닝 : 숭늉. 한자어 숙냉(熟冷)에서 슉닁 > 슝닝 > 숭늉이 되었다고 하나 불분명하다. 다만 <요로원야화기>에 "슉냉을 먹으려 하거든"이란 말이 나오는 것으로 봐서 '슉닁'이나 '슉냉'의 형태를 유지하고 있었던 것만은 사실인 것처럼 보인다. 그러나 한자어 숙냉(熟冷)은 숙닁을 한자어로 표기하기 위해 썼을 수도 있다. 대표적인 예가 '스랑'이란 단어를 한자어로 '스랑(思郞)'이라 표현했던 것에서 찾을 수 있다.
- 셰볘 : 새벽. 고어에서는 '새배' 또는 '새볘'로 표기되어 있는데, '새벽[晨]'을 뜻한다.

　퇴폐적으로 보일 수 있는 내용이라 자주 언급되는 작품은 아니지만, 서민의 정서가 가감없이 표현되어 있어 양반 문학에서는 볼 수 없는 진솔함이 돋보이는 작품이다.

　화자는 세상에서 두 가지 재미를 남들이 몰랐으면 한다. 혼자만이 즐기고 싶다는 것이다. 그러나 그 재미란 것이 그리 대단한 것은 아니다. 돈 있고 권세 있는 양반들로 보면 하찮고 아무 것도 아닌 것일 수 있다. 그게 바로 술

이 깰 때 얼음처럼 차가운 자리끼의 맛이고, 새벽녘에 돌아가려는 임을 껴안고 다시 잠을 자는 것이다.

먼저 첫 행의 내용부터 살펴보자. 술을 마시고 잠이 들었다가 잠을 깼을 때의 상황이다. 속이 바짝바짝 타고 머리가 띵하고 아픈 게 술을 마실 때의 취흥과는 전혀 다른 고통이 찾아든다. 손가락 하나 까닥하기 싫어진다. 몸이 무겁고 머리가 아픈 게 소변이 마려워도 움직이기가 싫다. 그럴 때 제일 먼저 찾는 것이 시원한 냉수. 머리맡에 방금 얼음구멍에서 빼낸 것처럼 시원한 물이 있다면 그야말로 세상에서 가장 시원하고 맛있는 물이 된다. 주당(酒黨)이라면 그 맛을 모를 리 없다. 그래서 화자는 세상에서 제일 좋은 물맛을 먼저 이야기하고 있다. 술을 어지간히도 좋아했었나 보다.

둘째 행은 여자에 관한 이야기다. 영웅은 술과 여자를 좋아한다고 했던가. 요즘의 남자들이 군대와 축구 이야기를 빼놓지 않듯이 조선시대까지만 해도 술과 여자에 대한 이야기가 빼지지 않았나보다. 화자도 그 점을 놓치지 않고 이야기한다. 여자에 대한 이야기도 평범한 이야기가 아니다. 밤새 한 이불에서 잠을 자다가 새벽이 되어 돌아가려는 여자를 다시 안고 잠드는 맛이 자신이 생각하는 두 번째 맛이라고 했다. 여기서 임은 단순한 여자는 아닌 듯싶다. 새벽녘에 집으로 돌아가려고 하는 것으로 봐서는 정식결혼을 하지 않은 애인이거나, 남의 여자 내지는 기생일지도 모른다. 아무튼 집에 가야 한다고 급히 서두르는 여자를 달래고 얼러 다시 안고 잠이 드는 맛을 잊을 수 없다고 얘기하고 있다.

그리고는 이 두 재미를 세상 사람들이 알까 두렵다는 것이다. 사실, 이 두 재미는 세상 사람들이 다 알고 있는지도 모른다. 그러나 화자는 능청스럽게 이 두 재미는 자신만 누리고 싶다고 얘기하고 있다. 어쩌면 대부분이 사람들이 아는 재미를 혼자만 아는 것처럼 과장되게 이야기함으로써 피식 웃음을 자아내게 하는지도 모른다. 자신만이 아는 것처럼 과장되게 얘기함으로써 사람들을 웃게 하는 개그맨 기질을 가지고 있는 화자인 것 같다.

가을 비 긔똥 언마 오리 雨裝直領(우장직령) 내지 마라
　十里(십리)ㅅ길 긔똥 언마치 가리 등 알코 빅 알코 다리
저는 나귀를 크나큰 唐(당)채로 쾅쾅 쳐 다 모지 마라
　가다가 酒家(주가)에 들너든 쉬여 가려 ᄒ노라

－작자 미상

> 가을비가 오면 얼마나 오겠느냐. 우비 준비한다고 부산떨지 마라/ (고작) 십리길인데 기껏 가봐야 얼마나 가겠느냐. 등 앓고 배 앓고 다리 저는 비루먹은 나귀를 크나큰 중국 채찍으로 쾅쾅 치면서 괴롭힐 게 무어냐/ 가다가 주막에 들러서 한 잔 하면서 쉬다가 비가 그치면 가면 되지 않느냐

- 긔똥 : 그까짓. 그따위. 기껏(해야).
- 언마 : 얼마. 얼마나.
- 우장직령(雨裝直領) : 우장(雨裝)은 비옷. 직령(直領)은 무관의 웃옷으로, 깃이 곧게 되었다고 붙여진 명칭이다.
- 언마치 : 얼마만큼. 얼마만치.
- 당(唐)채 : 중국에서 들어온 말채찍. 내용으로 보아 큼직한 채찍인 듯하다.
- 들너든 : 들르거든.

느긋한 여유와 솔직하고도 소박한 멋, 익살스러운 표현이 어우러져 감칠맛을 내는 시조다.

아무래도 볼 일이 있어 길을 나섰는데 가을비가 내리기 시작한 모양이다. 말을 몰던 마부(또는 하인)는 주인이 비를 맞을까봐 우비를 챙기느라 부산을 떨었을 것은 당연한 일. 이에 화자는 말 위에서 느지근히 이야기하고 있다.

"가을비가 기껏 와봐야 얼마나 오겠느냐. 우비 준비한다고 소란 피울 것 없다. 그냥 가자. 오랜만에 맞는 가을비니 정취도 있고 좋지 않으냐."

"그래도, 비 맞으면 고뿔 드실텐데."

"어허, 괜찮대도 그러네. 그러니 걱정 말고 가자꾸나."

이렇게 해서 우비를 입지 않은 채 계속 길을 가고 있는데, 가을비가 좀체 멎을 기세가 아니다. 주인이 우비도 없이 비를 맞고 있으니 마부는 황급해진다. 말을 급히 몰려고 손에 들고 있던 채찍으로 재촉한다. 그러자 이번에도 또 주인이 마부를 말리면서 여유롭게 이야기한다.

"기껏해야 십리길인데 뭘 그리 서두르느냐. 비에 젖는다면 또 얼마나 젖는다고. 그러니 등 앓고 배 앓고 다리마저 성치 않은 비루먹은 당나귀를 매운 채찍으로 때리지 마라. 그 놈도 지금 주인이 젖을까봐 죽을 둥 살 둥 가고 있을 거다. 그 놈인들 마음이 편하겠느냐."

자신의 젖는 옷과 으슬으슬 추운 몸보다 마부와 나귀를 먼저 걱정하고 있다. 누군지 모르지만 마음이 너무나 넉넉하고 여유롭다. 또한 세상 사는 여유를 잘 알고 음미하고 있다. 이런 화자의 마음은 마지막 행에서 분명히 드러난다.

"어허, 서두르지 말고 그냥 천천히 가자꾸나. 가다가 주막이 있거든 잠시 세우거라. 주막에 들러 술이나 한잔 하면서 비긋기를 기다렸다가 가잖구나."

이 말에는 마부도 어쩔 수 없이 주인의 말에 따랐을 것이다. 주인은 지금 바삐 목적지에 도착하는 것보다 자연을 즐기고, 여유로운 삶을 만끽하고 있음을 알았기 때문이다. 자신의 송구스럽고 바쁜 마음과는 달리 주인은 여유만만으로 세상을 즐기고 있음을 잘 알았기 때문이다. 아니, 어쩌면 마부도 이미 알고 있었는지 모른다. 이 정도의 여유와 멋을 아는 주인이었다면 이전에도 비슷한 일이 있었을테니 말이다.

그런데도 마부는 자신의 입장이 있기 때문에 주인이 그 말이 나올 때를 기다려 짐짓 그렇게 했을런지도 모른다.

한 편의 단편 영화를 보는 듯, 화자의 넉넉하면서도 너른 가슴을 보는 듯, 여유로운 삶이 눈에 선하여 반갑다. 요즘처럼 바쁜 세상에서 맛볼 수 없는 여유가 부럽기도 하다.

논밧 가라 기음 믹고 뵈잠방이 다임쳐 신들메고

낫 가라 허리에 츠고 도싀 버려 두러메고 茂林山中(무림산중)

드러가셔 삭짜리 마른 셥흘 뷔거니 버히거니 지게에 질머 집팡

이 밧쳐노코 식옴을 츳즈가셔 點心(점심)도슭 부시이고 곰방딕를

톡톡 쎠러 닙담븨 픠여물고 코노릭 조오다가

夕陽(석양)이 지 너머갈 졔 엇씌룰 추이르며 긴소릭 쪄

른소릭ᄒ며 어이갈고 ᄒ노라

—작자 미상

논밭을 갈아 김을 매고 베잠방이를 대님 쳐서 (꽉 졸라매고) 들메끈으로 짚신을 꽉 잡아 묶고/ 낫을 갈아 허리에 차고 도끼를 (날이 서게) 버려 나무숲이 우거진 깊은 산중으로 들어가서, 삭정이 마른 나뭇잎을 베어서 지게에 짊어져 지팡이 받혀 놓고, 샘을 찾아 점심도시락을 다 비우고 나서는 곰방대를 톡톡 털어 잎담배를 피워 물고 콧노래 부르면서 졸다가/ 석양이 재 넘어갈 때[다 저녁 때가 돼서는] 어깨를 추스르며 긴소리 짧은 소리 하면서 어이 갈꼬 하더라

- 뵈잠방이 : 베로 만든, 가랑이가 무릎까지 오는 짧은 남자용 홑바지로 여름철 농부들이 입는다.
- 다임쳐 : 대님 쳐. '대님'은 한복 바지를 입은 뒤에 그 바짓가랑이 끝을 다리에 졸라매는 끈을 말한다.
- 신들메고 : 짚신 따위가 벗겨지지 않도록 발에다 들메끈을 매고.
- 벼려 : 무딘 연장을 불에 달궈 날카롭게 벼리어.
- 무림산중(茂林山中) : 나무숲이 우거진 산 속.
- 삭짜리 : 삭정이. 나무에 붙은 채 말라죽은 가지.
- 마른 셥흘 : 마른 나뭇잎이나 풀. 이것들을 긁어모아 불쏘시개나 땔감으로 사용했다.
- 식옴 : 샘[泉].
- 점심(點心)도슭 : 점심도시락.
- 부시이고 : 부시고. 그릇 같은 것을 깨끗이 씻고.

- 조오다가 : 졸다가.
- 추이르며 : 추쩍거리며. 추켰다 내렸다가 하면서.
- 긴소리 져른소리 : 장가와 단가. 또는 장시조와 평시조.

농민의 하루 일과를 사실적이고 서사적으로 묘사하여 생동감과 현실감, 역동성을 느낄 수 있는 작품으로, 힘든 노동 속에서도 낙천적으로 살아가려는 농민들의 삶을 볼 수 있는 작품이다.

잠시도 쉴 틈 없이 이어지는 고된 노동은 농민의 삶을 팍팍하게 한다. 그러나 반드시 그렇지만도 않음을 이 시조를 통해 알 수 있다. 먼저 논밭에 나가서 김을 다 매고 난 다음에는 단단히 옷단속을 한다. 산속에 들어가서 땔감을 준비해야 하기 때문이다. 안 그래도 헐렁한 옷과 신발을 제대로 단속하지 않았다간 산속에서 옷이 나뭇가지에 찢기거나 신발이 벗겨져 발을 다칠 수도 있기 때문이다. 그래서 화자는 먼저 옷과 신발 단속을 단단히 해두는 것이다.

그런 다음 산으로 들어가서 삭정을 꺾는다, 마른 섶이며 풀을 벤다 해서 한 짐을 다 마련했다. 힘이 들지만 그것들을 잘 묶어서 지게로 한 짐을 다 해놓고 지게를 지팡이로 받쳐 놓으니 땔감은 다 한 셈이다. 땀도 식힐 겸 샘물을 찾아가서 맛나게 물을 마신 후, 점심도시락을 다 비우고, 도시락까지 깨끗이 씻었다. 이제 오늘 할 일은 다 한 셈이다. 느긋한 마음으로 잎담배를 곰방대에 재어 담배를 한 모금 빨자 콧노래가 절로 나온다. 내친 김에 팔베개를 하고 누워 콧노래를 부르며 졸고 있자니 어느덧 몸이 으스스 추워지는 게 해가 지는 모양이다. 아차차, 호들갑스럽게 일어나서는 지게를 지고 산을 내려오기 시작한다. 지게의 무게가 묵직하기는 하지만 그까짓 거 하루 이틀 한 일이 아니다. 말로는 '아이고 큰일 났다 벌써 저녁이구나!'며 호들갑을 떨지만 오늘 해야 할 일을 다 했으니 조급할 것도 없다. 해서 육자배기나 타령을 흥얼거리면서 내려오고 있다.

농민의 하루의 삶과 여유로움, 농촌에서만 느낄 수 있는 정취, 말과는 달리 흥얼거리며 돌아오는 모습 등이 너무나 평화롭고 생동감이 있다.

書房(서방)님 病(병)들여 두고 쓸것 업셔

鐘樓(종루) 져저 달린 파라 빈 스고 감 스고 榴子(유자) 스고

石榴(석류) 삿다 아츠아츠 이저고 五花糖(오화당)을 니저발여고즈

水朴(수박)에 술 스자 노코 한숨 계워 흐노라

　　　　　　　　　　　　　　　　　　　　　　　　　　　－작자 미상

서방님이 중병이라서 (병을 구완하려면 무엇이든 맛난 것으로 넉넉히 잡숩도록 해야 하는데) 미리 마련해둔 것 없어/ (병구완하느라 패물이며 있는 것 다 팔아 써서 남은 게 하나도 없는데, 그러다 마침 생각해낸 것이 머리를 장식하는 다리였다. 아깝지만 하는 수 없이 그 다리를 들고) 종로 시장에 나가 다리를 팔아서는 배 사고 감 사고 유자 사고 석류까지 (서방님이 좋아하시는 것은 다) 샀다. (서방님 좋아하시는 것을 다 구했다싶어 기쁜 마음으로 집에 돌아왔는데) 아차차, (화채에 놓을) 오색 종국 사탕인 오화당을 잊어버렸구나/ 수박에 숟가락을 꽂아 놓고 한숨 겨워한다(수박이 아무리 달다한들 오화당이 없으면 제 맛이 나지 않을텐데…… 이제 다리까지 다 팔아서 더 이상 팔 것도 없는데…….)

- 쓸것 : 쓸 용돈. 또는 먹일 것.
- 종루(鐘樓) : 종로(鐘路).
- 달리 : 다리. 예전에, 여자의 머리숱을 많아 보이게 하기 위해 덧넣었던 딴 머리. 월자(月子).
- 유자(榴子) : 유자(柚子)의 잘못된 표기. 밀감의 한 종류로 껍질이 두껍고 껍질을 깔 때 기름기가 많이 배어난다. 밀감보다 좀 신맛이 강하다.
- 오화당(五花糖) : 오색으로 물들여 만든 중국 사탕.
- 니저발여고즈 : 잊어버렸구나. '-고즈'는 감탄형종결어미로 '-구나'에 해당한다.

병든 남편에게 화채를 만들어 주려고 재료들을 샀는데, 돌아와서 보니 오화당을 빠뜨렸다고 한탄하는 내용의 작품으로, 김수장의 작품이라고 밝힌 책도 있으나 작자 미상으로 보는 게 타당할 듯하다. 평범한 한 아낙네를 관찰

자적 시점에서 서술하는 방식이나 남편을 향한 아내의 따뜻한 마음씨를 재치 있고 해학적으로 그렸다는 점이 돋보인다.

관찰은 집안에 남아 있는 것이라곤 하나도 없는 상황에서부터 시작된다. 병든 남편 뒷바라지하느라 패물이며 가재도구를 다 팔아버린 가난하고 힘든 한 가정을 그리고 있다. 그 집에서 한숨을 쉬며 아내가 골똘히 생각하는가 싶더니 무언가를 찾기 시작한다. 그 모습은 현진건의 「빈처」 발단 부분을 떠올린다. 그러다가 눈을 반짝이며 아내가 들고 나선 것은 바로 자신의 머리를 장식했던 가발인 다리다.

그 다리를 들고 종로 시장에 나가 팔더니 배, 감, 유자, 석류를 차례로 산다. 아무래도 화채(花菜, 꿀·설탕을 탄 물이나 오미잣국에 과실을 썰어 넣고 잣을 띄운 음료)를 만들려는가보다. 병든 남편이 가장 좋아하고 먹고 싶어하는 음식인 듯하다. 그렇게 기쁜 마음으로 집에 돌아와 화채를 만들다가 "아차차!" 소리를 지른다. 무언가를 빠트린 모양.

"아차차! 내 정신 좀 봐라. 가장 중요한 오화당을 잊어버렸구나. 화채에 설탕이 없으면 무슨 맛에 먹는단 말인가."

조금이라도 빨리 맛있는 화채를 남편에게 줄 생각만 하다가 가장 중요한 설탕을 잊어버렸으니 이보다 더 큰 낭패는 없을 것이다. 해서 숟가락으로 수박을 파내다 푸욱 한숨을 쉬고 있는 것이다. 팔 물건을 찾는 데서부터 수박에 숟가락을 꽂아놓고 한숨짓는 부분까지가 하나의 서사로 이루어진 이 작품은 영화의 한 시퀀스를 보는 듯하다. 또는 한 폭의 민화를 보는 듯싶기도 하다.

병든 남편을 둔 아낙네의 하루와 그 사랑을 관찰자의 시점으로 그려낸 이 작품에서 화자의 정겨운 시선을 느낄 수 있다. 모든 것을 다 팔아서라도 병든 남편에게 맛난 것을 해주려는 아내의 마음과, 아차아차 애석해 하는 감탄사를 적절히 구사하여 여인의 당황하는 모습을 해학적으로 그린 점도 묘미가 있다. 아내의 남편 사랑이란 이런 것일까. 모든 걸 다 주는 게 부부의 사랑일까.

싀어마님 며느라기 낫바 벽바흘 구르지 마오

빗에 바든 며느린가 갑세 쳐온 며느린가 밤나모 서근 등
걸에 휘초리나 ᄀᆞ치 알살픠션 싀아바님 볏븬 쇳동ᄀᆞ치 되
죵고신 싀어마님 三年(삼년) 겨론 망태에 새 송곳 부리ᄀᆞ
치 쏏족ᄒᆞ신 싀누으님 당피 가론 밧틱 돌피나니곳치 싀노
란 윗곳ᄀᆞ튼 피똥 누는 아들 ᄒᆞ나 두고

건밧틱 멋곳ᄀᆞ튼 며느리를 어듸를 낫바 ᄒᆞ시는고

—작자 미상

> 시어머님 며늘아기 싫다고 부엌 바닥을 구르지 마오/ 빚에 받은 며느리인가, 물건
> 값 대신 데려온 며느리인가. 밤나무 썩은 등걸에 회초리 난 것 같이 앙살맞은 시아
> 버님, 햇볕에 마른 쇠똥같이 꼬장꼬장 말라빠진 시어머님, 삼년 결은(엮은) 망태에
> 새 송곳부리같이 뾰족하신 시누이님. 당피[좋은 곡식] 갈아놓은 밭에 돌피 난 것 같
> 이 샛노란 오이꽃 같은 피똥 누는 아들 하나 두고/ 기름진 밭에 메꽃같은 며느리를
> 어디가 밉다고 하시는고

- 며느라기 : 며늘아기.
- 낫바 : 나빠. 마음에 들지 아니하여. 미워하여.
- 벽바흘 : 부엌 바닥을.
- 빗에 바든 : 빚에 받아온. 빚 대신 받아온.
- 휘초리나 ᄀᆞ치 : 회초리와 같이.
- 암살픠션 : 매서운. 앙살맞은.
- 볏븬 쇳동ᄀᆞ치 : 볕 쬔 쇠똥같이.
- 되죵고신 : 말라빠진. 말라비틀어진.
- 겨론 : 결은[編]. 엮은.
- 당피 가론 밧틱 : 좋은 곡식[唐피] 갈아놓은 밭에.
- 돌피 : 품질이 낮은 곡식.
- 건밧틱 : 건 밭에. 기름진 밭에.
- 멋곳 : '메꽃'인 듯하다. '메꽃'은 산에 사는 야생꽃이란 뜻으로 보이기도 하지만,

메꽃과의 여러해살이 덩굴풀로, 여름에 담홍색의 나팔 모양의 꽃이 낮에만 피었다
가 저녁에 시드는 꽃을 의미하는지도 모르겠다. 아무튼 의미상으로 예쁜 꽃을 말
하는 듯하다.

　대가족 제도 하에서 겪는 며느리의 맵고도 고된 시집살이의 어려움을 일
상적인 소재를 동원하여 표현한 작품으로, 소박하면서도 해학적으로 표현하
여 며느리를 구박하는 왜곡된 가정 생활을 풍자하고 있다.

　첫 행은 며느리가 마음에 안 들다고 부엌 바닥에 발을 구르며 며느리를
구박하는 시어머니에게 경고를 하고 있다. 며느리 구박하지 말라고. 빚에 받
아온 며느리도 아니고, 물건 값 대신에 받아온 며느리도 아닌데 해도 너무
한다고. 내용상으로는 첫 행에 나와야 할 내용이 둘째 행으로 자리를 옮긴
것은 아무리 자유로운 형태의 사설시조라 해도 시조의 기본적인 형태를 지키
고자 하는 노력으로 보인다.

　둘째 행에서는 시집 식구의 모난 성격과 구박상을 제시하고 있다. 회초리
처럼 매서운 시아버지, 사사건건 트집을 잡고 구박하느라 빼빼 마른 시어머
니, 삼년이나 시간을 두고 촘촘하게 짠 망태기도 뚫고 나올 송곳처럼 뾰족해
서 사사건건 고자질하고 찔러대고 모함하는 시누이는 모두 며느리를 못 살게
구는 존재들이다. 그런 와중에 남편이라도 제대롭다면 말이 달라질텐데, 남편
이란 작자는 좋은 곡식 갈아놓은 밭에 난 돌피 같이 덜떨어진 존재다. 그나
마 건강이라도 하면 좋으련만 오이꽃처럼 노란 똥을 누는 환자다.

　이런 속에서 말없이 시집살이를 감내하는 며느리야말로 상을 주어도 시원
치 않은 판에 구박한다는 건 있을 수 없다고 항변하고 있는 게 셋째행이다.

　가부장적 권위에 억압받은 여인들의 시집살이의 어려움이나 한(恨)을 표현
한 민요는 많다. 이를 총칭하여 '시집살이 노래'라고 하는데, 이 시조에도 시
집살이의 아픔과 한이 잘 표현되어 있다. 대표적인 시집살이 노래를 꼽는다
면 '진주난봉가'라 알려진 경북지방의 시집살이 노래다.

9. 황진이(黃眞伊)의 노래

국문학사상 가장 위대한 발자취를 남긴 여류(女流)를 뽑으라면
당연히 황진이를 뽑을 것이다.
여류가 많지 않은 우리 고전문학사에 빼어난 작품을 남겼기 때문이다.
황진이의 시조는 작가가 엇갈려서 정확히 헤아릴 수는 없으나 대략 여덟 수쯤 된다.
이별한 사람을 그리워하는 것이 가장 큰 비중을 차지하고 있다.
기녀(妓女)의 시조는 사랑 노래가 대부분이다. 황진이 시조도 마찬가지다.
그래서 주제는 그렇게 새롭다고 할 수 없으나,
표현면에서 사대부 시조에서는 생각할 수 없었던 표현을 갖추어,
관습화되어 가던 시조에 생기를 불어 놓은 것이 높이 평가된다.
이 장에서는 황진이 시조임이 분명한 여섯 수를 뽑아 따로 정리했다.
황진이 시조의 멋과 맛을 잘 감상하기 바란다.
가슴에 새겨두기 바란다.

내 언제 無信(무신)ᄒ여 님을 언제 소겻관ᄃᆡ
月沈三更(월침 삼경)에 온 뜻이 젼혀 업ᄂᆡ
秋風(추풍)에 지ᄂᆞᆫ 닙소ᄅᆡ야 낸들 어이 ᄒᆞ리오

－황진이(黃眞伊)

내가 언제 신의가 없어서 님을 언제 속였다고/ 달마저 기운 한밤중이 되도록 찾아
올 기미가 전혀 없네/ (이제나 저제나 올까하고 기다리자니) 가을 바람에 떨어지는
나뭇잎 소리에 (혹시나 오시는가 싶어 계속 속게 되는 이 마음을) 난들 어떻게 하겠
는가[나도 어쩔 수가 없어라]

- **무신(無信)** : 신의(믿음)이 없음.
- **소겻관ᄃᆡ** : 속였기에. 속이(다)+관ᄃᆡ(구속형 어미).
- **월침 삼경(月沈三更)** : 달[月]마저 기운(沈 : 가라앉은) 한밤중[三更]. 즉, 달마저 진 깊
  은 밤을 말한다.
- **온 뜻이** : 찾아 오는 듯한 흔적이, 찾아올(찾아옴직한) 기미가.

가을 밤, 애타게 기다려도 오지 않는 임을 그리워하며 부르는 연모(戀慕)의
노래다.

먼저 화자는 자신의 과거 행적을 바탕으로 자신의 굳은 신의(信義)를 강조
한다. 자신은 임과 사귀는 동안 신의 없이 굴어본 적도 없고, 한 번이라도 임
을 속인 적이 없다는 것이다(1행). 그런 줄 뻔히 알면서, 임은 찾을 기미를 보
이지 않는다고 임의 무신(無信)함을 탓하고 있다. 달마저 기우는 한밤중('月沈
三更(월침 삼경)')까지 임을 기다리지만 임은 돌아올 기척이 전혀 없다는 것
이다(2행). 그러나 화자는 결코 임을 원망하거나 비난하지는 않는다. 다만 안
올 줄 뻔히 알면서도 마냥 기다리기만 하는 자신을 미워할 뿐. 그 마음을 드
러낸 것이 바로 3행이다. 낙엽 지는 소리에도 혹시나 임이 오는가 싶어 긴장
하는 자신을 못마땅해 하는 것이다. 그러나 '낸들 어이 하리오'에서 알 수 있

듯이 그런 못마땅한 마음 뒤에는 끝까지 기다리겠다는 의지가 얼마간 드러난다. 자신이 밉지만 자신도 어쩔 수가 없다는 이 표현은, 그런 자신의 마음을 굳이 감추거나 부끄러워하지 않겠다는 표현으로 볼 수 있기 때문이다.

사실, 사랑은 함께 하는 시간의 행복이 아니라, 그리움과 기다림 그 자체인지도 모른다. 보고 싶고, 만나면 헤어지기 싫고, 헤어지면 그리워하며 만날 때를 기다리는 그 자체가 사랑인지도 모른다. 해서 사랑은 그리움 반, 기다림 반이다. 함께 나누는 시간보다 그리워하고 기다리는 시간이 많음을 사랑을 해 본 사람이라면 안다. 그리고 객관적인 시간으로는 만남의 시간이 길다하더라도 주관적인 시간은 그리워하고 기다리는 시간이 더 길게 느껴진다.

이 작품의 화자도 무신(無信)한 임을 끝까지 기다리겠다는 의지를 갖고 있다. 기다리는 여심(女心)이 살포시 녹아 있는 작품이다.

• **황진이**(黃眞伊 : 생몰년 미상. 조선 중종 때의 명기(名妓). 본명은 진(眞), 일명 진랑(眞娘). 기명은 명월(明月).

그의 전기에 대하여 자세히 알 수는 없으며, 간접 사료인 야사에 의존할 수밖에 없어 허실을 가리기가 매우 어렵다. 기녀가 된 동기에 대해서도 15세 경 이웃 총각이 혼자 연모하다가 병으로 죽자, 서둘러서 기녀가 되었다고 하나 사실 여부는 알 수가 없다. 용모가 출중하고 뛰어난 총명과 민감한 예술적 재능을 갖추어 그에 대한 일화가 많이 전하고 있다. 또한, 미모와 가창(歌唱)뿐만 아니라 서사(書史)에도 정통하고 시가에도 능하였으며, 당대의 석학 서경덕을 사숙(私塾)하여 거문고, 술과 안주를 가지고 그의 정사(精舍)를 자주 방문, 당시(唐詩)를 정공하였다고 한다.

스스로 박연폭포·서경덕·자신을 송도 삼절(松都三絶)이라 했다. 그가 지은 한시에는 <박연>, <영반월>, <등만월대회고>, <여소양곡> 등이 전해지며, 시조 작품으로는 6수가 전한다. 이 중 <청산은 내 뜻이요>는 무명씨로 되어 있어 그 기록이 의문시되고 있다. 기녀(妓女)의 작품이라는 제약 때문에 후세에 많이 전해지지 못하고 인멸된 것이 많을 것으로 추측한다.

冬至(동지)ㅅ돌 기나긴 밤을 한 허리를 버혀 내여

春風(춘풍) 니불 아레 서리서리 너헛다가

어론 님 오신 날 밤이여든 구뷔구뷔 펴리라

　　　　　　　　　　　　　　　　　ㅡ황진이(黃眞伊)

> 동짓달 기나긴 밤을 (너무 길고 기니까) 한가운데를 베어 내어[두 동강 내어]/ 봄
> 바람처럼 따뜻한 이불 속에 서리서리 휘감아 챙겨두었다가/ 정든 임이 찾아 오시는 밤
> 에 그걸 꺼내 굽은 곳마다 다 펴내어 오래오래 (그 밤이 새도록) 펼쳐놓으리라

• 춘풍(春風) 니불 : 따스한 봄바람이 감도는 듯 향긋하고 따뜻한 젊은 색시의 이불.
• 서리서리 : 노끈이나 새끼같이 길고 잘 굽는 물건을 서리어(포개어 휘감아) 놓은
　모양.
• 어론 님 : 정들어 둔 님. 정을 쌓아둔 님.
　　필자는 이 표현을 '얼어둔 님' 즉, '몸을 허락한 서방님'으로 해석하고자 한다.
　'얼다'란 단어는 '몸을 섞다. 어울리다'란 뜻을 가지고 있기 때문이다. 한편, '얼은
　임'으로 보아 '추위로 온몸이 꽁꽁 얼어붙은 님'으로 해석하는 이도 있다.

　임에 대한 절절한 그리움과 간절한 기다림을 비유(추상적인 시간을 구체적
인 '허리'로 표현)와 의태적 심상('서리서리', '구뷔구뷔')으로 표현한, 시적 호
소력이 뛰어난 작품으로 여성 특유의 감정 세계를 잘 보여준다.
　첫 행에는 임 없는 길고 긴 동짓달 밤의 그리움, 외로움, 서러움이 잘 드
러나 있다. 임 없는 외로움과 서러움, 임에 대한 그리움이 얼마나 사무쳤으면
밤의 허리를 잘라내어 놓아 두겠다는 생각을 했을까. 동짓달 긴 밤을 반으로
잘라내어 반은 오늘 보내고 나머지 반은 보관해 두겠다는 사고는 누구나 갖
는 게 아니다. 긴 밤을 지새며 그리워해 본 사람만이 알 수 있는 절절한 마
음이다. 너무나 길기 때문에 한 중동을 잘라내겠다는 표현은, 추상적인 시간
을 구체적인 사물('허리')로 형상화하여 임에 대한 애틋한 그리움과 사랑을

절실히 환기시킨다.

둘째 행에서는 그 모든 임에 대한 사연들을 따뜻한 이불 속에 담아 보관하겠다는 것이다. 마치 따뜻한 밥을 밥통에 담아 보자기로 잘 싸서 아랫목에 잘 간수하듯, 임에 대한 자신의 마음을 식지 않게 따뜻한 이불 속에 넣어 두겠다는 발상이다. 전기밥통이 없을 때, 뚜껑이 있는 큰 그릇[밥통]에 밥을 담아 보자기로 졸라묶고 아랫목에 보관하곤 했었다. 여성인 화자는 그 밥 보관 방식을 누구보다 잘 알고 있기에, 자신의 절절 끓고 뜨거운 마음을 식지 않게 보관하는 방식도 잘 알고 있다. 해서 자신의 뜨거운 마음을 밥 보관하듯 보관해 두겠다는 것이다. 마음 한 올이라도 식지 않게 담아두고 싶은 마음의 표현이다.

그렇게 소중히 보관해둔 자신의 마음을 사랑하는 임이 오시는 밤에 구비구비 펼쳐 놓겠다고 얘기한다(3행). 마치 개어두었던 이불을 펼쳐놓듯이. 이 표현은 여성이 아니고서는 불가능한 표현이다. 임 없는 밤의 그리움과 외로움, 한숨과 눈물을 임 앞에 펼쳐놓겠다는 것은 여성만이 할 수 있는 행동이다. 남성이라면 큰 소리를 치며 거부하던지 아무 말 없이 아무렇지도 않은 듯 대할지도 모른다. 그러나 여성은 그 마음을 잘 새겨두었다가 말로 표현한다. 여성의 무기인 닭똥 같은 눈물과 함께. 남자가 하는 말은 여자의 반이라고 했던가. 감정을 말로 표현하는 능력은 여자가 월등하다. 그러기에 임이 안 올지도 모른다는 판단에서, 가정적 상황을 설정(임이 오면)하여 아양 겸 애교 겸 가탈을 겸해서 밤새 펼쳐 놓겠다는 표현은 참신 그 자체다.

山(산)은 녯 山(산)이로되 물은 녯 물이 안이로다

晝夜(주야)에 흘은이 녯 물리 이실쏜야

人傑(인걸)도 물과 ᄀᆞᆺ도다 가고 안이 오노ᄆᆡ라

—황진이(黃眞伊)

산은 옛날 산 그대로인데 물은 옛날의 그 물이 아니로구나/ 밤낮으로 흐르니 옛날의 그 물이 그대로 있을 것인가[옛날의 그 물이 어떻게 그대로 남아 있을 수 있겠는가]/ 뛰어난 인물도 물과 같구나. 가고 아니 오는구나[사람이란 존재도 물과 같아서 한 번 가니 다시 돌아오질 않는구나]

• 인걸(人傑) : 매우 뛰어난 인재(人材). 걸출한 인물.

산의 불변적인 모습과 물의 가변적인 모습을 대비시켜, 물과 같은 인간의 무상함[人生無常]을 슬퍼하는 노래다. 작가가 한때 유혹하려다가 뜻을 이루지 못하고 사제(師弟)의 의를 맺고 존경하던 화담 서경덕(花潭 徐景德)이 죽자 그를 그리워하면 부른 노래라 전해진다.

화자가 먼저 파악한 것은 산의 불변성(不變性)과 물의 가변성(可變性)이다. 산은 옛 모습을 그대로 가지고 있는데 비해 물은 그렇지 않다는 것이다(1행). 그런 판단을 내린 것은 산은 의연히 제 자리에 존재하는데 비해, 물이란 '주야(晝夜)로 흘'러 내리기 때문에 본래의 물이 아니라는 것이다(2행). 산의 부동성과 물의 유동성을 파악한 것이다. 그런 산과 물의 속성을 대조해 보니 인간이란 존재도 물과 같아서 가면 아니 온다고 슬퍼하고 있다(3행).

그러나 물만 흐르며 변하는 것이 아니라, 존재하는 모든 것은 반드시 변한다. 우리가 보기에는 산은 변함이 없는 것처럼 보이지만 산도 변한다. 산을 이루고 있는 나무, 풀, 새 들이 변화하고 산 자체도 침식, 퇴적, 융기 등을 통해 변화한다. 그러나 길어야 백년을 살다가는 우리 인간의 눈으로는 그 변화를 감지하기 어렵다. 그러기에 산은 의구한 것이고, 물은 유동적이고 가변적인 것이다. 이런 산의 속성과 물의 속성을 비교할 때, 인간은 물과 같은 것이다. 물처럼 한 번 가면 돌아오지 못하는 인간은 시간적 존재일 수밖에 없는 것이다. 따라서 화자는 물의 흐름을 통해 시간의 흐름을 파악한 것이고, 물의 속성을 통해 시간의 속성을 이야기하고 있는 것이라 하겠다. 모든 존재는 시간적일 수밖에 없지만, 산은 시간에서 얼마간 빗겨 있다고 볼 수 있다. 거의 영원성을 가지고 있기 때문이다. 그러나 물이나 사람은 시간적 존재일 수밖에 없기 때문에 비슷한 속성을 가진다. 늘 변화하고, 변화해서는 다시 원래의 모습을 돌아올 수 없는 속성은 물과 인간이 가진 공통성이라고 할 수 있다.

발상은 뒤에 소개할 <청산(靑山)은 내 뜻이오>와 아주 흡사하다. 산과 물의 속성 대비나 비유 방식 등. 그러나 표출하고자 하는 내용(주제)은 아주 다르다. 이 작품에서 화자는 인간 존재의 무상(無常)함을 보고 있다. 산은 변하지 않고 그 모습 그대로인데 인간은 변화하고 죽어서 다시 오지 않는다는 것이다. 이 작품은, 우리나라 <애국가>에 '동해물과 백두산이 마르고 닳도록'이라고 표현되어 있듯이, 영원을 상징할 때 산을 자주 활용하는 사고와 밀접한 관련이 있다. 영원불변하는 존재에 비추어 인간의 유한성을 드러낸 이 작품은, 인생의 허무를 현실적인 소재로 절절하게 표현했다는데 그 의미가 있을 것이다.

어져 내일이야 그릴 줄을 모로ᄃ냐

이시라 ᄒ더면 가랴마ᄂ 제 구ᄐ여

보ᄂ고 그리ᄂ 情(정)은 나도 몰라 ᄒ노라

—황진이(黃眞伊)

아! 내가 하는 일이란 (참 후회스럽고 답답하기만 하여라. 이토록 사무치게) 그리워할 줄을 몰랐단 말인가/ 부디 있어 달라고 붙잡기만 했으면 그렇게 떨치고 가기야 했겠는가마는/ 굳이 보내놓고 이제 와 새삼 그리워하는 이 안타까운 마음은 나도 모르겠구나

- 어져 : '아!' 감탄사로, 여기서는 과거를 돌아보면서 후회하는 상황에서 나온 감정을 표현한다.
- 내일이야 : 내가 하는 일이여! 자신이 한 일을 후회하면서 자신을 책망하고 있는 표현이다.
- 그릴 줄 : 그리워할 줄.
- 이시랴 ᄒ더면 : 있으라고 붙들었으면.
- 가랴마ᄂ : 갔을까마는.
- 구ᄐ여 : 구태여. 굳이.

　사랑하는 임을 떠나보낸 후의 회한(悔恨)을 진솔하게 표현한 작품으로, 애틋한 심리를 섬세하게 포착하여 정결한 우리말로 표현한 수작(秀作)이다.

　먼저 화자는 임을 보내놓고 후회하는 자신의 심정을 솔직하게 드러낸다(1행). 뻔히 그리워할 줄 알면서도 임을 떠나보낸 자신이 후회스럽고 밉다는 것이다. 자존심이 강해서 자신의 감정을 남에게 드러내고 싶지 않은 이들이 흔히 그러하듯, 화자도 자신의 마음을 숨기고 아무렇지도 않은 듯 임을 보내놓고 후회하고 있는 것이다. 겉으로는 강한 척, 아무렇지도 않은 척하지만 속으로는 이외로 약한 화자의 마음이 보이는 듯하다. 사실, 겉으로 강한 척하는 사람의 속은 반대일 가능성이 높다. 자신이 약한 것을 잘 알기 때문에 일부러 강한 척하는 경우가 많기 때문이다. 그래놓고 후회하고 아파하고 하는 게

일반적으로 강하게 보이는 사람들의 행동 양상이다. 여기서 또 한 가지 언급해야 할 것은, 여자의 반어적 표현에 대한 이해다. 자신의 속마음을 정반대로 표현하는 게 여자들의 일반적인 표현 방식이다. 따라서 여자의 행동이나 말은 그 반대로 보고 해석하는 게 바람직하다. 이 작품에서도 화자는 아무렇지도 않게 임을 보냈다면, 떠나는 임은 그 반대의 마음을 읽었어야 했다. 그래서 필자는 '여자는 반어적 동물이고, 남자는 역설적 동물'이라는 말을 종종 사용한다. 상황을 표현할 때 여자는 반어를 즐겨 쓰고, 남자는 역설을 주로 사용하기 때문에 한 표현이다.

그러나 화자의 후회는 거기서 끝나지 않는다. 있어 달라고 붙잡지 못한 자신에 대한 후회가 2행에 계속 이어진다. 자신의 속마음을 들키지 않기 위해, 또는 자존심을 꺾지 않기 위해, 아무런 미련도 없다는 듯 임을 보낸 자신이 밉기까지 한 것이다. 특히나 도치법('가랴마는 제 구트여')을 사용하여 임이 가고 없는 공허한 심정을 잘 표현하였다.

결국 임을 보내놓고 후회하고 그리워하고 안타까워하는 여자의 마음은 3행에서 부각된다. 이별이란 어쩔 수 없는 상황이란 인식(이성)과 보내놓고 그리워하는 마음(감정)의 갈등이 절묘하게 표현된 이 부분은 여자의 마음을 적확(的確)하게 그려냈다고 할 수 있다. 후회하고 있기에 다른 방안을 생각해 보기도 하지만 현실적으로 그것은 실현될 수 없다. 여자이기 때문에, 자존심 때문에, 현실 상황 때문에. 그렇기 때문에 그리움은 갈수록 깊어가는 것이고, 갈등은 심화될 수밖에 없는 것이다. 그 표현이 바로 '나도 몰라 ᄒ노라'다.

자신의 마음을 자신이 제어할 수 없을 정도로 감정만을 앞세운 자신의 행동을 후회하는 모습은 '보내고 그리는 정(情)'이라는 상반된 표현에서 생생히 부각된다. 그리워할 거면 보내지 말아야 하고, 보냈으면 그리워하지 말아야 하는데도 그렇게 되지 않기 때문이다. 보낼 때의 마음과 보내놓고 그리워하는 마음은 전혀 다른 것이기 때문이다.

짤막한 표현 속에 숨어 있는 감정의 깊이, 감정이 극도로 절제·압축된 언어 속에 감추어진 갈등과 여자의 미묘한 심리가 돋보이는 작품이다.

靑山裏(청산리) 碧溪水(벽계수)ㅣ야 수이 감을 쟈랑마라

一到滄海(일도창해)ᄒ면 도라오기 어려오니

明月(명월)이 滿空山(만공산)ᄒ니 수여간들 엇더리

—황진이(黃眞伊)

청산 속을 흘러가는 푸른 시냇물아 (바다로) 빨리 흘러간다고 자랑마라/ 한 번 넓은 바다에 다다르면 다시 돌아오기 어려우니/ 밝은 달빛이 온 산에 가득 차 있는 (이 좋은 밤에 나와 함께) 쉬어 가는 게 어떻겠는가

- 청산리(靑山裏) : 푸른 산[靑山] 속[裏].
- 벽계수(碧溪水) : 산골짜기를 흘러내리는 푸른 시냇물.
- 수이 : 쉽게. 쉽(다)+이(부사파생접미사) > 쉬빙 > 수빙 > 수이 >쉬
- 일도창해(一到滄海)ᄒ면 : 넓은 바다에 한 번 다다르면.
- 명월(明月)이 만공산(滿空山) : 밝은 달빛이 아무도 없는 산에 가득 비침.

언뜻 보면 달 밝은 밤 푸른 계곡물이 흐르는 경치를 노래한 것 같지만 이 작품에는 너무나 유명한 일화가 전해진다. 왕족(또는 한양 귀족)인 벽계수는 학식이 높을 뿐 아니라 점잖고 지조가 높은 사람이었는데, 그가 송도(松都, 개성)를 지난다는 말에 그를 유혹하기 위해 작가가 이 시를 지어 읊자, 당장 말에서 내려 하룻밤을 쉬고 갔다는 것이다.

먼저 화자는 벽계수(碧溪水)를 은근히 비꼬고 있다. 쉽게 내려가는 것을 자랑 말라는 것('수이 감을 자랑마라')은 잘난 척하지 말라는 얘기다. 여기서 바다는 목표점 또는 목적지가 되겠다. 목적지에 일찍 닿음을 자랑 말라는 말에는 잘 나간다고, 높은 지위에 있다고 으스대지 말라는 말이 되겠다(1행). 아무리 잘난 척해봐도 '일도창해(一到滄海)ᄒ면'[늙거나 죽어버리면] 다시 오기[다시 젊어지거나 살아나기]가 어렵다는 것이다. 사실, 벽계수가 바다에 닿는다는 것은 소멸을 뜻한다. 강이 바다로 바뀌기 때문이다. 따라서 더 이상 강의

속성을 가질 수 없고, 바다가 되어버리는 것이다. 이와 마찬가지로 사람도 한 번 죽으면 영원히 되돌아 올 수 없다. 그것은 자연의 섭리다. 그 자연의 섭리를 바다로 흐르는 시냇물로 빗대어 표현하고 있는 것이다(2행). 아무리 빼어난 존재라 할지라도 젊음이나 삶을 다시 얻을 수 없다는 진리를 들어 인생의 무상함을 강조하는 것이다. 그런 후에 명월(明月)이 온 산을 비춰는 이 때 잠시 잠깐 쉬어감이 어떻겠느냐고 유혹하고 있다(3행). 즉, 인생의 덧없음을 강조하여 인생을 즐겁게 살아가자는 것이다. 여기서 한 가지 더 눈여겨 볼 단어가 있다. 바로 '공산(空山)'이다. '텅 빈 산'이란 이 표현에는 화자와 벽계수 단 둘뿐이란 사실을 강조하고 있다고 볼 수 있다. 왕족이나 귀족인 벽계수는 남의 눈을 의식하지 않을 수 없다. 추문에 휩싸여서 좋을 리 없기 때문이다. 따라서 화자는 그런 상황까지 고려해서 '공산(空山)'이란 말을 했을 것이다. '지금 여기에는 당신과 나밖에 아무도 없으니 남의 눈을 의식할 필요가 없습니다. 그러니 말에서 내려 저와 하룻밤을 쉬다 가세요.'라는 의미를 담고 있다 하겠다.

　자연의 흐름과 변화, 변화 후의 불회귀성(不回歸性)을 강조하여 인생무상을 깨닫게 하고, 비유와 중의적인 수법으로 남자를 은근히 유혹하고 있다. '벽계수'는 청산을 흘러가는 맑은 시냇물과 왕족인 벽계수란 사람을, '명월'은 온 산을 밝게 비추는 달과 달처럼 예쁜 화자 자신을 의미한다. 중의성(重義性)을 바탕으로 표현한 것이다. 기녀(妓女)다운 호소력과 은근한 유혹이 눈에 띄는 작품이다.

青山(청산)은 내 뜻이오 綠水(녹수)는 님의 情(정)이

綠水(녹수) 흘너간들 靑山(청산)이야 變(변)홀손가

綠水(녹수)도 靑山(청산)을 못 니져 우러 예어 가는고

―황진이(黃眞伊)

> 청산은 내 뜻이요 녹수는 임의 정이[임의 정과 같구나]/ 녹수는 흘러간다해도 청
> 산이야 변할 리가 있겠는가/ (그 청산의 마음을 이제야 알기에) 녹수도 청산을 못
> 잊어 울면서 울면서 흘러가는구나

• 우러 예어 : 울면서 울면서. 계속 울면서.

변하지 않는 화자의 마음('청산')과 가변적인 임의 정('녹수')을 대비시켜 변하지 않는 자신의 마음(뜻)을 표출시킨 작품이다.

1행에서는 먼저 비가시적(非可視的)인 '내 뜻'과 '님의 情(정)'을 은유의 기법을 활용하여, 가시적(可視的)인 '靑山(청산)'과 '綠水(녹수)'로 구체화하였다. 자신의 뜻은 의연히 제 자리에 서있는 청산처럼 변함이 없는데, 임의 마음이란 수시로 모양을 바꾸며 흘러가는 물이란 것이다.

그런 연후에 2행에서는 속성을 제시하여 자신의 불변성을 강조하고 있다. '녹수(綠水)'는 흐름을 기본 속성으로 갖고 있기 때문에 늘 가변적일 수밖에 없고, '청산(靑山)'은 한 곳에 같은 모습으로 서있는 불변적인 것이다. 그런 속성은 남녀의 속성을 표현하는데 안성맞춤이다. 능동적이면서 가변적인 남성, 수동적이면서 불변적인 여성. 이 둘의 속성은 물과 산의 속성과도 일치한다. 그러기에 화자는 자신을 불변하는 산에, 임을 쉽게 변하는 물에 비유하여 자신의 불변성을 강조한다.

그러나 아무리 쉽게 변하고 흘러가는 물이라 할지라도 청산을 완전히 잊을 수는 없다고 화자는 말한다. 3행의 '우러 예어 가는고'가 바로 그것이다.

이 표현은 물이 흘러가면서 내는 소리를 사람이 우는소리로 파악하여 표현한 것으로, 아무리 임('녹수')의 속성이 잊기를 잘한다하더라도 화자('청산')를 쉽게 잊을 수 없는 것이라는 단정이다. 이런 표현의 밑바탕에는 화자 자신에 대한 자부심이 깔려있다. 이 자부심과 자신감은 작가의 일화를 살펴보면 쉽게 이해가 간다.

한용운의 <나룻배와 행인>, 가요 <남자는 배 여자는 항구>와도 얼마간 내용이 통하는 이 작품은 풍부한 감정, 싱그러운 표현, 고시조이면서도 현대적 감각에도 어색하지 않다는 점 등에서 높이 평가할 수 있는 작품이다.

비슷한 내용을 가진 한용운의 <나룻배와 행인>을 소개한다.

나는 나룻배
당신은 행인.

당신은 흙발로 나를 짓밟습니다.
나는 당신을 안고 물을 건너갑니다.
나는 당신을 안으면 깊으나 옅으나 급한 여울이나 건너갑니다.

만일 당신이 아니 오시면 나는 바람을 쐬고 눈비를 맞으며 밤에서 낮까지 당신을 기다리고 있습니다.
당신은 물만 건너면 나를 돌아보지도 않고 가십니다그려.
그러나 당신이 언제든지 오실 줄만은 알아요.
나는 당신을 기다리면서 날마다 날마다 낡아갑니다.

나는 나룻배
당신은 행인.

10. 그리움과 기다림

그리움과 기다림의 정서를 작품화한 사람들은 대부분 여류였고,

여류 시조는 대부분 그 작가가 기녀들이었다.

비록 천민에 속하는 계급이였지만,

그들의 교양은 어떤 면에서 보면 선비들의 그것에 견주어 손색이 없을 정도였다.

이들의 시조는 여성만이 지닌 섬세한 감정으로

진실하면서도 절절하게 사랑을 노래한 까닭에 더욱 감동적이다.

특히 문학의 효용성을 강조하였던 사대부들의 시조와는 달리

여성 특유의 우아한 정서를 전달하고 있으며,

우리말의 아름다움을 시적 언어로 발전시키고 있다.

이들 작가에 대한 자세한 기록은 없어서 작가에 대한 자세한 사항은 알 수 없으나,

시조에 얽힌 일화가 많이 전하고 있어 그들의 면모를 읽을 수 있다.

그러나 그리움과 기다림의 정서는 여류들의 전유물은 아니었다.

남성 작가들이 이런 정서들을 표현한 작품도 꽤 있다.

이 장에서는 그리움과 기다림의 정서가 잘 드러난 작품들을 살펴보고자 한다.

ᄆᆞ음이 어린 後(후)] 니 ᄒᆞᄂᆞᆫ 일이 다 어리다

萬重雲山(만중운산)에 어늬 님 오리마ᄂᆞᆫ

지ᄂᆞᆫ 닙 부는 ᄇᆞ람에 힝여 긘가 ᄒᆞ노라

— 서경덕(徐敬德)

> 마음이 어리석다 보니 하는 일 모두가 어리석구나/ 구름이 겹겹이 쌓인 이 깊은 산 속에 그 어느 임이 날 찾아올까마는/ 떨어지는 낙엽 소리나 바람 소리에도 혹시나 그[내 님]인가 한다[내 님인가 하여 문을 열고 내다보곤 한다]

- 어린 : 어리석은[愚]. '어리다'는 '어리석다[愚]'의 뜻으로 쓰였다. 현재의 '어리다[幼]'의 뜻을 가진 단어로는 '졈다'가 있었다.
- 만중운산(萬重雲山) : 겹겹이 구름으로 쌓인 깊은 산 속.

자신에게 글을 배우러 오던 황진이를 생각하며 지은 노래라고 전해지는 이 작품은, 임을 안타깝게 기다리는 마음을 잘 표현하고 있다.

먼저 화자는 자신의 어리석음을 책망하고 있다(1행). 오지도 않는 임을 기다리는 자신을 어리석은 사람이라고 단정하고, 하는 일 모두가 어리석기 그지없다고 표현하고 있다. 당대 최고의 학자 중 한 사람인 작가가 자신을 '어린(어리석은)'이라고 표현하여, 그 누가 되었든지 사랑에 빠지면 어리석을 수밖에 없다고 말하고 있다. 그래서 '사랑을 하면 바보가 된다'는 말이 있지 않은가. 그러나 주의해야 할 것이 하나 있다. 그것은 '마음이'라는 주어다. 화자는 자신을 어리석다고 표현한 것이 아니라 마음이 어리석다고 말하고 있다. 머리(이성)와는 반대로 마음(감정)이 움직이기 때문에 한 말일 것이다. 생각과는 달리 마음은 엇박자로 흘러서, 사랑의 감정을 통제를 할 수 없다는 것이다. 사실, 사랑이란 감정은 사람을 어리석게 만드는 힘을 가지고 있는 것 같다.

둘째 행에서는 자신이 현재 기거하는 곳('萬重雲山(만중운산)')을 확인하고, 그 상황성으로 인해 임이 올 수 없음을 인식하고 있다. 구름이 겹겹이 둘러

쌓여 있는 깊은 산중. 화자는 지금 사람들과 거리를 두기 위해 깊은 산속에 들어있다. 그러기에 누가 찾아온다는 것이 거의 불가능하다.

그러나 인간의 마음이란 게 그렇게 이성적이고 논리적이지는 못하다. 안 올 줄 뻔히 알면서도 임을 애타게 기다리는 것이다. 떨어지는 낙엽 소리, 바람에 사립문이나 창문이 덜컹이는 소리, 바람으로 인해 나는 모든 소리를 임이 오는 소리로 착각하고 문을 열어 본다(3행). 그래놓고 오지 않는 임을 기다리는 자신을 질책하고. 사랑을 하면 눈멀고 귀멀게 된다는 말은 이런 상황을 두고 하는 말인지도 모른다.

근엄하기 그지없는 도학자로만 알았던 작가에게 이런 낭만이 있었다는 점이 한결 가깝게 느끼게 한다. 또한 지칠 줄 모르는 깨끗한 애정을 군더더기 없이 자연스레 승화시켰다는 점도 돋보인다.

●**서경덕**(徐敬德) : 1489(성종 20)~1546(명종 1). 자는 가구(可久), 호는 화담(花潭)·복재(復齋). 화담이라는 호는 그가 송도의 화담에 거주했으므로 사람들이 존경하여 부른 것이다. 가세가 빈약하여 독학으로 공부를 하였고, 주로 산림에 은거하면서 문인을 양성하였으며, 과거에는 뜻을 두지 않았다.

조식(曹植)·성운(成運) 등 당대의 처사(處士)들과 교유하였으며, 여러 사람이 천거하였으나 출사하지 않았다. 학문 경향은 궁리(窮理)와 격치(格致)를 중시하였으며, 선유의 학설을 널리 흡수하고 자신의 견해는 간략히 개진하였다. 또한 '이(理)'보다는 '기(氣)'를 중시하는 주기철학의 입장을 취해, 인간의 죽음도 우주의 기에 환원된다는 사생일여(死生一如)를 주장하여 기의 불멸성을 강조하고, 불교의 인간 생명이 적멸한다는 논리를 배격하였다.

그의 학문은 북인(北人)의 사상을 형성하는 데 큰 영향을 주었고, 북한에서는 그의 주기철학을 유물론의 원류로 보고 그의 철학을 높이 평가한다. 개성의 숭양서원(崧陽書院)과 화곡서원(花谷書院)에 제향되었으며, 문집으로는 『화담집(花潭集)』이 있다. 시호는 문강(文康)이다.

梨花雨(이화우) 훗쑏릴 제 울며 잡고 離別(이별)흔 님
秋風落葉(추풍 낙엽)에 저도 날 싱각는가
千里(천리)에 외로운 꿈만 오락가락 ᄒ노매

─계랑(桂娘)

> 배꽃이 봄비처럼 흩날릴 때, (헤어지기 싫어) 서로의 손을 잡고 울며붙며 이별한 임/ 가을바람에 낙엽에 지는 것을 보며 (내가 임을 그리워하듯이) 임도 나를 생각하고 있을까/ 천리 머나먼 길에 외로운 꿈만 오락가락 하는구나

• 이화우(梨花雨) : 비가 오는 것처럼 떨어지는 배꽃.
• 추풍 낙엽(秋風落葉) : 가을바람에 떨어지는 낙엽.
• ᄒ노매 : 하는구나. 'ᄒ노매라(하는구나)'의 준말.

봄날의 이별과 가을날의 그리움을 서정적으로 표현한 작품으로, 밝고 아름다운 이미지와 어둡고 쓸쓸한 이미지를 대조하여 이별의 아픔을 형상화해놓은 여성의 섬세함이 돋보이는 수작(秀作)이다.

이 작품에서 맨 먼저 눈에 띄는 것은 '이화우(梨花雨)'란 단어다. 배꽃이 봄비처럼 보슬보슬 떨어지는 모습을 연상시키는 이 단어는 이별의 슬픔마저도 아름답게 채색하고 있다. 물론 화자는 이별의 아픔을 강화하기 위해 그런 표현을 했을 것이다. 떨어지는 배꽃은 바로 화자의 마음에 지는 꽃잎이나 방울방울 지는 눈물로 볼 수 있기 때문이다. 그런 아름답고 화창한 봄날에는 헤어짐보다는 아릿한 사랑이 어울리는데, 화자는 아름다운 봄날에 이별을 했기에 이별의 아픔이나 슬픔이 남들보다 더 클 수밖에 없는 것이다. 그러나 화자의 정서와는 관계없이 독자들이 느끼기에는 이별마저도 아름답고 감미롭게 느껴진다. 배꽃이 보슬비처럼 흩날리는 날의 이별은 너무나 아름답게 느껴지고 이별마저도 달콤하게 다가온다.

세월은 흘러 가을('秋風落葉(추풍낙엽)')이 왔다. 화자는 이별 후에도 사랑

할 때의 마음을 그대로 간직하고 있다. 심지어는 이별 순간의 아름다운 모습까지도 추억으로 간직한 채 임을 잊지 못하고 있다. 그러나 한 번 떠난 임은 다시 오지 않는다. 또한 화자는 이제 임이 자신에게 다시 오기를 기다리지 않는다. 다만, 자기가 임을 그리워하는 것처럼 임도 자신을 그리워하기를 바랄 뿐이다. 다시 돌아올 수는 없다 해도 자신처럼 사랑했던 날의 뜨거움과 이별하던 날의 안타까움과 아픔을 가지고 있기를 바란다. 그러나 화자는 그마저도 자신의 지나친 욕심이라고 생각하고 있다. 3행의 '천리(千里)에 외로운 꿈'이란 표현에서 그걸 알 수 있다. 자신은 변함없이 사랑하고 있기에 꿈속에서라도 임을 만나고 사랑을 나누는데 비해, 임은 그렇지 않을 것이란 얘기다. '외로운 꿈'이란 혼자 꾸는 꿈이기에 화자 혼자서 꾸는 꿈을 뜻한다. 자기 혼자서만 임을 그리워하며 꿈속에서라도 만나고 싶어하지, 임은 자신을 떠나는 순간 자신을 잊어버렸을 것이라고 판단하고 있다. 어쩌면 화자의 꿈속에 나타난 임이 냉정히 화자를 거부했기 때문에 이런 표현을 했는지도 모른다. 화자는 꿈속에서 임을 만나자 너무 기뻐 어쩔 줄 몰라했는데, 임은 냉정한 모습으로 화자를 거부하는 듯한 표정을 지었다고 볼 수 있다. 그런 꿈을 꾼 후에 여자의 육감이 발동하여 '이제 임은 나를 완전히 잊었구나'라고 판단하고 있는지도 모르고. 아무튼 화자와는 너무나 다른 행동을 보이는 임을 사랑하는 여자의 아린 가슴을 아프게 채색해 놓았다.

'이화우'와 '추풍 낙엽'의 이미지가 이별의 정황, 임 그리워하는 마음을 아름답고 슬프게 채색하고 있고, 멀리 떨어져 있는 임과의 재회를 염원하나 이룰 수 없음을 슬퍼하는 등의 상황을 여성의 섬세한 감각으로 잘 그려낸 작품이다.

- **계랑**(桂娘) : 1513(중종 8)~1550(명종 5). 명종 때의 전북 부안(扶安)의 기녀로, 이(李)씨로 알려져 있다. 호는 매창(梅窓) 또는 계생(癸生)·계생(桂生)이라고 하며, 본명은 향금(香今)이다. 노래와 거문고에 능하고 한시(漢詩)를 잘 지었다고 한다. 촌은(村隱) 유희경(劉希慶)과 사귀어 정이 깊었다가 촌은이 상경한 후에 소식이 없자 이노래를 짓고 수절하였다고 한다.

어이 얼어 잘이 므스 일 얼어 잘이

鴛鴦枕(원앙침) 翡翠衾(비취금)을 어듸 두고 얼어 자리

오늘은 춘비 맛자신이 녹아 잘까 호노라

—한우(寒雨)

> 어떻게 추워서 (오늘밤을) 잘 것인가, 무슨 일과 어울려 잘 것인가/ 원앙새 수놓은 베개와 비취색 이불을 어디다 두고 추워서 어떻게 잘 것인가/ 오늘은 찬비 맞은 이[임]와 덥게 몸을 녹여 잘까 한다

- 얼어 잘이 : 어떻게 얼어서[冷, 추워서] 자리[잘 것인가]?
- 얼어 : '얼다'는 보통 물 같은 액체가 고체로 굳어짐을 말하나 여기서의 뜻은 '춥다'의 뜻을 갖는다. 제주어에서는 현재에도 '춥다'란 말을 '얼다'고 표현한다. 옛날에는 '얼다' 하나로 이 둘을 표현했던 것 같다.
- 비취금(翡翠衾) : 원앙침(鴛鴦枕)은 원앙이 그려진 베개, 비취금(翡翠衾)은 비취색 이불을 뜻함으로 원앙금침(鴛鴦衾枕) 즉, 신혼용 이부자리를 뜻한다.
- 맛자신이 : 찬비 맞았으니. 그러나 필자는 '찬비 맞은 이(사람)'라고 해석하고자 한다.

임제(林悌)의 한우가(寒雨歌)에 대한 답시(答詩)로 알려진 작품으로, 자신의 이름(寒雨, 찬비)을 우의적으로 이용하였고 분위기가 서정적이면서 유희적(遊戱的)이어서 작가의 기지(機智)를 느끼게 한다.

화자는 먼저 오늘밤을 추워서 어떻게 잘 것인가를 걱정하고 있다. 혼자 기나긴 밤을 어떻게 추워서 자겠냐는 것이다. 그것은 임이 곁에 없기 때문에 추워서 잠을 못 이룸을 말한다. 그런 연후에 원앙금침(鴛鴦衾枕)은 다 어디 두고 춥게 자겠냐는 것이다. 여기서 원앙금침은 혼인한 부부가 덮는 이부자리로 임과의 잠자리를 말한다. 따라서 임 없는 밤 어떻게 혼자 추워서 자겠냐고 첫 행에서부터 언급된 추위에 대한 이유를 말하고 있다. 결국 화자는 임이 없음으로 해서 추위를 느끼고 있고, 그 추위는 임이 아니고서는 어떤 방

법으로도 녹일 수가 없다. 그래놓고 마지막행에서 오늘은 찬비를 맞았으니 찬 몸을 녹이며 아무 생각없이 자겠다는 것이다. 결국 이렇게 해석하는 게 정석이다. 그런데 필자는 이와 다른 해석을 하고자 한다. 이렇게 해석하면 여러 가지로 어색함이 많기 때문이다.

이 작품에서 문제가 되는 단어는 '얼어'와 '맛자신이'다.

1행의 맨 앞에 나온 '얼어'는 추워서의 뜻임이 분명하다. 그러나 뒤에 나오는 '얼어'는 단순히 '추워'라고 해석하기가 어렵다. '무스 일 얼어 잘이'는 '무슨 일 때문에 추워서 잘 것인가?'로 해석해야 한다. 그러나 그렇게 해석하면 무언가 껄끄롭다. 해서 필자는 뒤의 '얼어'를 '얼리다(어울리다의 준말, 또는 서로 얽히다)'의 뜻으로 보고자 한다. 이런 해석을 하고자 하는 이유는 '얼어' 앞에 있는 '무스 일' 때문이다. '무슨 일이 있어서 어울려 잘 것인가'로 해석하고 싶은 것이다. 그렇게 되면 3행의 '찬비를 맞은 사람과 몸을 녹여' 자겠다는 말과도 호응한다. 이렇게 보면 '얼다'란 단어는 두 가지 뜻을 갖는다. '춥다'란 뜻과 '어울려'의 뜻. 일종의 언어유희인 셈이다.

둘째 행은 원앙금침(鴛鴦衾枕)도 임이 없으면 춥기는 마찬가지란 말이다. 원앙금침 원앙금침해도 임이라는 원앙금침이 최고더란 말을 '(임을) 어듸 두고 얼어 자리'라고 한 것으로 볼 수 있다. 그렇게 되면 3행은 '오늘은 나를 찾아오느라 찬비를 맞은 임과 어울려 몸을 녹이며 잘까 한다'로 해석할 수 있다.

참고로 임제(林悌)의 한우가(寒雨歌)를 소개한다. 임제의 시에도 '얼어 잘까 ᄒᆞ노라'란 표현이 나온다.

北窓(북창)이 묽다커늘 雨裝(우장)업씨 길을 난이
山(산)에는 눈이 오고 들에는 춘비로다
오늘은 춘비 맛잣시니 얼어 잘까 ᄒᆞ노라

• **한우**(寒雨) : 조선 중기의 평양 기녀(妓女). 임제와 교분이 있었다고 전해지는 것으로 보아 1500년대 중반에 살았을 것으로 추정된다.

묏버들 갈히 것거 보내노라 님의손딕

자시는 窓(창) 밧긔 심거 두고 보쇼셔

밤비예 새닙곳 나거든 날인가도 너기쇼셔

— 홍랑(洪娘)

산에 있는 버들가지 중 아름답고 실한 것만 골라 꺾어 임에 보내오니/ 주무시는 창문가에 심어 두고 보세요[늘 나를 보는 듯 봐 주십시오]/ 혹시나 밤비에 새 잎이라도 나면 그 잎을 마치 나를 보는 것처럼 여겨 주십시오

- 갈히 : 가려서, 선별해서.
- 님의손딕 : 임에게, 임한테.
- 새닙곳 : 새 잎. '-곳'은 강세조사로 해석하지 않는다.

선조(宣祖) 6년 고죽(孤竹) 최경창(崔慶昌)이 북해평사(北海評事)로 함경도 경성(鏡城)에 가 있을 때 친해진 홍랑(洪娘)이, 고죽이 서울로 돌아올 때 영흥(永興)까지 배웅하고 이 노래와 버들가지를 함께 보낸 것이라고 전해지는 작품. 사랑의 징표로 묏버들 가지를 꺾어 보내며 그 사랑을 지속시키고자 하는 여인의 마음이 잘 표현되어 있다.

첫 행에서는 이별의 정표로 묏버들을 골라 꺾어 임에게 보낸다는 내용이다. 자신도 임과 함께 가고 싶지만 그럴 수 없기 때문에 묏버들을 대신 보낸다는 것이다. 따라서 '묏버들'은 이별의 징표이면서 화자의 분신이 된다. 둘째 행에서는 그런 의미를 가진 묏버들을 창밖에 심어두고 매일매일 봐달라는 당부다. 눈이 멀어지면 마음도 멀어지는 것이기에 늘 볼 수 있는 창밖에 심어두고 자신을 잊지 말아 달라는 주문이다. 그리고 그 묏버들이 밤비에 새 잎이 돋아나거든 그 잎을 자신이라 여겨 영원히 잊지 말라고 애원하고 있다 (3행).

뒤에 소개할 소백주(小栢舟)의 '相公(상공)을 뵈온 後(후)에'에서도 언급하겠

지만, 기녀와 관리 또는 양반과의 관계는 일반 사람들과의 관계와는 다르다. 기녀에게 있어 양반이나 관리는 사랑하는 임일 수 있어도, 양반이나 관리에게 기녀는 노리개 이상의 의미를 갖기 어렵다. 물론, 모두가 그런 것은 아니지만 대체로 조선조 양반과 기녀와의 관계는 현대의 술집 여자와 손님과의 관계와 다르지 않을 것이다. 그러기에 기녀는 약자일 수밖에 없고, 사랑을 기약할 수 없다. 있을 때는 사랑하며 품어줄 지 몰라도 헤어지면 언제 그랬냐는 듯이 잊어버리는 게 양반과 관리, 남자들의 일반적인 속성이기 때문이다. 그러기에 화자는 묏버들 가지를 가려서 꺾는 것이다. 튼실하고 옹골찬 녀석으로 골라 꺾어야 말라 죽지 않고 뿌리를 내릴 것이기에. 그런데 왜 하필 버들가지인가? 그것은 버드나무가 꺾꽂이를 하든 휘묻이(나무의 가지를 휘어 그 한 끝을 땅속에 묻고, 뿌리가 내린 뒤에 그 가지를 잘라 한 개체(個體)를 만드는, 식물의 인공 번식법의 한 가지)를 하든 뿌리를 잘 내리고 쉽게 번식하기 때문이다. 어떻게 심든 쉽게 뿌리를 내리고 쉽게 번식하는 버드나무의 속성을 알고 하는 행동이다. 묏버들 가지를 꺾어보내니 화자를 잊지 말라는, 알토란 같이 튼실한 두 사람의 추억을 기억해 달라는 당부인 셈이다.

상징적인 기법('묏버들')과 도치의 방법('보내노라 님의 손딕')을 활용하여 표현미를 높이고 있고, 봄비에 파릇파릇 움터 오르는 새 잎이 청순가련하고 섬세한 이미지와 여인의 이미지가 잘 어우러지고 있다.

• 홍랑(洪娘) : 조선 선조 때 함경도 경성(鏡城)의 기녀로, 고죽(孤竹) 최경창(崔慶昌)과 정이 깊었다고 한다. 1575년 최경창이 병이 드니 경성에서 일주일 만에 한양에 달려와 최경창이 벼슬을 내놓게 되었다는 일화가 전해진다.

스랑 거즛말이 님 날 스랑 거즛말이
숨에 뵌닷 말이 그 더옥 거즛말이
날굿치 즘 아니 오면 어늬 숨에 뵈이리

— 김상용(金尙容)

> 사랑한다는 말은 거짓말이다. 님이 진정으로 날 사랑한다는 말은 거짓말이다/ (내가 임의) 꿈에 보인다고 하는 말은 더욱 거짓말이다/ 나처럼 (애가 타서) 잠이 오지 않는다면 어떻게 꿈을 꿀 수 있고 어느 꿈에 본단 말인가

- 스랑 거즛말이 : 사랑한다는 말은 거짓말이야. 종결어미 '–이다' 또는 '–이야'를 생략한 형태다.
- 숨에 뵌닷 말이 : 꿈에 보인다고 하는 말이.
- 어늬 : 어느.

임 생각에 잠 못 이루고 전전반측(輾轉反側)하며 원망 섞인 푸념으로 임을 그리워하는 마음을 표현한 작품.

이 작품을 바로 이해하기 위해서는 먼저 화자가 처한 상황을 분명히 알아 두어야 할 것 같다. 지금 깊은 밤, 화자는 임 생각에 잠을 못 이루고 전전반측하고 있다. 그러다가 언젠가 임이 한 말을 떠올린다.

"사랑해, 진정 너를 사랑해. 그래서 그런지 꿈속에서도 너를 자주 보곤해."

그때는 그 말이 너무나 달콤했고 좋았기 때문에 황홀했었다. 얼마나 보고 싶으면 꿈속에서까지 내가 보일까 생각하면서. 그러나 화자는 거기에서 생각을 멈추지는 않는다. 한 단계 더 깊이 생각하기에 이른다. 잠 못 이루는 밤에 어떤 생각을 하기 시작하면 꼬리에 꼬리를 물고 끝도 없이 이어지는 속성을 갖고 있지 않은가.

내가 자주 꿈에 보인다고?

화자는 집중적으로 이 말을 생각한다. 흔히 하는 말로 잠을 자야 꿈을 꾸고, 꿈을 꿔야 임을 보는 게 아  닌가. 생각이 여기까지 미친 화자는 임의 말을 믿지 않기 로 다짐한다.

'나처럼 임 생각에 잠을 못 이룬다면 어떻게 꿈에서 나를 볼 수 있단 말인가. 만 약 임도 나처럼 사랑에 빠져 있다면 잠을 못 이루고 전전 반측할 것이고, 그렇게 되면 꿈도 꿀 수 없으니 당연히 꿈에서 나를 볼 수가 없는 게 아닌가.'

이런 생각이 들자 임의 마음과 말을 믿을 수 없다는 얘기다.

얼마나 보고 싶어 밤잠을 못 이루기에 꿈에 나타난다는 임의 말까지 부정하고 있는 걸까? 잠을 잔다는 것 자체가 사랑에 빠지지 않았다는 증거로 삼고 있는 화자는, 지금 사랑의 열병으로 잠도 못 이루고 바짝바짝 마르고 있음을 보여준다. 대충 슬퍼야 울 수 있고 눈물이 나오듯, 사랑도 대충 깊어야 잠을 자고, 꿈속에서 사랑하는 사람을 보는 것. 사랑이 너무 깊어지면 잠도 오지 않는다는 여자의 말은 사랑의 진정성에 대해 다시금 생각하게 한다. 꽹한 눈으로 사랑하는 사람을 기다리며 밤잠 못 이루는 애처러운 여자의 모습이 눈에 보이듯 선하다.

1행과 2행에서는 숨 가쁘게 '거짓말이'를 반복하여 점층적 효과를 살렸고, 마지막 3행에서는 원망 섞인 푸념까지 생생하게 살려 임을 그리는 정을 호소하고 있다. 여성 화자를 채택하여 절절한 마음이 더 잘 드러났고, 1·2행의 내용과 3행의 내용을 도치(倒置)시킴으로써 연쇄적인 느낌을 잘 살리고 있다.

• **김상용**(金尙容) : p.193 참조.

相公(상공)을 뵈온 後(후)에 事事(사사)를 밋즈오매

拙直(졸직)흔 므음에 病(병)들가 念慮(염려)ㅣ러니

이리마 져리챠 ᄒ시니 百年同抱(백년 동포)ᄒ리이다

─소백주(小栢舟)

> 상공을 처음 뵈온 후로 모든 일을 믿고 지내왔기에/ 옹졸하고 곧은 성질이라 ('혹시나 마음을 주지 않으시면 어떻게 할까?'하여) 마음에 병이 들까 걱정을 하였는데/ 상공께서 "이렇게 하마, 저렇게 하자"하시며 저를 믿어주시니, 부부가 되어 평생을 해로(偕老)할까 합니다

- 상공(相公) : 재상(宰相)을 높여 부르는 말로, 여기서는 감사(監司)를 높여 부르고 있다.
- 사사(事事) : 사사건건. 모든 일을.
- 밋즈오매 : 믿자오매. 믿기에. 믿고 지내왔기에.
  믿(다) +줍(겸양선어말 어미) +으(매개모음)+매 > 믿ᄌᆞᆸ매 > 믿즈오매
- 졸직(拙直)흔 : 옹졸한. 속 좁은.
- 백년 동포(百年同抱) : 백 년 동안 함께 삶. 여기서는 부부가 되어 해로(偕老)함을 뜻한다.

『해동가요(海東歌謠)』 주(註)에 의하면 광해군 때 평안도 관찰사(平安道 觀察使) 박엽(朴燁)이란 사람이 손님과 함께 장기를 두면서, 곁에 같이 있던 작가에게 '相公, 士事, 卒 拙, 兵 病, 馬 마, 車 챠, 包 抱'를 넣어 노래를 부르라 했더니 즉석에서 불렀다고 전해지는 노래다.

내용은 신분상의 제약으로 이룰 수 없으리라 생각했던 상공(相公)과의 관계가 상공의 믿음으로 이루어지니 영원토록 모시고 살겠다는 다짐의 노래다.

1·2행에서 화자는 지체 높으신 감사를 모시면서도 늘 불안했었다고 토로한다. 자신은 상공을 만난 이후 상공을 믿고 모든 것을 상공의 뜻에 따랐지만, 상공께서 마음이 변해 천한 자기를 버리면 어떡할까 걱정했다는 것이다. 마음에 병이 들 정도로 염려하고 걱정했다는 것이 2행의 내용이다. 사실, 조

선조 기녀(妓女)는 양반네의 노리개라 해도 과언이 아니었다. 상피제(相避制, 관료체계의 원활한 운영과 권력의 집중·전횡을 막기 위하여 일정범위 내의 친족간에는 같은 관청 또는 통속관계에 있는 관청에서 근무할 수 없게 하거나, 연고가 있는 지역에 제수할 수 없게 한 제도)로 인해 지방관들은 타지역 출신이었고, 임지(任地)에서의 외로움을 달래고 성적 욕구를 풀 대상은 관기(官妓, 고려·조선 시대에 관청에 딸려 가무(歌舞)·탄금(彈琴) 등을 하던 기녀)들이었다. 지방관에게 관기는 공물이라는 관념이 불문율로 되어 있어 지방의 수령(守令)이나 막료(幕僚)의 수청기(守廳妓, 높은 벼슬아치에게 몸을 바쳐 시중을 들던 기녀) 구실을 하였던 것이다. 그런 위치에 있는 기녀이고 보니 기녀들은 벼슬아치의 마음에 신경이 쓰지 않을 리 없었다. 그것을 화자는 '무음에 병(病)들가 염려(念慮)'하였다고 솔직하게 털어놓고 있다.

그런데 "이렇게 하마, 저렇게 하자"고 자신에게 의향을 물음은 물론, 어떤 결정을 내리기에 앞서 의논을 해주거나, 화자에게 자신의 의중을 알려 같이 일을 해나가자고 믿어주시니, 평생 동안 부부의 연을 맺고 해로하겠다는 것이다(3행). 만약 이 진술이 사실이라면 관찰사는 화자를 대단히 신뢰하고 있었고, 인간적으로 대우하고 있었으며 화자를 깊이 사랑하고 있었다. 모든 일을 함께 의논하고 자신의 뜻을 밝혀 함께 해나가자는 그 모습은 마치 자기 부인(夫人) 대우를 하고 있는 것이다. 그러니 목숨을 바쳐 한 평생('백년동포(百年同抱)')을 함께 하겠다는 말을 하는 것이다.

『해동가요(海東歌謠)』의 주석이 사실이라면 작가의 순발력과 창의성이 돋보인다. 장기의 궁(宮), 사(士), 마(馬), 상(象), 차(車), 포(包), 졸(卒)을 한 편의 시조에, 그것도 완벽한 문장으로 자신의 뜻을 표현했다는 것은 예사솜씨로는 이루기 어렵기 때문이다. 기녀들의 빼어남을 보여주는 좋은 예라 할 수 있다.

• **소백주**(小栢舟) : 광해군 시절의 평양 기녀(妓女). 자세한 일대기는 알 수 없으나 평안도 관찰사(平安道 觀察使) 박엽(朴燁)과의 일화가 『해동가요(海東歌謠)』에 전해진다.

님 글인 相思夢(상사몽)이 蟋蟀(실솔)이 넉시 되야

秋夜長(추야장) 깁픈 밤에 님의 房(방)에 드럿다가

날 닛고 깁히 든 줌을 씌와볼ㄱ가 ᄒ노라

―박효관(朴孝寬)

> 임을 그리워하여 꾸는 꿈이 귀뚜라미의 넋으로 변했다가/ 기나긴 가을밤 깊은 밤 중에 임의 방에 들어가 있다가/ (매정하게) 나를 잊어버리고 깊은 잠이 들어버린 임을 깨워볼까 하노라

- 상사몽(相思夢) : 남녀 사이에 서로 그리워하여 꾸는 꿈. 즉, 사랑하는 임을 보고 싶어서 꾸는 꿈.
- 실솔(蟋蟀) : 귀뚜라미.
- 추야장(秋夜長) : 직역하면 '가을 밤이 길다'이나 내용상으로 보아 '긴 가을밤'이라 해야 할 것 같다.

임을 그리는 꿈을 귀뚜라미 넋으로 바꾸어, 임의 방안에 들어가 있다가 자신을 잊고 무정하게 잠든 임의 잠을 깨우겠다는 얼마간의 심술을 드러낸 작품으로 발상이 재미있다.

이 작품에서 먼저 생각해야 할 것은 사랑의 마음을 다른 사물로 대체한다는 점이다. 사랑의 마음을 직접 전하지 못할 때 간접적인 방법을 쓰는 것은 흔한 일이다. <사미인곡>에서는 자신이 직접 지은 '옷'을 금지게에 실어 임에게 보내겠다는 것이나, 직접 갈 수가 없기 때문에 자신이 '범나비'가 되어 찾아가겠다고 얘기한다. 또한 <속미인곡>에서는 '낙월(落月)'이 되어 사랑하는 임의 창에 머물겠다는 것이나, '구즌 비'가 되어 임에게 가겠다는 것도 마찬가지다. 홍랑의 시조 <묏버들 갈히 것거>에서는 '묏버들'을 임에게 보낼테니 침방(寢房) 앞에 심어두고 나인 듯이 보라고 말하고 있다. 그런 점은 이 작품도 마찬가지다.

그런데 이 작품에 드러나는 '蟋蟀(실솔)의 넋'은 다른 작품과는 유다른 점을 가지고 있다. 위에 언급한 사물들은 사랑하는 자신의 마음을 임에게 드리려는 사랑의 매개체다. 그런데 '蟋蟀(실솔)의 넋'은 자신을 잊고 깊은 잠을 자는 임의 잠을 방해하겠다는 의도와 임을 깨우겠다는 얼마간의 심술이 작용하고 있다. 임에 대한 사랑을 기원하기보다 심술이 발동하여 임에 대한 보복을 획책하고 있는 것이다. 발상 자체가 매우 이채롭고 재미있다.

임 그리워 잠 못 이루는 밤. 창밖에 우는 귀뚜라미 소리를 듣다가 문득 귀뚜라미가 되고 싶다는 생각을 하게 된다. 자신의 마음을 임에게 전하고 싶다는 생각에서(1행). 그렇게 하여 변신(變身)한 귀뚜라미의 몸으로 임의 방에 들어가고 싶다고(2행). 그런데 3행에서는 전혀 엉뚱한 방향으로 생각을 전개한다. 자신은 임 때문에 잠 못 이루고 있는데 비해 임은 자신을 잊고 깊은 잠을 자고 있을지도 모른다는 생각. 그런 생각은 마침내 얼마간의 심술을 발동시키고 보복의 칼을 갈게 한다. 밤새 임의 방에서 울면서 임까지 잠 못 자게 하겠다는 것이다. 자신은 임 때문에 밤잠을 못 이루는데 무정한 임은 자신을 잊고 쿨쿨 자기만 하니 얄밉다는 것이다. 사랑 때문에 상대를 못 살게 구는 학대성욕도착증(虐待性慾倒錯症, 성적(性的) 대상에게 육체적·정신적 고통을 줌으로써 성적 만족을 얻는 이상(異常) 성욕. 프랑스의 소설가 사드의 이름에서부터 사디즘(sadism)이라고 한다)의 모습까지 보이고 있다. 그래서 사랑이 너무 깊으면 자신을 해칠수도 있지만, 사랑하는 사람마저 해칠 우려가 있는 것인가 보다.

• **박효관**(朴孝寬) : 생몰년대 미상. 자는 경화(景華). 호는 운애(雲崖).

1876년(고종13) 제자 안민영(安玟英)과 함께 『가곡원류(歌曲源流)』를 편찬, 그때까지의 가곡을 총정리하고, 또한 가인(歌人)의 귀감이 될 가론(歌論)을 확립하였다. 흥선대원군(興宣大院君)의 총애를 받아 그로부터 운애(雲崖)라는 호를 지어 받고, 풍류남녀들과 더불어 승평계(昇平契, 조선 후기 가객(歌客)들의 동호회(同好會))를 만들었다. 시조 13수가 전하며, 문학과 음악 발전에 크게 이바지하였다. 그의 가곡창은 하준권(河俊權)·하규일(河圭一)을 거쳐 오늘에 전해진다.

기러기 우는 밤에 니 홀노 줌이 업셔

殘燈(잔등) 도도 혀고 輾轉不寐(전전 불매) ᄒ는 츠에

窓(창) 밧게 굵은 비소릭에 더욱 茫然(망연)ᄒ여라

—강강월(康江月)

기러기 우는 기나긴 가을 밤에 (무수히 떠오르는 생각으로) 혼자 잠을 못 이루고/ 사위여 가는 등불 돋우어 켠 채 이리 뒤척 저리 뒤척 하며 잠 못 이루고 있는 차에/ 창 밖에서 들려오는 굵은 빗소리에 더욱 쓸쓸하여라

- 잔등(殘燈) : (밤늦게 심지가 다 타서) 꺼지려고 하는 불 또는 희미한 등불.
- 전전 불매(輾轉不寐) : 누운 채 이리 뒤척 저리 뒤척 하며 잠을 이루지 못함. 전전반 측(輾轉反側).
- 망연(茫然) : (어이가 없어) 멍함을 뜻하는데 여기서는 '쓸쓸하다'로 해석하는 게 좋을 듯하다.

가을밤에 느끼는 쓸쓸함과 인간 본연의 고독을 차분히 그려낸 작품이다.

첫 행에서는 계절적 상황과 화자의 상황을 얘기한다. 기러기마저 울고 간 쓸쓸한 밤에 혼자 잠을 못 이루고 있다고 하고 있다('니 홀노 줌이 업셔'). '니 홀노'에서 알 수 있듯이, 화자는 혼자 밤늦도록 잠을 못 이루고 있다. 무슨 일이 있었는지, 무슨 상념이 그리 많은지는 알 수가 없다. 그러나 그 이유를 추정하는 데는 그리 어렵지 않다. 가을밤이란 상황 자체가 쓸쓸함과 고독감을 불러일으키기 때문이다. 특히나 혼자인 경우는 더욱 그렇다.

잠 안 오는 밤, 누구와 얘기를 나눌 수 없는 상황에서 화자는 사위여 가는 등불을 돋우고 있다(2행). 잠을 이루지 못하는 밤에 불마저 꺼버리면 사방이 더욱 적막해지고 자신이 한없이 작아지게 된다. 그걸 막기 위해 불을 밝혀 두는 것이리라. 그렇게 외로움과 쓸쓸함은 깊어만 가는데 창 밖에서 빗소리가 들려온다(3행). 이 가을비는 그립고 아쉬움을 자아내는 봄비나, 시원함과

찰라적인 느낌을 주는 여름비, 추적추적 춥게 내리는 겨울비와는 다르다. 낙엽과 겨울을 재촉하는가 하면, 차가운 느낌으로 인해 무언가 따뜻함을 그립게 만든다. 그 가을비가 함께 할 사람이 없는 화자의 쓸쓸함과 고독감을 돋운다. 하여 화자는 망연자실(茫然自失)할 수밖에 없다. 넋을 잃은 사람처럼 텅 비어버리는 것이다.

 가을, 밤, 기러기 울음소리, 가을비는 모두 인간에게 고독을 자극하는 촉매임을 생각할 때 '망연(茫然)'이라는 말이 결코 과장이 아님을 알 수 있다. 운동주의 <별 헤는 밤>과 동요 <가을 밤>과 연결지어 생각해 보는 것도 이 작품을 이해하는데 많은 도움이 될 것이다.

　　　가을 밤 외로운 밤 벌레 우는 밤
　　　초가집 뒷산길 어두워질 때
　　　엄마 품이 그리워 눈물 나오면
　　　마루 끝에 나와 앉아 별만 헵니다.

• **강강월**(康江月) : 연대 미상. 함경남도 맹산(孟山)의 기녀(妓女)로 자는 천심(天心)이라 알려지고 있다.

千里(천리)에 만나다가 千里(천리)에 離別(이별)ᄒ니
千里(천리) 숨속에 千里(천리) 님 보거고나
숨 ᄭᆡ야 다시금 生覺(생각)ᄒ니 눈물 겨워 ᄒ노라

－강강월(康江月)

> 천릿길에 임과 만나 정을 나누다가, 천릿길에 임과 이별을 하게 되니/ 천리나 떨어져 있는 임을 꿈속에서나 만나보는구나/ 꿈 깨어 다시 생각하여 보니 (꿈에서밖에 만날 수 없는 현실이 너무나 안타깝고 비참해서) 눈물겨워 한다

사랑하는 임과 헤어지고 그 임을 그리워하면서 눈물짓는 여자의 정을 노래한 작품으로, 임과의 거리감을 '천리'라는 단어를 반복하여 형상화해놓은 기교가 돋보인다.

첫 행은 현실 상황으로, 이별을 얘기하고 있다. 천리길을 사이에 두고 만나던 임과 이별해서 이제는 영영 다시 만날 수 없음을 말하고 있다. 천리(千里)에 이별(離別)하였다는 것이 그것이다. 그런데 여기서 한 가지 의문스러운 것이 있다. '千里(천리)에 만나다가'다. 임과의 사랑을 천리나 떨어진 상태에서 했다는 얘긴데, 언뜻 이해가 되지 않는다. 이에 대한 자세한 기록이 없어 정확한 추정을 할 수는 없다. 그러나 작가가 기녀(妓女)임을 감안해보면 사랑했던 사람과 멀리 떨어진 채로 사랑을 나누었던 것 같다. 천리는 현대적인 거리로 표현한다면 400km다. 천리나 떨어진 채로 사랑을 했다는 말은, 작가가 함경남도 맹산의 기녀란 점을 감안한다면 한양이나 그 남쪽에 사는 사람과 사랑을 나누었다는 것이다. 그러나 시를 이렇게 해석하는 것은 무리가 있을 듯하다. 시에서의 거리란 현실적인 거리와 일치하지 않기 때문이다. 해서 필자는 신분적 제한으로 인해 '이루어질 수 없는 사랑'을 그리 표현한 것으로 생각한다. 따라서 천리란 실제적인 거리가 아니라 심리적인 거리가 되는 것이다. 그렇게 천리나 떨어져 사랑을 나누던 사람과 이제 영영 이별하였으

니 허발삼은 더했을 섯이다. 가까이 두고 마음 놓고 사랑을 나눠본 것도 아니요, 언제 헤어질지 모르는 안타까운 상황에서 늘 이별을 걱정하면서 만남을 지속했던 임이기에 이별의 아픔은 더욱 커진다. 차라리 마음 놓고 만나고, 남 보란 듯이 만나기라도 했다면 덜 억울하고 슬플텐데 그러지도 못해 본 만남이었기에 아픔은 더할 수밖에.

둘째 행에서는 현실적인 이별의 아픔을 꿈이란 특수 상황을 통해 극복해 보려고 한다. 꿈속에서는 자유롭게 만날 수 있으니까. 그러나 꿈은 비현실적이고 순간적인 것이다. 따라서 화자의 소망도 금방 깨질 수밖에 없다. 어쩌면 꿈은 현실 상황과는 반대이거나, 현실에서 실현될 수 없을 때 대리 실현한다는 점을 생각할 때, 꿈은 더욱 사람을 힘들 게 하거나 비참하게 만들기도 한다. 그 꿈에서 깨고나면 다시 현실로 돌아와 더 큰 아픔을 맛보는 화자의 모습('눈물 겨워 ᄒᆞ노라')은 셋째 행에 나타난다. 꿈을 통해 이루었던 소망이 다시 깨어졌으니 아픔은 더 클 수밖에 없다. 남들은 사랑하는 사람과 함께 사랑을 나누거나 나눴는데 자신은 천리나 떨어진 상태로 임과 사랑을 나누고, 이젠 그마저도 불가능해서 꿈속에서나 만나 사랑을 나누고 있으니 자신의 신세가 처량하고 비참하게 느껴지는 것이다. 사랑이란 남들과 비교할 수 없는 것이라해도 남들과 비교해보니 자신의 사랑은 너무나 슬프고 아픈 사랑이여서 화자는 눈물을 짓고 있는 것이다. 아픈 사랑과 그 아픈 이별로 가슴 저리는 한 여자의 한숨과 눈물이 보이는 듯하여 가슴이 짠하다.

'현실(이별) → 꿈(소망 실현) → 현실(이별의 아픔 부각)' 구조가 액자소설적 기법을 연상시키고, 이별의 아픔을 부각시키는 좋은 장치로 활용되고 있다.

• **강강월**(康江月) : p.263 참조.

쑴에 뵈는 님이 信義(신의) 업다 ㅎ것마는
貪貪(탐탐)이 그리올 졔 쑴 아니면 어이 보리
져 님아 쑴이라 말고 ᄌ로ᄌ로 뵈시쇼

─ 명옥(明玉)

> (옛날부터 말하기를) 꿈에 보이는 임은 믿을 수 없다고 하지마는/ 만나지 못해
> 보고 싶어 못 견딜 때, 꿈에서나 아니면 어떻게 볼 수 있으리/ 임이여, 꿈속에서나
> 보인다고 탓하지 않을테니, 꿈꿀 적마다 자주자주 보이소서.

- **탐탐(貪貪)이** : 탐탐(眈眈)히, 아무리 잊으려 해도 잊혀지지 않고, 마음속에 사무쳐 오
  는 모습.
- **ᄌ로ᄌ로** : 자주자주.

현실에서 이룰 수 없는 사랑을 꿈속에서라도 실현하고 싶어 하는 여자의
마음을 그린 작품으로, 애절하면서도 간절한 화자의 마음이 잘 나타나 있다.
화자는 먼저 꿈에서 만나는 임은 믿을 수 없다는 일반적인 통념을 부정하
고 있다. 사람들은 꿈이란 현실과 반대되는 것이고, 꿈이란 믿을 수 없는 것
이란 생각에서 꿈을 허망한 것이라고 생각한다. 그러나 화자는 그 꿈을 소중
히 여기겠다는 것이다(1행). 그 이유는, 보고 싶어도 볼 수 없는 사랑하는 사
람을 보고 싶어 미칠 것 같을 때, 꿈이 아니라면 어떻게 임을 보겠냐는 것
이다(2행). 꿈의 비현실성을 인정하면서도 꿈이 아니면 만날 수 없는 상황을
인식하여 꿈속에서라도 만나겠다는 간절한 의지를 표명한다. 그러므로 꿈속
에서라도 좋으니 자주자주 보이기만 하라고 기원하고 있다. 꿈에서라도 만날
수 있는 그 자체로도 행복하다는 것이다(3행).
융(C. G. Jung)은 꿈이 무의식의 표출이라고 보긴 했지만, 꿈의 긍정적인 힘
과 예견력까지 인정했다. 그러나 사람들은 대체로 꿈이란 허황된 것, 실체가
아닌 것으로 본다. 대표적으로 프로이트(S. Freud)는 꿈을 소망을 충족하기 위

한 깃이며 왜곡되어 나타난다고 봤다. 꿈은 어린 시절과 연관되어 있으며, 꿈은 마음의 상태를 보여 준다고 봤던 것이다. 따라서 프로이트 학파의 입장에서 보면 꿈이란 욕구불만 형태가 무의식에 잠재되었다가 나타나는 현상이다. 그렇기 때문에 프로이트 학파에서는 꿈을 긍정적으로 파악하지 않는다. 물론 무의식과 통하는 문(門)이기는 하지만 프로이트가 말하는 무의식도 억압, 방어기제, 성과의 관련성이 깊기 때문에 부정적인 요소가 강하다.

그러나 이 작품의 화자는 꿈의 긍정성을 인정하고 있다. 물론, 꿈에 대한 속성을 말하고 있는 것은 아니다. 다만, 현실에서 이룰 수 없는 것을 그나마 이루게 하는 것이 바로 꿈이기 때문에 꿈의 긍정성을 인정하는 것이다.

우리는 흔히 현실적으로 성취할 수 없는 일을 꿈속에서 실현하곤 한다. 물론 이런 현상이 자주 발생할 때는 문제가 되지만, 그럴 수밖에 없는 상황에서는 그런 방법을 통해 자신의 욕구를 실현하곤 한다. 이 작품의 화자 또한 그런 상황에 처했었던 것 같다. 거리상의 문제이건, 신분적인 문제이건 자신의 힘으로는 어쩔 수 없는 불가항력적인 상황에 봉착한 것이다. 그러기에 꿈에서라도 자신의 욕구를 실현시키고 싶어 한다. 이렇게 현실에서 실현불가능한 일을 꿈속에서 실현시킴으로써 욕구를 충족하거나 깨달음을 얻는 일은 조선조 '몽자류 소설(夢字類小說)'에서도 흔히 나타난다. 현실적으로도 꿈속에서도 자신의 소원을 실현시키지 못하게 된다면 인간은 더욱 황량해지고 마침내는 욕구불만으로 파괴적인 행동을 하게 될지도 모르기 때문이다.

• **명옥**(明玉) : 연대 미상의 수원 기녀(妓女).

솔이 솔이라 흔이 무슨 솔만 넉이는다
千尋節壁(천심절벽)에 落落長松(낙락장송) 내 긔로다
길 알에 樵童(초동)의 졉낫시야 걸어볼 쑬 잇시랴

—송이(松伊)

> 소나무다 소나무다 하니 어떤 소나무인 줄로만 여기는가/ 천 길이나 되는 높은 절벽 위에 솟아 있는 가지가 축축 늘어진 큰 소나무 그게 바로 나이로다/ (아무리 신세가 모질어 기생 노릇을 하고 있지만 그 소나무처럼 절개와 뜻을 가졌으니) 길 아래로 지나 다니는 나무꾼 아이들의 풀 베는 작은 낫 따위를 함부로 걸어 볼 수가 있겠는가[자기는 결코 그리 호락호락하지 않다]

- 넉이는다 : 여기는가. 생각하는가. '‐ㄴ가'도 의문형 종결어미.
- 천심절벽(千尋節壁) : 심(尋)'은 길이의 단위로 8척(한 척은 30.3cm)이다. 따라서 천심절벽이란 천길이나 되는 절벽을 말한다. 보통 아주 높은 절벽을 말할 때 관용적으로 쓰인다.
- 알에 : 아래[下].
- 졉낫시야 : 자그마한 낫이야. 여기서는 남자들의 허튼 수작(생각)을 말한다.

　자신의 이름을 이중적으로 구사하면서, 흔하디 흔한 소인배들과는 상대하지 않겠다는 자신의 기품과 자부심을 읊은 노래다.

　화자의 화두(話頭)는 소나무라고 다 같은 소나무는 아니라는 것이다. 많고 많은 것이 소나무요, 많고 많은 것이 기녀(妓女)지만 자신은 다르다고 강조하고 있다(1행). 누구나 소나무 소나무 하니까 모든 소나무를 같이 보는데 자신은 다르다는 것이 첫 행에 담긴 화자의 뜻이다. 사실, 우리나라에서 가장 흔한 게 소나무 아닌가. 자라는 곳에 따라 해송(海松)과 육송(陸松)으로 나누기도 하고, 품종이나 모양으로 나눈다면 다 셀 수 없을 정도로 많다. 이렇게 소나무가 많다보니 모든 소나무를 같은 것으로 보는데 자신은 다르다고 강변한다.

　자신은 평범한 사람으로서는 감히 엄두도 못 낼 천길 절벽 위에 있는 소나무라는 것이다. 그것도 일반적인 소나무가 아니라 축축 늘어져 절개를 상징하는 낙락장송(落落長松)이라는 것이다(2행). 그러기 때문에 자신이 서 있는 절벽에서 내려다보면, 길 아래로 오가는 평범한 사람 또는 소인배('초동(樵童)')들이 자주 지나다니며 소나무에 낫을 걸어놓기도 하고 소나무에 오르기도 하는데, 그런 품위나 소양이 없는 사람들은 감히 자신에게 어떤 수작도 걸어볼 수 없다는 것이다. 비록 기녀였지만 자신의 자부심과 자존심을 지키려 했던 화자의 도도함과 고고함이 돋보이는 작품이다.

기녀들의 작품이 일반적으로 그리움이나 이별 후의 상념 같은 것을 노래했는데, 이 작품은 자신의 참모습과 도도한 자존심을 강조했다는 면에서 주목을 받는다. 어쩌면 기녀들의 이런 꼿꼿함이 있었기에 지위 높은 이들과 교분을 맺을 수 있었고, 거기에서 생겨난 많은 생각들을 작품으로 남겼는지도 모른다. 읽을수록 한 여자의 기품이 강하게 전해오는 작품이다.

• **송이**(松伊) : 생존연대와 신원이 정확하지 않은 강화 기녀로 박준한(朴俊漢)이란 해주 선비를 사랑하였다는 이야기가 전해진다.

山村(산촌)에 밤이 드니 먼뒷 기 즈져온다
柴扉(시비)를 열고 보니 하늘이 챠고 달이로다
뎌 기야, 空山(공산) 줌든 달을 즈져 무슴호리요

－천금(千錦)

> 산촌(山村)에 밤이 깊어가니 (사람의 발자취는 끊기고) 먼 데서 개가 짖어댄다/ (개 짖는 소리에 혹시나 누가 왔는가 싶어) 사립문을 열고 밖을 보니, 사람의 모습은 보이지 않고 차가운 하늘에 달빛만 무심하게 밝구나/ 저 개야, (사람은 보이지도 않는데) 빈 산을 비추며 고요히 잠든 달을 짖어 무엇하려느냐[자꾸 짖어서 사람을 헷갈리게 하지 말아라]

- 먼뒷 기 : 먼 곳의 개.
- 즈져온다 : 짖어 운다. 짖어댄다.

　잘못 파악하면 산촌(山村)의 쓸쓸함과 고요함을 읊은 시처럼 보이지만 오지 않는 임을 기다리는 여심(女心)이 깃들어 있는 작품이다. 다른 시조들이 사랑의 표현을 직접적으로 드러낸데 비해 이 작품은 자신의 심정을 직접 토로하지 않고, 주변의 사물들만 묘사한 데서 묘미를 발견할 수 있다.

　화자는 먼저 첫 행에서 청각적 이미지를 활용하여 산촌의 고요함을 그려내고 있다. 고요한 산촌에 밤이 드니 사방이 적막하기만 하다. 다른 소리가 들린다면 그 소리에 고요함이 깨지겠지만, 너무나 조용해서 먼 데서 개 짖는 소리만 아련하게 들려온다. 그러나 멀리서 들려오는 개 짖는 소리는 단순히 주변의 고요함을 드러내기 위한 진술만은 아니다. 멀리서부터 다가오는 개 짖는 소리는 누가 온다는 징조이다. 그러기에 사립문을 열고 가만히 나서는 것이다(2행). 혹시나 임이 자신을 찾아오지 않나 하는 기대감으로. 그러나 사람의 자취는 보이지도 않고 산골 마을은 훤한 달빛 속에 잠들어 있다. 거기서 화자는 불현듯 차가움을 느낀다. 기다리는 사람은 오지도 않고 달빛만 환한 산골 마을. 이 모습은 사람에게 차가움을 준다.

보통 달빛은 투명하게 보인다. 그러나 그 투명성으로 인해 차가움을 주기도 한다. 심리적으로 춥다고 느낄 때나 날씨가 추운 날은 그런 느낌을 준다. 특히 눈이 하얗게 쌓여 있을 때는 더욱 그렇다. 그러기에 화자는 '하늘이 차고'라고 언설(言說)하는 것이다. 화자가 춥게 느낀 것은 심리적인 요인과 날씨적인 요인이 함께 작용했으리라 본다.

마지막 행에서 화자는 개를 나무라고 있다. 이유 없이 짖어서 사람 헷갈리게 하지 말라는 것이다. 개 짖는 소리만 듣고 밖에 나왔다가 괜히 헛걸음만 했다고. 그러나 마지막 행의 발화는 단순하게 개를 나무라는 것이 아니다. 표면상으로는 개를 나무라고 있지만, 사실은 화자 자신을 나무라는 것이라 볼 수 있다. 주책없이 먼 데서 개 짖는 소리만 나도 밖으로 나서는 자신을 나무라고 있는 것이다. 임이 찾아오지 않을 것을 뻔히 알고 있으면서도 아무 보람 없는 기다림을 계속하는 자신이 미운 것이다. 그렇다고 자신을 대놓고 욕할 수는 없고, 자신을 대신해서 개를 나무라고 있는 것이다. 안 그래도 예민해질 대로 예민해져서 밤잠을 못 이룬 채 바깥 동정에 신경을 곤두세우고 있으니 제발 헷갈리게 하지 말라고 개에게 말하는 행위는, 제발 오지도 않는 임을 기다리며 헛걸음하지 말자고 자신에게 다짐하고 있는 것이다.

고요함과 쓸쓸함을 함께 아울러 외로움을 극대화한 솜씨나, 달빛을 차갑게 묘사하여 자신의 심경을 효과적으로 표현한 솜씨가 예사롭지 않다. 또한 자신의 마음을 다른 대상에게 전이(轉移)시켜 표현한 간접화 기법도 빼어나다.

• **천금**(千錦) : 생존 연대 및 신원이 정확하지 않다.

압못세 든 고기들아 뉘라셔 너를 모라다가 넉커늘 든다

北海(북해) 淸沼(청소)를 어듸 두고 이 못세 와 든다

들고도 못 나는 情(정)은 네오 뉘오 다르랴

—어떤 궁녀(宮女)

앞 못에 들어와 있는 고기들아, 누가 너희들을 이곳에 몰아넣었기에 들어와 있느냐/ 북쪽의 바다와 맑은 소[못]는 어디 두고 이 못에 와 있느냐/ 들어와서는 다시 나가지 못하는 심정이야 너나 나나 다르겠느냐[너나 나나 들어오고서는 다시 나가지 못하는구나]

- 넉커늘 : (몰아다) 넣었기에.
- 든다 : 들었느냐. '-ㄴ다'는 의문형 종결어미.
- 청소(淸沼) : 맑은[淸] 못[沼].
- 못 나는 : 못 나가는.

소(沼)에 갇혀있어 자유를 누리지 못하는 고기들과 궁(宮)에 갇힌 채 애닯게 살아가는 궁녀(宮女)인 자신과의 동질성을 노래한 작품으로, 궁녀의 애달프고 자유가 없는 신세를 한탄한 노래다.

먼저 화자는 앞 못에 들어있는 고기들을 바라보며 고기들을 못에 몰아넣은 존재에 대해 생각한다('뉘라셔 너를 모라다가'). 즉, 고기들은 자신이 원해서 못에 든 것이 아니라 타의에 의해서 못에 들었다는 인식을 하고 있는 것이다. 자신의 삶을 주체적으로 결정하는 게 아니라, 타인의 의지에 의해 결정되고 있음을 부당하게 여기고 있는 것이다.

맘껏 자유를 누리고 동족들과 유행(遊行)할 수 있는 공간인 '北海(북해) 淸沼(청소)'. 그곳은 원래 고기들의 고향이고, 삶의 공간이었다. 그러나 못에 든 고기들에게는 이제 다시 갈 수 없는 곳이고, 꿈속에서나 가 볼 수 있는 추억 속의 공간이자, 이상향이 되어버린 것이다. 그런 상황은 고기들에게만 한정된

것이 아니다. 자신도 같은 신세이기 때문이다('네오 늬오 다르랴').

화자의 이런 인식은 위험천만한 것이다. 조선조 사회는 계급사회인 만큼 그 계급에 대한 거부적인 입장을 취할 수 없었다. 조선조 사회를 지탱하는 계급에 대한 부정은 곧 국가 체제에 대한 부정이기 때문이다. 그런데도 화자는 자신의 현재 처지를 부정적으로 인식하고 있다. 궁녀의 출신계급은 보통 지밀(至密, 대령상궁이라고도 하며, 대전(大殿)의 좌우에서 잠시도 떠나지 아니하고 임금을 모시던 상궁)과 침방(針房, 침방나인이라고도 하며, 궁중 침방에서 바느질을 전담으로 하는 나인)·수방(繡房, 수방나인으로 궁중에서 수(繡)놓는 일을 전담하던 나인)은 중인 계급, 기타는 상인계급이다. 따라서 화자는 양반이 아니라서 궁에 들어가 자유를 누리지 못하고 있다고 자신의 신세를 한탄하고 있는 것이다.

따라서 이 시에 나타나는 '압못'이나 '北海(북해) 淸沼(청소)'는 이중의 뜻을 가진 단어라 할 수 있다. '압못'은 고기들이 들어 있는 못과 화자 자신이 갇혀 있는 공간인 궁중 즉, 감옥의 의미를 담고 있다. 또한 '北海(북해) 淸沼(청소)'는 고기들의 고향인 바다와 화자 자신의 고향인 민가(民家) 즉, 자유가 있는 공간의 의미를 담고 있다.

궁녀는 실제로 왕족들이 자신들의 생활상 편의를 위해 만들어 놓은 존재였고, 한 평생 왕의 눈에 띄기만을 기다리는 가련한 존재였다. 왕의 눈에 들어 승은(承恩)을 입으면 승은상궁(承恩尙宮)이라 일컬어지고, 왕의 자녀를 낳게 되면 내관인 종4품 숙원(淑媛) 이상으로 봉해져 귀한 몸이 되기도 하지만 한 평생을 궁에서 늙어 죽는 게 상례였다. 궁궐 내의 모든 궁녀들은 입궁에서 퇴출까지 원칙적으로 종신제(終身制)였기 때문이다.

간밤의 직에 여든 브람 슬쓸이도 날을 속여고나

風紙(풍지)ㅅ소리예 님이신가 반기온 나도 誤(오)ㅣ 건이와

幸(행)혀나 들라곳 ㅎ듣연 慙思慙天(참사참천)홀랏다

─작자 미상

간밤에 지게문을 열던 바람 알뜰살뜰히[감쪽같이] 나를 속였구나/ 문풍지 소리에 님이 왔는가 싶어 반가워한 나도 잘못됐지만[어리석었지만]/ 행여나 (임인 줄 알고) 들어오라고 말하였다면 몹시 부끄러워 얼굴 들지 못할 뻔했구나

- 직에 : 지게. 지게문. 마루나 부엌 같은 데서 방으로 드나드는 외짝문을 말한다.
- 풍지(風紙)ㅅ소리예 : 문풍지 소리에. 풍지(風紙)는 문틈으로 새어드는 찬바람을 막기 위해 덧붙여 바른 종이를 말한다. 바람이 불면 부르르 떨면서 위이잉! 소리를 낸다.
- 반기온 : 반가워한.
- 참사참천(慙思慙天) : '참사참천(慙思慙天)'을 직역하면 '마음에도 부끄럽고 하늘에도 부끄럽다'는 뜻이므로, 몹시 부끄러워 얼굴을 들지 못함을 말한다. 또한 '홀랏다'는 과거형으로 '-할 뻔했다'의 뜻이다. 따라서 '참사참천(慙思慙天)홀랏다'는 몹시 부끄러워 얼굴 들지 못할 뻔했다로 해석하는 게 좋을 듯하다.

바람에 떠는 문풍지 소리를 그리운 임의 기척으로 착각해서 하마 들어오라고 말할 뻔했다고 지난 일을 생각하며 부끄러워한다는 내용의 작품으로, 기다리는 마음을 흔히 일어날 수 있는 사건 하나로 재미있게 표현하였다.

화자는 아침에 일어나 지난밤에 있었던 우스웠던 일을 생각한다. 바람에 문풍지 우는 소리를 임이 오는 소리로 착각하여 "어서 들어오세요"라고 말할 뻔한 일이다. 아무리 사랑에 눈이 멀었고 귀가 멀었다고 하더라도 생각하면 생각할수록 우습고 부끄러운 일이다. 하여 그 내용을 있는 그대로 적어 놓기로 결정한다. 그 내용이 바로 이 시조다.

첫 행은 간밤에 완전히 자신을 속인 바람을 언급한다. 바람이 밤새 지게문

올 열었다 닫았다하며 잠을 앗아갔다는 것이다. 그 정도가 아니라 누가 온 것처럼 사람을 속이기도 했다는 것이다. 그것을 화자는 '슬쯸이도'라고 표현 하였다. 알뜰살뜰 잘도 자신을 속였다는 것이다.

지게문은 바람에 민감하다. 바람이 불 때도 덜컹거리지만, 바람이 멎어도 덜컹대기 일쑤다. 특히 누군가를 기다리며 잠 못 이루는 밤에는 아주 작은 소리에도 민감한데, 비정기적으로 덜컹대는 지게문 소리는 잠을 앗아가기에 충분하다. 그것만이라면 좋게. 덜컹하고 지게문이 열렸다 닫히는가 싶자 문풍 지까지 바르르 떨리게 되면 누가 찾아온 것으로 완전 착각을 일으키게 된다 (2행). 하여 화자는 이번에는 정말로 임이 왔구나 착각한다. 반가운 마음에 화 들짝 일어났을 것은 불 보듯 뻔한 일. 그 일을 화자는 '나도 誤(오) l 건이와' 라고 표현하고 있다. 잘못했다란 뜻이지만 내용상으로 봐서는 어리석었다는 말로 새기는 게 좋을 듯하다. 아무튼 어리석게 화들짝 일어나서 문밖을 살폈 을 것이다. 그러나 그 누구의 그림자도 보이지 않는다.

화들짝 일어나면서 "어서 들어오세요"란 말을 할 뻔했는데, 만약 그 말을 했다면 부끄러워 얼굴 들지 못할 뻔했다는 것이 마지막행의 내용이다. 바람 에게 속아 자신의 속마음을 들킬 뻔했다는 이야기다. '개 눈엔 똥만 보인다더 니 내가 그 짝이구나'며 씁쓸하게 다시 누워 밤을 새웠을 것이다. 오지도 않 는 임을 기다리는 자신이 못마땅하기도 했을 것이고, 자기는 몸이 달아 기다 리고 기다리는데 발걸음 한 번 하지 않는 임에 대한 야속함 때문에.

바람에 속은 이야기를 하 는 화자의 씁쓸함이 애처롭 고, 기다려도 오지 않는 임 을 기다리는 화자의 마음이 눈에 보이는 듯하다.

사랑 모혀 불리 되여 가삼에 푸여나고
간장 셕어 물이 되여 두 눈으로 소사난다
一身(일신)의 水火相侵(수화상침)ᄒ니 살똥말똥 ᄒ여라

—작자 미상

> 사랑이 모여 불이 되어 가슴에 피어나고[가슴을 다 태우고]/ 애간장이 다 썩어
> 물이 되어 두 눈으로 솟아난다[애간장 썩은 물이 눈물로 흐른다]/ 한 몸뚱이에 물과
> 불이 한꺼번에 침범하여 해를 끼치니 살지 말지 모르겠구나[살 수가 없구나. 죽을
> 것만 같구나]

- 간장 : 간과 창자. 애타서 녹을 듯한 마음.
- 수화상침(水火相侵) : 물과 불이 한꺼번에 침범하여 해를 끼침.

몸과 마음을 다 바친 뜨거운 사랑과 그 사랑으로 인한 아픔을 애절하게
표현한 작품으로, 발상과 비유가 아주 돋보인다.

첫 행은 사랑으로 인한 속태움에 대한 얘기다. 사랑이란 감정은 마음을 태
우는 일이다. 가슴이 타다 못해 꺼멓게 숯덩이가 되는 게 사랑하는 이의 가
슴이다. 사랑하는 이의 가슴에는 수도 없이 많은 감정들이 교차한다. 그 감정
들은 하나의 형태로 나타나지 않기에 더욱 가슴을 태운다. 보고 싶음, 그리
움, 안쓰러움, 안타까움, 측은함, 애처러움, 속상함 들이 자리잡기도 하지만
정반대의 감정이 불쑥불쑥 솟기도 한다. 꼴도 보기 싫음, 미움, 저주, 질투 들
이 파도처럼 오르내리기도 한다. 이런 상반된 감정들로 인해 사랑하는 이의
가슴은 늘 뜨겁게 타오를 수밖에 없다. 거기서 벗어나는 길은 오직 무관심뿐
이다. 그래서 사랑의 반대는 미움이 아니라 무관심이라 하지 않았는가. 화자
는 바로 사랑의 이런 속성을 제시하고 있다.

어디 그뿐이랴. 오장육부가 다 썩어 문드러지고 그 물이 눈물로 흘러내린
다(2행). 혼자서 감당하기 어려운 감정과 상황들이 사람의 애간장을 다 녹인

다. 하여 사랑은 눈물의 씨앗이라고 말하는지도 모른다. 김수희의 <애모>란 노래에 '그대 앞에만 서면 나는 왜 작아지는가. 그대 등 뒤에 서면 내 눈은 젖어드는데'란 구절이 있다. 사랑하는 이의 마음이란 사랑하는 사람 앞에서는 한없이 작아졌다가도, 사랑하는 이의 등을 보는 순간 측은함과 안쓰러움이 눈물로 흐르는 것이란 이 표현은 사랑의 이중적인 속성을 잘 지적하고 있다. 그러나 사랑이란 그것으로 하여 아름다울 수 있는 것이다. 역설적이지만 사랑은 아픔과 고통이 있기에 아름다울 수 있다.

한 몸뚱이에 불(타는 가슴)과 물(눈물)이 한데 섞여 사람의 육체와 정신을 다 뒤흔드는 사랑. 하여 화자는 살 수 있을지가 의문스럽다고 말한다(3행). 그러나 사랑이 있는 한 결코 죽지 않을 것임을 알기에 사랑을 포기하지 않는 것이다. 아니, 죽음까지도 감행하며 사랑을 하기도 한다. 사랑은 그 어떤 것보다 강렬한 힘을 가진 감정이기 때문이다.

모든 것을 다 바친 절절한 사랑과 사랑으로 인한 고통이 손에 잡힐 듯하여 가슴이 아려온다.

雪月(설월)이 滿窓(만창)흔듸 ᄇᆞ람아 부지 마라
曳履聲(예리성) 아닌 줄을 判然(판연)히 알건마ᄂᆞᆫ
그립고 아쉬운 적이면 힝여 귄가 ᄒᆞ노라

―작자 미상

> 하얀 눈빛이며 달빛이 창을 가득 비추는데 바람아 불지 마라/ (지나가는 바람소리
> 지) 내 임이 신발 끌며 오는 소리가 아닌 줄 뻔히 알지마는/ 그립고 아쉬울 때는 혹
> 시나 그[내 임]인가 한다[내 임인 줄 알고 문을 열어보고 밖에 나서곤 한다]

- **만창(滿窓)흔듸** : 창에 가득한데, 가득히 창을 비추는데.
- **예리성(曳履聲)** : 신발 끄는 소리.
- **판연(判然)히** : 뻔히. 분명히.
- **귄가** : 그인가. 그(대명사)+인가(의문의 뜻을 가지고 있는 종결형 서술격 조사).

눈 쌓이고 달 밝은 겨울밤, 잠을 못 이루고 뒤척이며 바람소리를 임이 오
는 소리인 줄 알고 밖으로 나가곤 하는 기다리는 여심(女心)을 그린 작품이다.
이 작품에서 관심을 가져야 할 것은 아무래도 화자가 처한 상황성인 것
같다. 화자는 지금 누군가를 기다리고 있다. 올지 말지 모르지만, 눈이 쌓이
고 바람이 불어서 밤에 찾아올 리는 없겠지만, 화자는 혹시나 하는 마음에
기다리고 있는 것이다. 잠자리에 들기는 했지만 기다리는 마음에 잠이 오질
않는다. 설상가상으로 하얀 눈 위에 부서지는 달빛이 온 세상을 훤하게 밝혀
눈을 간질이고, 바람마저 몰아치면서 사립을 흔들고 지게문을 밀었다 당겼다
하고 문풍지를 울리기도 한다. 이런 상황이다 보니 화자는 도저히 잠을 이룰
수가 없다.
눈과 달빛 그리고 바람은 모두 화자의 잠을 방해하는 방해꾼이다. 눈과 달
빛은 밤을 밝히는 존재들이기 때문이다. 지금이야 잠을 방해하는 게 소음,
TV거나 전등과 같은 인위적이고 인공적인 것들이지만 과거에는 등잔, 달빛,

눈빛 들이 잠을 방해하곤 했다. 등잔이야 꺼버리면 그만이시만, 얇고 투명한 창호지를 통해 들어오는 눈빛과 달빛은 가릴 수가 없으니 더욱 처치가 곤란해진다. 특히 겨울밤 흰 눈이 쌓인 위에 밝은 달빛마저 비춘다면 세상은 더욱 환해져 안 그래도 잠을 못 이루고 있는 이에게 그 빛은 괴로울 수밖에 없다. 그래서 누군가를 기다리는 화자에게 잠이 올 리 없다. 그런데 바람까지 분다. 바람이 무엇을 끌고 다니는지 신발 끌리는 소리와 같은 소리를 낸다. 그러니 화자는 임이 오는가 해서 마냥 기다리게 되는 것이다(2행). 해서 바람아 불지 말라고 당부하는 것이다. 임이 오는 소리('曳履聲(예리성)')로 자꾸만 착각하게 된다는 것이다. 그 이유는 그립고 아쉽기 때문이라고(2·3행). 임이 오지 않을 줄 알면서도 기다리는 마음을 표현한 작품으로는 앞에 소개한 서경덕의 <마음이 어린 後(후)이니>가 있다. 두 작품을 비교하면 읽어보면 그 의미가 좀 더 정확해질 것 같다.

어룬즈 넛츌이여 에어룬즈 박넛츌이여

어인 넛츌이 담을 넘어 손 쥐는고야

어룬 님 이리로셔 뎌리로 갈르제 손을 쥐려 ᄒ노라

—작자 미상

얼씨구나 넝쿨이여 지화자 좋구나 박넝쿨이여/ 웬 넝쿨이 담을 넘어 (울안에 갇혀 있다시피하는) 내 손을 쥐려하는구나/ 사랑하는 내 임이 이쪽에서 저리로 갈 때 (어 룬 임의) 손을 쥐려고 한다[그랬으면 얼마나 좋을까]

- 어룬즈 : 얼씨구나. 흥겨워하는 감탄사로 '어른쟈'로도 쓰였다.
- 에어룬즈 : 절씨구나. 지화자 좋다. '어룬즈'에 대한 호응구로 볼 수 있다. 얼씨구나 절씨구, 아리랑 쓰리랑 등과 같이 같은 의미를 가진 다른 표현으로 보는 게 좋겠다.

박넝쿨이 담 너머로 뻗어오는 것을 보고 사랑하는 사람의 손길을 기다리는 마음을 표현한 노래로, 착상이 신선하기도 하고 재미있기도 하면서 우습기도 하다. 또한 밖으로 드러낼 수 없는 마음을 솔직하게 표현한 그 마음이 살뜰하기도 하다.

언제부터 담장을 기어오르기 시작했는지 이웃집 박넝쿨이 담장을 넘어오기 시작하더니 어느덧 담장을 넘어 화자의 손에 닿을 수 있을 만큼 자랐다. 여기저기 뻗기 위해 돋아나는 넝쿨손을 보니, 동그랗게 말아졌다가 펴지는 모습이 사람의 손과 손가락을 연상시킨다. 그 손은 다름아닌 임의 손이거나 남자의 손처럼 느껴진다. 해서 박넝쿨이 자라는 걸 기뻐 소리치며 노래를 부르고 있는 것이다(1행).

그 박덩쿨이 자라 화자의 손을 잡으려는 듯하다. 마치 화자의 손을 잡고 담 안에 갇혀있는 화자를 담 밖으로 데리고 가서 해방시킬 것만 같다. 아니, 자기의 손을 잡고 가서 남자 손에 쥐여줄 것만 같다(2행).

그러나 화자가 더욱 바라는 것은 사랑하는 임('어룬 님)이 여기서 저기로 갈 때 즉, 자기 앞을 지나갈 때 그 손을 쥐는 것이다. 마치 넝쿨손이 자라 넝쿨이 되듯, 넝쿨이 손이 되어 화자에게 다가오듯, 이제 화자가 넝쿨손이 되어 어른 임의 손을 잡고 싶다는 것이다. 아마도 화자는 임과 이웃해 사는 모양이다. 박넝쿨이 담을 넘어 자신에게 손을 내밀 듯, 이제는 화자 자신이 넝쿨손이 되어 임이 지나갈 때 임의 손을 잡고 싶다는 것이다. 그러기에 그 행동은 일방적인 행동이 아니다. 화자가 먼저 꼬리쳐 임의 손을 잡는 게 아니라 먼저 넝쿨손이 뻗어와 화자의 손을 잡으려 했듯, 이제 화자가 넝쿨손이 되어 임의 손을 잡고 싶다고 말하고 있다. 그러나 그것은 바람일 뿐, 현실은 아니다. 오히려 현실 상황은 그와 정반대다. 울안에 갇혀 꼼짝 못하는 신세다. 해서 이런 기원을 하는 것이다. 기원은 현실적으로 실현 불가능하거나 실현이 어려울 경우 인간이 하는 행동임을 감안한다면, 화자는 자신의 처지에서 실현불가능하기 때문에 이런 기원을 하는 것 같다.

넝쿨손을 남자의 손으로 보고 그 손에 잡히고 싶어 하거나, 넝쿨손이 되었다가 임의 손을 잡고 싶다는 발상이 기발하다. 또한 모든 것을 속에 품고 살아야 하는 여자의 마음이 안쓰럽게 다가온다.

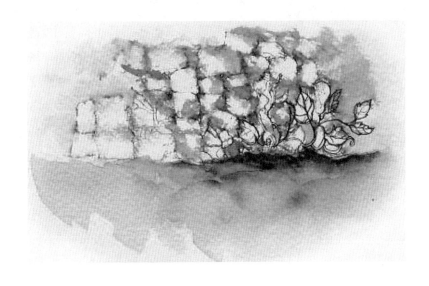

편지야 너 오는냐 네 임자는 못 오든냐

長安道上(장안 도상) 널은 길에 오고 가기 너쑌일가

日後(일후)란 너 오지 말고 네 임자만

—작자 미상

편지야 너 오느냐. 네 임자[주인]는 못 오더냐/ 넓고 넓은 서울 길에 오고 가는 것이 너뿐이겠느냐/ 다음부터는 너는 오지 말고 네 임자만 (오라고 하여라)

- 장안 도상(長安道上) : 서울 장안의 넓고 넓은 길 위.
- 일후(日後)란 : 다음엘랑. 다음에는.
- 임자만 : '오너라'란 끝구가 생략된 형태로, 시조창을 부를 때에 흔히 생략하는 여운을 남기는 방법이다. 『용비어천가(龍飛御天歌)』 (불휘 기픈 남ᄀ ᄇᄅ매 아니 뮐씨 곶 됴코 여름 하ᄂ니/ ᄉ미 기픈 므른 ᄀᄆ래 아니 그츨씨 내히 이러 바ᄅ래 가ᄂ니)에서 '-이다'가 흔히 생략되고, 조선후기 언간(諺簡)에도 어미가 흔히 생략되는 것으로 보아 대중화되었던 방법이었던 것 같다.

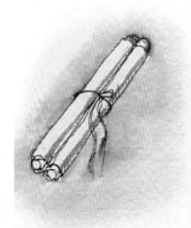

편지를 인격화하여 편지에게 이야기하는 형식을 빌어, 사랑하는 임을 그리워하는 정을 재치있게 표현한 작품이다. 편지에게 얘기하는 대화 형식을 취한 구성이나 자연스러우면서도 소탈한 표현이 돋보인다.

첫 행은 편지가 방금 도착한 상황이다. 편지를 받자마자 기쁘기 한량없다. 얼마나 기다렸던 편지였던가. 임에게 편지를 보낸 날부터 기다리던 편지다. 지금쯤 도착했겠거니, 이제 읽었겠거니, 이제 답장을 쓰고 있겠거니, 이제 보냈거니 하며 하루에도 몇 번씩 기다리던 편지다. 그러나 막상 편지를 받고 보니 서운하기 그지없다. 편지를 백날 받은들 무슨 소용이 있겠는가. 그리운 사람을 만날 수도 없는데. 해서 편지가 온 것을 반가워하면서도 한편으로는 서운해하는 것이다. 임은 왜 오지 않고 편지 너만 자꾸 오느냐고(1행).

서울 장안 넓고도 넓은 길에 수없이 많은 사람들이 자유롭게 오갈 것이고, 내 임도 자유롭게 오갈 것인데 왜 임은 안 오고 너만 자꾸 오느냐는 서운함을 표현한 것이 2행이다. 임을 만나고 싶은 마음에 떼를 써보는 것이다. 떡본 김에 제사 지내고 싶고, 앉으면 눕고 싶고 누우면 자고 싶은 게 인간의 감정이 아닌가. 화자도 기다리던 편지를 받는 순간 임이 더욱 보고 싶고, 임을 만나고픈 마음이 더욱 간절해져 이런 욕심을 부려보는 것이다.

하여 앞으로는 편지 너는 오지 말고 네 임자 즉, 내 임만 보내달라고 부탁한다. 이제 너는 너무 자주 보아 보고 싶지 않으니 내 임만 보내라는 표현은 편지를 가벼이 생각해서 하는 말은 아니다. 다만 너를 백 번 보는 것보다 내 임을 한 번 보는 게 낫다는 즉, 임을 직접 만나고 싶은 마음을 표백(表白)한 것이다.

그리워하면서도, 보고 싶어 견딜 수 없으면서도, 사랑하는 사람을 직접 만날 수 없는 이의 간절함이 눈에 보이는 듯하다.

흔字(자) 쓰고 눈물 디고 두字(자) 쓰고 한숨 디니

字字行行(자자행행)이 水墨山水(수묵산수)ㅣ가 되거고나

져 님아 울고 쁜 片紙(편지)ㅣ니 눌너 볼가 ㅎ노라

　　　　　　　　　　　　　　　　　　　　　　　　　－작자 미상

> 한 글자 쓰고 눈물 흘리고 두 글자 쓰고 한숨 지으니/ 글자마다 글줄마다 먹으로 산수를 그린 산수화처럼 흐리고 뿌옇구나[글씨를 알아볼 수 없을 정도로 흐릿하구나]/ 님이여, (편지가 이렇게 흐릿한 것은 내가) 울며 쓴 편지이기 때문이니 용서하시고 이해하면서 잘 읽어 주소서

- 자자행행(字字行行) : 글자마다 글줄마다. 편지가 온통.
- 수묵산수(水墨山水) : 먹물로만 그린 산수수석(山水樹石) 그림. 여기서는 붓으로 쓴 글씨가 눈물로 범벅이 되어 흐려진 모습을 표현하고 있다.
- 눌너 볼가 : 용서하여 볼까. 이해해서 볼까.

　임이 보고 싶어 울며 쓴 편지니 이해하면서 읽어 달라며 자신의 심중을 토로한 이 작품은, 착상이 기발하고 표현이 재치 있어 읽을수록 화자의 절절함이 느껴져 감동을 준다.

　한 글자 쓰고 보고 싶어 눈물짓고 두 글자 쓰고 한숨짓고. 편지로 자신의 사연을 적어 보내자니 눈물과 한숨이 멈추질 않는다. 보고 싶어 못 견딜 때 쓰는 편지란 쓰는 이의 눈물과 한숨 그리고 아픔을 펴놓는 자리다. 누구에게도 말할 수 없는, 가슴에 담은 사연들을 눈물과 한숨이 아니고서는 토해낼 수가 없다. 화자도 지금 임이 보고 싶고 그리워서 눈물과 한숨으로 편지를 쓰는 것이다(1행).

　그러다 보니 편지는 온통 눈물과 한숨으로 얼룩이 진다. 글씨를 알아볼 수 없을 정도로 엉망이다. 자신이 쓴 글씨지만 자신도 제대로 읽을 수가 없다. 화자는 그 편지의 모습을 먹으로 그린 산수화[수묵산수]라고 표현했다. 감정

이 복받쳐 글씨도 깨끗하고 정갈하게 쓰지 못했을 것이다. 그러나 흔들리고 떨린 글씨가 문제가 아니라 편지를 쓰면서 흘린 눈물로 편지가 얼룩져 마치 먹으로 산수화를 그려놓은 듯 엉망이다. 그러나 화자는 그 편지를 그냥 보내려 한다. 보통 이런 편지란 쓰고 나선 이내 찢어버리거나 보내지 않는다. 자신의 속마음을 너무 직접적으로 써버리거나, 앞뒤 문맥이 맞지 않아 다 쓰고 나서 읽어보면 부끄럽기 때문에. 그런데도 화자는 그 편지를 그냥 보내겠다고 한다. 왜냐하면 자신의 진솔 담백한 마음을 전해겠다는 생각에서. 울면서 쓴 편지이니 용서하면서 읽어 달라는 부탁까지 곁들여서. 사실, 진솔한 자신의 감정을 실은 편지보다 더 절절하고 가슴 아리게 하는 편지가 있을까? 해서 우리 가요에 <눈물로 쓴 편지>란 노래가 생긴 게 아닌가 한다. 읽을 수는 없지만 쓰는 이의 마음을 오롯이 전달해주는 편지가 바로 눈물로 쓴 편지다.

　눈물과 한숨으로 쓴, 정감 넘치고 애틋한 편지라 임의 마음도 움직였으리라. 김세화의 <눈물로 쓴 편지는>을 소개한다.

　　눈물로 쓴 편지는 읽을 수가 없어요
　　눈물은 보이지 않으니까요
　　눈물로 쓴 편지는 고칠 수가 없어요
　　눈물은 지우지 못 하니까요
　　눈물로 쓴 편지는 부칠 수도 없어요
　　눈물은 너무나 빨리 말라버리죠
　　눈물로 쓴 편지는 버릴 수가 없어요
　　눈물은 내 마음 같으니까요

바룸도 쉬여 넘는 고기 구름이라도 쉬여 넘는 고기

山眞(산진)이 水眞(수진)이 海東靑(해동청) 보라미라도 다

쉬여 넘는 高峰(고봉) 長城嶺(장성령)고기

그 넘어 님이 왓다ᄒ면 나는 아니 흔 番(번)도 쉬여 넘으

리라

—작자 미상

> (하도 높아서) 바람도 쉬어 넘는 고개, 구름도 쉬어 넘는 고개/ 산지니·수지
> 니·해동청·보라매 같은 날쌘 매들까지도 (단숨에 못 넘고 몇 번씩) 쉬어서야 넘는
> 그런 높고 높은 장성령 고개/ 그 장성령 고개 너머에 만일 임이 왔다면, 나는 한
> 번도 쉬지 않고 단숨에 넘어가리라[단숨에 넘어가서 님을 만날 것이다]

- 산진(山眞)이 : 산지니. 산진(山陳)매. 즉, 산에서 자유롭게 자란 해묵은 매 또는 새
  매. 여기서 '산진(山眞)이'의 '진(眞)'자는 '진(陳)'자를 잘못 표기한 것이다.
- 수진(水眞)이 : 수(手)지니. 수진(手陳)이. 즉, 손으로 길들인 매.
- 해동청(海東靑) : 송골(松鶻)매. 골매.
- 보라미 : 사냥용 매로 보통 생후 일 년이 못된 새끼를 잡아 길들여 사냥에 쓴다.
- 장성령(長城嶺)고기 : 고개 이름. 정확한 위치는 모른다.

높고 높은 고개 너머에 사랑하는 임이 와 있다면 단숨에 넘어가서 임을
만나겠다는 의지를 표현한 작품으로, 수다와 익살, 과장이 뒤섞여 있으나 역
겹지 않고 오히려 구수하고 재미가 있는 시조다.

1행과 2행에서는 장성령 고개의 높음을 말하고 있다. 바람도, 구름도, 온갖
날쌘 매들도 한 번에 넘을 수 없어서 다 쉬고 넘어갈 정도로 높은 장성령 고
개. 장성령 고개는 정확한 위치를 알 수 없다. 그러나 장성령(長城嶺)이란 이름
에서 성(城)이나 요새처럼 단단하게 보이면서도 길고 높은 고개를 말하는 듯
싶다. 높음을 이야기할 때 바람과 구름이 쉬어 넘는 고개란 말은 흔하다. 그

러나 날쌘 매인 산진이, 수진이, 해동청, 보라매도 다 쉬어 넘는다고 열거함으로써 그 높이를 다시 한 번 생각하게 한다. 얼마나 높기에 매란 매는 모두 쉬어넘을까 하고 말이다. 일상적이고 진부한 비유('바름도 쉬여 넘는 고기 구름이라도 쉬여 넘는 고기')를 벗어나 구체적인 비유를 하고 있다. 모든 새들도 쉬어 넘을 만큼 높다는 말이다. 조금은 수다수럽고 익살스럽지만 일반 서민의 입심을 보는 듯 구수하다.

그 장성령 고개 너머에 사랑하는 임이 와 있다면 화자는 단숨에 고개를 넘어가 임을 만나겠다는 의지를 나타낸 것이 3행이다. 그 날쌘 매들도, 바람과 구름마저 쉬어넘는 고개를 단숨에 달려가겠다는 표현은 과장되고 허풍스러운 얘기지만, 사랑의 힘을 생각하게 하는 부분이다. 얼마나 학수고대했으면, 얼마나 보고 싶었으면 단숨에 그 고개를 뛰어넘겠다는 것일까? 잘못하다간 목숨을 잃을지도 모르는데, 오로지 임을 만날 생각에 앞뒤 생각할 것 없이 뛰어가겠다는 말엔 얼마간 무모함이 보이기도 한다. 또한 과장에 피식 웃음이 나온다. 그러나 이 말이 거짓말이라 해도 신발도 제대로 신지 않은 채, 옷도 바로 입지 못한 채 허위허위 산을 넘는 화자의 모습이 보이는 듯하다. 사랑이란 이렇듯 무한한 용기와 위대한 힘을 불어넣어 주는 것일까. 숨도 제대로 못 쉬며 허위허위 고개를 넘어가는 화자의 모습이 보이는 듯하여 진한 감동을 준다.

사랑의 위대함을 다시금 생각하게 하는 작품이다.

어이 못 오던다 무스일로 못오던다

너 오는 길우희 무쇠로 城(성)을 빳고 城(성) 안헤 담 빳
고 담 안헤 집을 짓고 집 안헤란 두지 노코 두지 안헤 櫃
(궤)를 노코 궤(櫃)안헤 너를 結縛(결박)ᄒ여 너코 双排目(쌍
배목) 외걸새에 용(龍) 거북 ᄌ믈쇠로 수기수기 즘갓더냐
네 어이 그리 아니 오던다

ᄒᆞᆫ 달이 셜흔날이여니 날 보라 올 홀리 업스랴

　　　　　　　　　　　　　　　　　　　　　　　－작자 미상

> 어찌 해서 못 오던가. 무슨 일로 못 오던가/ 너 오는 길에 무쇠로 성(城)을 쌓고, 성
> 안에 담을 쌓고, 담 안에 집을 짓고, 집 안에 뒤주 놓고, 뒤주 안에 궤(櫃)를 짜고, 그
> 안에 너를 결박하여 놓고, 쌍배목의 외걸쇠, 용과 거북을 새긴 자물쇠로 쑥쑥 잠겼더냐,
> 네 어이 그리 아니 오느냐/ 한 달도 서른 날인데 날 보러 올 (날이) 하루 없으랴

- 쓰고 : 짜고.
- 비목 : 문고리나 삼배목(비녀장에 배목 셋을 꿴 장식)에 꿰는 쇠. 한자어로 '배목(排
  目)'이라고 표기하는 것은 취음(取音)이다
- 걸새 : 걸쇠. 문을 잠그고 빗장으로 쓰는 'ㄱ'자 모양의 쇠.
- 용(龍) 거북 ᄌ믈쇠 : 용과 거북을 새긴 자물쇠.
- 수기수기 : 쑥쑥. 깊이깊이.
- 홀리 : 하루. 홀ㄹ+이=홀리.

　오지 않는 사람에 대한 그리움과 야속함을 읊고 있는 작자 미상의 시조.
이 시조는 그간 주목을 받지 못했는데 그 이유는, 희극성이나 외설스러움, 허
풍스러움 등 사설시조가 가지고 있는 요소가 두드러지지 않았기 때문이 아닌
가 한다.

　이 시조는 나를 찾아오지 못한 이유를 먼저 묻는다. 어찌해서 나를 보러
못 왔느냐, 무슨 일이 있었길래 나를 보러 오지 않았느냐. 만나러 오려고 했

는데 못 왔다는 핑계를 들은 화자는, 그럼 그 이유가 무어냐고 따져 묻고 있다. 그러면서 못 올 만한 이유와 상황을 가정적인 발상으로 과장스럽게 제시하고 있다.

네가 나를 만나러 오는 길에 성을 쌓고, 그 성 안에 담을 쌓고, 그 담 안에 집을 짓고, 그 집 안에 뒤주를 놓고, 그 뒤주 안에 궤짝을 놓고, 그 궤짝 안에 너를 결박하여 놓고, 자물쇠란 자물쇠로 꼭꼭 잠궜더냐고 묻는 것이다. 이런 상황이 아니었다면 왜 나를 찾아오지 않았냐고 따져 묻고 있다. 그렇지 않고서야 어떻게 나를 찾아오지 않을 수가 있느냐, 나는 너를 기다린다고 아무 것도 하지 못했는데 너는 핑계나 대면서 나를 찾아오지 못한 이유가 뭐냐고.

그 과장성 만큼이나 절실한 체험의 언어로 진술되고 있다. 동일한 언어의 반복이 아니라 새로운 상황과 더 어려운 상황을 계속적으로 제시하여 표현의 생동성을 확보하고 있다. '성 → 담 → 집 → 뒤주 → 궤짝 → 결박 → 자물쇠로 채움'으로 연쇄적으로 연결되고 있다. 이런 연쇄적 연결의 효과는 박진성을 준다는 것이다. 하나의 상황으로 끝내는 것이 아니라 점점 더 어려운 상황을 제시함으로써 끝간데 없이 이어진다. 그래놓고 마지막 질문을 던진다. 이런 상황이 아니었다면 왜 오지 않았느냐. 한 달도 서른 날인데 나를 만나러 올 날이 단 하루도 없었다는 건 말이 되지 않는다고.

3행은 출전에 따라 약간 차이가 있어, '한 해도 열두둘이오'란 표현이 삽입되어 있기도 하다. 논리적으로 보면 그렇게 하는 게 더 적절할 것 같다. 단순히 한 달을 기다렸다는 것보다는 일 년 넘게 너를 기다렸다는 말이 좀 더 강렬하고 강력해지기 때문이다.

사랑할 때와 사랑이 식었을 때나 헤어졌을 때의 감정은 달라지기 마련이다. 일부러 그 사람을 잊고자 하는 경우와는 달리, 버림받았거나 아무런 이유도 없이 헤어진 경우에는 기다림의 시간은 길기만 하다. 그러다보면 하루가 한 달 만큼이나 길게 느껴지기도 한다. 이 작품의 화자도 그런 상황이 아니었나 싶다. 이유도 없이 안 오는 임을 기다리는 사람은 별의별 생각을 다하게 되는 거니깐.

窓(창)밧기 어룬어룬커늘 님만 넉여 펄썩 쮜여 쑥 나셔보니
님은 아니 오고 우수름 달ㅂ빗체 열구름이 날 속여고는
맛초아 밤일썻만졍 힝혀 낫이런들 남 우일 번 ㅎ여라

-작자 미상

> 창 밖에 (무엇이) 어른어른하기에 님이 찾아온 줄로만 알고 좋아라고 펄쩍 뛰어
> 화다닥 밖에 나가 보니/ (아뿔싸 기다리는) 임은 아니 오고 어스름히 빛나는 달빛에
> 지나가는 구름이 (달을 가렸다 내보냈다 하며) 날 속였구나/ 때마침 밤이었기 망정
> 이지 만일 밝은 대낮이었더라면 남에게 들켜 웃음거리가 될 뻔하였다[남에게는 들키
> 지 않았지만 스스로 생각해도 창피하기 그지없다]

- 어룬어른커늘 : 어른어른하거늘. 무엇이 어른거리기에.
- 님만 넉여 : 님으로만 여겨. 님으로만 생각하고. 기본형 '너기다'는 여기다의 뜻.
- 우수름 달ㅂ빗체 : 어슴푸레 약간 흐린 달빛에. '우수름'은 어스름을 말한다.
- 열구름 : 지나가는 구름. '녜(녀)다, 예다'는 '니다'와 함께 '가다, 행하다'의 뜻.
- 맛초아 : 마침. 때마침.
- 밤일썻만졍 : 밤이었기 망정이지. 밤이 아니라 낮이었다면 일 날 뻔했다는 의미다.
- 우일 번 : 웃길 뻔. 웃음거리가 될 뻔.

사랑하는 임 생각에 잠 못 이루는 밤, 자연현상을 임의 그림자로 착각하고
마중나갔다가 남 웃음거리 될 뻔했다는 내용의 작품이다.

1행은 달빛이 흐르는 밤, 창밖이 어른어른 거리자 임이 나를 찾아왔나 싶
어 단숨에 뛰어나갔다는 내용이다. 사랑하는 사람을 기다리고 있자면, 작은
변화에도 '혹시 임이 온 게 아닐까'하고 지레짐작하여 행동하게 된다. 이 작
품의 화자도 그런 행동을 한다. 반가운 사람을 그냥 앉아서 기다릴 수가 있
겠는가. 하여 방 밖으로 뛰어나갔는데, 임의 모습은 보이지도 않고 지나가는
구름이 달빛을 가렸다 내보냈다 하며 자신을 속인 것이었다(2행). 아, 창피스
러워라. '아무리 보고 싶어도 얌전히 앉아 기다려야 했거늘…… 체신머리 없

이 뛰쳐나왔구나'. 그러나 자신이 경망스러움을 책망하기보다 화자는 먼저 주위사람들을 생각한다. 자신의 이런 모습을 보고 사람들이 얼마나 비웃을까. 그러나 금방 안도의 한숨을 내쉰다. 마침 밤이어서 아무도 본 사람이 없는 것이다(3행).

자신의 마음을 남에게 들킬까 걱정하는 태도는 체면을 중시하는 우리나라 사람들에게 공통적으로 나타나는 현상이다. 리처드 니스벳이 『생각의 지도』에서 밝히고 있듯이 공동체적 삶을 중시하는 동양인들은 체면을 중시하는데, 이는 공자에게서 말미암은 것이다. 개인의 감정이나 의지보다 전체의 감정이나 의지를 중시하고, 자신의 사고나 이익보다 이타성이 강하기 때문이다. 따라서 이런 면을 동양인이나 한국인의 단점으로 보는 것은 적합하지 않다. 사고방식 자체가 그 사회, 역사와 떼놓을 수 없는 것이고 보면, 동양사회에서 이런 반응을 보이는 것은 당연하기 때문이다. 서양인 같았으면 자신의 체신머리 없음이나 속은 자신을 탓할지도 모르지만 동양인, 한국인이기에 자신보다 남의 시선을 먼저 의식하는 것이다. 그러나 사랑의 감정까지 남의 눈치를 보면서 표현한다는 점은 지나쳐 보이기도 하지만, 한편으로는 그런 마음이 더 정겹기도 하다. 속마음을 들키지 않고 혼자 간직하려는 마음이 바로 사랑이 아닐까 싶기 때문이다.

체면을 앞세우는 태도가 약간 미온적이긴 하지만, 그리움의 정이 해학적으로 잘 표현된 사설시조다.

11. 사랑과 이별의 종점에서

만남에는 헤어짐이 포함되어 있듯이

사랑에는 또한 이별이 자리잡고 있다.

따라서 사랑하는 마음과 이별의 쓰린 마음은 두 가지가 아니라 하나라고 말할 수 있다.

그러나 사랑할 때의 마음과 이별할 때,

또는 이별한 후의 마음은 전혀 다른 진폭을 갖는다.

사랑의 마음이란 잔잔하면서도 포근한 것이라면,

이별의 마음은 폭풍우가 치고 서리가 내리고 춥기 그지없는 것이다.

그래서 사람들은 그 감정을 주체하지 못해 글로, 노래로 표현하곤 한다.

이 장에 실린 노래들은 대부분 이별 후의 정한(情恨)을 노래한 것으로

사랑의 소중함과 따뜻함을 일깨워준다.

그래서 사랑은 헤어지고 난 후에 비로소 아는,

더욱 강렬해지기만 하는 감정인지도 모른다.

미나리 한 펄기를 캐여서 싯우이다

년대 아니아 우리 님끠 바자오이다

맛이아 긴지 아니커니와 다시 십어 보소서

—유희춘(柳希春)

(물이 올라 싱싱하고 보기도 좋기에) 미나리 한 포기를 캐어서 (맑은 물에 정성껏) 씻습니다/ 다른 곳이 아니라 우리 임께 바치려 합니다/ 맛이야 그리 대단한 것은 아니지만 그래도 다시 잘 씹어 보십시오(내 정성의 맛이 날 것입니다)

- 펄기 : 포기.
- 싯우이다 : 씻습니다.
- 년대 : 다른 데. 녀[他]+대[곳, 데]. '녀'은 'ㄱ곡용어'다.
- 바자오이다 : 바치옵니다.
- 긴지 : 긴(緊)하지. 대수롭지. 변변치.
- 아니커니와 : 않겠지만.

좋은 음식을 먼저 임에게 바치고자 하는 화자의 마음을 미나리를 통해 표현한 작품으로, 순우리말로 표현하고 있어 농촌 냄새와 한국인의 체취가 물씬 풍긴다.

화자는 미나리 한 포기만 봐도 먼저 임을 생각한다. 봄철 미나리는 계절음식으로 참으로 귀하면서도 신선한 것이었다. 그 미나리 한 포기를 정성스럽게 캐어다 흐르는 깨끗한 물에 씻는다. 물속에서 자라는 만큼 이물질이나 벌레가 끼었을지 모르므로 몇 번이나 깨끗이 씻었을 것이다(1행).

그리고는 그 미나리를 다른 사람이 아니라 임에게 바치고자 한다. 된장에 찍어 먹으면 그 맛이 일품이라는 것을 화자도 잘 알고 있을 것이다. 또한 미나리는 물을 정화시켜주는 식물이기도 하지만, 몸속에 독(毒)을 없애주는 해독제로도 알려져 있다. 그런 미나리이기에 임께 바치려는 것이다. 임의 입맛을 돌게 하는 한편 몸속의 독도 제거하기를 바라는 마음에서.

그러나 미나리의 맛을 아는 사람은 그 맛을 알겠지만, 맛 자체가 썩 좋지 않을 수도 있다. 그래서 화자는 '맛이아 긴지 아니커니와(맛이야 대수롭지 않지만)'이라고 덧붙이고 있다(2행). 맛으로 먹기보다는 몸을 생각해서 먹으라는 뜻을 담고 있기도 하다. 그러나 보다 중요한 이야기는 맨 뒤에 나온다. 맛이 없으면 다시 씹어보라는 것이다. 즉, 맛이야 변하지 않겠지만 다시 씹다보면 화자의 갸륵한 정성과 마음이 씹힐 것이라는 말이다.

여성 화자를 등장시켜 자신의 정성과 임에 대한 사랑을 전하고자 하는 이 시조의 창작 동기는 두 가지로 전해진다. 한 가지는 지은이가 전라감사가 되어 완산(完山) 진안루(鎭安樓)에서 봉안사(奉安使) 박화숙(朴和淑)과 함께 놀면서 지었다는 이야기. 또 한편으로는 지은이가 제주 유배에서 풀려나 승지가 되었을 때, 선조에게 바른 도리를 실행하는 데 참고가 되는 언행을 엮어 올리면서 바친 시조라고도 전해진다. 무엇이 사실인지는 모르겠으나 둘 다 해도 큰 상관은 없을 듯하다. 결국 사대부에게 '임'이란 보통 임금을 말한다는 점에서는 크게 다르지 않기 때문이다. 따라서 이 작품의 '임'이 '사랑하는 사람'이 되었든 '임금'이 되었든 상관은 없을 듯하다.

• **유희춘**(柳希春) : 1513(중종 8)~1577(선조 10). 자는 인중(仁仲). 호는 미암(眉巖).
1538년(중종 33) 별시문과에 병과로 급제하고, 1544년 사가독서(賜暇讀書)한 다음 수찬, 정언(正言) 등을 지냈다. 1547년 벽서(壁書)의 옥(獄)에 연루되어 제주도에 유배되고, 1567년 선조가 즉위하자 사면되어 직강(直講) 겸 지제교(知製敎)에 재등용되었다. 이어 대사성, 부제학, 전라도 관찰사, 대사헌 등을 역임하고 1575년(선조 8) 이조참판을 지내다가 사직하였다.
경사(經史)와 성리학에 조예가 깊어서 『미암일기(眉巖日記)』, 『속위변(續葦辨)』, 『주자어류전해(朱子語類箋解)』 등 많은 저서를 남겼다. 좌찬성에 추증되어 담양(潭陽)의 의암서원(義巖書院), 무장(茂長)의 충현사(忠賢祠), 종성(鍾城)의 종산서원(鍾山書院)에 제향되었다. 시호는 문절(文節)이다.

金爐(금로)에 香盡(향진)ᄒ고 漏聲(누성)이 殘(잔)ᄒ도록

어듸 가이셔 뉘 ᄉ랑 바치다가

月影(월영)이 上欄干(상난간) 킈야 믹바드라 왓ᄂ니

— 김상용(金尙容)

값진 향로에 피워놓았던 향도 이제 다 타버리고, 물시계 소리도 이제는 지쳐서 밤이 깊을대로 깊었는데/ (그 동안) 어디 가서 누구하고 사랑을 속삭이다가/ 달 그림자가 난간 위에 올라오게 되어서야 (겨우 찾아와서는 얄밉게) 남의 속을 떠보려 하느냐

- 금로(金爐) : 금으로 만든 향로(香爐). 금으로 만든 향로라기보다 값진 향로로 해석하는 게 좋을 듯하다. 보통 '좋은 또는 훌륭한'이란 뜻으로 사물을 미화하려 할 때 '옥(玉)'이나 '금(金)'을 접두어처럼 사용한다는 사실을 상기할 필요가 있다.
- 향진(香盡)ᄒ고 : 향이 다 타 버리고.
- 누성(漏聲) : 물방울 지는 소리. 물시계의 물이 떨어지는 소리.
- 잔(殘)ᄒ도록 : 다하도록. 밤이 이슥하도록.
- 월영(月影) : 달 그림자.
- 상난간(上欄干) 킈야 : 난간 위에 올라오게 되어서야. 새벽녘이 되어서야.
- 믹바드라 : '믹받다'는 '맥을 보다' 곧 진찰하다는 뜻인데, 여기서는 '남의 속마음을 헤아려보다, 남의 의중을 떠보다'의 뜻으로 쓰였다. '간보다'란 뜻이다.

밤이 깊도록 돌아오지 않는 임을 기다리며 잠 못 이루는 심정을 노래한 작품으로, 왕안석의 <야직시(夜直詩)>와 너무 비슷해서 작품성이 다소 떨어진다 하겠다.

첫 행은 지루하고 초조하게 임을 기다리는 시간을 이야기한다. 방에 모든 냄새를 제거하고 산뜻한 기분으로 임과 만날 생각으로 향로에 피운 향이 다 타도록 임은 오지 않았다. 같은 행동을 몇 번이나 반복했지만 마찬가지. 기다림에 지친 화자는 이제 더 이상 기다릴 힘도 없다. 힘없이 눈을 뜨고 잠자리

에 들어 몸을 뒤척이노라니 물시계 소리마저 지쳤는지 소리가 흐릿하다. 이제 밤이 깊어 새벽에 가까운가 보다(1행). 처음에는 기다리다 지쳐 오기만 하면 화라도 낼 생각이었으나 이제 그마저도 지쳐버린 상태다.

그 때 이제 막 나들이 나온 사람처럼 성장(盛粧)을 한 채 임이 나타난다. 한눈에도 다른 사람과 사랑을 나누다 왔음이 분명하다. 생각 같아서는 소리라도 지르면서 내쫓고 싶지만 그럴 힘마저 없다.

"많이 기다렸죠. 미안해요. 나오려는데 일이 생겨서 그만. 당신 화났어? 왜 그런 눈으로 봐요? 아이, 당신 화나면 무섭단 말야!"

어쩔 줄 몰라 애교를 떠는 사람을 내쫓지도 못하고, 벌컥 화를 낼 수도 없고. 화자는 치밀어 오르는 욕지기를 참으며 마음을 다소 진정시킨다. 그러나 앞날을 생각해서라도 할 말은 해야 한다. 그렇지 않으면 같은 행동이 반복될 수도 있으니까. 아니, 어쩌면 이미 다 알고 있음을 알려서 상대방과의 관계를 정리하려는 것인지도 모르겠다.

"그래, 지금까지 어디 가서 누구와 사랑을 나누다 왔어? 그렇지 않고서야 이제 올 리가 없잖아. 그것도 밤이 깊어 달 그림자가 난간 위에 비칠 때가 되어서야 나타나 누구의 의중을 떠보려 하는 거야. 그래, 그러면 내가 모른 체 그냥 넘어갈 것 같아?"

비슷한 내용을 담고 있는 왕안석의 <야직시(夜直詩)>를 살펴보자

金爐香盡漏聲殘	향불 꺼지고 물시계 소리도 조용한데
翦翦輕風陣陣寒	가벼운 바람 따라 추위가 스며든다.
春夜惱人眠不得	괴로운 봄밤 잠들지 못하는데
月殘花影上欄干	달 그림자는 난간 위에 올랐다.

● **김상용**(金尙容) : p.193 참조.

내 가슴 헤친 피로 님의 양즈 그려내어

高堂素壁(고당소벽)에 거러두고 보고지고

뉘라셔 離別(이별)을 삼겨 사름 죽게 ᄒᆞᄂᆞ고

─신　흠(申　欽)

나의 (이 안타까운) 가슴을 베어 헤쳐서 그 붉은 피로 임의 모습[얼굴 모습]을 그려내어/ (그것을) 높다랗고 깨끗한 흰 바람벽에 걸어두고 항상 보고 싶구나/ 어느 누가 이별을 만들어내서 이렇게 (사람의 속을 태우며) 죽게 하는가

- 양즈 : 모양. 모습. '양즈'는 나중에 '양지'가 되어 얼굴이란 뜻으로 변하지만, 이때까지만 해도 '모양, 모습'이란 뜻으로 쓰였다. '얼굴'을 뜻하는 말로는 '낯'이 있었다.
- 고당소벽(高堂素壁) : 높은 집의 흰 벽. 집의 바람벽.
- 보고지고 : 보고 싶다. 보고자 한다.
- 삼겨 : 생겨. 생기게 하여. 만들어.

이별 후의 절절한 그리움과 아픔을 표현한 작품으로, 다소 과장적인 면도 있지만 이별의 아픔을 짙게 채색해놓았다.

화자는 이별 후 임을 잊으려고 갖은 애를 다 써본다. 작품에 직접적으로 언급되어 있지는 않지만 밤잠을 못 이루었을 것이고, 술에 절어보기도 했을 것이다. 어쩌면 미친 사람처럼 들이며 산을 싸돌기도 했을 것이다. 그러나 잊으려고 하면 할수록 잊히기는커녕 더욱 또렷해지고 그리워진다. 그 안타까움과 괴로움은 피를 말리는 일이다. 그래서 화자는 피 마르는 자신의 가슴을 헤쳐내고 그 피로 임의 모습을 그려내고 싶다고 말하고 있다(1행). 먹[墨]이나 다른 그 무엇으로는 표현할 수 없는 임의 모습을 자신의 검붉은 피로 그려내겠다는 것이다. 자신의 피 속에는 임을 향한 자신의 애타는 마음이 있을 것이므로 그 어떤 먹보다 선명하게 임의 모습을 그려낼 수 있을 것이란 발상에서.

그렇게 검붉은 자신의 피로 그려낸 임의 모습을 자신의 방 바람벽에 붙여

놓고 늘 보고 싶다는 것이 두 번째 행의 내용이다. 얼마나 보고 싶으면 그럴까 싶다. 요즘 같으면 사진이나 또는 동영상으로 임을 보련만 그렇지 못한 시대에 임이 보고 싶을 때 할 수 있는 유일한 방법은 그 길밖에 없었을 것이다. 그러나 화자는 잘 알고 있다. 그렇게 해봐도 자신의 마음에 차지 않는다는 것을. 그렇게 하면 할수록 더욱 그리워지기만 할 뿐이라는 사실을.

그래서 화자는 결국 자신의 속마음을 실토한다. 누가 이별이라는 것을 만들어서 사람 죽게 만드느냐고. 이별이란 게 없었으면 이렇게 괴롭지는 않았을 게 아니냐고. 그러나 실은 이별이 문제가 아니다. 이별 그 자체보다는 이별할 수밖에 없는 상황이 더 큰 문제일 것이다. 임과 이별하게 만든 상황. 그게 무언지는 확실치 않지만 그 상황에 대해 분노하고 있고, 이별을 받아들였던 자신을 원망하고 있다. 이렇게 아프고 괴로울 줄 알았다면 목숨을 내놓고서라도 이별하지 말 것을 이별했다고 자신을 책망하고 있는 것이다.

표현이나 내용, 작가로 보아 화자가 남성인 것 같은데 한 남자가 이토록 한 여자를 그리워하며 피를 말리는 내용이 새롭다. 이별 후의 정한은 대부분 여자의 전유물처럼 인식하고 있는 우리에게 남자의 애끓는 마음을 보여줌으로써 숙연하게 만든다.

• 신 흠(申 欽) : p.195 참조.

꿈에 단니는 길이 ᄌ최곳 나랑이면
님의 집 窓(창)밧긔 石路(석로)ㅣ라도 달으련만ᄂᆞ
꿈ㅁ길이 ᄌ최 업스니 그를 슬허 ᄒᆞ노라

—이명한(李明漢)

꿈에 다니는 길이 (만일) 자취가 난다고 할 것 같으면/ 임의 집 창밖은 (내가 하도 많이 다녀서) 돌길이라도 다 닳았으련만/ (그러나) 꿈에 다니는 길은 자취가 없으니 그것을 슬퍼하노라[꿈길에서 다닌 길은 흔적이 남지 않으니 허망하기 그지없구나]

- ᄌ최곳 : 자취가. 자국이. 흔적이. '-곳'은 강세조사.
- 나랑이면 : 날 것 같으면. 난다고 한다면.
- 달으련만ᄂᆞ : 닳을 것이지마는. 닳겠지마는.
- 슬허 ᄒᆞ노라 : 슬퍼하노라. 서러워하노라.

꿈속에서 임을 찾아 얼마나 헤매고 있는지를 재치있는 착상으로 표현한 수작으로, 애절한 화자의 마음이 눈에 보이는 듯 선명하다.

사람이 다니면 흔적이 남는다. 지금과 달리 길이라고 해야 흙길이었던 조선조에는 반드시 흔적이 남았을 것이다. 맑은 날이든 비가 오는 날이든 눈이 오는 날이든 사람이 다닌 흔적이 남아있기 마련이다. 바로 그 점이 이 시조를 짓게 된 동기에 해당한다.

'사람이 다닌 길에 흔적이 남듯 꿈에 찾아다닌 길에 자취가 남는다면?'이란 가정이 이 시조의 핵심이다. 꿈마다 임을 찾아 헤맨 자신의 꿈길이 자국이 남는다면 임의 집 창 앞은 돌길이라도 다 닳아 없어졌을 것이고 말하고 있다. 여기서 꿈길은 반드시 꿈길만을 지칭하지는 않는다. 꿈길이 임을 향한 화자의 마음이라면 임을 생각하는 그 자체, 생각에서 임을 찾아가는 것도 꿈길이 될 수 있기 때문이다. 하루에도 수십 번씩 임을 생각하고, 상상으로 임을 찾아가고, 밤에 꿈속에서도 임을 찾아갔으니 하루에도 수십 번 수백 번 찾아갔을 것이다. 그러니 임의 창 앞에 깔린 돌길이 다 닳았을 수밖에(2행).

그러나 꿈길이나 상상의 길은 자취도 흔적도 남기지 않으니 그것을 슬퍼한다는 발화에서 화자의 애석함이 드러난다. 임을 향한 자신의 마음을 증명할 길이 없기 때문에 슬프다는 것이다. 자신의 마음을 전할 유일한 증거는 꿈길이 오간 것뿐이라서 임을 향한 자신의 마음을 증명할 길이 없다는 것이다. 그렇다면 화자는 지금 임과 사랑을 나누면서, 임에게 자신의 마음을 드러내고 싶으나 증거할 길이 없어 전전긍긍하고 있는 게 아닌가 싶다. 여자란 보편적으로 남자의 마음을 확인하려 하고, 그 마음을 구체적인 물증으로 보여주길 바란다. 그래서 여자가 구체적인 물증을 제시하라고, 당신이 나에 대한 사랑을 보여주라고 하자 그 증거를 보여줄 수 없어서 답답해하고 있는지도 모르겠다. 그래서 남자는 지금 이런 말을 하는지 모르겠다.

"내가 당신을 그리워하여 꿈속에서 다녔던 자국이 남는다면 당신 창 앞 돌길은 다 닳아 없어졌을 것이요."

그러나 여자가 이 말을 어떻게 받아들였는지는 미지수다. 남자가 한 말은 구체적인 증거가 되지 않기 때문이다. 남녀의 사랑법과 그 차이를 생각게 한다는 점에서도 이 시조는 재미있는 시조라 할 것이다.

• **이명한**(李明漢) : p.155 참조.

닭아 우지 마라 일 우노라 즈랑 마라

半夜秦關(반야 진관)에 孟嘗君(맹상군)이 아니로다

오늘은 님 오신 날이니 아니 운들 엇더리

－송이(松伊)

닭아 울지 마라. 아침 일찍 우는 것을 자랑하지 마라/ 나는 한밤중에 함곡관(函谷關)에 갇히자 닭의 소리를 내어 도망치려하는 맹상군이 아니다/ 오늘은 임 오신 날이니 아니 운들 어떻겠느냐[제발 울지 말고 임과 내가 오래 함께 있을 수 있게 해다오]

- 일 : (아침) 일찍.
- 반야진관(半夜秦關) : 제(齊)나라 맹상군(孟嘗君)이 진(秦)나라에서 도망해 오다가 밤중에 함곡관(函谷關)에 이르니 성문이 굳게 닫혀 있었는데, 그때 식객(食客) 중에 하나가 닭 울음소리를 잘 흉내내어 닭이 우는 소리를 내니, 수문장이 날이 샌 줄 알고 성문을 열어 도망칠 수 있었다는 고사.
- 맹상군(孟嘗君) : 중국 전국 시대 제(齊)나라의 정승으로, 식객 삼천 명을 거느리고 있었고 호백구(狐白裘, 여우의 겨드랑이 흰 털이 있는 부분의 가죽으로 만든 아주 값진 갖옷)를 천하에 다시 없는 보배로 여겼다고 한다.

임과 함께 긴 밤을 지새우고 싶으니 제발 날이 새지 말기를 기원하는 노래로, 새벽을 알리는 닭을 달래서라도 날이 새지 않게 하고픈 간절한 소망을 담고 있다.

내용이나 화자의 심경이 '어름 우희 댓닙자리 보와 님과 나와 어러 주글 만뎡/ 情(정)둔 오늜밤 더듸 새오시라 더듸 새오시라(얼음 위에 대나무 잎으로 만든 돗자리를 깔아 누워 님과 내가 함께 얼어죽을망정/ 임과 정을 나누는 오늘밤 제발 천천히 새거라 천천히 새거라)'라는 고려가요 <만전춘별사(滿殿春別詞)>를 떠올리는 작품이다.

새벽이 오면 닭은 운다. 그것은 닭의 본능이다. 닭은 빛에 반응하며 자신의 목청을 돋우어 운다. 그러나 화자는 임과 함께 있고 싶은 마음에서 닭이 울지 말기를 바라고 있다. 비록 닭이 울지 않아도 아침은 오지만 닭이 울지 않으면 사람들이 아침이 온 줄 모를 터이니 울지 말라고 기원하고 있다.

　자신은 함곡관에 갇힌 채 닭이 울어서 수문장이 성문을 열어주기만을 초조하게 기다리는 맹상군이 아니라고 말한다(2행). 사실, 맹상군에게 닭울음이란 성문 열 때를 알리는 신호다. 뒤에는 진나라 군사가 추격해오고 있고 잡히면 꼼짝없이 죽게 된 판이다. 그러니 닭울음소리를 억지로라도 내서 수문장의 잠을 깨워야 했다. 수문장을 깨워야 성문이 열리고, 성문이 열려야 목숨도 열리기 때문이다. 그러나 화자에게 닭울음소리는 임과 헤어질 시간을 알리는 것이니 일찍 일어나서 울지 말라는 것이다(3행). 닭이 울면 임은 날이 새었음을 알고 화자 곁을 떠나야 할 상황이다. 그러니 닭이 울지 말기기를 바라고 바랄 수밖에. 닭이 울지 않는다 해도 날은 새고, 밝아오겠지만 단 일초라도 임과 더 있고 싶은 마음은 애절하기만 하다.

　<만전춘별사>는 직접적으로 날이 새지 말기를 기원했다면, 이 작품은 닭이 울지 말기를 바람으로써 자신의 소망을 간접화시켰다. 임과의 시간을 연장시키고 싶은 마음을 직접 드러내기보다는 닭에게 울지 말라고 당부함으로써 자신의 마음을 한 번 걸러 표현했다는 점에서 <만전춘별사>보다는 객관성을 유지하고 있다.

• 송이(松栮) : p.269 참조.

가락지 짝을 일코 네 홀노 날 쌀으니

네 짝 차질 제면 나도 님을 보련마는

짝일코 글리는 恨(한)은 너나 늬나 달를랴

－작자 미상

가락지 짝을 잃고 너 혼자 날 따르니/ 네 짝을 찾을 때면 나도 임을 보련만/ 짝을 잃고 그리워하는 한은 너나 나나 다르랴[다를 게 하나도 없이 똑 같기만 하구나]

- 쌀으니 : 따르니.
- 차질 : 찾을.
- 글리는 : 그리는. 그리워하는.
- 달를랴 : 다르랴. 다르지 않다.

쌍가락지 중 하나인 자신이 끼고 있는 가락지와 임을 여읜 자신의 처지를 동일시하며 부른 노래로, 사소한 사물에 자신의 감정을 의탁하여 표현하고 있는 여인의 섬세함이 돋보이는 작품이다.

예나 지금이나 변함없는 사랑과 미래를 약속하는 의미에서 서로 나눠가지는 약속의 반지. 그 약속의 반지는 한 쌍이 어우러져야 비로소 의미를 갖는다. 하나의 문양을 새겨 반으로 나눈 것이기 때문에 둘이 합쳐지지 않으면 아무런 의미도 없는 것이다. 사랑 또한 그렇다. 어느 한 쪽만 사랑한다고 그 사랑이 이루어지는 것은 아니다. 쌍방이 하나가 될 때 사랑은 비로소 의미를 갖는다.

첫 행을 보면, 이 작품의 화자는 그런 사랑의 속성과 쌍가락지의 속성을 잘 알고 있는 것 같다. 한 쪽 가락지를 잃었다는 말은 사랑하는 사람을 잃었다는 의미다. 그렇기 때문에 짝을 잃었다는 상황은 가락지와 자신은 완전 일치한다는 것이다. 그래서 화자는 가락지에게 푸념조로 이야기한다.

"네가 짝을 찾으면 나도 내 짝을 찾으련만……."

가락지의 짝을 임이 가지고 있으므
로, 가락지가 짝을 찾는다는 것은 자신
이 임을 찾는다는 말이다. 그러나 자신
이 임을 찾기보다 가락지가 짝을 찾기
를 바라고 있는 듯이 말하고 있다. 즉,
자신이 짝을 찾고 싶다는 말을 간접적
으로 돌려 표현하고 있는 것이다. 가락지를 마치 사람인 것처럼, 자신의 이야
기를 들어줄 단 한 사람인 것처럼, 가락지에게 말을 하고 있는 것이다. 자신의
속마음을 간접화시켜 이야기하는 여심이 눈에 보인다.

그러나 가락지는 짝을 찾을 수 없다. 왜냐하면 화자 자신이 임을 찾아 다
시 합쳐지지 않는 한 가락지는 짝을 찾을 수 없기 때문이다. 그래서 화자는
가락지와 자신이 공동운명체이고 동일물임을 말하고 있는 것이다. 그래놓고
짝을 잃고 그리워하는 한(恨)은 가락지나 자신이나 다를 바가 없다고, 너나 나
나 짝을 잃고 한숨짓는 것은 같다고 말하고 있다(3행).

자신을 버린 임을 원망하지 않고 홀로 된 가락지를 불쌍히 여기면서 끝내
는 자신이나 가락지나 같은 운명임을 차분한 어조로 술회하는 여성 화자의
마음이 더욱 가슴 아프게 한다. 이런 상황에서 자신의 감정을 직접적으로 토
로했다면 그 슬픔이나 아픔, 기다림은 반감되었을 것이다. 여자가 원망이나
서슬 퍼런 악담을 퍼붓는 순간 남자는 그 여자에게서 해방된다. 왜냐하면 그
여자는 더 이상 신경 쓰지 않아도 자신의 일에 충실할 것이고, 곧 상대를 잊
을 것이기 때문이다.

그러나 자신의 감정을 숨기고 간접화하는 한국의 여인네는 강하면서도 무
섭다. 끝내 그녀에게서 벗어날 수 없기 때문이다. 이 작품의 화자 또한 그런
속성을 가지고 있고, 그 속성으로 인해 남자를 두렵게 하고 있다. 반지에게
자신의 속마음을 털어놓으면서 죽는 날까지 임을 잊지 않고 기다린다면 어떤
남자인들 마음 편히 살 수 있겠는가.

겨월날 드스흔 볏츨 님 계신 듸 비최고쟈
봄 미나리 술진 마슬 님의게 드리고쟈
님이야 무서시 업스리마는 내 못니저 ᄒ노라

—작자 미상

> 추운 겨울날 (양지쪽에 비치는) 따스한 햇볕을 (사랑하는) 임 계신 곳에 비추고
> 싶다/ 봄날 (살진) 미나리의 산뜻하고 싱싱한 맛을 (사랑하는) 임에게 드리고 싶다/
> 임이야 (넉넉해서) 무엇인들 없겠는가마는 내 잊을 수가 없어한다[모든 정성을 담아
> 드리고 싶다]

- 드스흔 : 따스한. 따뜻한.
- 술진 마슬 : 살진 맛을.
- 무서시 : 무엇이.

넉넉한 임에게는 하찮은 것일지도 모르는 겨울 햇볕과 봄 미나리를 바치고자 하는 임에 대한 깊은 애정을 노래한 작품으로, 소박함 속에 묻어있는 짙은 애정이 돋보이는 작품이다.

먼저 화자는 겨울날 따뜻하게 양지를 비추는 햇볕을 보고 따뜻함을 느꼈던 모양이다. 그 따뜻함이란 어디에도 댈 수가 없는 귀한 것이니 화자는 비록 자신은 추위에 떨지라도 그 따뜻함을 임에게 드리고자 한다. 자신의 추위보다는 임의 따뜻함을 추구하는 이런 마음이야말로 겨울 날 따뜻한 햇볕이 아닐까 싶다. 또한 햇볕은 단순한 햇볕이 아니다. 추운 겨울을 따뜻하게 비춰주는 햇볕은 화자의 마음씨를 대신한다고도 볼 수 있기 때문이다. 임을 향한 자신의 따뜻한 마음을 햇볕에 담아 임 계신 곳을 비춰주겠다는 마음이야말로 부모가 자식에게나 가질 수 있는 최고의 따뜻함이 아닐까 한다.

그런 마음으로 겨울을 지낸 화자는 어느 봄날 살지고 맛스러운 미나리를 보았는가 보다. 그 미나리를 보는 순간 또 임을 떠올린다. 이 깨끗하고 맛깔

스러운 미나리를 임에게 드린다면 임은 얼마나 맛있게 먹을까? 생각만 해도 마음이 흡족해지고, 먹은 것 없이 배가 부를 것이다(2행). 혹시 화자의 임이 평상시에도 미나리를 좋아하지는 않았을까? 화자 앞에서 미나리를 맛있게 먹는 모습을 보였었다면 화자의 이런 마음은 그야말로 사랑이 극치라 할 수 있을 것이다. 부모는 자식의 입으로 밥이 들어가는 것을 가장 행복해하고, 먹은 것 없이 배가 부른다. 부모가 자식에게 주는 내리사랑과 같은 사랑을 임에게 주려는 화자야말로 부모와 같은 마음을 가진 존재라 할 수 있다.

그러나 화자는 그런 자신의 마음을 곧 후회한다. 임에게는 없는 게 없기 때문이다. 자신이 햇볕을 보며 그 햇볕을 임에게 보내고자 하는 정성이나, 미나리를 보자 바로 임에게 바치고 싶어하는 마음은 임에게는 아무 것도 아닐 수 있다는 생각을 한다. 그 순간, 화자의 마음은 미어지고 만다. 자신은 애지중지 임에게 바쳐본들 임은 본체만체 할 것이 분명하기 때문이다. 추위를 모르는 사람에게 겨울 햇볕은 아무 것도 아니고, 산해진미로 넘쳐나는 사람에게 봄 미나리는 귀찮기만 할 수도 있기에 화자는 씁쓸하다. 그러나 다음 순간, 화자는 그 마음을 고쳐먹는다. 아무리 임에게 부족한 것이 없다하더라도 자신의 마음만은 전하고 싶다고. 임이야 하찮게 생각하더라도 자신의 마음만 전하면 그만이라고. 임이 거부해도 임에 대한 사랑만은 전해야 하겠다고(3행).

사랑이란 늘 변하지 않는 마음 그 자체인지도 모른다. 시골 어머니가 성공한 아들이 어렸을 때 좋아했던 개떡을 싸서 보내자, 아들은 입도 대보지 않고 쓰레기통에 버렸다는 일화를 듣고는 씁쓸했던 적이 있다. 이 시조의 화자도 그런 푸대접을 받을 수 있다. 그러나 그 마음만은 아름답고 따뜻한 것이기에 우리는 그 사랑으로 세상을 살아가는지도 모른다.

이 시조에 등장하는 임은 옛날과 달리 성공한 사람이거나 애초부터 화자와는 거리감이 있는 지체 높은 사람인지도 모른다. 그런 존재에게 변함없는 사랑을 보내는 여자의 마음은, 성공해서 부족할 게 없이 살아가는 자식에게 옛날의 사랑을 고스란히 간직한 채 변함없는 사랑을 보내는 어머니의 마음과 닮아 있어 읽을수록 가슴에 새겨진다.

나 보기 죠타ᄒ고 남의 님을 미양 보랴

흔 여흘 두 닷식에 여드레만 보고지고

그 달도 셜흔날이면 쏘 잇틀을 보리라

—작자 미상

내가 보기 좋다고 해서 남의 임을 늘 볼 수야 있겠는가/ 한 열흘에 두 닷새[20
일]에 여드레만 더 보고 싶구나[28일을 보고 싶구나]/ 그 달이 큰 달이어서 서른
날이면 또 이틀은 또 더 보리라[한 달 30일을 다 보리라]

- **흔 여흘 두 닷식** : 한 열흘에 두 닷새. 한 열흘에 두 닷새(10일)면, 20일이다.
- **보고지고** : 보고 싶구나. 보고자 한다.
- **잇틀** : 이틀. 잇(뒤, 다음)+흘(날, 날짜)이 결합한 형태다.

비록 남의 여자이지만 매일 보고 싶은 마음을 능청스러운 어투로 표현하
고 있는 작품으로, 발상부터가 재미있고 피식 웃음을 짓게 하는 시조다.

첫 행을 보면 화자는 남의 사람인 임을 포기하고 있는 듯 보인다. 내가 보
기 좋다고 해서 어떻게 남의 임을 늘 볼 수야 있겠는가라고 말하고 있기 때
문이다. 양심의 가책으로 괴로워하며 보고 싶은 임을 포기하고 있는 인상을
받는다. 도덕적으로 윤리적으로 다른 어떤 방도를 취할 것이라고 생각한다.
역시 조선조 윤리는 허물어지지 않았구나 생각하는 순간 화자는 우리 뒤통수
를 치고 만다.

1행과는 정반대로 엉뚱한 이야기를 전개한다. 그것도 말장난 내지는 궤변
에 가까운 논리를 전개하고 있다. 늘 곁에 두고 볼 수 없기 때문에 한 열흘
두 닷새에 여드레만 보겠다는 것이다. 열흘에 두 닷새를 더하면 20일, 그리고
여드레를 더하면 28일로 결국 한 달 28일이다. 한 달에 28일만 임을 곁에 두
고 보겠다는 것이다. 음력을 기준으로 계산할 때 28일이란 한 달을 의미한다.
한 달에 28일을 보겠다는 말은 결국 매일 보겠다는 말이다. 이런 말장난이

어디 있단 말인가. 남의 임을 매일 볼 수 없으니 한 달에 28일만 보겠다니.

　그러나 화자의 능청은 거기서 멈추지 않는다. 그 달이 커서 30일이면 이틀을 더 보겠다고 말한다. 결국 작은 달이어서 28일이면 한 열흘 두 닷새에 여드레를 보고, 큰 달이어서 30일이면 28일에 이틀을 더 보겠다니 이런……. 단 하루도 빠짐없이 보겠다는 말이 아니고 무엇인가.

　남의 임을 짝사랑하는 정도가 매우 심각한 지경에 이르렀다. 하루라도 못 보면 견딜 수 없어 한 달 동안 매일, 일 년 동안 매일, 평생 동안 매일 보겠다는 것이다. 능청스럽게 자신의 속마음을 드러내는 화자의 누렇게 웃는 모습이 보이는 듯하다. 이렇게 다른 사람의 애인이나 연인, 아내를 사랑한 이야기는 현대에도 여전히 명맥이 유지되고 있으니, 시인과 촌장의 <친구의 친구를 사랑했네>, 김건모의 <잘못된 만남>, 홍경민의 <흔들린 우정> 등이다. 그러나 이런 대중가요는 직접적이고 산문적인데 비해 이 시조는 그걸 돌려 표현함으로써 감칠맛을 주고 있다. 저속한 듯하면서도 소박하고, 한편으로는 익살과 능청스러움까지 갖추고 있어 그 맛을 더해준다.

닷 쓰쟈 빈 써나가니 이졔 가면 언졔 오리
萬頃滄波(만경창파)에 가는 듯 단녀옴셰
밤 中(중)만 地菊叢(지국총) 소리에 잇긋는 듯ᄒ여라

—작자 미상

> 닻을 들자마자 배가 떠나가니 "이제 가면 언제 오시렵니까?"/ "만경창파에 가는
> 듯 곧 다시 돌아오리라"/ 밤중에 삐거덕삐거덕 노 젓는 소리에 애끊는 듯하구나

- 닷 : 닻. 배를 고정시키기 위하여 줄에 매어 물에 던지는 제구.
- 만경창파(萬頃蒼波) : 한없이 넓고 푸른 바다나 호수의 물결.
- 가는 듯 : 가자마자 곧. 가는 것처럼 빨리.
- 지국총(地菊叢) : 흥을 돋우기 위해 내는 어부가 후렴의 일종. 아마도 노 젓는 소리나 닻 감는 소리가 아닐까 한다. '삐거덕삐거덕' 소리를 향찰식으로 표기한 것 같다.

이별 후 임을 그리워하며 노젓는 소리에 애태우는 마음을 표현한 작품이다.
이 작품은 임과의 이별 상황을 어떻게 파악하느냐에 따라 두 가지로 해석
할 수 있다. 즉, 임과의 잠시 이별이냐 아니면 임과의 영원한 이별이냐에 따
라 3행의 해석은 완전히 달라질 수 있다. 왜냐하면 밤중에 노 젓는 소리에
애간장을 다 녹이는 이유가 기다림 때문이냐, 아니면 임과 다시 만날 수 없
기 때문이냐가 결정되기 때문이다. 그 문제는 뒤에 다루기로 하고 먼저 이별
의 상황부터 보자.
첫 행은 이별의 상황에서 화자가 임에게 묻고 있는 부분이다. 출항 준비를
마친 배가 닻을 들어올리니 바로 배는 움직이기 시작한다. 이별의 자리에서
화자는 묻고 있다. 떠나는 배로 설정된 것이나 '단녀옴세'로 대답하는 것으로
보아 떠나는 임은 남자임이 분명하다. 그렇다면 화자는 여성이다.
"이제 가면 언제 다시 오시겠습니까?"
여자는 슬픔을 참으며 묻고 있다. 잠시 잠깐의 이별이라면 굳이 배가 떠나는

자리에 와서 묻지 않았을 것이다. 이미 출타의 기간을 정해놓았을 테니까. 그런데도 떠나는 뱃머리에서 묻는다는 것은 그런 약속을 하지 않았다는 것이다.

그런 여자의 물음에 남자는 장담을 하고 있다.

"이제 떠나는 것처럼 곧 돌아오리다. 걱정 마시오."

그런 말을 남기고 임은 떠나 버렸다. 부둣가에 서서 배가 수평선 너머로 사라질 때까지 기다리던 여자는 무거운 발길을 돌려 집으로 돌아온다.

여기서부터 내용이 갈린다. 만약 남자가 잠시 볼 일이 있어 떠났다면 3행의 내용은 과장이 섞인 엄살이다. 잠시 잠깐의 헤어짐에 밤잠을 못 이루면서 사공들의 노 젓는 소리에 애간장을 다 녹인다는 것은 객관적으로 볼 때 이해하기 어려운 것이다. 원래 남자 없이는 단 하루도 못 사는 여자가 아니라면 이런 발언은 도를 치나친 면이 있다.

그러나 남자가 잠시 잠깐 떠난 것이 아니라면 이야기는 달라진다. 1·2행의 내용도 전혀 달라진다. 여자는 남자가 돌아오지 않을 것이란 사실을 잘 알고 있었기 때문에 마지막 다짐이라도 받아두려고 언제 돌아올 거냐고 묻고 있는 것이다. 그런 물음에 남자는 속마음을 숨기고 호언장담하고 있다. 지금 떠나는 것처럼 빨리 갔다가, 가는 것처럼 곧 돌아올테니 걱정 말라고. 대부분의 경우 지키지 못할 약속이나 거짓말을 할 때 확신에 찬 목소리로 말하는 것으로 볼 때, 이 남자의 말은 속마음을 숨긴 거짓 약속임이 분명하다. 그걸 알면서도 여자는 아무 말 없이 남자를 떠나보내고, 배가 수평선 너머로 사라질 때까지 바라보다가 집으로 돌아온 여자는 그날부터 잠을 이루지 못한다. 다시 돌아오지 않을 임인 줄 알기에 그리움은 더욱 사무칠 수밖에. 그러니 밤잠을 못 이루고 뒤척거리고, 그런 뒤척거림 속에서 듣는 사공들의 뱃노래나 노 젓는 소리는 애를 태울 수밖에. 내용상으로 다시 돌아오지 않는 임을 그리워하면서 애를 태우는 여심을 노래한 것으로 보는 게 타당할 듯싶다.

다 알면서도 짐짓 모른 체 넘어가고, 그렇게 넘겼다가 혼자 가슴을 치며 후회도 하고, 가슴 태우며 긴긴 세월을 혼자 참고 견디는 걸 미덕으로 삼았던 우리네 조상들, 어머니들. 생각할수록 여자는 강한 존재인가 보다.

말은 가려 울고 님은 잡고 아니 놋닉

夕陽(석양)은 지을 넘고 갈 길은 千里(천리)로다

저 님아 가는 날 잡지 말고 지는 히를 잡아라

—작자 미상

말은 어서 가자고 울고 임은 (나의 옷소매를) 붙잡고 놓지를 않네/ 석양은 재를 넘고 갈 길은 천리로구나/ "임아 떠나가는 나를 잡지 말고 (나를 급히 떠날 수밖에 없게 만드는) 저 지는 해를 잡으시오"

- **가려 울고** : 가려고 울고.

붙잡는 임을 뿌리치고 가야 하는 안타까운 심정을 노래한 작품으로, 시간을 멈출 수는 없다는 평범한 진리를 표출하고 있다.

첫 행은 떠날 시간이 되었으니 가자고 우는 말과 가지 말라고 옷소매를 부여잡는 임을 대비시켜, 떠남과 머무름의 대립을 선명히 보여준다. 이 작품의 화자는 지금 막중한 임무나 부름을 받고 떠나야 할 입장에 있는 것 같다. 그것이 무엇인지는 분명치 않다. 그러나 분명한 것은 해가 지기 전에 떠나야 한다는 것이다. 이런 상황에서 남자는 갈등할 수밖에 없다. 여자를 택하려니 남자로서의 임무를 포기해야 하고, 남자로서의 길을 가려니 사랑하는 임이 울고. 떠나야 하는 의무감과 머무르고 싶은 욕망 사이에서 갈등하고 있다(1행).

이런 안타까운 상황 속에서도 시간은 계속 흘러 날이 저물고 있다. 날이 저물면 먼 길을 갈 수가 없다. 시간을 재촉해도 제 시간에 닿을까말까 한데 더 이상 지체할 수는 없는 입장이다. 그런 촉박함이 바로 뒤에 진술되고 있다. '갈 길은 천리'라는 표현이다. 갈 길은 머나먼데 후딱 떠날 수는 없고. 그런 안타까움이 3행에 절절하게 나타난다.

"이 보시게, 나를 잡지 말고 저 지는 해를 잡으면 내가 머물겠소."

어찌 보면 무책임한 핑계 같지만, 남자의 솔직한 심정일 것이다. 사실 자신도 머물고 싶지만, 시간을 멈출 수는 없기에 떠날 수밖에 없다는 것이다.

시간이란 누구에게나 불가항력적인 것이다. 시간을 초월할 수 있는 존재는 없다. 모든 존재는 시간 속에서 태어나고 자라고 늙고 죽는다. 시간을 초월한다는 것은 유한자인 생명체에게는 불가능하다. 그러기에 인간이란 존재는 시간 앞에서는 초라한 미물일 수밖에 없다. 화자는 그런 시간의 속성을 잘 알고 있기에, 시간을 멈출 수만 있다면 나는 영원히 당신 곁에 머물고 싶다는 욕망을 내비친다.

이별의 순간에 뱉는 말로는 대단히 의미심장한 말이다. 시간 앞에서 인간은 무기력할 수밖에 없다는 진리를 다시 한 번 깨닫고 있기 때문이다. 가벼운 내용인 것 같으면서도 대단히 무거운 내용을 담고 있고, 대단히 무거운 내용이면서도 또 대단히 가볍게 생각되는 것은 상황성 때문일 것이다. 이별의 순간에 "지는 해를 잡으면 내가 가지 않고 남으마."라고 말한다는 자체는 이별을 이미 기정사실화하고 있다는 느낌을 주기 때문이다. 떠날 수밖에 없는 상황에서 여자를 단념시킬 수 있는 방법은 여자로서, 인간으로서 도저히 할 수 없는 주문을 하는 것이다. 그런 속성을 알기에 화자는 시간을 멈춰보라는 주문으로 단념을 유도하고 있는 듯하다.

보람 불어 쓰러진 뫼 보며 눈비 마자 석은 돌 본다

눈졍에 걸온 님이 슬커늘 어듸 가 본가

돌 석고 뫼 쓸리거든 離別(이별)인가 ᄒᆞ노라

—작자 미상

> 바람 불어서 쓰러진 뫼를 보았으며 눈비 맞아 썩은 돌을 보았는가[산은 제아무리 바람이 불어도 쓰러지지 않고 돌은 눈비를 맞았다고 썩지 않는다]/ 눈에 걸어둔 임이 싫어지는 것을 어디서 보았는가/ 돌이 썩고 뫼가 쓰러지거든 이별인가 하노라[돌이 눈비에 썩고 뫼가 바람에 쓰러지기 전에는 임과 이별할 수가 없다]

- 석은 : 썩은.
- 본다 : 보았는가.
- 눈졍 : 눈 정(情). 눈짓. 눈에 든 정. 눈에 든 모습.
- 걸온 : 걸은. 걸어둔.
- 슬커늘 : 싫어지는 것을.
- 본가 : 보았는가.
- 쓸리거든 : 쓰러지거든.

불가능한 상황이 이루어지면 이별하겠다고 하여, 사랑하는 임과 영원히 헤어지지 않겠다는 이 시조는 고려가요의 <정석가(鄭石歌)>와 그 맥이 닿아 있다.

이 작품을 이해하기 위해서는 먼저 상황성을 살펴볼 필요가 있겠다. 사랑하는 두 사람이 사랑을 나누면서 하는 발화인지, 아니면 이별의 상황에서 하는 발화인지에 따라 내용은 완전히 달라지기 때문이다.

먼저 두 사람이 서로 사랑을 나누면서 한 발화라면, 이 내용은 남자의 헛된 약속일 가능성이 높다. 사랑을 나누면서 이런 이야기를 상대방에게 하는 사람은 제비 또는 선수일 가능성이 높다. 여자의 가슴을 적시는 이런 말로 여자를 사로잡으려고 하고 있기 때문이다. 그러나 이별의 상황에서 이런 이야기를 하고 있다면 남자의 굳은 마음을 표현하고 있는 것으로 볼 수 있다. 어떤 상황에서도 나는 당신을 버리지 않겠다는, 잊지 않겠다는 다짐이요 맹세이기 때문이다. 물론, 이 말도 액면 그대로 믿을 수 없는 게 사실이긴 하지만. 아무튼 이별의 상황에서 이런 말을 하고 있다면 남자의 굳은 마음을 확인하는 말로 이해해도 될 것이다.

화자는 먼저 묻고 있다. 바람에 쓰러진 산을 본 적이 있는가, 눈비 맞아서 썩은 돌을 본 적이 있는가라고. 도저히 있을 수 없는 일을 본 적이 있느냐고 묻는 이유는 그런 일은 도저히 있을 수 없음을 강조하기 위한 발언이다. 이와 비슷한 표현으로는, 해가 서로 뜨면, 물이 거꾸로 흐르면, 병풍에 그린 닭이 울면, 동해물과 백두산이 마르고 다 닳으면 등이 있다. 도저히 있을 수 없는 일을 통해 영원성을 강조하는 표현이라 하겠다.

그런 다음 자신의 속마음을 내비친다. 눈에 걸어놓은 임을 싫어하는 것을 본 적이 있느냐고. 당신은 내 눈에 걸어둔 임인데 내가 당신을 싫어할 것 같으냐고. 이 정도면 여자는 눈물로 보낼 수밖에 없다. 눈에 걸어둔 사람은 영원히 떨어지거나 지워지지 않을 것이기 때문이다.

그리고 3행에서는 자신의 굳은 마음을 다시 한 번 확인시키고 있다. 도저히 눈비 맞아 썩을 수 없는 돌이 썩고, 도저히 바람에 무너질 수 없는 산이 무너진다면 임과의 이별을 생각해보겠다는 것이다.

결코 임을 여의지 않겠다는 <정석가>와 비교하여 읽는다면 그 의미가 더욱 돋보일 시다.

브람 브르소셔 비올 브람 브르소셔
ᄀᆞ랑비 긋치고 굴근 비 드르소셔
한길이 바다히 되여 님 못가게 ᄒᆞ소셔

                                         —작자 미상

> 바람이여 부소서 비 올 바람 부소서/ 가랑비는 그치고 굵은 비 내리소서/ 한길이
> 큰 바다가 되어 임이 나를 떠나지 못하게 하소서

• 드르소셔 : 떨어지소서. 내리소서.

자연의 힘(천재지변)을 빌려서라도 가는 임을 못 가게 잡고 싶다는 마음을
표현한 작품으로, 사랑의 '—소서'를 연발하여 간절한 심정을 나타내고 있다.

화자는 먼저 바람에게 부탁을 하고 있다.

"바람아 불어라. 비를 가득 실은 구름을 몰고 오너라!"

그러나 화자가 주문하는 것은 바람이 아니다. 처음에는 바람을 부르는 척
하다가 결국에는 바람이 아닌 구름을 부르고 있기 때문이다. 바람이 비를 몰
고 다니지는 못한다. 구름이 비를 몰고 다니며 여기저기 비를 뿌리기는 하지
만, 바람 그 자체가 비를 몰고 다닐 수는 없기 때문이다. 따라서 화자는 바람
에게 비를 가득 머금은 구름을 몰고 오라고 부탁하고 있다. 결국 구름을 몰
고 다니는 것은 바람이라고 생각했기 때문이다. 현대 과학적인 관점에서 보
면 다소 어폐가 있는 주문이지만 아무튼 화자는 간절한 마음으로 바람과 구
름을 부르고 있다.

임이 떠나려는 순간에 가랑비가 내리고 있었던 모양이다. 보슬보슬 내리는
가랑비가 아니라 굵은 비가 내리면 임이 먼 길 떠나지 않을지도 모른다고 판
단한 화자는, 떠나려는 임을 비로 막을 생각을 한 모양이다. 그래서 속으로
외친다.

"비야 내려라! 가랑비 멈추고 굵은 장대비야 내려라! 나를 버리고 떠나는 임이 떠날 엄두도 내지 못하게 장대비야 내려라!"

사랑은 이처럼 강한 것인가 보다. 처음에는 임이 비를 맞을까봐 별의별 우의를 다 챙겼을 것이다. 먼 길 가시는데 아파서는 안 되니 우의를 꼭 입고 다니라고 옷매무시까지 만져주었을 것이다. 그렇듯 알뜰살뜰히 보살피던 여자가 이제는 전혀 다른 마음을 먹게 된 것이다. 우의로는 엄두도 내지 못할 만큼 큰비가 내리기를 바라는 것이다. 임의 상황을 모르는 것도 아니면서 그냥 제 곁을 떠나지 못하도록 해 달라는 것이다.

헤어지기 싫은 여자의 마음은 자연재해(홍수)을 입더라도 임을 막고 싶어한다.

"한길이 바다가 되어도 좋고, 온 세상이 다 쓸려도 좋으니 비야 내려라. 폭우도 좋고, 게릴라성 집중호우도 좋고, 세상이 다 물에 잠겨도 좋으니 내 임만 못 떠나가게 막아주렴."

여자의 마음은 이런 것이리라. 그러나 여자는 명령형으로 말하고 있지는 않다. 기원형으로 말하고 있다. '―소서'를 네 번이나 반복함으로써 간절한 자신의 마음을 표현하고 있다. 명령형으로 표현해도 됐겠지만, 바람과 비에게 간절한 마음으로 부탁하는 입장이니 '―소서'라고 간절히 빌고 있는 것이리라.

브채 보낸 뜻을 나도 잠간 싱각ᄒ니
가슴의 븟ᄂ 블을 쯰라고 보내도다
눈물도 못 쯰ᄂ 블을 브채라셔 어이 쯰리

—작자 미상

(임이 나에게) 부채를 보내준 뜻을 잠깐 생각해 보니/ (사랑으로 인해) 가슴에 붙는 불을 (이 부채로) 끄라고 보낸 것이 분명하구나/ 그러나 밤낮으로 흐르는 눈물로도 못 끄는 이 불[사랑으로 타는 가슴]을 부채로 어떻게 끄겠는가[결코 끌 수가 없을 것이다]

- 브채 : 부채[扇].

임이 보낸 부채를 보며 화자의 가슴에 붙은 사랑의 불을 끄라는 뜻으로 해석하고, 자기 가슴에 붙은 불은 그 무엇으로도 결코 끌 수 없음을 밝혀, 변치 않는 사랑의 마음을 표현한 작품이다.

이 작품에서 먼저 생각해 봐야 할 것은 왜 임이 화자에게 부채를 보냈을까 하는 점이다. 내용상으로 보면 이별의 표시인 것 같다. 헤어지며 보내온 하얀 손수건이 아니라 헤어지자 보내온 부채다. 그러기에 화자는 더 가슴이 타는 것이다.

첫 행은 임이 부채를 보낸 이유를 추정하고 있는 이야기다. 원래 부채는 선물이나 사랑의 징표로 많이 준다. 그림을 그려놓거나 글씨를 써서 상대방의 장수·안녕을 기원하거나, 자연의 아름다움을 표현하거나 자신의 마음을 전하기도 한다. 그런 의미를 가진 것이기에 아무렇지도 않게 받았는데 그 후로 소식이 없는 것이 아무래도 이별의 징표(徵表)인 것만 같다고.

그렇다면 왜 하필 부채를 보냈을까를 생각하는 것은 둘째 행이다. 왜 하고 많은 정표 중에 부채를 보냈을까. 화자는 오랜 시간 동안 이에 대해 생각했을 것이다. 그러다가 결국 '가슴의 븟ᄂ 블을 쯰라고 보내도다'란 결론을 내린다. 미안하지만 이 부채로 가슴에 붙은 불을 끄라고 보냈다는 뜻으로 해석한 것이다. 버림받아 횟병이 난 화자에게 이런 선물이 무슨 의미가 있을까? 병 주고 약 주고가 아니고 무엇이겠는가. 이런 뜻을 안 화자는 가슴이 더 탈 수밖에. 차라리 조용히 떠날 일이지. 미안하다고, 사랑했다고, 잊어 달라고.

결국 화자는 몇 날 며칠 밤을 혼자 고민하다가 마지막 결론을 내린다. 매일 밤낮으로 흘리는 눈물로도 가슴에 붙은 불을 못 끄는데 부채로 어떻게 끄라고 보냈단 말인가. 화자는 결국 화를 내고 임을 원망하기에 이른다. 서로 상극(相剋)인 물[눈물]로도 못 끈 가슴의 불을 어떻게 부채로 끄겠느냐는 것이다. 부채로는 불을 끌 수 없고 오히려 불만 더 붙이게 된다고. 그래서 불난 집에 부채질이란 말이 있지 않은가라고.

이별의 징표로 부채를 보냈다는 점도 재미있거니와 그 부채의 의미를 재미있게 해석하여 작품화한 작가의 역량 또한 돋보이는 작품이다. 일상적이고 평범한 일에서 느끼는 감정을 짧은 문장 속에 압축 표현한 것도 그렇고, 눈물로도 못 끈 가슴의 불을 어떻게 부채로 끄겠는가란 상상력 또한 빼어나다.

사랑으로 인해 가슴에 붙은 불은 그 무엇으로도 끌 수 없는 것이 아닌가.

나모도 바히돌도 업슨 메헤 매게 쪼친 가토리 안과

大川(대천) 바다 한가온대 一千石(일천석) 시른 비에 노도 일코

닷도 일코 뇽총도 근코 돗대도 것고 치도 싸지고 브람 부러 물결

치고 안개 뒤섯계 ᄌ자진 날에 갈길은 千里萬里(천리 만리) 나믄

듸 四面(사면)이 거머거득 져믓 天地寂寞(천지 적막) 가치노을 썻

는듸 水賊(수적) 만난 都沙工(도사공)의 안과

엇그제 님 여흰 내 안히야 엇디가 ᄀᆞ을ᄒᆞ리오

—작자 미상

> 나무도 바윗돌도 없는 산에서 매에게 쫓기는 까투리 마음과/ 넓고 넓은 바다 한
> 가운데서 (쌀) 일천석을 배에 (실은 채), 노도 잃어버리고 닻도 잃어버리고, 돛대에
> 맨 굵은 줄인 용총도 끊어지고, 돛대도 꺾여버리고, 방향을 조절하는 키도 빠져버리
> 고, 바람 불어 파도 치고, 안개 뒤섞여 자욱한 날에 갈 길은 천리만리나 남았는데,
> 사면이 어두컴컴하게 저물어가는데, 하늘과 땅이 다 적막한 가운데 폭풍우가 일려는
> 지 까치노을까지 뜬 상황에서, 해적을 만난 도사공의 마음과/ 엇그제 임을 여읜 내
> 마음을 어떻게 말로 다 하겠는가[까투리 마음과 도사공의 마음은 임을 여읜 내 마음
> 과 비교도 할 수 없을 것이다]

- 바히돌 : 바윗돌. 즉 까투리가 숨을 만한 곳.
- 대천(大川) 바다 : 넓고 넓은 바다를 나타내는 관용적 표현.
- 뇽총 : 용총(龍驄). 돛대에 맨 굵은 줄. 돛을 고정하는데 필요한 줄.
- 치 : 배의 방향을 조절하는 키.
- 뒤섯계 : 뒤섞여.
- 가치노을 : 폭풍우가 밀려 오기 전 저녁 무렵에 뜨는 노을. 또는 사나운 파도나 폭
  풍우가 밀려오는 모습을 말하기도 한다.
- 도사공(都沙工) : 사공 중의 우두머리. 여기서 '도(都)-'는 우두머리를 나타낸다. 보통
  우두머리를 나타내는 접두어로는 '수(首)-'가 있다.
- ᄀᆞ을ᄒᆞ리오 : '견주리오. 비교하리오'로 해석하는 게 보통이나 필자가 보기에는 제

주어의 '곧다(曰, 言)' 즉, '말하다'의 뜻으로 해석하는 게 나음직하다. 따라서 종장은 어느 하나 (차분히) 얘기할 수 없는(또는 도저히 말로 다할 수 없는) 급박한 상황임을 나타내는 것으로 볼 수 있다.

'삼한(三恨)' 또는 '삼안(三內)'이라고 잘 알려진 이 작품은 세 가지 절박하기 그지없는 상황을 설정하고 있다. 절대 절명의 위기에 빠진 까투리의 암담한 심정, 사면초가의 위기에 빠진 도사공의 절박한 심정, 임을 여읜 자신의 참담한 심정이 그것이다. 이 세 가지 상황 중에서도 자신이 처한 상황이 가장 견디기 어렵다고 함으로써 이별의 아픔과 서러움을 표출하고 있다. 기발한 착상과 비교법, 점층법까지 활용하여 문학적 효과를 높이고 있다.

첫 행은 나무도 바윗돌도 없는, 몸을 숨길 만한 곳이란 전혀 없는 산에서 매에게 쫓기는 까투리의 마음을 이야기한다. 매의 먹이가 되기 직전의 까투리 마음이란 어떤 것일까? 둘째 행은 사면초가의 도사공의 마음이다. 도사공 또한 절대절명의 상황에 처해 있다. 그 내용 정말 대단히 표현했다. 이보다 더한 설상가상(雪上加霜)이 또 어디 있겠는가. 넓고 넓은 한바다에서 쌀을 일천 석이나 실고 가는 배를 몰고 가는 도사공이 있다. 그 배는 닻도, 용총도, 돛대도, 치도 없는 상황이다. 어떻게 배를 움직여야 할지 방법이 없다. 업친 데 덮친다고 바람은 불고 물결은 일고 안개가 뒤섞여 자욱해지는가 싶더니 폭풍우가 일려는지 가치노을까지 뜬 상황에서 도적을 만나 목숨의 경각에 처한 도사공의 마음은 어떨까. 그런 다음 셋째 행에서는 엊그제 임을 여읜 자신의 마음과 비교하고 있다. 자신이 임을 여읜 것과 죽음을 앞두고 있는 까투리나 도사공의 상황은 같다고. 죽음과 사랑을 잃음은 같다고, 비교할 수 없다고, 또는 말로 다할 수가 없다고 얘기하여 임을 여읨과 죽음은 같다고 강변한다. 과장을 하려면 이 정도는 되야 되지 않을까 싶으면서도 너무 과장이 심해 그 절박한 마음이 오히려 반감되는 느낌을 주기도 한다.

한숨아 세한숨아 네 어늬 틈으로 드러온다

고모장주 셰살장주 가로다지 여다지에 암돌져귀 수돌져
귀 빈목걸새 뚝닥 박고 龍(용)거북 주물쇠로 수기수기 추
엿는듸 屛風(병풍)이라 덜걱 져븐 簇子(족자) ㅣ라 듸듸글
믄다 네 어늬 틈으로 드러온다

어인지 너 온날 밤이면 줌 못드러 ㅎ노라

—작자 미상

> 한숨아 가는 한숨아 너 어느 틈으로 들어오느냐/ 고모장지, 세살장지, 미닫이, 여
> 닫이에 암돌쩌귀, 수톨쩌귀, 배목걸새 뚝닥 박고 용 모양 거북 모양을 새긴 자물쇠로
> 깊이깊이 채웠는데 병풍이라 덜컥 접고 족자처럼 데굴데굴 말아가지고 (완전히 모든
> 통로를 다 막아두었는데) 너 어느 틈으로 들어오느냐/ 어찌 된 일인지 네가 오는 밤
> 이면 잠 못들어 하는구나

- 셰한숨아 : 가는 한숨. 내용상으로 '셰'는 한자어 '세(細)'인 듯하다.
- 드러온다 : 들어오느냐.
- 고모장주 : 고모장지. 고무레 장지. '장지'는 '장지문'의 준말로, 방과 방 또는 방과
  마루 사이에 있는 운두가 높고 문지방이 낮은 미닫이와 비슷한 문.
- 셰살장지 : 가는 살로 만든 장지.
- 돌져귀 : 문짝을 문설주에 달고 여닫기 위한 쇠붙이로, 암수 두 개의 물건으로 구
  성되어 있다.
- 빈목걸새 : 배목걸새. '배목'은 문고리나 삼배목에 꿰는 쇠고, '걸새'는 문을 잠그고
  빗장으로 쓰는 'ㄱ'자 모양의 쇠를 말한다. 따라서 배목걸새는 틈을 막거나 두 물
  건을 단단히 고정시키기 위해 붙이는 쇠를 의미한다.
- 족자(簇子) : 글씨나 그림 등을 꾸며서 벽에 걸게 만든 두루마리, 떼어서는 말아 두
  게 되어 있다.

새어나올 틈 없이 막아도 쉼 없이 솟아 나오는 한숨, 인생살이의 고달픔을

한 없이 새어나오는 한숨을 통해 표현하고 있는 작품으로, 의인화된 한숨의 집요함이 희극적인 분위기를 자아낸다.

이 시조는 논리적으로 생각할 때, 한숨이 문제가 아니라 한숨짓게 하는 원인이나 이유가 문제다. 원인이나 이유는 감추고 현상만을 의인화하여 간접화하고 있다. 즉, 화자는 문제 상황을 언급하는 것이 아니라 현상을 막아보려는 노력을 노래화하여 간접적으로 해소하려 한다. 문제 상황에 골몰하기보다 한숨이 새어나오는 현상을 기발한 방식으로 나열함으로써 오히려 문제 상황과의 거리를 확보하고 있다. 이런 이야기 방식으로 인해 그 이야기를 듣는 청자나 독자도 문제의 심각성에 골몰하기보다 일정한 거리감을 두고 웃을 수 있는 여유를 확보하게 된다.

먼저 화자는 한숨이 어느 틈으로 들어오는가에 주목한다. 들어올 틈이 전혀 없는데도 들어오는 게 이상하다는 얘기다. 한숨이 들어올 만한 모든 틈들을 고모장지, 세살장지, 들장지, 열장지로 막고, 암돌쩌귀, 수톨쩌귀, 배목걸새 뚝딱 박고 자물쇠로 꼭꼭 채워 도저히 가슴으로 들어올 틈이 없는데 어떻게 들어오는지 알 수가 없다는 것이다. 혹시 병풍 새로 들어오거나 족자 사이로 들어오는가 싶어 그것마저 접고 돌돌 말았는데 어떻게 너는 그리 쉽게 내 가슴에 들어오느냐. 어찌된 일인지는 몰라도 너(한숨)가 들어온 밤은 잠 못 들어한다고 말하고 있다. 한숨이 못 들어오게 모든 통로를 막아도 교묘하게 들어오는 한숨 때문에 잠을 못 이루겠다는 것이다.

인생은 결국 한숨에서 벗어날 수가 없기에, 한숨 없는 인생은 있을 수가 없기에 이런 이야기는 설득력을 갖는 것 같다. 그러나 우리가 이 작품에 더욱 공감하는 이유는, 흔히 주변에서 사람이 못 들어오게 막는 모든 방법을 동원하여 막아봐도 한숨을 도저히 막을 수는 없다는 인식 때문이다. 사람을 막을 수는 있지만 한숨이나 세월을 막을 수는 없다는 인식은 예나 지금이나 같기 때문이다. 백발을 막기 위해 발버둥을 칠수록 지름길로 오더라는 '탄로가'의 화자가 언뜻 생각난다.

첫 행(초장) 색인

* 색인 중 325쪽부터는 2권(출판예정) 쪽수입니다.

(2) 이야기로 풀어가는 우리 시조

둘째 행(중장) 색인

셋째 행(종장) 색인

작가 색인

■ 저자 이 성 준

1962년 제주 조천 출생.

제주대학교 국어국문학과·제주대학교 대학원 국어국문학과·단국대학교 대학원 국어국문학과 졸업(문학박사)

시집 『억새의 노래』, 『못난 아비의 노래』 출간.

저서 『이청준과 임권택의 황홀한 만남 : 소설과 영화의 서술기법 비교』 출간.

narasmal@naver.com

이야기로 풀어가는 우리 시조

2010년 4월 10일 초판 인쇄   2010년 4월 20일 초판 발행

지은이 이성준

펴낸이 한봉숙

펴낸곳 푸른사상

기획·편집 김세영, 강태미   **디자인** 지순이   **마케팅** 김두천, 이경아

표지 및 본문 일러스트 황현경

출판등록 1999년 7월 8일 제2-2876호

주소 서울시 중구 을지로3가 296-10 장양B/D 701호

대표전화 02) 2268-8706(7) **팩시밀리** 02) 2268-8708

이메일 prun21c@hanmail.net / prun21c@yahoo.co.kr

홈페이지 http://www.prun21c.com

ⓒ 2010, 이성준

ISBN 978-89-5640-733-3 93810

값 17,000원